Victoria Holt

Die Lady und der Dämon

Roman

Aus dem Englischen von
Margarete Längsfeld

Knaur

Die englische Originalausgabe erschien
unter dem Titel *The Demon Lover*

Besuchen Sie uns im Internet:
www.droemer-knaur.de

Vollständige Taschenbuchausgabe März 1999
Droemersche Verlagsanstalt Th. Knaur Nachf., München
Copyright © 1982 by Victoria Holt
Copyright © 1984 der deutschsprachigen Ausgabe bei
Droemersche Verlagsanstalt Th. Knaur Nachf., München
Alle Rechte vorbehalten. Das Werk darf – auch teilweise –
nur mit Genehmigung des Verlags wiedergegeben werden.
Umschlaggestaltung Agentur Zero, München
Umschlagabbildung Collection Leitner '97
Satz Ventura Publisher im Verlag
Druck und Bindung Elsnerdruck, Berlin
Printed in Germany
ISBN 3-426-60341-1

Hiermit möchte ich Patricia Myrer
meinen innigsten Dank aussprechen,
die mir seit über zwanzig Jahren mit klugem
Rat beisteht und deren Intuition,
Einfallsreichtum und Urteilsvermögen mich
immer wieder in Erstaunen versetzen.

Einladung ins Schloß

An einem heißen Junitag gestand mir mein Vater das Geheimnis, das unser beider Leben gänzlich verändern sollte. Nie werde ich mein Entsetzen darüber vergessen. Die Sonne brannte an dem Tag unbarmherzig. Mein Vater schien innerhalb weniger Minuten um Jahre gealtert, und als er mir seinen Blick zuwandte, las ich in seinen Augen Verzweiflung. Jetzt gab es keine Heimlichtuerei mehr. Er wußte, daß er seine Tragödie nicht länger vor mir verbergen konnte.

Selbstverständlich war ich diejenige, die es als erste erfuhr. Ich stand ihm näher als sonst ein Mensch – näher selbst als meine Mutter zu ihren Lebzeiten. Ich war mit allen seinen Stimmungen vertraut: Ich kannte den Triumph des schaffenden Künstlers, sein Ringen, seine Enttäuschungen; denn im Atelier verwandelte sich der sanfte, umgängliche Mann in einen anderen Menschen. Dort verbrachte er die meiste Zeit. Hier spielte sich sein Leben ab. Schon als Fünfjähriger hatte er in diesem Haus, das den Collisons seit hundert Jahren als Wohnsitz diente, seinem Vater bei der Arbeit im Atelier zugesehen. In der Familie erzählte man sich, daß man ihn als vierjährigen Knirps einmal vermißte, bis ihn sein Kindermädchen hier gefunden hatte, wo er mit einem der feinsten Haarpinsel seines Vaters auf einem Stück Pergament malte.

Die Collisons hatten in der Welt der Kunst einen guten Namen. Ihre Miniaturen waren in ganz Europa berühmt, und es gab keine Sammlung von Rang, die nicht wenigstens einen Collison enthielt.

Die Miniaturmalerei war Tradition in unserer Familie. Mein Vater behauptete, das Talent habe sich durch die Generationen vererbt, und um ein großer Maler zu werden, müsse man in der Wiege beginnen. So war es jedenfalls bei den Collisons. Seit dem 17. Jahrhundert malten sie Miniaturen. Ein Vorfahre war Schüler von Isaac Oliver gewesen, der wiederum Schüler keines Geringeren als des berühmten elisabethanischen Miniaturmalers Nicolas Hilliard war.

Bis hin zu meiner Generation hatte stets ein Sohn die Nachfolge seines Vaters angetreten und so nicht nur die Tradition, sondern auch den Namen fortgeführt. Mein Vater aber hatte lediglich eine Tochter – mich.

Das mußte für ihn eine große Enttäuschung gewesen sein, wenngleich er es niemals aussprach. Außerhalb des Ateliers war er ein sehr sanfter Mensch, der stets Rücksicht auf die Gefühle anderer nahm; er sprach ziemlich langsam und wägte seine Worte ab, stets ihrer Wirkung auf andere bedacht. Wenn er arbeitete, war das allerdings anders. Dann schien er völlig besessen: Er vergaß Mahlzeiten, Verabredungen, Verpflichtungen. Zuweilen hatte ich den Eindruck, daß er nur deshalb so fieberhaft arbeitete, weil er sich als den letzten Collison sah. Allmählich erkannte er jedoch, daß dies nicht unbedingt der Fall sein müßte, denn auch ich hatte die Faszination des Pinsels, des Pergaments und des Elfenbeins entdeckt. Ich war entschlossen, die Familientradition fortzuführen, und wollte meinem Vater beweisen, daß eine Tochter nicht minderwertig, sondern ebenso fähig war wie ein Sohn. Das war einer der Gründe, weshalb ich mich mit Begeisterung der Malerei verschrieb. Der andere, weit wichtigere Grund war der, daß ich – ungeachtet meines Geschlechts – das Talent für die subtile Portraitmalerei geerbt hatte. Ich besaß den inneren Antrieb – und war so vermessen anzunehmen, auch die Begabung –, um mit jedem meiner Vorfahren zu wetteifern.

Mein Vater war damals Ende Vierzig, doch seine klaren blauen Augen und sein stets zerzaustes Haar ließen ihn jünger erscheinen. Er war groß – ich hatte gehört, daß man ihn als aufgeschossen bezeichnete – und sehr schlank, wodurch er eine Spur linkisch wirkte. Ich glaube, die Leute waren überrascht, daß dieser recht unbeholfene Mann, so delikate Miniaturen schaffen konnte.

Sein Vorname war Kendal; das war Familientradition. Vor langer Zeit hatte ein Mädchen aus dem Seengebiet in die Familie eingeheiratet, und dieser Name war der ihres Geburtsorts. Ferner war es Tradition, daß die Vornamen aller Männer mit K anfingen, und die Initialen K. C. – so klein in eine Ecke geritzt, daß sie kaum sichtbar waren – waren das Kennzeichen der berühmten Miniaturen. Es hatte oftmals Verwirrung gegeben, welcher der Collisons ein Bild gemalt hatte, und häufig hatte man das Entstehungsdatum erst aus der Wirkungsperiode des Dargestellten herleiten können.

Bis zu seinem dreißigsten Lebensjahr war mein Vater unverheiratet. Er gehörte zu den Menschen, die alles beiseite schieben, was sie von ihrer Arbeit ablenken könnte. Das galt auch für die Ehe, obwohl er sich, einem Monarchen ähnlich, seiner Pflicht bewußt war, den Erben zu zeugen, der die Familientradition fortführte.

Erst als er zum Wohnsitz des Grafen von Langston in Gloucestershire kam, fühlte er den Wunsch zu heiraten, und das nicht nur als bloßes Pflichtbewußtsein gegenüber der Familie. Der Graf hatte ihn beauftragt, Miniaturen von der Gräfin nebst ihren beiden Töchtern Lady Jane und Lady Katherine – genannt Lady Kitty – zu malen, und Vaters Meinung nach war die Miniatur von Lady Kitty das beste Bildnis, das er je geschaffen hatte. »Ich habe es mit Liebe gemalt«, bemerkte er in seiner sentimentalen Art.

Es war Liebe mit einem romantischen Ausgang obwohl der Graf mit seiner Tochter natürlich anderes im Sinn gehabt hatte. Er war kein sonderlicher Kunstkenner; er wollte lediglich eine Collison-Miniatur, weil er gehört hatte, daß »dieser Collison gut war«.

Mein Vater hatte ihn einen »Banausen« genannt, der glaubte, Künstler seien Bedienstete, die von wohlhabenden Männern gefördert würden. Schließlich hatte er sich für seine Tochter mindestens einen Herzog erhofft.

Das Mädchen Kitty jedoch zeigte sich entschlossen, seinen Willen durchzusetzen, und sie hatte sich ebenso heftig in den Künstler verliebt wie dieser in sie. Sie brannten durch, und Kitty wurde von ihrem erzürnten Vater unterrichtet, daß die Pforten von Schloß Langston ihr auf immer verschlossen seien. Da sie die Torheit besaß, Kitty Collison zu werden, war ihr fortan jegliche Verbindung mit der Familie Langston untersagt.

Lady Kitty schnippte nur mit den Fingern und machte sich für das nach ihren Maßstäben gewiß bescheidene Leben im Hause Collison bereit.

Ein Jahr nach der Hochzeit kam ich auf dramatische Weise zur Welt; ich machte eine Menge Mühe, was Lady Kitty ihre ohnehin nicht sehr robuste Gesundheit kostete. Als halbe Invalidin war sie seither außerstande, noch mehr Kinder zu gebären, und man mußte sich der unangenehmen Wahrheit stellen: Das einzige Kind war ein Mädchen, und das bedeutete anscheinend das Ende des Geschlechts der Collisons.

Man ließ mich freilich niemals fühlen, daß ich eine Enttäuschung war, doch ich kam von selbst dahinter, als ich von den Familientraditionen erfuhr und in das große Atelier hineinwuchs, dessen riesige Fenster so angelegt waren, daß sie das helle Nordlicht einfingen.

Ich erfuhr eine Menge aus dem Dienstbotenklatsch, denn ich lernte schon früh, daß ich durch das Personal mehr erfahren konnte als durch Fragen an meine Eltern.

»Den Langstons ist es immer gelungen, Söhne zu kriegen. Meine Nichte ist bei 'nem Vetter von denen in Stellung. Sie sagt, es is'n feudales Haus. Fünfzig Dienstboten … mindestens, und das bloß auf'm Land. Die Gnädige ist für das hiesige Leben nicht geschaffen.«

»Meinst du, daß sie's bedauert?«

»O ja, gewiß. Muß sie doch. All die Bälle und Titel und so ...
Sie hätte 'nen Herzog heiraten können.«

»Aber er ist ein echter Gentleman ... das kann man nicht anders sagen.«

»O ja, da geb' ich dir recht. Aber er ist eben bloß so 'ne Art
Händler ... verkauft Waren. Oh, ich weiß, es sind Bilder, und
das soll ja was anderes sein ... aber es sind nun mal Waren ...
und er verkauft sie. Das geht nie gut ... wenn man aus der
Reihe tanzt. Klasse und so. Und kein Sohn da, nicht wahr. Sie
haben bloß diese Miss Kate.«

»Sie hat Geist, daran ist nicht zu rütteln. Hat was von 'ner Madam.«

»Schlägt eigentlich keinem von beiden nach.«

»Weißt du, was ich meine? Er hätte eine kräftige junge Frau
heiraten sollen ... eine von seinem Stand ... natürlich, eine
Dame ... Tochter eines Gutsherrn oder so ... Er wollte zu
hoch hinaus. Dann hätte seine Frau jedes Jahr ein Baby haben
können, bis der Sohn gekommen wäre, der alles über die Malerei lernen könnte. So hätte es sich gehört. Das kommt davon, wenn man außerhalb seiner eigenen Klasse heiratet.«

»Glaubst du, das macht ihm was aus?«

»Klar macht ihm das was aus. Er wollte einen Sohn. Und unter
uns gesagt, die Gnädige hält nicht allzuviel von dieser Malerei. Aber wenn die Malerei nicht wäre, hätte er sie nicht kennengelernt, oder? Und wer weiß, ob das nicht das Beste gewesen wäre?«

So lernte ich begreifen.

Als ich von dem Geheimnis erfuhr, war seit dem Tod meiner
Mutter ein Jahr vergangen. Das war ein schwerer Schlag für
uns gewesen. Sie war sehr schön, und das hatte meinem Vater
und mir genügt. Sie hatte gern Blau getragen, das zu ihren
Augen paßte, und ihre Nachmittagskleider waren mit Spitzen
und Bändern reich verziert. Da sie seit meiner Geburt eine
halbe Invalidin war, fühlte ich mich in gewisser Weise dafür

verantwortlich, aber ich tröstete mich damit, daß sie es im Grunde genoß, auf ihrem Sofa zu liegen und Leute zu empfangen, wie eine Königin auf ihrem Diwan. Wenn sie ihre sogenannten »guten Tage« hatte, spielte sie Klavier oder arrangierte Blumen, und manchmal lud sie auch Gäste ein – vornehmlich aus der Nachbarschaft.

Die Farringdons wohnten im nächstgelegenen Gutshaus, und das meiste Land in der Umgebung gehörte ihnen. Dann waren da noch der Pfarrer und der Arzt mit ihren Familien. Alle fühlten sich durch eine Einladung von Lady Kitty geehrt, sogar Lady Farringdon. Waren die Farringdons auch reich, so war Sir Frederick doch lediglich ein Ritter der zweiten Generation, und Lady Farringdon war von der Tochter eines Grafen ziemlich beeindruckt.

Meine Mutter gab sich keine große Mühe, das Hauswesen zu bestellen. Das besorgte Evie, ohne die unser Dasein weit weniger angenehm verlaufen wäre. Evie war erst siebzehn, als sie zu uns kam. Ich war damals ungefähr ein Jahr alt, und meine Mutter hatte sich damit abgefunden, daß sie stets kränkeln würde. Evie war eine entfernte Cousine meiner Mutter – eine aus der Masse armer Verwandter, wie sie im Umkreis wohlhabender Familien häufig anzutreffen sind. Ein entferntes weibliches Mitglied dieser Familie hatte unter ihrem Stand, das heißt, entgegen den Wünschen ihrer Angehörigen, geheiratet und somit den eigenen Abstieg eingeleitet. Evie war ein Sproß aus diesem Zweig, aber aus irgendeinem Grund hatte sie Verbindung mit der Familie gehalten und war in Notfällen zu Hilfe gerufen worden.

Evie und meine Mutter waren einander sehr zugetan, und als die schöne Lady Kitty merkte, daß sie eine beträchtliche Zeit ihres Lebens auf Sofas liegend verbringen mußte, kam es ihr in den Sinn, daß Evie genau die Richtige war, um sich um alles zu kümmern.

So kam Evie zu uns; sie hat es nie bereut, und wir ebensowenig. Außerdem waren wir auf Evie angewiesen: Sie verwaltete das Hauswesen und befehligte die Dienstboten, sie war meiner Mutter Gefährtin und Zofe, eine tüchtige Haushälterin, mir eine Mutter – und bei alledem sorgte sie dafür, daß mein Vater ungestört arbeiten konnte.

Sie arrangierte kleine Gesellschaften für meine Mutter und kümmerte sich darum, daß alles reibungslos ablief, wenn Besucher ins Haus kamen, um meinem Vater eine Arbeit in Auftrag zu geben. Wenn er verreisen mußte – was ziemlich häufig der Fall war –, konnte er in dem Bewußtsein fortgehen, daß gut für uns gesorgt war.

Wenn er dann nach Hause zurückkehrte, ließ sich meine Mutter gern von seinen Abenteuern berichten. Sie stellte ihn sich mit Vorliebe als berühmten, sehr gefragten Maler vor, wenngleich sein Schaffen sie eigentlich nicht weiter interessierte. Ich hatte bemerkt, wie ihre Augen sich gelangweilt verschleierten, wenn er in Begeisterung über die Malerei geriet – ich aber wußte, wovon er sprach, denn ich hatte Collisonsches Blut in den Adern, und nie war ich glücklicher, als wenn ich einen feinen Haarpinsel in Händen hielt und dünne, aber feste Striche auf ein Stück Elfenbein oder Pergament zeichnen durfte.

Auch ich hieß Katherine, wurde aber Kate genannt, um mich von Kitty zu unterscheiden, und ähnelte weder meinem Vater noch meiner Mutter. Ich war wesentlich dunkler als die beiden.

»Ein Rückfall ins sechzehnte Jahrhundert«, meinte mein Vater, der natürlich viel von äußeren Erscheinungsbildern verstand. »Eine Ahnin der Collisons muß genauso ausgesehen haben wie du, Kate: diese hohen Wangenknochen, der rötliche Schimmer in deinem Haar und deine gelblichbraunen Augen. Diese Tönung ist schwer wiederzugeben. Man müßte dazu die Farben sehr sorgfältig mischen. Eine solch knifflige Arbeit liegt mir gar nicht ... Das Ergebnis kann verheerend sein.« – und ich mußte wieder einmal darüber lachen, wie er in Gesprächen immer wieder auf seine Arbeit kam.

Ich muß ungefähr sechs Jahre alt gewesen sein, als ich einen Schwur tat, nachdem ich die Dienstboten hatte darüber reden hören, daß ich ein Mädchen und eine Enttäuschung war.

Ich ging ins Atelier, und im Glanz des Lichtes stehend, das durch das hohe Fenster hereinfiel, sagte ich: »Ich werde eine große Malerin. Meine Miniaturen werden die besten sein, die man je sah.«

Und da ich ein sehr ernsthaftes Kind, voll von inniger Zuneigung zu meinem Vater war und eine innere Stimme mir sagte, daß ich hierfür geboren sei, begann ich augenblicklich, meinen Vorsatz auszuführen. Anfangs machte mein Vater sich darüber lustig, aber er brachte mir bei, wie man das Pergament auf steifen weißen Karton spannte und unter einem Gewicht zwischen Papier preßte.

»Haut ist fettig«, sagte er zu mir, »deshalb müssen wir sie ein wenig abreiben. Weißt du, wie das geht?« – und ich lernte, wie man die Oberfläche mit einer Mischung aus Saponit und pulverisiertem Bimsstein abrieb.

Dann lehrte er mich, mit Öl, Tempera und Gouache umzugehen. »Doch Wasserfarben sind für Kleinstformate das Beste«, erklärte er.

Ich war überglücklich, als ich meinen ersten Pinsel bekam, und Jubel erfüllte mich, als ich die Miene meines Vaters sah, nachdem ich meine erste Miniatur gemalt hatte.

Er legte seine Arme um mich und drückte mich fest an sich, damit ich die Tränen in seinen Augen nicht sähe. Mein Vater war ein sehr rührseliger Mensch.

»Du hast es in dir, Kate. Du bist eine von uns«, rief er aus.

Ich zeigte meiner Mutter mein erstes Werk. »Es ist sehr gut«, sagte sie. »O Kate, auch du bist ein Genie. Und ich ... ich bin ganz gewiß keins!«

»Das brauchst du auch nicht«, beruhigte ich sie. »Du brauchst nur schön zu sein.«

Es waren glückliche Zeiten. Mein Vater und ich kamen uns durch unsere Arbeit noch näher, und ich verbrachte Stunden im Atelier. Eine Gouvernante kümmerte sich um mich, bis ich siebzehn war, denn mein Vater wünschte nicht, daß ich eine Schule besuchte, weil dadurch die Zeit, die ich im Atelier verbrachte, verkürzt würde.

»Um eine große Malerin zu werden, mußt du jeden Tag arbeiten«, sagte er. »Du mußt nicht warten, bis du in Stimmung bist oder bis *du* für die Inspiration bereit bist. Du mußt darauf warten, daß die Inspiration zu dir kommt.«

Ich verstand vollkommen. Mein Leben sollte die Malerei werden. Nach wie vor war ich entschlossen, so groß – nein größer zu werden als meine Vorfahren. Ich wußte, daß ich gut war.

Mein Vater war bei seinen häufigen Reisen zuweilen einen oder zwei Monate abwesend. Er hatte sogar etliche der europäischen Höfe besucht und Miniaturen für Königshäuser gemalt.

»Ich würde dich gern mitnehmen, Kate«, sagte er oft. »Du bist genauso begabt wie ich. Aber ich weiß nicht, was sie von einer Frau als Malerin denken würden. Sie würden die Arbeit von vornherein nicht für gut befinden ... wenn sie von einem Mitglied des weiblichen Geschlechts ausgeführt würde.«

»Aber sie könnten es doch sehen.«

»Die Menschen sehen nicht immer das, was ihre Augen ihnen sagen. Sie sehen, was sie sich einbilden, und ich fürchte, sie bilden sich ein, daß etwas von einer Frau Geschaffenes unmöglich so gut sein kann wie das Werk eines Mannes.«

»So ein Unsinn! Da könnte ich wütend werden«, rief ich. »Das müssen Dummköpfe sein.«

»Viele Menschen sind es auch«, seufzte mein Vater.

Wir malten Miniaturen für Juweliere, die sie überall im Land verkauften. Viele davon waren von mir. Sie waren mit den Initialen K. C. signiert und jedermann sagte: »Das ist ein Collison.« Sie wußten freilich nicht, daß es das Werk von Kate und nicht von Kendal Collison war.

Als Kind hatte ich zuweilen den Eindruck, daß meine Mutter und mein Vater in verschiedenen Welten lebten. Mein Vater war der entrückte Künstler, dessen Arbeit sein Leben war, und meine Mutter war die schöne und zierliche Gastgeberin, die gern Menschen um sich hatte. Zu ihren größten Vergnügungen gehörte es, Hof zu halten, von Bewunderern umgeben, die entzückt waren, von der Tochter eines Grafen eingeladen zu werden, auch wenn sie nur die Gattin eines Künstlers war. Wenn der Tee serviert wurde, half ich ihr oft, ihre Gäste zu bewirten. Abends gab sie zuweilen kleine Essenseinladungen, und anschließend wurde Whist gespielt oder musiziert. Kitty spielte selbst vortrefflich Klavier.

Manchmal wurde sie auch mitteilsam und erzählte dann von ihrem früheren Leben auf Schloß Langston. Ob es ihr etwas ausgemacht hatte, es zu verlassen und in ein im Vergleich dazu sehr kleines Haus zu ziehen? fragte ich sie einmal.

»Nein, Kate«, antwortete sie. »Hier bin ich Königin. Dort war ich nur eine von den Prinzessinnen – ohne eigentliche Bedeutung. Ich war nur da, um standesgemäß zu heiraten ... eine Ehe einzugehen, die meine Familie wünschte, ich aber nicht.«

»Du mußt sehr glücklich sein«, sagte ich. »Du hast den besten Ehemann, den man sich vorstellen kann.«

Sie sah mich mit einem merkwürdigen Blick an und sagte: »Du hast deinen Vater sehr gern, nicht wahr?«

»Ich hab' euch beide lieb«, erwiderte ich wahrheitsgemäß – und gab ihr einen Kuß, worauf sie sagte: »Zerzause mir nicht mein Haar, Liebes.« Dann ergriff sie meine Hand und drückte sie. »Ich bin froh, daß du ihn so lieb hast. Er hat es mehr verdient als ich.«

Sie war mir ein Rätsel. Aber stets war sie liebevoll und zärtlich zu mir, und es freute sie wirklich, daß ich so viel Zeit mit meinem Vater verbrachte. O ja, es war ein überaus glückliches Heim, bis zu dem Tag, als Evie meiner Mutter ihre Morgenschokolade ins Schlafzimmer brachte und sie tot im Bett liegend vorfand.

Sie hatte eine Erkältung gehabt, die Schlimmeres nach sich gezogen hatte. Mein ganzes Leben hatte ich zu hören bekommen, daß wir auf die Gesundheit meiner Mutter achtgeben müßten. Sie war selten ausgegangen, und wenn, dann war sie in der Kutsche gefahren, und nicht weiter als bis zu den Farringdons. Dort hatte der Lakai der Farringdons ihr herausgeholfen und sie fast ins Haus getragen.

Doch da sie immer zart war und der Tod stets lauerte und weil dies jahrelang so gewesen war, so daß der Tod beinahe ein Mitglied der Familie wurde, hatten wir geglaubt, er würde weiterhin lauern. Statt dessen aber war er einfach gekommen und hatte sie fortgeholt.

Wir vermißten sie sehr, und da erst wurde mir klar, wieviel die Malerei meinem Vater und mir bedeutete, denn obgleich wir in unserem Kummer untröstlich waren, konnten wir ihn im Atelier für eine Weile vergessen, da es dort für uns beide nichts weiter gab als unsere Malerei.

Evie trauerte sehr um meine Mutter, denn sie waren gute Freundinnen geworden. Sie war damals schon dreiunddreißig Jahre alt, und sechzehn von diesen Jahren hatte sie uns gewidmet.

Zwei Jahre zuvor hatte Evie sich verlobt. Wir waren darüber sehr erschrocken und schwankten zwischen unserer Freude über Evies Glück und unserer Bestürzung bei dem Gedanken, was ohne sie aus uns werden würde.

Es drohte jedoch keine Gefahr, denn Evies Verlobter war James Callum, der Kurat unserer Pfarrgemeinde. Er war im gleichen Alter wie Evie, und sie wollten heiraten, sobald er eine Stellung fand, in der er seinen Lebensunterhalt selbständig verdiente.

Meine Mutter pflegte zu sagen: »Ich flehe zu Gott, daß es nie soweit kommt.« Und rasch fügte sie hinzu: »Was bin ich doch für ein selbstsüchtiges Geschöpf, Kate. Hoffentlich wirst du nicht so wie ich. Aber keine Bange. Du nicht. Du bist robust. Aber was sollen wir ... was sollte *ich* ohne Evie anfangen?«

Sie brauchte sich dem Problem nicht zu stellen. Als sie starb, verdiente der Kurat seinen Unterhalt noch immer nicht; ihre Gebete waren in gewisser Weise erhört worden.

Evie versuchte mich zu trösten. »Du wirst erwachsen, Kate«, sagte sie. »Du wirst jemand anderen finden.«

»Eine wie dich gibt es nicht, Evie. Du bist unersetzlich.«

Sie lächelte, hin und her gerissen zwischen ihrer Sorge um uns und ihrem Wunsch, zu heiraten.

Im Grunde meines Herzens wußte ich, daß Evie uns eines Tages verlassen würde. Veränderung lag in der Luft – aber ich wollte keine Veränderung.

Die Monate vergingen, und James Callum fand noch immer keine Stellung. Evie hatte seit dem Tod meiner Mutter weniger zu tun, und sie verbrachte Stunden mit Obst einkochen und dem Trocknen von Kräutern, wie um Vorräte anzulegen für die Zeit, da sie nicht mehr bei uns sein würde.

Währenddessen gingen wir unserem üblichen Tagewerk nach. Mein Vater wollte nicht über Evies Fortgehen nachdenken. Er lebte von einem Tag zum anderen und gemahnte mich an einen Drahtseilakrobaten, der den Gang über das Seil nur schafft, weil er niemals zu der lauernden Gefahr nach unten blickt. Doch es kann der Moment eintreten, wo er zum Halten gezwungen und sich der Gefahr bewußt wird.

An den Tagen, wenn wir das richtige Licht hatten, arbeiteten wir in vollkommener Eintracht im Atelier. Wir waren auf ein bestimmtes Licht angewiesen, denn unsere Arbeit bestand zum großen Teil in der Restaurierung alter Handschriften. Ich hielt mich mittlerweile für eine voll ausgebildete Malerin und hatte meinen Vater sogar in ein oder zwei Häuser begleitet, wo Restaurierungsarbeiten ausgeführt werden mußten. Er erklärte meine Gegenwart jedesmal mit den Worten: »Meine Tochter hilft mir bei der Arbeit.« Das wurde so verstanden, daß ich ihm das Werkzeug bereitlegte, die Pinsel auswusch und für sein leibliches Wohl sorgte. Das grämte mich etwas, denn ich war stolz auf meine Arbeit, und mein Vater ließ mir mehr und mehr freie Hand.

Eines Tages im Atelier sah ich ihn mit einem Vergrößerungsglas in der einen und seinem Pinsel in der anderen Hand. Ich war überrascht, denn er sagte immer: »Es ist nicht gut, ein Vergrößerungsglas zu benutzen. Wenn du deine Augen schulst, werden sie die Arbeit für dich tun. Ein Portraitmaler hat besondere Augen. Wenn er die nicht hätte, wäre er kein Portraitmaler.«

Als er merkte, daß ich ihn erstaunt betrachtete, legte er das Glas hin und sagte: »Ein sehr kostbares Stück. Ich wollte mich vergewissern, daß ich mich nicht verschätzt habe.«

Doch der Schicksalsschlag kam ein paar Wochen später. Ein Ordenshaus im Norden Englands hatte uns eine Handschrift gesandt. Einige der feinen Zeichnungen waren verblaßt und beschädigt. Waren solche Handschriften sehr kostbar, zum Beispiel wenn sie aus dem elften Jahrhundert stammten, so mußte mein Vater zu den Klöstern reisen und die Arbeit an Ort und Stelle verrichten. Aber es kam auch vor, daß nicht ganz so wertvolle Stücke uns ins Haus gesandt wurden. Ich hatte in jüngster Zeit sehr viel an Handschriften gearbeitet, womit mir mein Vater auf seine Weise zu verstehen gab, daß ich eine befähigte und zuverlässige Malerin sei, denn nur eine sichere Hand durfte diese unschätzbaren Werke berühren.

An jenem Junitag hatte mein Vater die Handschrift vor sich und versuchte, die benötigte rote Schattierung zu treffen. Das war nicht einfach, denn sie mußte mit dem Zinnoberrot jener Tage übereinstimmen, das Minium genannt wurde und von dem das Wort Miniatur hergeleitet ist.

Ich beobachtete ihn. Er hielt den Pinsel zögernd über der kleinen Palette. Dann ließ er ihn hilflos sinken.

Ich trat zu ihm und fragte verwundert: »Stimmt etwas nicht?«

Er gab keine Antwort, sondern beugte sich vor und bedeckte sein Gesicht mit den Händen.

Das war ein beängstigender Anblick – draußen die blendende Sonne, deren grelles Licht auf die alte Handschrift fiel, und die plötzliche Ahnung, daß sich etwas Entsetzliches ereignen würde.

Ich beugte mich über ihn und legte ihm meine Hand auf die Schulter. »Was fehlt dir, Vater?« fragte ich.

Er ließ die Hände sinken und blickte mich mit seinen blauen Augen unendlich traurig an.

»Es hat keinen Sinn, Kate«, sagte er. »Einmal muß ich es dir sagen. Ich werde blind.«

Ich starrte ihn an. Es konnte nicht wahr sein. Seine kostbaren Augen ... sie waren das Tor zu seiner Kunst, zu seinem Glück. Wie könnte er leben ohne seine Arbeit, für die er mehr als alles andere seine Augen benötigte! Seine Kunst bedeutete seine ganze Existenz.

»Nein«, flüsterte ich. »Das ... kann nicht wahr sein.«

»Es ist aber wahr«, erwiderte er.

»Aber ... « stammelte ich. »Es geht dir doch gut. Du kannst doch sehen.«

Er schüttelte den Kopf. »Nicht so gut wie früher. Und es wird immer schlimmer. Nicht plötzlich ... Allmählich. Ich weiß es. Ich habe schon einen Spezialisten aufgesucht. Auf meiner letzten Reise. Es war in London. Er hat es mir gesagt.«

»Wann war das?«

»Vor drei Wochen.«

»Und du hast es so lange für dich behalten?«

»Ich wollte es einfach nicht glauben. Anfangs dachte ich ... ich wußte nicht recht, was ich denken sollte. Ich konnte einfach nicht mehr so deutlich sehen ... nicht deutlich genug ... Du hast doch gemerkt, daß ich dir immer die Feinheiten überließ.«

»Ich dachte, das tatest du, um mich zu ermutigen ... um mir Selbstvertrauen zu geben.«

»Liebe Kate, das hast du nicht nötig. Du kannst alles, was du brauchst. Du bist eine Künstlerin. Du bist so gut wie deine Vorfahren.«

»Erzähl mir von dem Arzt ... Was hat er gesagt? Erzähl mir alles.«

»Ich habe den sogenannten Grauen Star auf beiden Augen.

20

Der Doktor sagt, das seien kleine weiße Flecken auf der Linsenkapsel in der Mitte der Pupillen. Sie sind noch winzig, aber sie werden größer.«

»Man kann doch gewiß etwas dagegen tun?«

»Ja, eine Operation. Aber die ist ein Wagnis, und selbst wenn sie erfolgreich wäre, würden meine Augen nie wieder gut genug für meine Arbeit sein. Du weißt, welche Sehkraft wir benötigen ... als ob wir eine besondere Macht besäßen. Du weißt es, Kate. Du hast sie. Aber dies ... Erblindung ... Oh, siehst du nicht ... alles ist so ...«

Ich war von der Tragik überwältigt. Sein Leben war seine Arbeit. Und die sollte ihm jetzt verwehrt sein? Das Schicksal ging hart mit ihm um.

Ich wußte nicht, wie ich ihn trösten sollte, und doch gelang es mir.

Zumindest sagte er so. Ich tadelte ihn mild, weil er es mir nicht früher erzählt hatte.

»Ich möchte jetzt noch nicht, daß es jemand erfährt, Kate. Es bleibt unser Geheimnis, ja?«

»Ja«, versprach ich, »wenn das dein Wunsch ist. Es ist unser Geheimnis.«

Dann legte ich meinen Arm um ihn und drückte ihn an mich, dabei hörte ich ihn flüstern: »Du bist mein Trost, Kate.«

*   *   *

Man kann nicht in einem andauernden Schockzustand leben. Anfangs war ich von der Neuigkeit wie erschlagen, und das Unheil schien unabwendbar zu sein; doch nach einigem Nachdenken kam mir mein angeborener Optimismus zu Hilfe, und ich erkannte, daß dies noch nicht das Ende war. Zum einen war die Krankheit ein allmählicher Prozeß. Mein Vater konnte im Moment einfach nicht mehr so gut sehen wie früher. Er war nur nicht fähig, die Feinarbeiten auszuführen. Aber er konnte noch malen. Er müßte bloß seinen Stil ändern.

Zwar schien es unmöglich, daß ein Collison keine Miniaturen malen konnte, aber warum sollte er nicht in größerem Format arbeiten? Warum sollte eine Leinwand nicht Elfenbein und Metall ersetzen?

Diese Erwägungen schienen seinen Kummer zu erleichtern. Wir führten lange Gespräche im Atelier. »Du mußt meine Augen sein, Kate«, sagte er. »Du mußt meine Arbeit kontrollieren. Manchmal denke ich, ich sehe gut genug ... aber ich bin nicht sicher. Du weißt, ein einziger falscher Strich kann verhängnisvoll sein.«

Ich erwiderte: »Du hast es mir jetzt gesagt, aber du hättest es nicht so lange für dich behalten sollen. Es ist ja nicht, als ob du plötzlich mit Blindheit geschlagen wärest. Du bist gewarnt und hast genug Zeit, dich darauf vorzubereiten.«

Er hörte mir zu, fast wie ein Kind. Er hing an meinen Lippen, und eine tiefe Zärtlichkeit für ihn stieg in mir auf.

»Vergiß nicht«, ermahnte er mich. »Vorläufig ... zu niemandem ein Wort.«

Ich versprach es. Ich hegte die lächerliche, unsinnige Hoffnung, daß er genesen und daß die Behinderung verschwinden könnte.

»Du bist ein Segen, Kate«, sagte er. »Ich danke Gott, daß ich dich habe. Deine Arbeit ist so gut wie alles, was ich je geschaffen habe ... und sie wird immer besser. Es würde mich nicht wundern, wenn du alle Collisons eines Tages übertreffen würdest. Das würde mich trösten.«

So redeten wir, und wir arbeiteten gemeinsam. Ich verrichtete die Feinheiten bei den Handschriften, damit er seine Augen nicht überanstrengte, und es bestand kein Zweifel, daß das mich zusätzlich anspornte und mein Pinselstrich noch sicherer wurde als zuvor.

Mehrere Tage vergingen. Die Zeit wirkte Wunder, und ich glaubte, daß sein Naturell ihm helfen würde, sich allmählich in sein Schicksal zu fügen. Er würde stets alles mit den Augen eines Künstlers sehen, und er würde immer malen. Die Arbeit, die er am meisten liebte, würde ihm allerdings versagt sein ... aber er würde nicht alles verlieren ... jedenfalls jetzt noch nicht. Das sagte ich ihm.

Ungefähr eine Woche später erfuhr ich die große Neuigkeit. Wir waren von einem Abendessen im Hause des Arztes zurückgekehrt. Evie war bei derartigen Einladungen stets dabei, denn sie galt in der ganzen Nachbarschaft als Mitglied der Familie. Selbst die auf Stand so bedachte Lady Farringdon lud sie ein, denn Evie war immerhin eine Verwandte einer Familie, zu der ein Graf zählte!

Es war ein Abend wie alle anderen. Die Pfarrersfamilie war im Hause des Doktors gewesen; Hochwürden John Meadow mit seinen zwei erwachsenen Kindern Dick und Frances. Dick studierte Theologie, und Frances führte seit dem Tod ihrer Mutter dem Vater den Haushalt. Ich kannte die Familie gut. Bevor ich eine Gouvernante hatte, war ich täglich ins Pfarrhaus gegangen, um von dem Kuraten unterrichtet zu werden – nicht von Evies, sondern seinem Vorgänger, einem ernsthaften alten Herrn, der ein Beispiel dafür war, daß Kuraten zuweilen während ihrer ganzen Laufbahn in diesem niederen Rang verbleiben mußten.

Wir waren von Dr. und Mrs. Camborne sowie ihren Zwillingstöchtern herzlich begrüßt worden. Die Zwillinge sahen sich so ähnlich, daß ich sie kaum unterscheiden konnte. Sie faszinierten mich. Wenn ich mit ihnen zusammen war, fragte ich mich jedesmal, wie einem zumute sein mochte, wenn man stets eine andere Person in der Nähe hatte, die genauso aussah wie man selbst. Man hatte sie, nach meiner Meinung mit einer gewissen Ironie, Faith (Glaube) und Hope (Hoffnung) genannt. Mein Vater sagte immer: »Schade, daß es keine Drillinge sind, sonst wäre die ›Liebe‹ auch noch dabei.«

Hope war die aufgewecktere von beiden. Sie antwortete, wenn man das Wort an die zwei richtete. Faith verließ sich völlig auf sie. Sie blickte jedesmal hilfesuchend zu ihrer Schwester, bevor sie etwas sagte. Sie war ängstlich, während

Hope beherzter war. Oft hatte ich den Eindruck, als seien sämtliche menschlichen Tugenden und Schwächen säuberlich zwischen diesen beiden aufgeteilt worden.

Hope war eine gute Schülerin und half Faith immer, die viel langsamer begriff und große Schwierigkeiten beim Lernen hatte. Faith war reinlich und ordentlich und räumte stets hinter Hope auf, wie ihre Mutter mir erzählte. Faith war geschickt mit den Händen. Hope war in dieser Beziehung unbeholfen. »Ich bin so froh, daß sie sich gern haben«, gestand ihre Mutter meinem Vater.

Es bestand ohne Zweifel ein geheimnisvolles Einverständnis zwischen ihnen, wie man es oft bei eineiigen Zwillingen findet. Sie sahen völlig gleich aus und waren doch so verschieden. Ich meinte, es müsse interessant sein, sie zu malen und zu sehen, was dabei herauskäme, denn wenn man mit einer Miniatur beschäftigt war, offenbarten sich häufig wie durch ein Wunder die Charakterzüge des Modells.

Dick Meadows erzählte an diesem Abend eine Menge von sich. Er hatte seine Ausbildung fast beendet und wollte sich bald nach einer Stellung umsehen. Ein gescheiter junger Mann, dachte ich; den würde man bestimmt eher nehmen als Evies James.

Frances Meadows war gutherzig wie immer – anscheinend war sie es zufrieden, ihr Leben kirchlichen Belangen und der sorgfältigen Führung des Pfarrhaushalts zu widmen.

Es war ein Abend wie viele andere davor. Auf dem Heimweg überlegte ich, wie eintönig doch mein Leben sei ... unser aller Leben. Ich konnte mir vorstellen, wie Frances den Pfarrhaushalt führte, bis sie eine Frau im mittleren Alter war. Das war ihr Leben – es lag offen vor ihr ausgebreitet. Und ich? Würde ich mein Dasein in einem kleinen Dorf verbringen – würde mein geselliges Leben sich mehr oder weniger auf Abendeinladungen wie diese beschränken? Gewiß, es war recht angenehm, und ich teilte es mit Menschen, die ich gern hatte – aber würde es so weiter gehen, bis ich in die Jahre kam?

Ich wurde sehr nachdenklich. So im nachhinein frage ich mich manchmal, ob ich damals im Unterbewußtsein etwas von den Ereignissen ahnte, die über mich hereinbrechen und mein Leben von Grund auf verändern sollten.

Jedenfalls wurde ich allmählich rastlos. Wenn mein Vater von seinen Auslandsreisen zurückkehrte, fragte ich ihn begierig aus, was er alles gesehen hatte. Er war am preußischen und am dänischen Hof gewesen – am feudalsten aber war – nach den Erzählungen – der Hof Napoleons III. und seiner mondänen Gemahlin, Kaiserin Eugénie. Mein Vater schilderte mir die Pracht dieser Höfe und die Sitten und Gebräuche der Menschen, die dort lebten. Er beschrieb alles in den prächtigsten Farben und ließ das satte Purpur und das Gold der königlichen Gewänder vor mir erstehen, die sanften Pastelltöne der französischen Häuser und die kraftvolleren der deutschen Höfe.

Schon immer hatte ich mich danach gesehnt, dies alles selbst zu sehen, und es war einer von meinen geheimen Träumen, daß ich als meines Vaters ebenbürtige Malerin anerkannt und selbst einmal persönlich eingeladen würde. Wäre ich als Mann geboren, hätte ich fest damit rechnen können. Doch ich war eingeschlossen – regelrecht eingekerkert in meinem Geschlecht – in eine Welt, welche die Männer sich geschaffen hatten. Die Frauen erfüllten ihren eigenen Zweck in dieser Welt. Sie waren notwendig zur Fortpflanzung der Rasse, und während sie diese wichtigste aller Aufgaben erfüllten, boten sie außerdem noch einen angenehmen Zeitvertreib. Sie konnten Haus und Tafel eines Mannes zieren, sie konnten ihn sogar bei seiner Laufbahn unterstützen, ihm zur Seite stehen – aber stets ein wenig im Hintergrund, allzeit sorgsam darauf bedacht, daß er im Rampenlicht stand.

Mir war es um die Kunst zu tun, und als ich erkannte, daß meine Miniaturen ebensoviel wert waren wie die meines Vaters – allerdings nur, weil man sie für seine hielt –, war ich regelrecht empört über die Ungerechtigkeit und Dummheit der

Welt, und ich konnte verstehen, warum manche Frauen sich nicht der männlichen Überlegenheit unterwerfen wollten.

Als wir an diesem Abend nach Hause kamen, trafen wir dort James Callum an.

»Sie müssen mir vergeben, daß ich zu dieser Stunde vorspreche, Mr. Collison«, sagte er. »Aber ich muß unbedingt zu Evie.«

Er war so aufgeregt, daß er kaum sprechen konnte. Evie trat zu ihm und legte beruhigend ihre Hand auf seinen Arm.

»Was gibt's, James. Doch nicht etwa ... eine Stellung!«

»Nein, das nicht gerade. Es ist ein ... ein Angebot. Es hängt davon ab, was Evie sagt ... «

»Es wäre vielleicht eine gute Idee, mir erst einmal davon zu erzählen«, schlug Evie in ihrer praktischen Art vor.

»Es ist so, Evie: Man hat mich gebeten, nach Afrika zu gehen ... als Missionar.«

»James!«

»Ja, und sie halten es für das beste, wenn ich heirate und meine Frau mitnehme.«

Ich sah die Freude in Evies Gesicht, blickte dabei aber meinen Vater nicht an. Ich wußte, daß er mit seinen Gefühlen kämpfte.

Ich hörte ihn sagen: »Evie, wie wundervoll. Du wirst fabelhaft sein ... «

»Evie«, stammelte James, »du sagst ja gar nichts.«

Evie lächelte nur. »Wann brechen wir auf?« fragte sie.

»Ich fürchte, uns bleibt nicht viel Zeit. Wenn möglich, in einem Monat, haben sie vorgeschlagen.«

»Ihr müßt sofort das Aufgebot bestellen«, warf mein Vater ein. »Ich glaube, das dauert drei Wochen.«

Ich trat zu Evie und umarmte sie. »Es wird für uns schrecklich sein ohne dich, aber du wirst bestimmt glücklich werden. Es ist genau das Richtige für dich. O Evie, du hast das Allerbeste verdient.«

Wir klammerten uns aneinander. Dies war einer der seltenen

Momente, da Evie sich erlaubte, ihre echten Gefühle zu zeigen.

* * *

Sie wäre nicht Evie gewesen, wenn sie nicht auch für unsere Zukunft gesorgt hätte. Inmitten ihres Glücks und der Hetze, innerhalb einer so kurzen Frist reisefertig zu werden, ließ sie uns nicht im Stich.

So aufgeregt wie in dieser Zeit hatte ich sie noch nie gesehen. Sie las eine Menge über Afrika und war entschlossen, das Beste aus diesem Posten für sich und James zu machen.

»Weißt du, er tritt die Stelle von einem anderen an. Sein Vorgänger hat's im Urlaub auf der Brust gekriegt. Auf diese Weise bekam James seine Chance.«

»Er verdient sie – und du auch.«

»Alles ist bestens geregelt. Dick Meadows kann seinem Vater vorläufig zur Hand gehen. Ist das nicht großartig? Das einzige, was mir Sorgen macht, seid ihr ... aber ich habe nachgedacht, und dabei ist mir Clare eingefallen.«

»Wer ist Clare?«

»Clare Massie. Soll ich ihr schreiben? Weißt du, ich glaube, das ist die Lösung. Ich habe sie seit ein paar Jahren nicht gesehen, aber wir sind immer in Verbindung geblieben. Wir schreiben uns jedes Jahr zu Weihnachten.«

»Erzähl mir von ihr.«

»Also, ich dachte, sie könnte statt meiner kommen. Letztes Jahr Weihnachten schrieb sie mir, daß ihre Mutter gestorben sei. Sie hatte sie jahrelang gepflegt. Du kennst das ja ... die jüngste Tochter ... es wird von ihr erwartet. Die anderen leben ihr eigenes Leben, und ihr bleibt nichts übrig, als für die alternden Eltern zu sorgen. Ihre Schwester hat geheiratet und ist weggezogen. Clare hört kaum etwas von ihr. Aber letztes Jahr Weihnachten meinte sie, sie müßte sich möglicherweise nach einer Stellung umsehen.«

27

»Wenn sie eine Freundin von dir ist ... «

»Sie ist eine entfernte Verwandte ... eine Cousine um so viele Ecken, daß wir's nicht mehr zählen können. Sie muß ungefähr vierzehn gewesen sein, als ich sie das letzte Mal sah. Das war bei der Beerdigung einer Großtante. Sie war ein so gutmütiges Mädchen und hat sich schon damals rührend um ihre Mutter gekümmert. Soll ich ihr schreiben?«

»O ja, bitte.«

»Wenn sie herkommen kann, ehe ich gehe, könnte ich sie noch ein bißchen einweisen.«

»Evie, du bist fabelhaft. Mitten in all der Aufregung kannst du noch an andere denken. Bitte schreib ihr. Wenn sie mit dir verwandt ist, werden wir sie gewiß gern haben.«

»Ich schreibe ihr sofort. Es kann natürlich sein, daß sie inzwischen etwas gefunden hat.«

»Hoffen wir das Beste«, sagte ich.

*   *   *

Schon zwei Wochen nach dieser Unterhaltung traf Clare Massie bei uns ein. Sie hatte das Angebot gern angenommen, und Evie freute sich darüber.

»Es ist genau das Richtige für euch und auch für Clare«, sagte sie. Sie war rundum glücklich. Sie heiratete nicht nur ihren lieben James, sondern sie hatte gleichzeitig für uns und für ihre Verwandte Clare gesorgt.

Ich fuhr mit Evie im Einspänner zum Bahnhof, um Clare abzuholen. Wie sie so zwischen ihrem Gepäck auf dem Bahnsteig stand, wirkte sie ziemlich verlassen, und ich hatte Mitleid mit ihr. Wie würde *mir* zumute sein, wenn mir ein neues Leben bei fremden Leuten bevorstünde und nur eine entfernte Cousine da wäre, um mir über die ersten Tage hinwegzuhelfen? Und auch dieser Halt würde bald verschwinden.

Evie stürzte auf Clare zu. Sie umarmten sich.

»Kate, das ist Clare Massie. Clare, Kate Collison.«

Wir schüttelten uns die Hände, und ich blickte in ein Paar große braune Augen in einem ziemlich blassen, herzförmigen Gesicht. Das hellbraune Haar war zu beiden Seiten des Kopfes nach hinten gekämmt und in einem ordentlichen Knoten zusammengehalten. An ihrem braunen Strohhut steckte ein gelbes Maßliebchen, und ihr Mantel war ebenfalls braun. Sie wirkte nervös ... ängstlich bedacht, keinen schlechten Eindruck zu machen. Sie war ungefähr achtundzwanzig bis dreißig Jahre alt.

Um ihre Nervosität zu mindern, beteuerte ich, wie froh wir wären, daß sie gekommen sei. Evie habe uns viel von ihr erzählt.

»Ach ja«, sagte sie. »Evie war sehr lieb.«

»Wir könnten das Gepäck nachkommen lassen«, meinte Evie, praktisch wie immer. »Dann haben wir alle bequem in der Kutsche Platz. Nimm nur eine kleine Tasche mit. Hast du eine? Bloß die Sachen, die du sofort brauchst.«

»Ich hoffe, daß Sie hier glücklich werden«, sagte ich.

»Das wird sie bestimmt«, bestätigte Evie.

»Ich hoffe nur, ich kann ... «

Evie beschwichtigte sie. »Alles wird gut«, sagte sie fest.

Wir sprachen über Evies Hochzeit und die bevorstehende Abreise.

»Ich bin froh, daß Sie schon hier sind«, versicherte ich.

So kam Clare in unser Haus; und kurz darauf heiratete Evie. Mein Vater führte sie zum Altar, der Pfarrer vollzog die Trauung, und anschließend gaben wir bei uns einen Empfang für ein paar Freunde und Nachbarn. Noch am gleichen Tag begaben sich Braut und Bräutigam auf ihre Reise nach Afrika.

*   *   *

Clare lebte sich rasch ein. Sie widmete sich uns mit Hingabe und war entschlossen, uns stets zufriedenzustellen, so daß sie, wenn sie auch Evie nicht ersetzte – und wir waren überzeugt, daß das niemand konnte –, doch eine gute Hilfe war.

Sie war äußerst liebenswürdig, und es war leicht mit ihr auszukommen. Vielleicht war das Haus nicht ganz so gut bestellt wie bei Evie. Vielleicht erschienen die Dienstboten nicht ganz so prompt, wenn wir sie riefen, und auch die Disziplin hatte merklich nachgelassen; aber wir hatten Clare bald sehr gern und waren froh, daß sie gekommen war.

Mein Vater und ich stimmten überein, daß wir uns zu der neuen Behaglichkeit, die an die Stelle vollendeter Tüchtigkeit getreten war, beglückwünschen konnten.

Clare schloß rasch Freundschaften und schien sich besonders gut mit den Camborne-Zwillingen zu verstehen. Das amüsierte meinen Vater sehr. Er sagte, Faith blicke nun schon fast ebenso zu Clare auf wie zu Hope.

»Jetzt hat sie zwei Felsen, an die sie sich klammern kann«, bemerkte er.

Clare zeigte große Achtung vor unserer Arbeit. Sie bat meinen Vater, ihr seine Miniaturensammlung zu zeigen, was ihn sichtlich freute. Es war eine beachtliche Sammlung. Es waren hauptsächlich Collisons, aber er hatte auch einen Hilliard und zwei Isaac Olivers, die ich sogar für noch besser hielt als den Hilliard – wenn sie auch möglicherweise nicht den gleichen Marktwert besaßen. Einer seiner größten Schätze war eine Miniatur des französischen Künstlers Jean Pucelle, der im 14. Jahrhundert ein führendes Mitglied einer Gruppe von Miniaturmalern am Burgunderhof in Paris war. Mein Vater pflegte zu sagen, diese Sammlung sei unser Vermögen. Allerdings dachte er nie daran, auch nur ein einziges Stück davon zu verkaufen. Sie waren seit Generationen in Familienbesitz, und dort sollten sie auch bleiben.

Clares braune Augen leuchteten vor Entzücken, als sie diese kleinen Meisterwerke betrachtete und mein Vater ihr den Unterschied zwischen Tempera und Gouache erklärte. Evie hatte nichts von Malerei verstanden, und ich glaube, insgeheim

30

hegte sie eine leichte Verachtung dafür. Hätte mein Vater nicht damit seinen Lebensunterhalt verdient, so hätte sie diese Arbeit gewiß als eine recht oberflächliche Beschäftigung abgetan.

Clare aber hatte wirklich ein Gefühl für Malerei und gestand, daß sie sich einmal an einem kleinen Ölgemälde versucht hatte.

Sie war eindeutig ein Gewinn für unser Hauswesen. Die Dienstboten hatten sie gern; sie war nicht so energisch wie Evie und war weder belehrend noch herrisch. Clare hatte etwas weiblich Hilfloses an sich, das ihrer Umgebung das Gefühl gab, sanft mit ihr umgehen zu müssen. Die Dienstboten spürten das, und während sie sich gegen eine andere Haushälterin womöglich gewehrt hätten, halfen sie Clare, in Evies Fußstapfen zu treten.

Und sie arbeitete sich allmählich ein. Sie war zwar anders, sanfter; und mangelte es ihr auch an der Tüchtigkeit, die wir bei Evie gewohnt waren, so waren wir doch gern bereit, uns mit weniger zu begnügen, da Clare sich so bemühte, uns zufriedenzustellen.

Nach einer Weile faßte sie auch Vertrauen zu mir und erzählte von ihrer Mutter.

»Ich habe sie innig geliebt«, sagte sie. »Sie war mein Leben. Nicht umsonst habe ich sie bis zu ihrem Tode gepflegt. Ach Kate, ich hoffe, Sie müssen nie einen geliebten Menschen leiden sehen. Es ist zu schmerzlich. Es zog sich Jahre hin ... «

Ich wußte, daß ihre ältere Schwester geheiratet hatte und fortgezogen war und daß ihr Vater starb, als Clare noch ein Kind war. Ihre Mutter hatte offenbar ihr Leben bestimmt, und es mußte ein schweres Leben gewesen sein. Clare hatte selbst ein wenig gemalt, deshalb freute es sie besonders, in einem Hauswesen wie dem unseren zu sein.

»Meine Mutter hielt meine Malerei für reine Zeitverschwendung«, sagte sie.

Ich vermutete, daß sie es mit ihrer Mutter nicht leicht gehabt

hatte, wenngleich Clare das niemals erwähnte und stets mit
größter Zuneigung von ihr sprach.
Sie wirkte wie jemand, der endlich in die Freiheit entlassen
worden war.

*　　*　　*

Und dann kam der Auftrag.
Er versetzte meinen Vater in eine Euphorie, in der Panik, Jubel, Spannung, Erregung und Unsicherheit mitschwangen.
Es war für ihn der Augenblick der Entscheidung. Es handelte
sich um einen der bedeutendsten Aufträge seines Lebens.
Konnte er ihn in seinem gegenwärtigen gesundheitlichen Zustand annehmen?
Sobald wir allein im Atelier waren, klärte er mich auf. Er hielt
ein Schreiben auf Büttenpapier in der Hand.
»Es ist vom Haushofmeister des Barons de Centeville. Das
liegt in der Normandie, nicht weit von Paris. Es handelt sich
um einen Auftrag des Barons, wenn er auch von seinem
Haushofmeister kommt. Der Baron hat offenbar vor zu heiraten und wünscht eine Miniatur von sich für seine Verlobte,
die Princesse de Créspigny. Und wenn das Bildnis fertig ist
und gefällt, soll ich die Dame aufsuchen und sie portraitieren,
auf daß, dem Brauch gemäß, die Miniaturen zwischen dem
glücklichen Paar ausgetauscht werden können. Kate, das ist
die Chance meines Lebens. Wenn der Baron zufrieden ist ...
wenn man meine Miniaturen in diesen Kreisen zu sehen bekommt ... dann könnte ich über kurz oder lang die Kaiserin
Eugénie persönlich malen.« Seine Augen leuchteten. In diesem Moment hatte er sein Leiden vergessen. Ich beobachtete
mit schmerzlichem Mitleid und Kummer im Herzen, wie er
sich dessen plötzlich bewußt wurde und die Freude aus seinen Zügen wich. Noch nie hatte ich ihn so verzweifelt gesehen.
Doch plötzlich änderte sich sein Ausdruck. »Wir könnten es

trotzdem machen, Kate«, strahlte er. »*Du* wirst die Miniatur malen.«

Ich glaubte, an meinen Herzschlägen zu ersticken. Das war es, was ich ersehnt hatte: Ein Auftrag von einer großen Persönlichkeit ... zu reisen, fort aus unserer kleinen Welt ... quer durch einen Kontinent, fremde Höfe besuchen, unter Leuten leben, die Geschichte gemacht hatten.

Von allen Höfen Europas war der französische der glanzvollste. Der Hof unserer Königin war düster dagegen. Sie betrauerte noch immer den Tod ihres Gemahls, der vor einigen Jahren an Typhus gestorben war. Seither hatte die Königin sich zurückgezogen und sich kaum sehen lassen. Der Prince of Wales schien zwar ein recht munteres Leben zu führen, aber das war nicht dasselbe. Charles Louis Napoleon Bonaparte, Sohn von Louis Bonaparte, dem Bruder des großen Napoleon, dem es beinahe gelungen wäre, die Welt zu erobern, hatte die schöne Eugénie Marie de Guzman geheiratet, und die beiden hatten ihren Hof zum Mittelpunkt Europas gemacht.

Wie sehnte ich mich danach, ihn zu sehen! Aber die Einladung war freilich nicht an mich ergangen. Sie galt meinem Vater. Und als er sagte: »Wir könnten es machen ... «, hatte er mir einen Schimmer von dem vermittelt, was in seinem Kopf Gestalt annahm.

Ich sagte ruhig: »Du wirst absagen müssen.«

»Ja«, erwiderte er, aber ich spürte, daß die Angelegenheit damit noch nicht abgetan war.

Ich fuhr fort: »Du wirst es jetzt bekanntgeben müssen. Dies wäre der richtige Anlaß.«

»Aber du könntest mich doch vertreten, Kate.«

»Niemals würden sie eine Frau akzeptieren.«

»Nein«, stimmte er zu, »natürlich nicht.«

Er blickte mich eindringlich an. Dann sagte er langsam: »Ich werde den Auftrag annehmen ... «

»Deine Augen könnten versagen. Das wäre höchst verhängnisvoll.«

»Ich würde mit deinen Augen sehen, Kate.«

»Du meinst, ich soll mit dir gehen?«

Er nickte langsam.

»Man wird mir gestatten, dich mitzunehmen. Ich brauche eine Reisebegleitung, denn ich bin nicht mehr jung. Du würdest mir helfen. Sie würden annehmen ... vielleicht, um die Farben zu mischen ... meine Pinsel zu reinigen, meine Paletten ... Und du müßtest auf mich aufpassen, Kate.«

»Ja«, sagte ich. »Das könnte ich tun.«

»Ich wollte, ich könnte zu ihnen sagen: ›Meine Tochter ist eine große Malerin. Sie wird die Miniaturen für Sie anfertigen.‹ Aber das ließen sie niemals gelten.«

»Die Welt ist ungerecht gegen Frauen«, rief ich zornig aus.

»Die Welt ist zuweilen ungerecht gegen alle. Nein, Kate, wir können nur zusammen gehen. Ich, weil ich dich als meine Augen brauche. Du, weil du eine Frau bist. Wenn die Miniaturen fertig, wenn sie gelungen sind, dann werde ich zu dem Baron sagen: ›Dies ist das Werk meiner Tochter. Sie haben es bewundert ... es angenommen ... Nun akzeptieren Sie sie als die Malerin, die sie ist.‹ Kate, das könnte unsere Chance sein. Vielleicht ist es ein Wink des Schicksals.«

Ich strahlte, und doch konnte ich ihn dabei nicht ansehen.

»Ja«, sagte ich. »Wir werden gehen.«

Ich lebte wie in einem Rausch; heftige Erregung und wilder Jubel hatten mich ergriffen. Noch nie war ich so beschwingt gewesen. Ich wußte, daß ich Miniaturen malen konnte, die dem Vergleich mit den größten Künstlern standhielten. Mir kribbelten die Finger, und ich wünschte sehnlichst, beginnen zu können.

Dann schämte ich mich wieder meines Glücks, weil es mir nur durch meines Vaters Unglück beschieden war.

Doch er verstand mich, ich hörte ihn leise und liebevoll lachen.

»Verleugne deine Kunst nicht, Kate«, sagte er. »Du bist in erster Linie Künstlerin. Wärst du das nicht, dann wärst du keine große Künstlerin. Dies kann deine Chance sein. Du brichst eine Lanze für Kunst und Weiblichkeit zur gleichen Zeit. Hör mir zu. Ich werde diesen Auftrag annehmen. Wir reisen zusammen zu diesem *Château* in der Normandie. Du wirst malen wie noch nie. Ich sehe alles ganz deutlich vor mir.«

»Bei den Sitzungen ... wird das Modell es erfahren.«

»Das ist kein Problem. Du wirst bei den Sitzungen zugegen sein, wirst zusehen und dann deine Miniatur anfertigen, wenn das Modell abwesend ist. Du lernst den Baron kennen und hast meine Zeichnung, nach der du arbeiten kannst. Ich kann ja lediglich die ganz feinen Pinselstriche nicht ausführen. Zusammen werden wir es schaffen, Kate. Oh, es wird ein aufregendes Abenteuer werden.«

»Zeig mir den Brief.«

Ich hielt ihn in Händen. Er war wie ein Talisman, ein Schlüssel zum Ruhm. Später habe ich mich oft gefragt, warum uns das Schicksal keinen Hinweis gibt ... um uns zu warnen ... uns zu führen ... Aber nein, die bedeutendsten Augenblicke in unserem Leben vergehen ohne besonderes Gewicht.

»Wirst du antworten?« fragte ich.

»Ich schreibe noch heute«, erwiderte mein Vater.

»Solltest du nicht lieber ein Weilchen warten ... nachdenken ...«

»Ich habe nachgedacht. Du nicht?«

»Doch, ich auch.«

»Es wird gelingen, Kate. Wir werden es schaffen.«

*   *   *

Ich hatte meinen Vater lange Zeit nicht so glücklich gesehen. Wir waren wie zwei Kinder, als wir uns auf das große Ereignis unseres Lebens vorbereiteten. Wir weigerten uns, die Schwierigkeiten zu sehen. Wir lebten lieber in unserem euphorischen Traum, überzeugt, daß alles so gelingen würde, wie wir es geplant hatten.

»Wenn du eines Tages als Malerin anerkannt würdest«, sagte mein Vater, »könnte mich das mit meinem Schicksal versöhnen.«

Wir sprachen mit Clare. Fühlte sie sich imstande, nach so kurzer Zeit die Verantwortung für das Hauswesen zu übernehmen?

Sie beteuerte, daß sie alles in ihrer Macht Stehende tun werde, um unser Vertrauen in sie zu rechtfertigen.

»Ich habe inzwischen viele Freunde hier«, sagte sie. »Sie sind alle so nett: im Gutshaus und im Pfarrhaus, und ich habe die Camborne-Zwillinge. Falls es während Ihrer Abwesenheit irgendwelche Schwierigkeiten geben sollte – womit ich jedoch nicht rechne –, werden sie mir sicher helfen.«

»Wir wissen nicht genau, wie lange wir zur Ausführung dieses Auftrags brauchen werden. Das kommt auf das Modell an. Und wenn wir in der Normandie fertig sind, müssen wir vielleicht noch nach Paris.«

»Sie dürfen gewiß sein, daß hier alles in besten Händen ist«, versicherte uns Clare.

So machten mein Vater und ich, nicht ganz zwei Wochen nach Erhalt der Einladung, uns auf den Weg zum Château de Centeville in der Normandie.

Das Schloß

Die Reise hätte recht anstrengend sein können, wäre nicht alles, was ich zu sehen bekam, für mich so faszinierend gewesen. Ich hatte mein Land noch nie verlassen und wollte auf keinen Fall etwas versäumen. Die Überfahrt verlief glatt, und nach einer endlos scheinenden Eisenbahnfahrt kamen wir nach Rouen. Dort stiegen wir nach Centeville um.

Wir kamen am Nachmittag an. Wir waren seit dem frühen Morgen des Vortages unterwegs, und war die Reise auch interessant gewesen, so war ich doch froh, als wir endlich da waren.

Als wir aus dem Zug stiegen, näherte sich uns ein Mann in Livree. Ungläubig betrachtete er uns – er war wohl überrascht, statt eines Mannes auch noch eine Frau zu empfangen. Mein Vater ergriff als erster das Wort. Sein Französisch war recht gut, und meins nicht minder, so daß wir kaum Schwierigkeiten mit der Sprache hatten.

»Ich bin Kendal Collison«, stellte sich mein Vater vor. »Warten Sie auf uns? Man hat uns unterrichtet, daß wir am Bahnhof abgeholt würden.«

Der Mann verbeugte sich. Ja, sagte er, er sei im Auftrag von Monsieur de Marnier, Haushofmeister des Château de Centeville, gekommen, um Monsieur Collison abzuholen.

»Der bin ich«, sagte mein Vater. »Und dies ist meine Tochter, ohne die ich nicht mehr verreise.«

Mir wurde dieselbe höfliche Verbeugung zuteil, die ich mit einem Neigen meines Kopfes erwiderte. Der Mann geleitete uns zu einer prächtigen dunkelblauen Kutsche, die mit einem Wappen, vermutlich dem unseres erlauchten Auftraggebers, verziert war.

Man war uns beim Einsteigen behilflich und erklärte uns, daß unsere Koffer zum *Château* gebracht würden. Ich war darüber recht erleichtert, denn sie machten einem solchen Gefährt absolut keine Ehre. Ich blickte meinen Vater an und lächelte nervös. Die Förmlichkeit, mit der man uns empfing, gebot uns durchzustehen, worauf wir uns eingelassen hatten.

Die Pferde wurden angetrieben, und wir rollten durch eine bezaubernde bewaldete und hügelige Landschaft. Plötzlich sah ich das Schloß über der Stadt – eine finstere normannische Zwingburg aus grauem Stein mit gewaltigen zylindrischen Säulen, hohen schmalen Fensterschlitzen, Rundbögen und pechnasenbewehrten Türmen.

Es wirkte bedrohlich – wahrhaftig eher wie eine Festung als ein Wohnsitz, und mich durchlief ein ahnungsvolles Frösteln. Wir fuhren den sanft ansteigenden Hügel hinauf, und je näher wir dem Schloß kamen, um so bedrohlicher wirkte es. Wir hätten alles erklären sollen, sagte ich mir. Wir sind unter falschen Vorspiegelungen hierhergekommen. Was werden sie tun, wenn sie es entdecken? Nun ja, sie können uns lediglich fortschicken.

Ich sah meinen Vater an. Ich konnte seiner Miene nicht entnehmen, ob er die drohende Macht dieser Stätte ebenso spürte wie ich.

Wir fuhren über einen Graben und unter einem Fallgitter hindurch und gelangten in einen Innenhof. Die Karosse hielt an, und unser prachtvoll livrierter Kutscher sprang vom Bock und hielt uns die Tür auf.

Ich kam mir plötzlich ganz klein vor, als ich zwischen den gewaltigen steinernen Mauern stand. Ich blickte hinauf zu dem Bergfried mit dem Wachtturm, von dem man gewiß eine meilenweite Sicht rund um das Schloß hatte.

»Hier entlang«, bat der Kutscher.

Wir standen vor einem beschlagenen Tor. Der Kutscher klopfte fest dagegen, und augenblicklich wurde es von einem Mann in ähnlicher Livree geöffnet.

»Monsieur und Mademoiselle Collison«, sagte der Kutscher, als verkündete er unsere Ankunft bei einem zeremoniellen Empfang. Dann verbeugte er sich vor uns und entfernte sich, uns der Obhut unseres nächsten Führers überlassend.

Der Diener verbeugte sich auf dieselbe förmliche Art und bedeutete uns, ihm zu folgen.

Wir wurden in eine große Halle geführt. Die gewölbte Decke wurde von dicken runden Steinsäulen gestützt. Durch die schmalen Fenster fiel nicht viel Licht herein; in die Mauern waren steinerne Bänke eingelassen, und in der Mitte stand ein kostbar geschnitzter Tisch – ein Zugeständnis an eine spätere Periode; denn ich nahm an, daß die Halle selbst rein normannisch war. Auch das Glas in den Fenstern war ein Zugeständnis an die neuere Zeit.

»Entschuldigen Sie mich einen Augenblick«, sagte der Diener. »Ich werde Monsieur de Marnier Ihre Ankunft melden.«

Als wir allein waren, sahen mein Vater und ich uns in hilfloser Ehrfurcht an.

»So weit, so gut«, flüsterte er.

Ich stimmte ihm zu, unter dem Vorbehalt, daß wir noch nicht sehr weit gediehen waren.

Kurz darauf machten wir die Bekanntschaft von Monsieur de Marnier, der uns sogleich wissen ließ, daß er den sehr verantwortungsvollen Posten des Majordomus bekleidete. Er war der Haushofmeister des Château de Centeville und eine sehr eindrucksvolle Erscheinung in seinem blauen Rock mit goldenen Tressen und großen Knöpfen, auf die irgend etwas geprägt war. Soweit ich erkennen konnte, handelte es sich um eine Art Schiff. Monsieur de Marnier war gleichzeitig liebenswürdig und verstört. Man hatte ihn falsch unterrichtet. Ihm war lediglich ein Herr angekündigt worden.

»Dies ist meine Tochter«, erklärte mein Vater. »Ich dachte,

39

man sei verständigt. Ohne sie reise ich nicht. Ich benötige sie für meine Arbeit.«

»Selbstverständlich, Monsieur Collison. Selbstverständlich. Ein Versehen. Ich werde sogleich ... Man muß ein Zimmer herrichten. Ich werde dafür sorgen. Es ist eine Kleinigkeit ... nicht von Belang. Wenn Sie solange mit zu dem Zimmer kommen wollen, das für Monsieur vorbereitet ist, werde ich eines für Mademoiselle herrichten lassen. Wir speisen um acht Uhr. Möchten Sie inzwischen eine Erfrischung in Ihrem Zimmer zu sich nehmen?«

Ich erwiderte, ein wenig Kaffee sei vorzüglich.

Er verbeugte sich. »Kaffee und ein kleines *goûter*. Sehr wohl. Bitte folgen Sie mir. Monsieur de Mortemer wird Sie beim Diner begrüßen. Er wird Ihnen alles Nähere erklären.«

Er ging vor uns eine breite Treppe hoch und eine Galerie entlang. Dann gelangten wir zu einer steinernen Wendeltreppe – eindeutig normannisch, ein weiterer Hinweis auf das Alter des Schlosses. Ich war ein wenig besorgt um meinen Vater; seine Augen könnten ihn bei dem plötzlichen Lichtwechsel auf dieser recht gefährlichen Treppe täuschen. Ich bestand darauf, daß er voranging, und ich folgte dicht hinter ihm für den Fall, daß er stolperte.

Schließlich kamen wir in eine andere Halle. Wir waren sehr hoch gestiegen. Hier oben würden wir gutes, helles Licht haben. Von der Halle aus bogen wir in einen Flur. Der Diener öffnete die Tür zu dem Zimmer, das man meinem Vater zugedacht hatte. Es war ein großer Raum und enthielt ein Bett sowie etliche schwere Möbelstücke aus einer frühen Periode. Die in die Mauer eingelassenen Fenster waren hoch und schmal und schlossen das Licht aus. Die Wände waren mit alten Waffen und Gobelins geschmückt.

Rund um mich spürte ich die Vergangenheit, doch auch hier gab es etliche Zugeständnisse an modernen Komfort. Hinter dem Bett hatte man einen Alkoven eingerichtet, in dem man sich waschen und anziehen konnte – eine Art Ankleidekam-

40

mer, die in einer normannischen Festung gewiß nicht vorhanden war.

»Man wird Ihnen Bescheid geben, wenn Ihr Zimmer fertig ist, Mademoiselle.«

Dann waren wir allein.

Die Jahre schienen von meinem Vater abgefallen zu sein. Er war wie ein übermütiger Knabe.

»Altertum überall!« rief er aus. »Ich könnte mich um achthundert Jahre zurückversetzen und mir vorstellen, daß Herzog Wilhelm plötzlich erschiene und erklärte, daß er England zu erobern gedenkt.«

»Mir geht es genauso. Es ist ausgesprochen feudal hier. Wer mag dieser Monsieur de Mortemer sein?«

»Der Name wurde mit solcher Hochachtung ausgesprochen; möglicherweise handelt es sich um den Sohn des Hauses.«

»Der Baron, der demnächst heiraten wird, hat gewiß keinen Sohn ... jedenfalls keinen, der alt genug wäre, uns zu empfangen.«

»Es könnte seine zweite Ehe sein. Aber das will ich nicht hoffen. Ich wünschte ihn mir jung, ohne Falten ... jung und schön.«

»Ältere Gesichter sind meistens interessanter«, gab ich zu bedenken.

»Wenn die Leute das einsehen würden, dann schon. Aber jeder wünscht sich jugendliches Aussehen, unbeschattete Augen, zarten Teint. Für eine interessante Miniatur würde ich die weniger jungen vorziehen. Aber von diesem Auftrag hängt so vieles ab. Wenn wir unser Modell hübsch darstellen ... dann bekommen wir viele weitere Aufträge. Und die brauchen wir, mein Kind.«

»Du sprichst, als ob sie mich wirklich akzeptieren würden. Doch ich habe meine Zweifel. Am Hofe von François I. hätte man mich vielleicht anerkannt. Er liebte die Frauen und gestand ihnen Intelligenz und Können zu. Ich bezweifle, daß wir so etwas in der feudalen Normandie antreffen.«

41

»Du beurteilst unseren Gastgeber nach seinem Schloß.«

»Ich spüre, daß er an der Vergangenheit hängt. Es liegt in der Luft.«

»Wir werden sehen, Kate. In der Zwischenzeit wollen wir einen Plan ersinnen, wie wir am besten vorgehen. Ich bin gespannt, wo wir arbeiten werden. Es muß heller sein als in diesem Zimmer.«

»O Gott, wie wird das wohl enden?«

»Laß uns zunächst beim Anfang bleiben. Wir sind hier, Kate. Heute abend werden wir diesen Monsieur de Mortemer kennenlernen. Warten wir ab, was er zu deiner Gegenwart sagt.«

Während unserer Unterhaltung klopfte es, und ein Mädchen brachte Kaffee und kleine Brötchen mit Konfitüre. Wenn wir gegessen hätten, gab sie zu verstehen, wolle sie wiederkommen und mich in mein Zimmer führen. Es liege neben dem meines Vaters. Dann werde man uns Wasser zum Waschen bringen. Bis zum Abendessen blieb uns noch viel Zeit.

Der Kaffee und die Brötchen waren köstlich, und meine Stimmung besserte sich. Die Zuversicht meines Vaters steckte mich an.

Mein Zimmer glich dem seinen. Dicke Teppiche bedeckten den Boden, und an den Fenstern hingen Vorhänge aus mattem purpurrotem Samt. Ein Kleiderschrank, ein paar Stühle und ein Tisch mit einem schweren Spiegel darauf dienten meiner Bequemlichkeit.

Mein Gepäck wurde gebracht, und ich begann, mich für das Abendessen umzukleiden.

Was trug man zu solchem Anlaß? Ich hatte geahnt, daß es hier ziemlich förmlich zugehen würde, und war froh, daß ich mir für Lady Farringdons Gesellschaften mehrere Kleider hatte anfertigen lassen.

Ich wählte ein schlichtes aus dunkelgrünem Samt mit bauschigem Rock und enganliegendem Mieder. Es war beileibe kein Ballkleid; ich hatte es vielmehr zu Lady Farringdons musikalischen Abenden getragen, und ich meinte, es würde für diese Gelegenheit passen. Überdies fühlte ich mich in diesem Grün stets besonders wohl – eine Juwelenfarbe nannte es mein Vater. »Die alten Meister verstanden sie herzustellen«, erklärte er mir. »Nach dem siebzehnten Jahrhundert ist es keinem mehr so recht gelungen. Damals hatten Farben noch eine besondere Bedeutung, und die großen Künstler hielten ihre Farbmischungen geheim. Heute ist das anders. Man kauft die Farben einfach in einer Tube.«

Als ich fertig war, ging ich zu meinem Vater hinüber. Nach wenigen Minuten klopfte es leise an die Tür. Es war der Haushofmeister persönlich, der gekommen war, um uns zum Abendessen nach unten zu geleiten.

Wir legten wieder eine ziemliche Strecke zurück, bis wir uns in einem anderen Teil des Schlosses befanden. Die Architektur hatte sich leicht geändert. Das Gebäude war sehr weitläufig und war wohl im Laufe der Jahrhunderte beträchtlich vergrößert worden. Es hatte sich von frühnormannisch zu spätgotisch gewandelt.

Wir befanden uns in einem kleinen getäfelten Raum, dessen bemalte Decke meinen Blick sogleich fesselte. Die wollte ich zu einem späteren Zeitpunkt genauer in Augenschein nehmen, wie so vieles andere, was ich in dem Schloß flüchtig sah. Wir wurden eilig durch eine Bildergalerie geführt, und ich bin sicher, daß es meinem Vater ebenso schwerfiel wie mir, den Haushofmeister nicht zum Stehenbleiben zu bewegen, damit wir die Bilder betrachten könnten.

Der Raum, in dem wir uns nun befanden, war wie ein Vorzimmer – ein Gemach, dachte ich, in welchem man darauf wartet, von einem König zu einer Audienz empfangen zu werden –, und dieser Baron de Centeville schien offenbar wie ein König zu leben. Ich war gespannt auf sein Gesicht und hatte das bestimmte Gefühl, daß es für eine Miniatur nicht geeignet sei. Ein Herr war in den Raum getreten. Ich hielt den Atem an. Er war der bestaussehende Mann, den ich je erblickt hatte: mittelgroß, Haare und Augen waren hellbraun. Er war elegant

43

gekleidet, und sein Abendanzug war von weit erlesenerem
Schnitt, als ich es daheim gewohnt war. Sein weißes Hemd
war exquisit gefältelt, und seine Krawatte leuchtete saphir-
blau. Darauf funkelte ein einziger Stein, wie es nur ein Dia-
mant vermochte.

Er verbeugte sich tief, dann küßte er mir die Hand.

»Willkommen«, sagte er auf englisch. »Ich bin entzückt, Sie
im Namen meines Cousins, des Barons de Centeville, willkommen zu heißen. Er bedauert, daß er Sie heute abend nicht
begrüßen kann. Er wird erst morgen hier sein. Sie sind gewiß
hungrig. Möchten Sie unverzüglich speisen? Es ist heute
abend nur ein kleines Mahl. Wir dinieren ... à trois ... sehr in-
time ... Ich hielt das am Abend Ihrer Ankunft für das Beste.«

Mein Vater dankte ihm für die freundliche Begrüßung. »Ich
fürchte«, sagte er, »aufgrund eines Mißverständnisses hat
man mich allein erwartet. Meine Tochter ist ebenfalls Malerin.
Es fällt mir inzwischen schwer, ohne sie zu reisen.«

»Es ist uns ein Vergnügen, Mademoiselle Collison bei uns zu
haben«, erwiderte unser Gastgeber.

Dann stellte er sich vor. Er sei Bertrand de Mortemer, ein ent-
fernter Cousin des Barons. Der Baron sei das Oberhaupt der
Familie. Er selbst sei ein Mitglied von einem geringeren
Zweig. Ob wir verstünden?

Wir sagten, wir verstünden vollkommen, und es sei sehr gütig
von Monsieur de Mortemer, sich so um unser Wohlergehen
zu kümmern.

»Ihr Ruhm ist bis zum Baron gedrungen«, erzählte er. »Wie
man Ihnen gewiß mitgeteilt hat, wird er sich demnächst vermählen, und die Miniatur soll ein Geschenk für seine Braut
sein, falls ... «

»Falls«, fiel ich ihm spontan ins Wort, »ihm das Werk gefällt.«

Monsieur de Mortemer neigte bestätigend den Kopf. »Es wird
ihm gewiß gefallen«, fuhr er fort. »Ihre Miniaturen sind in
ganz Europa bekannt, Monsieur Collison.«

Ich war jedesmal richtig gerührt, wenn ich die Freude meines

Vaters über ein Lob sah, und jetzt, da seine Kräfte nachließen, war es besonders ergreifend. Ich fühlte eine große Zärtlichkeit für ihn.

Er wurde mit jeder Minute zuversichtlicher – und ich mit ihm. Monsieur de Mortemer war außerordentlich liebenswürdig, und wenn der großmächtige Baron so war wie er, dann hatten wir nichts zu befürchten.

»Der Baron ist ein großer Kunstkenner«, sagte Monsieur de Mortemer. »Er genießt Schönheit in jeder Form. Er hat eine Menge von Ihren Arbeiten gesehen und hat eine hohe Meinung von Ihrem Können. Aus diesem Grunde hat er Sie ausersehen, diese Miniatur anzufertigen, statt einen von unseren Landsleuten zu beauftragen.«

»Man darf wohl behaupten, daß die Engländer in der Kunst der Miniaturmalerei unübertrefflich sind«, bemerkte mein Vater, sich in einem seiner Lieblingsthemen ergehend. »Das ist merkwürdig, denn diese Kunst wurde in anderen Ländern entwickelt, ehe sie nach England gelangte. Ihr Jean Pucelle hatte im vierzehnten Jahrhundert seine eigene Gruppe. Unser Nicolas Hilliard, den man als den englischen Begründer bezeichnen darf, kam erst zwei Jahrhunderte später.«

»Diese Miniaturmalerei erfordert viel Geduld, nicht wahr?« meinte Monsieur de Mortemer.

»Sehr viel Geduld«, bestätigte ich. »Leben Sie hier bei Ihrem Cousin, Monsieur de Mortemer?«

»Nein ... nein. Ich lebe bei meinen Eltern ... südlich von Paris. Als Junge habe ich eine Zeitlang hier gelebt. Ich lernte, einen Besitz zu verwalten und, hm ... *comme il faut* zu leben ... Sie verstehen? Mein Cousin ist mein Patron.«

»Also eine Art Patriarch der Familie?«

»Vielleicht«, erwiderte er mit einem Lächeln. »Der Besitz meiner Familie ist wesentlich kleiner. Mein Cousin ist uns ... hm ... in vielem sehr hilfreich.«

»Ich verstehe vollkommen. Hoffentlich finden Sie meine Fragen nicht unverschämt.«

»Sie könnten niemals unverschämt sein, Mademoiselle Collison. Ich fühle mich geehrt, daß Sie solches Interesse für meine Angelegenheiten bekunden.«

»Wenn wir ... wenn mein Vater eine Miniatur malt, möchte er soviel wie möglich über sein Modell wissen. Der Baron scheint ein sehr bedeutender Mann zu sein ... nicht nur in Centeville, sondern in ganz Frankreich.«

»Er *ist* Centeville, Mademoiselle. Ich könnte Ihnen eine Menge von ihm erzählen, aber das entdecken Sie am besten selbst. Die Menschen sehen nicht immer alles mit den gleichen Augen, und ein Maler sollte vielleicht nur mit seinen eigenen sehen.«

Ich dachte: Jetzt habe ich zu viele Fragen gestellt. Monsieur de Mortemer ist die Diskretion in Person: *Toujours la politesse.* Eine alte französische Redensart. Aber er hat recht. Wir müssen diesen bedeutenden Baron selbst kennenlernen.

Mein Vater brachte das Gespräch auf das Schloß. Er hielt das für ein unverfänglicheres Thema.

Wir hatten richtig vermutet: Das ursprüngliche Gebäude stammte aus der Zeit vor 1066. Zu der Zeit war es eine Festung, gebaut, um Eindringlinge abzuwehren, und enthielt deshalb kaum mehr als Schlafquartiere für die Verteidiger. Im Laufe der Jahrhunderte wurde der Bau erweitert. Besonders im sechzehnten Jahrhundert befleißigte man sich einer regen Bautätigkeit. François I. machte den Anfang. Er errichtete Chambord, und wohin er kam, hatte er restauriert und verschönert. Zu seiner Zeit wurde Centeville beträchtlich vergrößert, aber das war nur im Innern sichtbar. Klugerweise hatte man das normannische Äußere erhalten.

Monsieur de Mortemer erzählte begeistert von dem Schloß und von den Schätzen, die es enthielt.

»Der Baron ist ein Sammler«, erklärte er. »Er hat viele schöne Dinge geerbt und sie ständig ergänzt. Es wird mir ein Vergnügen sein, Ihnen einige seltene Stücke zu zeigen.«

»Glauben Sie, daß der Baron das erlaubt?«

»Dessen bin ich sicher. Er wird über Ihr Interesse erfreut sein.«

»Ich wüßte gern, wo ich die Miniatur malen werde«, sagte mein Vater.

»O ja. Der Baron hat hier schon des öfteren Künstler beschäftigt. Er weiß, welches Licht vonnöten ist. Die Arbeiten wurden im sogenannten Sonnenzimmer ausgeführt. Das ist ein Raum im modernsten Teil des Schlosses, und damit meine ich den im siebzehnten Jahrhundert gebauten. Das Zimmer ist so angelegt, daß die Sonne von allen Seiten hereinscheint. Es ist ein hoher Raum mit Fenstern im Dach. Sie werden es morgen sehen. Ich denke, es wird Ihnen zusagen.«

»Das klingt ideal«, bemerkte ich.

Wir sprachen oberflächlich über ein oder zwei andere Themen: Über unsere Reise, die Landschaft im Vergleich mit der zu Hause und dergleichen, bis Monsieur de Mortemer schließlich sagte: »Sie sind gewiß völlig erschöpft. Ich lasse Sie in Ihre Zimmer führen. Ich hoffe, Sie haben eine gute Nacht und werden sich morgen frisch und ausgeruht fühlen.«

»Und bereit, den Baron kennenzulernen«, fügte ich hinzu.

Er lächelte. Es war ein warmes, gewinnendes Lächeln. Ich glühte vor Freude. Er gefiel mir. Er gefiel mir sogar sehr. Ich fand seine makellose Erscheinung nicht im mindesten weibisch, sondern überaus elegant. Er hatte ein bezauberndes Lächeln, und mochte seine Andeutung, daß unsere Anwesenheit für Centeville eine Ehre darstelle, auch nicht ganz ernst gemeint sein, so hatte sie uns doch unsere Befangenheit genommen, und dafür mochte ich ihn um so lieber.

An diesem Abend ging ich erleichtert zu Bett. Ich war sehr müde. Sowohl die Reise wie auch die Spannung, was uns erwartete, hatten mich völlig erschöpft, und ich schlief fast augenblicklich ein.

*   *   *

Ich wurde durch ein leises Klopfen an der Tür geweckt. Ein Mädchen brachte das *petit déjeuner*, das aus Kaffee und knusprigen Brötchen mit Butter und Konfitüre bestand.

»Ich bringe Ihnen in zehn Minuten heißes Wasser, Mademoiselle«, sagte sie.

Ich setzte mich im Bett auf und trank den Kaffee. Er war köstlich. Ich war hungrig genug, um mir auch die Brötchen schmecken zu lassen.

Die Sonne schien durch das hohe, schmale Fenster herein, und ich wurde allmählich aufgeregt. Das Abenteuer nahm seinen Lauf.

Als ich mich gewaschen und angekleidet hatte, ging ich in das Zimmer meines Vaters. Er war zur gleichen Zeit wie ich geweckt worden, hatte sich seinen Kaffee und die Brötchen schmecken lassen und hielt sich bereit.

Monsieur de Marnier erschien. Er hatte Anweisung, uns zu Monsieur de Mortemer zu führen. Wir folgten ihm in den Teil des Schlosses, wo wir am Vorabend das Essen eingenommen hatten. Bertrand de Mortemer erwartete uns in dem Raum mit der bemalten Decke.

»Guten Morgen«, begrüßte er uns freundlich lächelnd. »Ich hoffe, Sie haben gut geschlafen.«

Wir bejahten und versicherten ihm unsere Dankbarkeit für die uns erwiesene Fürsorge um unser Wohlergehen.

Er breitete die Hände aus. Das sei nichts, meinte er. Es sei eine Ehre für Centeville.

»Nun möchten Sie gewiß das Sonnenzimmer sehen. Würden Sie mir bitte folgen.«

Wir waren von dem Raum begeistert. Er war von einem Menschen eingerichtet worden, der um die Wünsche von Künstlern wußte. »Sagt es Ihnen zu?« fragte Bertrand.

»Es ist geradezu ideal«, erwiderte ich, und mein Vater pflichtete mir bei. »Es wird einem so oft zugemutet, in gänzlich ungeeigneten Räumen zu malen«, gestand er. »Dies ist genau das, was wir brauchen.«

»Vielleicht möchten Sie die notwendigen Vorkehrungen treffen. Ihr Handwerkszeug herbeischaffen, wie man so sagt.«

Ich blickte meinen Vater an. »Tun wir das«, sagte ich. »Dann ist alles bereit.«

»Werden Sie mit dem Portrait beginnen, sobald der Baron eintrifft?«

Mein Vater zögerte. »Ich würde mich zuvor gern eine Weile mit meinem Modell unterhalten ... damit ich ihn kennenlerne.«

»Ich bin sicher, der Baron wird dafür Verständnis haben.«

»Fangen wir also mit den Vorbereitungen an«, sagte ich zu meinem Vater.

»Finden Sie zu Ihren Zimmern zurück?« fragte Monsieur de Mortemer.

»Das müssen wir erst lernen«, erwiderte ich.

»Nachdem Sie nun das Sonnenzimmer gesehen haben, lassen Sie sich von mir zurückbegleiten. Später können Sie Ihren Weg vielleicht allein finden.«

»Ich werde mir unterwegs Orientierungspunkte merken«, sagte ich mit einem Lächeln.

Mein Vater und ich waren ungefähr eine Stunde damit beschäftigt, unser Handwerkszeug in dem Sonnenzimmer auszubreiten. Der Raum war wirklich ideal für unsere Arbeit, und Vater meinte, daß sich alles vorzüglich anließe.

Ich fand, er sah ein wenig müde aus, und ein- oder zweimal bemerkte ich, daß er in dem hellen Licht blinzelte, und sah im Geiste bereits alle möglichen Hindernisse vor uns erstehen. Ich konnte mir nicht recht vorstellen, wie wir mit dem Vorwand durchkommen sollten, er male die Miniatur, während in Wirklichkeit ich es tat. Es war gewiß eine neue, interessante Arbeitsweise, doch ich fragte mich, wie das wohl enden würde.

Es wäre fatal, wenn unser Werk den Ansprüchen, die man an einen Collison stellte, nicht genügte.

Als wir in unsere Zimmer zurückgekehrt waren, bat ich mei-

49

nen Vater, sich ein wenig auszuruhen. Es war noch etwa eine
Stunde Zeit bis zum *déjeuner,* und die Reise sowie die Aufregung der Ankunft waren ein bißchen zuviel für ihn gewesen.
Ich überredete ihn, sich hinzulegen, und dann wollte ich mir
das Château von außen ansehen. Durch die Tür, durch die wir
tags zuvor eingetreten waren, ging ich in den Innenhof. Ich
hatte nicht vor, die Umfriedungen des Schlosses zu verlassen,
und blieb innerhalb des Grabens. Beim Umschauen entdeckte
ich eine Pforte. Ich ging hindurch und gelangte in einen Garten. Jetzt befand ich mich auf der Rückseite des Schlosses. Vor
mir erstreckte sich die weite Landschaft, die in der Ferne von
Wäldern abgegrenzt war. Es war sehr schön. Der Garten, der
bis zum Wassergraben reichte, war sorgfältig gepflegt. Blumen blühten üppig in vollendet zusammengestellten Farben.
Offensichtlich hatte unser Baron ein Gefühl für Farben – es
sei denn, er beschäftigte Leute, die das für ihn besorgten, was
höchstwahrscheinlich der Fall war.
Ich ging an den Rand des Grabens und setzte mich. Welch ein
Frieden! Und dennoch hatte ich ein unbehagliches Gefühl,
obwohl ich mir immerzu beteuerte, daß es dazu keinen Grund
gebe. Wenn der Baron entdeckte, daß mein Vater nicht mehr
imstande war zu malen, und wenn er einen Collison wünsch-
te, dann blieb ihm nur die eine Möglichkeit, mit meinem
Werk vorlieb zu nehmen. Und wenn er sich weigerte? Nun,
dann würden wir eben nach Hause zurückkehren.
Ich hörte Schritte. Abrupt wandte ich mich um und sah Ber-
trand de Mortemer auf mich zukommen.
»Oh«, sagte er, scheinbar überrascht. »Sind Sie fertig mit Ihren
Vorbereitungen?«
»Es gibt nicht viel zu tun, bevor ... hm ... das Modell ein-
trifft.«
»Sicher nicht.« Er setzte sich zu mir. »Nachdem Sie nun das
Schloß im Morgenlicht gesehen haben – wie finden Sie es?«
»Großartig. Mächtig. Imposant. Überwältigend. Mehr Aus-
drücke fallen mir nicht ein.«

50

»Das sind schon genug.«

Er blickte mich eindringlich an, und ich stellte fest, daß seine stattliche Erscheinung durch das Tageslicht nicht geschmälert wurde. Sie wurde eher noch betont.

»Wenn man bedenkt, daß dies alles einem einzigen Mann gehört ... das ist nahezu schwindelerregend.«

»Nicht für den Baron. Er ist damit aufgewachsen. Er ist ein Sproß seiner Ahnen. Warten Sie, bis Sie ihn kennenlernen, dann werden Sie es verstehen.«

»Ist er ... Ihnen ähnlich?«

Bertrand wirkte amüsiert. »Ich glaube, da müßten Sie angestrengt suchen, um eine Ähnlichkeit festzustellen.«

»Oh.«

»Sie scheinen enttäuscht.«

»Das bin ich auch. Ich wäre sehr erleichtert, wenn er Ihnen ähnlich wäre.«

Er legte unvermittelt seine Hand auf die meine. »Das ist ein sehr nettes Kompliment«, sagte er.

»Das ist kein Kompliment. Es ist eine Feststellung.«

Er lächelte mich an ... ein wenig traurig, wie ich fand, und fuhr fort: »Nein, Sie werden finden, daß er ganz anders ist.«

»Bitte, bereiten Sie mich vor.«

Er schüttelte den Kopf. »Es ist besser für Sie, wenn Sie ihm selbst begegnen. Jeder sieht die Menschen anders.«

»Das haben Sie gestern abend auch gesagt, und doch geben Sie mir bestimmte Hinweise. Ich habe den Eindruck, daß der Baron nicht leicht zufriedenzustellen ist.«

»Er weiß, was das Beste ist, und er will das Beste haben.«

»Und seine Verlobte?«

»Sie ist die Princesse de Créspigny.«

»Eine Prinzessin!«

»O ja. Der Baron ist nicht nur einer der wohlhabendsten Männer im Lande, sondern auch einer der einflußreichsten.«

»Und die Princesse?«

»Sie entstammt einer alten französischen Familie, die mit etli-

51

chen Königshäusern verwandt ist. Die Familie hat die Revolution überlebt.«

»Der Baron auch?«

»Der Baron würde stets überleben.«

»Es handelt sich also um die Verbindung zweier adeliger Familien. Die eine sehr reich, die andere nicht so reich, aber von königlichem Blut.«

»Die Princesse ist mit den Königshäusern von Frankreich und Österreich verwandt. Sie paßt sehr gut zu dem Baron. Die Güter der Créspignys müssen restauriert werden, und wenn jemand das bewerkstelligen kann, dann ist es der Baron.«

»Mit seinem unermeßlichen Reichtum«, murmelte ich.

»Ein nützlicher Faktor.«

»Und ist der Baron glücklich über seine bevorstehende Vermählung?«

»Glauben Sie mir, wenn er es nicht wäre, fände keine Vermählung statt.«

»Geben Sie acht«, sagte ich. »Sie vermitteln mir bereits Ihr Bild des Barons, noch bevor ich ihn kennenlerne.«

»Es ist nett, daß Sie mich warnen. Meine Lippen sind ab sofort ... wie sagt man bei Ihnen ... versiegelt?«

Ich nickte.

»Lassen Sie uns dann von etwas anderem sprechen.«

»Von Ihnen?«

»Nein, von Ihnen!«

Darauf erzählte ich ihm vom Leben im Hause Collison – von den Geselligkeiten bei den Farringdons, von der Pfarrersfamilie und den Camborne-Zwillingen, von der romantischen Hochzeit meiner Eltern und wie glücklich sie waren, vom Tod meiner Mutter, von unserem Glück, Evie zu haben, die nun ihren Missionar geheiratet hatte und in die Gefahren des finsteren Afrika aufgebrochen war.

»Aber sie hat uns Clare besorgt, bevor sie ging«, fügte ich hinzu. »Evie war die geborene Verwalterin. Sie hat sich um alles gekümmert.«

Bertrand blickte mich fest an. »Ich glaube, auch Sie sind so eine ... Verwalterin.«

Ich lachte. »Ich? O nein. Ich bin viel zu sehr mit meinen eigenen Angelegenheiten beschäftigt.«

»Ich weiß. Die Malerei! Ich nehme doch an, daß Sie malen. Es bedeutet Ihnen viel. Werden Sie Miniaturen malen wie Ihre Vorfahren?«

»Das würde ich lieber tun als alles andere.«

»Lieber als alles andere. Wünschen Sie sich keinen Mann, der Sie liebt ... eine Ehe ... Kinder?«

»Ich weiß es nicht. Vielleicht. Aber zuerst möchte ich malen.«

Er lächelte mich an, und ich dachte, ich rede zuviel. Ich kenne diesen Mann kaum. Was ist nur an ihm, daß er mein Vertrauen gewann? Die Güte, die ich vom ersten Augenblick an spürte, als wir uns begegneten, oder die Aura von Weltgewandtheit, die vermutlich nichts weiter war als seine Art der Kleidung und des Auftretens?

Er forderte mich zu Bekenntnissen heraus, und ich hatte ihm gewiß schon viel zuviel erzählt. Ich dachte: Als nächstes berichte ich ihm noch von meines Vaters fortschreitender Erblindung.

»Jetzt sind Sie an der Reihe, mir etwas über sich zu erzählen«, lenkte ich ab.

»Es ist das Dasein von so vielen in meiner Position.«

»Sie sagten, Sie haben einen Teil Ihrer Kindheit hier verbracht?«

»Ja. Der Baron wollte mich hier haben, damit ich etwas über das Leben lernte.«

»Über das Leben? Was?«

»Oh, wie man eben hierzulande lebt ... bei Hofe. Seitdem Kaiserin Eugénie den Ton angibt, geht es dort sehr förmlich zu. Der Baron bedauert den Zerfall der Monarchie, doch er ist mit dem *Second Empire* versöhnt und unterstützt Napoleon III. ... nicht aus Begeisterung, sondern weil es die einzige Alternative zur republikanischen Staatsform ist.«

53

»Hält sich der Baron oft bei Hofe auf?«

»Sehr oft. Aber ich glaube, am glücklichsten ist er hier in der Normandie.«

»Ist er ein sehr komplizierter Mensch ... schwer faßbar?«

Bertrand lächelte mich an. »Und somit ein gutes Modell für einen Maler. Wir werden sehen, ob Ihr Vater in die verborgenen Tiefen seines Charakters vordringt.«

»Dazu bedürfte es vermutlich einer großen Leinwand. Die Miniatur ist aber für die Liebste des Barons bestimmt und sollte daher ein romantisches Bildnis werden.«

»Sie meinen ... ein schmeichelhaftes.«

»Romantik ist auch ohne Schmeichelei möglich.«

»Ich vermute, dem Baron würde es nicht schmeicheln, als romantisch bezeichnet zu werden. Er ist stolz auf seine vernünftige Lebensauffassung.«

»Romantik und Vernunft müssen sich nicht widersprechen.«

»Nein? Ich dachte, in der Romantik sähe man alles durch einen rosaroten Schleier.«

»So muß mein Vater die Princesse den Baron sehen lassen ... durch einen rosaroten Schleier. Doch ich glaube, es ist Zeit, daß ich wieder hineingehe.«

Bertrand sprang auf und streckte mir seine Hände entgegen. Ich ergriff sie, und er half mir auf. Dabei hielt er meine Hände fest. Es währte nur ein paar Sekunden, aber mich dünkte es länger. Ich spürte plötzlich, wie still es um uns war; das ruhige Wasser des Grabens, die hohen mächtigen Mauern über uns – und bebte vor Erregung.

Errötend entzog ich ihm meine Hände.

Er sagte: »Vielleicht heute nachmittag ... falls Sie nicht beschäftigt sind ...«

»Nicht, bis der Baron zurückkehrt«, sagte ich.

»Reiten Sie?«

»Sehr oft. Ich half immer, die Pferde von Gut Farringdon zu bewegen. Die Farringdons behaupteten immer, daß ich ihnen einen Dienst erwiese, dabei war es umgekehrt.«

54

»So muß es auch sein«, sagte er. »Wenn man für einen Dienst Dankbarkeit verlangt, dann ist es kein Dienst.«

»Da haben Sie freilich recht. Warum fragen Sie, ob ich reite?«

»Weil ich vorschlagen möchte, daß wir heute nachmittag ausreiten. Ich könnte Ihnen die Umgebung zeigen. Haben Sie Lust?«

»O ja.«

»Haben Sie entsprechende Kleidung?«

»Ich habe ein Reitkostüm mitgebracht ... in der Hoffnung ... ohne zu ahnen, daß meine Hoffnung sich so bald erfüllen würde.«

Er berührte leicht meinen Arm. »Ich bin froh, daß Sie gekommen sind«, sagte er ernst. »Es ist sehr reizvoll ... Sie kennenzulernen.«

Ich bekam eine Gänsehaut vor Erregung. Die Zeit schien stillzustehen hier im Sonnenschein, nahe den mächtigen Mauern des Schlosses, dem silbrigen Glitzern des Wassers und diesem fesselnden und überaus ansehnlichen jungen Mann, der seine Bewunderung für mich kaum verhehlte.

*   *   *

Mit Bertrand de Mortemer durch die schöne Landschaft zu reiten, war ein aufregendes Erlebnis. Ich ritt sehr gern, und es reizte mich, meine neue Umgebung zu erkunden. Zum erstenmal entdeckte ich, daß das Leben ein Abenteuer war; es mochte gefährlich sein, aber es gehörte vielleicht zu meinem Wesen, einen Hauch von Gefahr zu genießen und mich ihr zu stellen, anstatt ihr vorsichtig aus dem Weg zu gehen.

Ich vermochte mir nicht recht zu erklären, weshalb ich so hochgestimmt war, ich konnte nur sagen, daß ich diesen Ritt genoß wie keinen zuvor.

Natürlich lag dies an der Gesellschaft dieses jungen Mannes. Noch nie hatte ich mich nach so kurzer Bekanntschaft so sehr zu jemandem hingezogen gefühlt. Es war faszinierend, sich mit ihm zu unterhalten, und die kleinen sprachlichen Schnitzer, die uns ab und zu unterliefen, amüsierten uns beide. Wir redeten und lachten, und die Zeit flog nur so dahin.

Ich sagte zu ihm: »Wir haben uns binnen sehr kurzer Zeit angefreundet.«

»Die Zeit ist stets zu kurz, wenn sich etwas Schönes ereignet«, erwiderte er. »Das Leben ist zu kurz. Sie sind mit Ihrem Vater hierhergekommen; er wird ein Bild malen, und bald werden Sie wieder fort sein. Wie soll ich Sie denn kennenlernen, wenn ich mich nicht beeile? Wie lange dauert es, bis eine Miniatur vollendet ist?«

»Das kann ich nicht sagen. Es kommt darauf an, wie die Arbeit vonstatten geht.«

»Der Baron wünscht gewiß, daß das Bildnis schnellstens fertig wird.«

Die Erwähnung des Barons machte mich frösteln. Ich hatte den Nachmittag so sehr genossen, daß ich diesen Mann ganz vergessen hatte.

Ich begriff eigentlich nicht richtig, was an diesem Nachmittag mit mir geschah; aber alles war bezaubernd. Hinterher wurde mir allerdings klar, daß dies die Leute im allgemeinen als »Verliebtsein« betiteln. Das war mir noch nie widerfahren. Ich hatte in meinem behüteten Leben nur wenige junge Männer kennengelernt, und ich war ganz gewiß niemandem begegnet, der Bertrand de Mortemer auch nur im entferntesten glich. Sein fabelhaftes Aussehen, seine elegante Kleidung, seine Hilfsbereitschaft, gepaart mit einer gewissen Weltgewandtheit, bezauberten mich. Und doch kam ich mir andererseits ihm gegenüber wie eine Beschützerin vor. Ein merkwürdiges Gemisch. Ich kannte mich in der Verwirrung meiner Gefühle nicht mehr aus. Vor allem aber war ich verwundert, daß ich mich in einen Mann verlieben konnte, der beinahe ein Fremder war.

So war es nur natürlich, daß ich glücklich war, als wir über die Wiese galoppierten und das Schloß in Sicht kam. Ich liebte das Gefühl, wie sich der Wind unter meinem steifen Reithut in meinem Haar verfing. Ich liebte das dumpfe Trappeln der Hufe. Und neben mir ritt er – lachend, und genoß es ebenso wie ich.

Erregung. Abenteuer. Wagnis. Und Gefahr … o ja, ganz gewiß Gefahr. Unter falschen Vorspiegelungen hierherzukommen, um ein Bild zu malen, das man fälschlicherweise für ein Werk meines Vaters halten würde … das hieß gewiß, die Gefahr herauszufordern.

Aber es war aufregend!

Als wir in den Stall ritten, spürte ich augenblicklich die Veränderung. Ein Knecht kam auf uns zugelaufen.

Der Baron war zurück.

Meine Erregung wurde augenblicklich von Beklommenheit gedämpft. Ich blickte zu Bertrand de Mortemer. Er schien gleichsam geschrumpft zu sein.

Ich hatte nicht damit gerechnet, daß die Zeit der Prüfung schon so bald kommen würde: Als wir in die große Halle traten, stand der Baron da.

Er blickte uns ungefähr eine Sekunde lang schweigend an, und meine schlimmsten Befürchtungen schienen durchaus begründet zu sein.

Er war eine überwältigende Erscheinung – aber das hatte ich erwartet. Er war groß und sehr breit, was eher den Eindruck von Masse als von Größe erweckte. Er trug einen dunklen Reitanzug, der das Blond seines Haares betonte, das in dem durch die schmalen Fenster fallenden Licht glänzte. Er hatte stahlgraue Augen, eine gerade Römernase und frische Gesichtsfarbe, die auf Gesundheit und Kraft schließen ließ. Jedenfalls war etwas an ihm, das die Alarmglocken in meinem Kopf zum Klingen brachte. Ich fragte mich, wie wir einen solchen Mann würden täuschen können.

Er trat auf uns zu; seine Augen waren auf mich gerichtet, wobei seine Brauen leicht ironisch hochgezogen waren.

»Bertrand«, sagte er, »möchtest du mich deiner neuen Freundin nicht vorstellen?«

»Oh«, erwiderte Bertrand mit einem leisen Lachen, das nur Verlegenheit bedeuten konnte, »dies ist Mademoiselle Collison.«

»Mademoiselle Collison?« Er hielt inne und blickte mich fragend an.

Ich war immer der Meinung, daß es besser ist, wenn man sich in der Defensive befindet, gleich anzugreifen, und antwortete: »Ich bin mit meinem Vater gekommen. Er ist Kendal Collison, der die Miniatur des Barons de Centeville malen soll.«

Er verbeugte sich.

Rasch fuhr ich fort: »Ich begleite meinen Vater auf seinen Reisen. Ich bin ihm behilflich.«

»Ich hoffe, man hat sich um Sie gekümmert«, sagte er. »Ich meine, im häuslichen Bereich. Wie ich sehe, hat Monsieur de Mortemer während meiner Abwesenheit seine Pflichten als Gastgeber wahrgenommen.«

»Dann sind Sie also der Baron de Centeville«, erwiderte ich. »Es freut mich, Ihre Bekanntschaft zu machen.«

»Sie waren reiten, wie ich sehe.«

»Während wir deine Ankunft erwarteten, wollte ich Mademoiselle Collison die Umgebung zeigen«, erklärte Bertrand. »Wie gefällt Ihnen unsere Landschaft, Mademoiselle Collison?« Sein Englisch war gut, aber sein fremdländischer Akzent war ein wenig stärker als bei Bertrand.

»Sehr gut.«

»Und das Schloß?«

»Wie lautete Ihre Beschreibung?« fragte Bertrand, an mich gewandt. »Eindrucksvoll. Unbezwinglich. Majestätisch ...«

»Ich bin entzückt, Mademoiselle Collison. Ich gestehe, es freut mich, wenn man mein Schloß bewundert. Ich möchte Ihren Herrn Vater kennenlernen.«

»Ich werde ihn holen. Im Moment ruht er sich aus.«

Der Baron schüttelte den Kopf. »Es hat keine Eile. Ich werde ihn beim Diner sehen. Würden Sie ihm ausrichten, daß ich morgen vormittag mit dem Portrait beginnen möchte.«

»Morgen vormittag. Das ist ziemlich zeitig. Mein Vater wollte Sie eigentlich gern ein wenig kennenlernen, bevor er anfängt.«

»Er wird mich rasch richtig einschätzen, dessen bin ich sicher. Arrogant, tyrannisch, ungeduldig und selbstsüchtig.«

Ich lachte. »Sie haben eine schlechte Meinung von sich, Baron.«

»Im Gegenteil. Ich glaube, dies sind die Eigenschaften, die man benötigt, um das Leben zu genießen. Richten Sie Ihrem Herrn Vater aus, er möge sich bereithalten, um morgen vormittag zu beginnen. Ich möchte nicht zuviel Zeit mit den Sitzungen verschwenden.«

Ich zuckte mit den Schultern und blickte zu Bertrand. »Das ist nicht die richtige Art, an die Sache heranzugehen«, sagte ich.

»Es handelt sich doch nicht nur darum, Farbe auf Elfenbein oder Pergament oder sonst einen Untergrund aufzutragen.«

»So? Was gehört denn noch dazu?«

»Das Modell kennenzulernen. Herauszufinden, wie er oder sie wirklich ist.«

»Oh, Mademoiselle Collison, ich möchte nicht, daß irgend jemand erfährt, wie ich wirklich bin, und schon gar nicht die Dame, mit der ich verlobt bin. Es gibt ein paar Dinge im Leben, die besser verborgen bleiben.«

Er musterte mich. Meine zerzausten Haare quollen unter dem Reithut hervor. Ich fühlte, wie mir die Röte in die Wangen stieg, und dachte: Er lacht über mich, derweil er mir meinen Platz zuweist und mich ermahnt, daß wir hier nur beschäftigt sind, um nach seinen Wünschen zu handeln. Er mißfiel mir auf Anhieb. War das die Behandlung, die wir von den Wohlhabenden zu erwarten hatten? Hielten sie Künstler für Krämer?

Trotz stieg in mir auf, und es war mir einerlei, ob ich den Baron beleidigte. Schließlich konnten wir ja heimkehren, und er könnte sich einen anderen Miniaturmaler suchen, der sein Bild so malte, wie er es für seine Verlobte wünschte. Ich würde mir diese Behandlung nicht gefallen lassen.

59

»Wenn Sie ein hübsches, gefälliges Bild wünschen, Baron de Centeville, ist es nicht notwendig, einen großen Künstler kommen zu lassen. Wenn Sie mich entschuldigen wollen, werde ich mich nun in mein Zimmer begeben und meinem Vater sagen, daß Sie da sind. Beim Abendessen können Sie dann alles wegen der morgigen Sitzung besprechen.«

Ich fühlte, wie seine Augen mir folgten, als ich mich abwandte und nach oben ging.

Er sagte etwas zu Bertrand, das ich nicht verstehen konnte.

Zum Abendessen zog ich das grüne Samtkleid an und verwendete viel Sorgfalt auf meine Frisur. Ich türmte meine Haare hoch auf dem Kopf auf. Das ließ mich ein wenig älter erscheinen, und der grüne Samt verlieh mir das Selbstvertrauen, das ich gewiß benötigen würde.

Ich warnte meinen Vater, daß der Baron sich als schwierig erweisen könnte. »Allerdings habe ich ihn nur kurz in der Halle gesehen. Er hat eine hohe Meinung von sich und neigt zur Herablassung. Ein ziemlich unangenehmer Charakter, fürchte ich ... Ganz anders als Monsieur de Mortemer.«

»Ah«, meinte mein Vater, »das ist ein echter Gentleman.« Ich stimmte ihm zu und fuhr fort: »Vater, ich weiß nicht, wie wir diesen Baron täuschen können. Das wird schwierig werden. Wenn er entdeckt, was wir tun, wird er äußerst unangenehm werden, dessen bin ich sicher.«

»Ach, weißt du«, erwiderte mein Vater, »er kann uns lediglich nach England zurückschicken und sich weigern, die Miniatur anzunehmen. Wenn er das tut, versteht er nichts von Kunst. Deine Miniatur wird genauso gut wie eine von mir. Er wird einen Collison bekommen, also kann er sich nicht beklagen. Keine Sorge. Wenn er uns zurückschickt ... dann müssen wir uns überlegen, was wir in Zukunft tun werden!«

Bertrand kam, um uns hinunterzubegleiten.

Das war sehr rücksichtsvoll von ihm. Wahrscheinlich hatte er gemerkt, daß meine erste Begegnung mit dem Baron nicht ganz glücklich war.

»Der Baron ist es gewöhnt, daß man ihm stets zustimmt«, erklärte Bertrand, um das Benehmen des Barons zu entschuldigen.

»Und er kann es bestimmt nicht leiden, wenn jemand es nicht tut.«

»Ich glaube, er war nur erstaunt. Sie konnten es sich erlauben, ihm die Stirn zu bieten. Immerhin ist Ihr Vater der weithin bekannte Kendal Collison. Der Baron wird großen Respekt vor ihm haben. Er bewundert Künstler sehr.«

»Während er ihre Töchter eher verachtet.«

»Oh ... er schien sehr amüsiert.«

»Er hat eine komische Art, sich amüsiert zu zeigen. Ich bin auch gar nicht sicher, daß ich gern eine Witzfigur wäre.«

»Sie werden schon mit ihm auskommen. Lassen Sie ihn nicht spüren, daß er ... wie sagt man bei Ihnen? Sie aus der Fassung bringt? Wenn er das merkt, wird er erst recht versuchen, Sie in die Enge zu treiben.«

»Ein äußerst unangenehmer Charakter.«

»Darin würde er Ihnen beipflichten.«

»Er ist ein Rückfall in ein anderes Jahrhundert«, setzte ich hinzu. »Glücklicherweise sind wir in der Zivilisation bereits etwas fortgeschritten.«

Bertrand lachte. »Wie ungestüm Sie sind. So schlimm ist er doch gar nicht, oder? Sie bekunden ein zu großes Interesse an diesem Baron.«

»Das muß ich doch, wenn ...« Ich hielt inne. Beinahe hätte ich gesagt, wenn ich sein Bild malen soll. Ich schloß stammelnd: »... wenn ich meinem Vater helfen soll.«

Mein Vater kam aus seinem Zimmer. Er wirkte hinfällig, und ich fühlte in mir den Wunsch, ihn zu beschützen. Falls der Baron ihn im mindesten herabsetzte, sollte er von mir zu hören bekommen, was ich von ihm hielt.

Der Baron befand sich bereits in dem Zimmer mit der bemalten Decke. Eine Frau war bei ihm. Ich war augenblicklich von ihrer Erscheinung gefesselt. Zunächst hielt ich sie für eine große Schönheit, doch im Verlauf des Abends erkannte ich, daß sie diesen Eindruck nur ihren Gebärden verdankte, ihrer Kleidung und der Art, wie sie diese trug, ihrem Auftreten und ihren gewandten Manieren. Sie war eine Frau, die Schönheit anlegen konnte wie ein Schmuckstück. Es war eine geschickte Illusion. Ihr Mund war zu groß, ihre Augen waren zu klein, ihre Nase zu kurz, um als schön zu gelten ... und doch erweckte sie den Eindruck von Gepflegtheit, Eleganz und wahrer Schönheit.

Der Baron begrüßte uns. Er trug einen Abendanzug aus dunkelblauem Samt mit einem blütenweißen Hemd. Er wirkte sehr elegant. Ich kam mir in meinem grünen Samtkleid ein wenig hausbacken vor, und ich fühlte mich nicht mehr so sicher darin wie im Gutshaus der Farringdons.

»Aha«, sagte der Baron, »der Künstler. Seien Sie willkommen, Monsieur. Es ist uns eine Ehre, Sie bei uns zu haben. Nicole, dies sind Monsieur Kendal Collison und seine Tochter, Mademoiselle Collison. Sie haben uns beehrt ... du weißt, zu welchem Zweck. Mademoiselle Collison und ich sind uns bereits begegnet. Oh, nur kurz ... zu kurz. Mein lieber Monsieur Collison, liebe Mademoiselle, gestatten Sie mir, daß ich Ihnen Madame St. Giles vorstelle.«

Ich blickte in das schöne Gesicht. Ihre Augen sahen mich freundlich an, und wenn ich mir linkisch und reizlos vorkam, so war es nicht ihre Schuld. Gegen sie hegte ich keine Abneigung wie gegen den Baron.

»Bertrand, ich denke, wir sollten uns zu Tisch begeben«, sagte der Baron.

»Ja«, erwiderte Bertrand und reichte Madame St. Giles seinen Arm. Der Baron nahm den meinen.

Ich war verblüfft. Mit solcher Förmlichkeit hatte ich nicht gerechnet. Mir war die Nähe des Barons unangenehm.

Seltsam – ich glaubte, er wußte, daß ich vor ihm zurückschreckte und es mir zuwider war, auch nur meine Hand auf seinen Ärmel zu legen.

Er blickte über seine Schulter zu meinem Vater. »Leider, Monsieur Collison«, sagte er, »haben wir für Sie keine Tischdame. Aber dafür sind Sie der Ehrengast, das dürfte Sie entschädigen.«

Mein Vater erwiderte, es sei ihm ein großes Vergnügen, hier zu sein, und der Baron sei zu gütig.

Ich dachte ergrimmt: Wir wollen abwarten, ob das zutrifft.

Das Diner erwies sich als ein erlesenes Mahl – weitaus üppiger als am Abend zuvor, aber nicht annähernd so vergnüglich. Das lag allein an der Gegenwart des Barons.

Meinem Vater zu Ehren wurde vornehmlich über Kunst gesprochen. »Mein Vater war ein Sammler«, erklärte der Baron, »und er hat mich gelehrt, seinem Beispiel zu folgen. Ich habe die schönen Künste immer sehr geschätzt, sei es Literatur, Bildhauerei, Musik oder Malerei. Was die Kunst betrifft, habe ich niemals Zugeständnisse gemacht. Sie werden mir gewiß zustimmen, Monsieur Collison. Alle großen Künstler müssen mir beipflichten. Soll mir etwas gefallen, nur weil mir gesagt wird, es habe mir zu gefallen? Ein Kunstwerk muß *mich* erfreuen. Ich finde, man leistet der Kunst einen schlechten Dienst, wenn man die Aufrichtigkeit wegen einer Mode aufgibt. Ich liebe ein Kunstwerk, wenn es mir etwas bedeutet ... und nicht wegen der Signatur in der Ecke, wenn es sich um ein Gemälde handelt, oder wegen des Namens auf dem Buchdeckel, wenn es sich um Literatur handelt.«

Ich mußte dieser Ansicht zustimmen und wollte ihn daran erinnern, falls er eines Tages entdecken sollte, daß ich, eine Frau, sein Portrait gemalt hatte – natürlich erst, nachdem er sein Gefallen bekundet haben würde.

»Ganz recht, Baron«, sagte Madame St. Giles. »Ich bin ganz Ihrer Meinung.«

Er blickte sie verschmitzt an. »In deinem Fall, Nicole, wäre es wohl klüger, auf den Namen des Künstlers zu achten; denn ich fürchte, es fehlt dir an eigenem Urteilsvermögen, meine Liebe.«

63

Nicole lachte. »Der Baron hat recht«, wandte sie sich an meinen Vater und mich. »Sie werden in mir eine vollkommene Ignorantin finden. Eine Tugend besitze ich jedoch: Im Gegensatz zu vielen anderen Menschen bin ich mir meiner Ignoranz bewußt. Und das ist doch auch eine Tugend, oder nicht?«

»Eine sehr beachtenswerte«, sagte der Baron. »Ach, wenn doch alle soviel Klugheit besäßen wie du.«

»Aber wer vermag zu sagen, wessen Urteil gelten soll?« fragte ich. »In meiner Heimat lautet ein Sprichwort, ›Guter Geschmack ist, was ich habe. Schlechter Geschmack ist, was die anderen haben, die nicht mit mir übereinstimmen.‹«

»Wie ich sehe, haben wir eine Philosophin hier«, bemerkte der Baron, indem er mich mit seinen kalten grauen Augen musterte. »Antworte du darauf, wenn du kannst, Nicole, denn ich habe einer solchen Logik nichts entgegenzusetzen.«

Danach sprach er mit meinem Vater. Er wünsche am nächsten Morgen mit dem Portrait zu beginnen. Dem Baron lag daran, daß es rasch vollendet würde: Er könne sich nicht lange auf dem Schloß aufhalten. Er habe Geschäfte in Paris.

»Ein Kunstwerk kann man nicht überstürzen«, sagte ich.

»Jetzt begreife ich, warum Sie Ihre Tochter mitgebracht haben«, gab der Baron zurück. »Sie wird uns hier alle in Schach halten.«

»Oh, Kate ist mir eine große Hilfe«, beschwichtigte mein Vater. »Auf sie kann ich mich verlassen.«

»Jeder sollte jemanden haben, auf den er sich verlassen kann. Findest du nicht, Nicole? Mademoiselle Collison? Bertrand?«

Bertrand meinte, es sei tröstlich; Madame St. Giles, es sei notwendig, und ich erklärte, man solle sich auf sich selbst verlassen, sofern das möglich sei.

»Und das tun Sie, Mademoiselle Collison, wie ich sehe. Wie gehen Sie bei der Arbeit vor, Monsieur Collison? Ich habe die Miniatur sehr bewundert, die Sie von Graf Engheim gemalt haben. Ich sah sie, als ich in Deutschland war. Daraufhin beschloß ich, Sie mit diesem Auftrag zu betrauen.«

»Der Graf ist ein reizender Herr«, sagte mein Vater. »Es war ein sehr angenehmer Aufenthalt im Schwarzwald. Eine bezaubernde Gegend. Das wird mir unvergeßlich bleiben.«

»Ihr Bildnis von der Gräfin hat mir auch gefallen. Sie haben sie wie eine romanische Prinzessin dargestellt.«

»Eine schöne Frau.«

»Ich fand ihre Züge recht unebenmäßig.«

»Sie hatte eine innere Schönheit«, meinte mein Vater versonnen. »Schwer in Worte zu fassen.«

»Aber Sie haben sie in Farben eingefangen. Ein ätherisches Wesen ... ja. Ein reizendes Bildnis; es vermittelte den Eindruck von Güte. Ich kann Ihnen sagen, der Graf war entzückt, und hat es mir voller Stolz gezeigt.«

Mein Vater strahlte vor Freude. »Ich hoffe, Sie werden ebenso zufrieden sein, Herr Baron«, sagte er.

»Das will ich hoffen. Ich wünsche das Beste, was Sie je geschaffen haben. Mein Collison muß überragend sein. Ich habe bereits einen Collison in meiner Sammlung. Sie müssen meine Miniaturen sehen. Diese eine stammt, der Kleidung nach, aus der Mitte des siebzehnten Jahrhunderts. Ich schätze, sie wurde gemalt, unmittelbar nachdem die Puritaner in Ihrem Land eine solche Verwüstung anrichteten ... wie der Pöbel vor nicht langer Zeit bei uns. Diese Miniatur ist eines meiner kostbarsten Stücke.«

»Wissen Sie, wen sie darstellt?«

»Nein. Sie heißt einfach ›Eine unbekannte Frau‹. Aber sie hat das charakteristische K. C. in der Ecke. Es war schwer zu finden, aber ich erkannte am Stil, daß es ein Collison ist. Nachdem ich Ihre Tochter gesehen habe, komme ich zu dem Schluß, daß es das Bildnis eines Familienmitglieds sein muß. Es ist eine große Ähnlichkeit vorhanden. Der Teint und ein gewisses ...« Er hielt inne, und ich konnte den Ausdruck in seinen Augen nicht deuten ... »... *je ne sais quoi* ... Aber es war zu spüren.«

»Ich bin sehr gespannt darauf«, erwiderte mein Vater.

65

»Sie müssen es unbedingt sehen.«

Angeregt durch das Gespräch über Kunst und durch des Barons offenkundige Kenntnis, war ich darauf aus, soviel wie möglich über ihn zu erfahren. Bislang war es mir leidlich gelungen. Ich wußte, daß er arrogant, reich und mächtig war, daß er stets seinen Willen durchgesetzt hatte und dies auch fürderhin zu tun gedachte. Er verstand etwas von Kunst und hatte einen echten Sinn dafür. Es würde nahezu unmöglich sein, ihn zu hintergehen. Ich wollte unbedingt mit meinem Vater besprechen, wie wir uns in dieser schwierigen Lage verhalten sollten. Der Gedanke an den folgenden Morgen erfüllte mich mit Beklommenheit.

Nachdem wir uns von der Tafel erhoben hatten, begaben wir uns wieder in das Zimmer mit der bemalten Decke. Dort wurde Likör serviert, ein süßer und wohlschmeckender Trunk.

Nach einer Weile sagte der Baron: »Monsieur Collison ist müde, wie ich sehe. Bertrand, begleite ihn zu seinem Zimmer, und Mademoiselle Collison, wenn Sie noch nicht müde sind, könnten Sie noch bleiben und ein Weilchen mit uns plaudern?«

Ich bejahte. Bertrand geleitete meinen Vater auf sein Zimmer und ließ mich mit dem Baron und Madame St. Giles allein.

»Morgen«, begann der Baron, indem er mich ansah, »werde ich Ihnen meine Schätze zeigen. Haben Sie sich schon im Schloß umgesehen?«

»Monsieur de Mortemer war so gütig, mir ein wenig zu zeigen.«

Der Baron schnippte mit den Fingern. »Bertrand hat kein Gefühl für das Schloß ... findest du nicht auch, Nicole?«

»Nun ja, es gehört dir, nicht wahr? Bertrand ist, wie wir anderen alle, hier nur zu Gast.«

Der Baron tätschelte liebevoll Nicoles Knie. Er mußte mit ihr auf sehr vertrautem Fuße stehen.

»Nun, Mademoiselle Collison«, sagte er, »Sie wissen, wie das so ist. Dies ist mein Heim. Es wurde von meinem Ahnherrn erbaut und ist eines der ersten Gebäude, die von den Normannen in Frankreich errichtet wurden. Die Centevilles leben hier seit jener Zeit, als Rollo der Große die Küste Frankreichs so terrorisierte, daß der französische König meinte, es gebe nur den einen Weg, diesen ständigen Verwüstungen ein Ende zu machen, nämlich den Eindringlingen einen Zipfel von Frankreich zu überlassen. So geschah es, und damit entstand die Normandie. Begehen Sie nie den Fehler, uns für Franzosen zu halten. Wir sind keine Franzosen. Wir sind Nordländer, deren Vorfahren einst von den herrlichen Fjorden nach Frankreich gekommen sind.«

»Die Franzosen waren ein sehr kultiviertes Volk, als die wilden Normannen mit ihren Wikingerschiffen zur Eroberung anrückten«, erinnerte ich ihn.

»Aber sie waren Kämpfer, Mademoiselle Collison. Sie waren die Unbesiegbaren. Und Schloß Centeville stand schon hier, als Wilhelm der Eroberer die Engländer besiegte und sie zwang, sich dem normannischen Gesetz zu unterwerfen.«

»Die Normannen haben damals nur gesiegt«, entgegnete ich, »weil König Harold soeben nach einem Sieg im Norden in den Süden gekommen war. Wäre er für den Kampf gerüstet gewesen, wäre vielleicht die andere Seite überlegen gewesen. Sie sagten, Sie hätten die Engländer besiegt. Die heutigen Engländer sind eine gemischte Rasse. Angeln, Sachsen, Jüten, Römer ... ja sogar Normannen sind darunter. Daher erscheint es mir wenig angebracht, mit Wilhelms Sieg vor so vielen Jahren zu prahlen.«

»Hör nur, wie Mademoiselle Collison mich zurechtweist, Nicole.«

»Es freut mich, daß sie dir mit so treffenden Argumenten in die Parade fährt, Rollo.«

Rollo! dachte ich. Das ist also sein Name. Man muß mir meine Überraschung wohl angemerkt haben, denn der Baron fuhr fort: »Ja, ich heiße Rollo. Ich bin nach dem ersten Normannen genannt, der aus diesem Winkel Frankreichs die Normandie gemacht hat. Sein Schlachtruf lautete: ›Ha! Rollo!‹ Und das

67

ist jahrhundertelang der Schlachtruf der Normannen geblieben.«

»Heute wird er hoffentlich nicht mehr verwendet.« Ich verstand mich selbst nicht mehr, daß ich den Baron bei jeder Gelegenheit angriff. Es war höchst unklug, da wir uns doch bemühen mußten, ihn zufriedenzustellen – und ich brachte ihn gegen mich auf, bevor wir überhaupt anfingen.

Jedoch er war darüber nicht ungehalten. Er lächelte wahrhaftig; die Unterhaltung schien ihm Spaß zu machen. Ich war so unfreundlich, wie ich nur konnte, ohne grob zu sein. Seltsam, daß er, der an Schmeichler gewöhnt war, nicht protestierte. Das kam wohl daher, daß ihm so selten jemand Widerpart bot.

Nicole aber war durchaus keine Schmeichlerin. Vielleicht war das der Grund, warum er sie gern hatte.

Bertrand kam zurück. Er sagte zu mir: »Vielleicht möchten Sie gern noch einen Spaziergang machen, bevor Sie sich zur Nachtruhe begeben?«

Ich erhob mich bereitwillig. »Das wäre fein.«

»Sie brauchen einen Umhang. Soll ich Ihnen einen holen?«

»Nehmen Sie meinen«, bot Nicole an. »Das erspart einen Gang in Ihr Zimmer. Ich brauche ihn nicht.« Sie reichte mir ein hauchdünnes Chiffontuch, das seine Farbe wechselte, je nachdem, was es bedeckte. Es war mit einer Borte aus aufgeprägten Sternen verziert.

»Oh ... danke«, wehrte ich ab. »Es ist viel zu schön. Ich habe Angst, es könnte Schaden nehmen.«

»Unsinn«, sagte Nicole und legte es mir um die Schultern. Ich fand sie sehr charmant.

Bertrand und ich gingen langsam durch den Innenhof zum Graben.

»Nun, was halten Sie von dem Baron?« fragte er.

»Das ist eine viel zu schwierige Frage, um sie bündig zu beantworten«, erwiderte ich. »Das ist, als stelle man jemanden vor die Niagarafälle und verlange ein sofortiges Urteil.«

»Es dürfte den Baron amüsieren, zu hören, daß man ihn mit den Niagarafällen vergleicht.«

»Ich würde sagen, er ist sich seiner Macht bewußt und wünscht, daß es auch allen anderen klar ist.«

»Ja«, bestätigte Bertrand. »Er möchte, daß wir das erkennen und uns nach ihm richten.«

»Das ist schön und gut, solange es mit den eigenen Wünschen übereinstimmt. Übrigens, ich finde diese Madame St. Giles bezaubernd.«

»Sie gilt als eine der attraktivsten Damen der Gesellschaft. Ihr Verhältnis mit Rollo währt schon etliche Jahre.«

»Ihr ... Verhältnis?«

»Oh! Haben Sie das nicht erraten? Sie ist seine Mätresse.«

»Aber«, warf ich matt ein, »ich dachte, er wolle sich mit seiner Princesse vermählen.«

»Das wird er auch. Dann wird es wohl aus sein mit Nicole ... zum mindesten gibt es eine kleine Unterbrechung. Sie ist darauf gefaßt. Sie ist eine Frau von Welt.«

Ich schwieg.

Er legte seine Hand auf meinen Arm. »Ich fürchte, Sie sind ziemlich schockiert. Haben Sie nichts von dieser Beziehung gewußt?«

»Ich fürchte, ich bin ziemlich weltfremd. Nicole ... Sie wirkt ... so souverän.«

»Oh, sie hat immer gewußt, daß er eines Tages heiraten würde. Er hat mehrere Mätressen, aber Nicole war immer die erste.«

Mich fröstelte unter Nicoles Umhang. Seine Hände haben gewiß diesen Chiffon berührt, dachte ich. Ich stellte ihn mir mit Nicole vor ... sinnlich ... zynisch ...

Es war eine schreckliche Vorstellung. Eigentlich wollte ich diese Miniatur jetzt nicht mehr malen, denn ich erkannte, daß man auch zuviel über ein Modell erfahren konnte.

*   *   *

Mit dem nächsten Morgen begannen die Sitzungen. Ich stellte einen Stuhl für den Baron so auf, daß helles Licht auf sein Gesicht fiel. Mein Vater setzte sich ihm gegenüber. Wir hatten uns für Elfenbein als Untergrund entschieden, das sich seit Anfang des achtzehnten Jahrhunderts bestens bewährt hatte. Ich setzte mich in eine Ecke und beobachtete den Baron und prägte mir dabei jeden Zug seines Gesichtes ein: die sinnlichen Lippen, die grausam sein konnten, die majestätische hohe Stirn und das dichte blonde Haar.

Er hatte uns erklärt, daß die Miniatur in einen mit Diamanten und Saphiren besetzten Goldrahmen gefaßt werden sollte. Aus diesem Grunde trug er einen blauen Rock, der ihm gut stand und seinen grauen Augen einen schwachen blauen Schimmer verlieh.

Es juckte mich in den Fingern, nach dem Pinsel zu greifen. Mein Vater arbeitete ruhig und ohne sichtbare Nervosität. Ich fragte mich, ob ihm bewußt war, wie vieles seinem Blick entgehen mußte. An diesem Vormittag würde sich herausstellen, ob es möglich war, den Plan auszuführen. Ich war nicht sicher, ob mir eine Miniatur gelingen würde, die ich aus dem Gedächtnis oder nach der Arbeit meines Vaters anfertigte. Könnte ich auf die übliche Weise arbeiten, würde ich ein vorzügliches Portrait zustande bringen. Ich würde die Arroganz einfangen und diesen Blick, der besagte, daß ihm die Welt gehöre; ich würde ein wenig hineinmalen von der Feindseligkeit, die ich ihm gegenüber empfand. Es würde ein Portrait entstehen, das ganz und gar er war ... und es würde ihm vielleicht gar nicht gefallen.

Er sprach hauptsächlich mit mir, während mein Vater arbeitete. Ob ich meinen Vater auch nach Deutschland begleitet hätte? Ich verneinte. Er hob die Augenbrauen, als wolle er fragen: Wieso nicht, da Sie doch mit in die Normandie gekommen sind?

»Dann kennen Sie das Bildnis der Gräfin mit dieser inneren Schönheit gar nicht?«

»Ich bedaure sehr, es nicht gesehen zu haben.«

»Mir ist, als sei ich Ihnen schon einmal begegnet. In der Miniatur von der unbekannten Frau. Auf einmal dünkt sie mich keine Unbekannte mehr.«

»Ich bin gespannt darauf, die Miniatur zu sehen.«

»Und ich kann es kaum erwarten, sie Ihnen zu zeigen. Nun, wie geht es, Monsieur Collison? Bin ich ein gutes Modell? Ich bin schon sehr gespannt auf die Arbeit.«

»Es geht gut«, erwiderte mein Vater.

»Und«, fügte ich hinzu, »bei uns gilt die Regel, daß niemand eine Miniatur zu sehen bekommt, ehe sie fertig ist.«

»Ich weiß nicht, ob ich mit dieser Regel einverstanden bin.«

»Ich fürchte, es muß sein. Sie müssen einem Maler freie Hand lassen. Es wäre fatal, wenn Sie zwischendurch Ihre Kritik äußern würden!«

»Und wenn es ein Lob wäre?«

»Auch das wäre unklug.«

»Gestatten Sie Ihrer Tochter immer, die Regeln festzulegen, Monsieur Collison?«

»Diese Regel ist meine Regel«, lächelte mein Vater.

Danach erzählte mir der Baron von den Gemälden, die er besaß – beileibe nicht alles Miniaturen.

»Es wird mir ein Vergnügen sein, mich mit Ihnen an meinen Schätzen zu weiden, Mademoiselle Collison.«

Nach einer Stunde legte mein Vater den Pinsel hin. Für diesen Vormittag sei es genug, erklärte er, und gewiß sei der Baron des Sitzens müde.

Der Baron erhob sich und streckte sich. Er gestand, daß er es nicht gewöhnt sei, so lange stillzusitzen. »Wie viele Sitzungen werden Sie benötigen?« fragte er.

»Das kann ich noch nicht sagen«, entgegnete mein Vater.

»Ich muß darauf bestehen, daß Mademoiselle Collison bei uns bleibt, um mich abzulenken«, sagte der Baron.

»Sehr wohl«, antwortete ich, vielleicht ein wenig zu beflissen. »Ich werde da sein.«

Er verbeugte sich und verließ uns.

Ich blickte meinen Vater an. Er wirkte sehr müde. »Das Licht ist so grell«, sagte er.

»Das brauchen wir aber.«

Ich betrachtete sein Werk. Es war nicht schlecht, aber hier und da entdeckte ich einen unsicheren Pinselstrich. Ich tröstete ihn: »Ich habe ihn eingehend betrachtet und kenne sein Gesicht genau. Ich bin sicher, daß ich nach deiner Vorlage und nach dem, was ich von ihm gesehen habe, arbeiten kann. Am besten fange ich gleich an. Vielleicht sollte ich immer arbeiten, sobald er gegangen ist, weil mir dann die Einzelheiten noch frisch im Gedächtnis sind. Mal sehen, wie es geht. Es wird nicht leicht sein, ohne lebendes Modell zu arbeiten.«

Und ich machte mich ans Werk. Ich sah das Gesicht des Barons deutlich vor mir, fast, als ob er dort säße, und war mit Hingabe bei der Arbeit. Ich mußte diesen Schimmer vom Blau des Rockes erfassen, das sich in den kalten stahlgrauen Augen spiegelte! Ich sah diese Augen ... leuchtend vor Gefühl ... vor Liebe zur Macht ... vor Lust ... ja, um den Mund lag eine übermäßige Sinnlichkeit. Freibeuter. Nordischer Seeräuber. Es stand in seinem Gesicht geschrieben. »Ha! Rollo!« ... Die Seine aufwärts segelnd, plündernd, brandschatzend, Frauen nehmend ... o ja, gewiß Frauen nehmend ... Land nehmend ... feste Burgen bauend und gegen alle verteidigend, die sich ihm entgegenstellten.

Ich habe niemals jemanden mit solchem Vergnügen gemalt wie ihn. Das lag wohl an der ungewöhnlichen Methode und auch an meiner Abneigung gegen ihn. Das starke Empfinden war eine große Hilfe; es schien den Farben Leben zu geben.

Mein Vater beobachtete mich bei meiner Arbeit. Schließlich legte ich den Pinsel nieder. »O Vater«, seufzte ich, »ich wünschte, es würde ein Meisterwerk. Ich will, daß der Baron *den* Collison aller Collisons bekommt!«

»Wenn unsere Zusammenarbeit nur gelingt ...« sagte mein Vater, und er sah mich dabei so hilflos an, daß ich ihn am liebsten in meine Arme genommen hätte. Was für eine Tragödie! Ein großer Künstler zu sein und unfähig zu malen!

Die Arbeit war geglückt. Ich war sehr zufrieden.

Nach dem *déjeuner*, das mein Vater und ich allein einnahmen, da Bertrand mit dem Baron und Nicole ausgegangen war, schlug ich meinem Vater vor, er möge ein wenig ruhen. Er sah müde aus; die morgendliche Arbeit hatte seine Augen sehr angestrengt.

Ich begleitete ihn in sein Zimmer, half ihm, es sich auf seinem Bett bequem zu machen, und begab mich mit meinem Skizzenblock ins Freie. Ich setzte mich an den Graben, wo ich mich jüngst mit Bertrand unterhalten hatte. Ich hoffte, daß wir einander noch oft sehen würden. Er war so anders als der Baron – so gütig und freundlich. Ich begriff nicht, wie eine Frau wie Nicole sich für einen Mann wie der Baron so erniedrigen konnte. Ich fand ihn alles andere als attraktiv. Gewiß, er besaß Macht und mochte für manche Frauen unwiderstehlich sein. Mir jedoch war seine Arroganz zuwider. Je öfter ich den Baron sah, um so besser gefiel mir Bertrand. Er schien alle Vorzüge zu besitzen: Er war elegant, charmant und vor allem liebenswürdig und rücksichtsvoll – Eigenschaften, an denen es dem mächtigen Baron gänzlich mangelte. Bertrand hatte sich seit unserer Ankunft so rührend um uns gekümmert, daß wir binnen kurzem gute Freunde geworden waren, und ich hatte das Gefühl, daß unsere Freundschaft sich noch vertiefen könnte.

Während ich so sann, warf ich einige Skizzen aufs Papier, und das Blatt füllte sich mit Bildern des Barons. Es war verständlich, daß er meine Gedanken beschäftigte, mußte ich doch eine Miniatur von ihm malen, und das auf eine Methode, wie vermutlich noch nie eine Miniatur gemalt worden war.

Da prangte er mitten auf dem Block – ein blutdürstiger Wikinger mit gehörntem Helm, bebenden Nasenflügeln, in den Augen das Leuchten der Lust, um den Mund ein grausam triumphierendes Lächeln. Beinahe konnte ich seine Stimme hören. Unter die Skizze schrieb ich: »Ha! Rollo!«

Rundherum entstanden weitere Skizzen von ihm, im Profil und von vorn. Ich wollte mich mit diesem Gesicht aus jedem Winkel und in seinen verschiedenen Stimmungen vertraut machen. Was ich nicht gesehen hatte, mußte ich erfinden.

Plötzlich vernahm ich ein Lachen. Als ich mich hastig umwandte, stand er hinter mir. Er beugte sich über meine Schulter. Seine Hand entriß mir blitzschnell den Block.

Ich stammelte: »Ich habe Sie gar nicht gehört.«

»Mein Gras wächst dicht und üppig hier beim Graben. Ich gestehe, als ich Sie so vertieft skizzieren sah, bin ich herangeschlichen, um zu sehen, was Sie so fesselte.«

Er betrachtete das Blatt. »Geben Sie her«, forderte ich.

»O nein. Es ist meins. *Mon Dieu*, Sie sind eine große Künstlerin, Mademoiselle. Ha! Rollo! Es ist fabelhaft.«

Ich streckte bittend meine Hand aus.

»Ich komme mir wie nackt vor«, sagte er vorwurfsvoll, doch das stählerne Grau war aus seinen Augen gewichen. Er war eher amüsiert und erfreut. »Ich wußte gar nicht, daß Sie mich so gut kennen«, fuhr er fort. »Und alles ohne Modell! Sie können zeichnen, Mademoiselle! Ich behaupte immer, daß heutzutage die meisten Künstler so mittelmäßig sind, weil sie nie zeichnen gelernt haben. Woher kennen Sie mich so gut?«

»Ich kenne Sie nicht. Ich habe nur ein wenig Ihr Gesicht studiert. Ich war schließlich heute morgen bei der Sitzung anwesend.«

»Das habe ich gemerkt, als Sie Ihren bohrenden Blick auf mich richteten. Mademoiselle Collison, *Sie* sollten eine Miniatur von mir malen.«

»Das überlasse ich besser meinem Vater«, sagte ich. »Sie können das Blatt zerreißen.«

»Zerreißen! Niemals. Dafür ist es zu gut. Ich werde es aufbewahren. Es wird mich stets an Sie erinnern, Mademoiselle Collison. Dabei fällt mir etwas anderes ein: Die Miniatur, von der ich Ihnen erzählt habe. Sie müssen sie unbedingt sehen. Ich kann es nicht mehr erwarten, sie Ihnen zu zeigen.«

Er reichte mir seine Hand, um mir aufzuhelfen.

74

»Mein Vater ruht sich gerade aus. Ich habe ihm dazu geraten«, erklärte ich ihm.

»Nun ja, nach einem anstrengenden Vormittag ...«, sagte er beinahe verschmitzt. »Dann wollen wir zwei uns die Miniatur ansehen, ja? Ich möchte keine Sekunde länger warten, um Ihnen Ihre Doppelgängerin zu zeigen.«

Ich ging mit ihm ins Schloß. Er trug meinen Zeichenblock. Glücklicherweise enthielt er sonst nichts als ein paar Skizzen von Bäumen und dem Graben.

Der Baron führte mich in einen Teil des Schlosses, in dem ich bisher noch nicht gewesen war. »Dieser Bereich wurde Mitte des achtzehnten Jahrhunderts restauriert«, erklärte er mir. »Ziemlich elegant, finden Sie nicht?«

Ich pflichtete ihm bei. »Ganz und gar französisch«, bemerkte ich, und ich konnte nicht an mich halten, hinzuzufügen: »Ganz anders als die vergleichsweise plumpe normannische Architektur.«

»Durchaus«, bestätigte er, »aber eben nicht alt. Nicht einmal hundert Jahre alt. So modern! Dennoch eine gefällige Architektur. Wie finden Sie die Möbel? Sie sind von Bourdin und Blanchard Garnier.«

»Wundervoll«, sagte ich.

»Kommen Sie.« Er öffnete eine Tür, und wir traten in ein kleines Kabinett, dessen Deckengemälde schwebende Engel an einem mit goldenen Sternen übersäten prächtig blauen Himmel darstellte. An den getäfelten Wänden hingen die erlesensten und wertvollsten Miniaturen, ungefähr fünfzig an der Zahl. Sie stammten aus allen Perioden bis zurück ins frühe vierzehnte Jahrhundert, und viele waren auf Pergament, Metall, Schiefer und Holz gemalt, was zu jener Zeit als Untergrund genommen wurde.

»Sind die schön!« rief ich aus.

»Das finde ich auch. Eine herrliche Kunst. Viel schwieriger auszuführen, als eine große Leinwand zu bemalen, könnte ich mir vorstellen. Der Künstler muß sich auf den kleinsten Raum be-

schränken. Für so eine Arbeit braucht man sehr scharfe Augen.«
Er zögerte, und mein Herz klopfte auf einmal sehr schnell. Einen Moment lang dachte ich: Er weiß es! Dann fuhr er fort: »Ich wäre selbst gern Maler geworden, Mademoiselle Collison, denn ich liebe die Kunst und verstehe etwas davon. Ich kann urteilen ... kann sehen, was nicht stimmt ... sogar fühlen, wie es hätte gemacht werden müssen ... aber ich kann selbst nicht malen. Das ist eine echte Tragödie, finden Sie nicht?«

»Sie sind eben ein verhinderter Künstler«, sagte ich. »Ja, das ist ziemlich tragisch. Ich glaube, es ist besser, ohne den Drang zum Malen geboren zu sein, als ihn zu besitzen und ihm nicht nachgeben zu können.«

»Ich wußte, daß Sie es verstehen würden. Mir fehlt der göttliche Funke. Sagt man nicht so? Ich könnte die Farben mischen. Ich habe einen Blick für Farben ... aber leider fehlt mir der Geist, der die Malerei zur Größe erhebt. Und jetzt lassen Sie mich Ihnen meine Unbekannte zeigen.«

Er führte mich vor das kleine Bildnis. Ich war verblüfft. Es hätte wirklich ein Bild von mir sein können. Der rötliche Schimmer in dem üppigen Haar, das sich aus dem juwelenbesetzten Netz löste, von dem es zusammengehalten wurde ... die gelbbraunen Augen ... das kräftige Kinn ... wie bei mir. Die Unbekannte war in grünen Samt gekleidet, und diese Farbe brachte den Schimmer in ihrem Haar besonders zur Geltung.

Der Baron legte mir seine Hand auf die Schulter. »Da sehen Sie! Das ist es, was ich meine.«

»Es ist erstaunlich«, stammelte ich. »Und das ist wirklich ein Collison?«

Er nickte. »Niemand weiß, von welchem Collison. Wie langweilig, daß in Ihrer Familie alle mit Vornamen K. heißen. Bei verschiedenen Initialen wäre die Bestimmung leichter.«

Ich konnte meine Augen nicht von dem Bildnis abwenden.

»Es ist eines meiner liebsten Stücke«, sagte der Baron. »Jetzt muß ich es nicht mehr ›Unbekannte Frau‹ nennen. Ich habe einen Namen dafür: Mademoiselle Kate Collison.«

»Besitzen Sie es schon lange?«

»Es befindet sich im Familienbesitz, soweit ich zurückdenken kann. Einer meiner Vorfahren muß mit einer Ihrer Vorfahrinnen auf sehr vertrautem Fuße gestanden haben. Warum hätte er sonst eine Miniatur von der Dame gewollt? Ein bestechender Gedanke, finden Sie nicht auch?«

»Es hätte auch auf andere Weise in Ihren Besitz gelangen können. Sicher wissen Sie auch bei etlichen anderen dargestellten Personen nichts über deren Identität. Sie können stolz auf Ihre Sammlung sein.«

»Ich hoffe, ihr in Kürze zwei weitere Werke einverleiben zu können.«

»Ich dachte, das eine ... das mein Vater malt, sei für Ihre Braut.«

»Das ist es auch. Aber sie wird hier leben, und unsere zwei Miniaturen werden Seite an Seite an dieser Wand hängen.« Ich nickte. »Ich hoffe«, fuhr er fort, »daß ich das Vergnügen haben werde, Ihnen meine anderen Schätze ebenfalls zu zeigen. Ich habe ein paar schöne Gemälde und Möbelstücke. Sie sind eine Künstlerin, Mademoiselle Collison. Glückliche Mademoiselle Collison, eine wirkliche Künstlerin ... kein verhinderter Künstler wie ich.«

»Ich bin sicher, Sie sind der letzte, der sich selbst bemitleidet. Warum sollten Sie von anderen Leuten Mitleid erwarten?«

»Wieso?«

»Nun, Sie halten sich doch für die wichtigste Persönlichkeit nicht nur in der Normandie, sondern im ganzen Land.«

»So sehen Sie mich?«

»O nein«, sagte ich. »So sehen Sie sich selbst. Vielen Dank, daß Sie mir die Miniaturen gezeigt haben. Sie sind äußerst interessant ... Jetzt muß ich in mein Zimmer gehen. Es wird Zeit, daß ich mich zum Abendessen umkleide.«

*   *   *

Die folgenden Tage waren die bis dahin aufregendsten meines Lebens. Ich hatte zwei denkwürdige Entdeckungen gemacht, die eine traurig, die andere überaus erfreulich. Mein Vater würde keine Miniaturen mehr malen können. Der winzigste falsche Pinselstrich konnte bei einem so kleinen Format ein Antlitz gänzlich verändern. Auch war die Zeit für ihn, auf größerem Format zu arbeiten, begrenzt. Die andere Entdeckung war die, daß ich eine Malerin war, die des Namens Collison würdig war. Ich konnte die Initialen auf meine Miniaturen setzen, und niemand würde bezweifeln, daß sie von einem großen Künstler stammten.

Allmorgendlich konnte ich es nicht erwarten, an die Arbeit zu gehen. Ich weiß heute nicht mehr, wie ich diese Sitzungen überstand, während mein Vater arbeitete und der Baron mit einem rätselhaften Lächeln dort saß, sich lebhaft mit mir unterhielt und zuweilen in nachdenkliches Schweigen verfiel.

Kaum war er gegangen, stürzte ich zu der Schublade, wo ich mein Werkzeug aufbewahrte, und holte das Bildnis hervor. Es gedieh unter meinen Händen; es lachte mich an, es verhöhnte mich, es war grausam, es war amüsiert, es kündete von Macht und ungeheurer Ruchlosigkeit. Ich hatte den Charakter dieses Mannes eingefangen und in einer Miniatur eingeschlossen. Das alles auf so kleinem Raum bewerkstelligt zu haben, war eine Leistung. Mein Vater war hingerissen, als er es sah, und gestand, daß weder er noch ich vorher etwas Vergleichbares geschaffen hatten.

Vielleicht war diese Arbeitsmethode intensiver als die üblichen Sitzungen. Ich hatte das Gefühl, den Baron in- und auswendig zu kennen. Ich konnte beinahe seine Gedanken verfolgen. Meine Erregung war so heftig, daß ich ihn während der Mahlzeiten, oder wann immer ich in seiner Gesellschaft war, unentwegt anstarrte. Er ertappte mich mehrmals dabei, und dann bedachte er mich mit seinem rätselhaften Lächeln. Es kam mir vor, als wäre ich in eine andere Welt getreten. Die Farringdons, die Meadows, die Cambornes waren meilenweit

78

entfernt ... fast schien es, als lebten sie auf einem anderen Planeten.

Aber leider konnte es so nicht bleiben. Vielleicht bestand der Reiz gerade darin, daß das alles vergänglich war? Ich würde von hier fortgehen, würde den Baron vergessen, der mich all diese Tage besessen machte; doch die Zeit, die ich hier verbrachte, würde in der Miniatur eingefangen und verwahrt bleiben.

Zudem war da noch Bertrand de Mortemer. Unsere Freundschaft entwickelte sich mit ungewöhnlicher Schnelligkeit. Ich war gern mit ihm zusammen. Wir ritten häufig gemeinsam aus. Er beschrieb mir das südlich von Paris gelegene Anwesen seiner Familie. »Es ist nicht gerade groß«, erzählte er. »Nicht wie Centeville ... aber hübsch ... in der Nähe die Loire mit den zahlreichen schönen Schlössern, die einem das Herz höher schlagen lassen, sobald man ihrer ansichtig wird.«

»Ich würde sie so gern einmal besichtigen!«

»Sie sind viel schöner als diese nüchterne normannische Festung. Sie sind gebaut, um darin zu leben, für Festlichkeiten, Bankette, Flußprozessionen, *fêtes champêtres* ... ja, um das Leben zu genießen, nicht um dafür zu kämpfen wie in diesem grauen Schloß. Mir wird immer ganz anders zumute, wenn ich nach Centeville komme.«

»Kommen Sie oft hierher?«

»Wann immer man nach mir schickt.«

»Sie meinen, der Baron?«

»Wer sonst? Sein Vater hat sich zum Oberhaupt der Familie erhoben, und Rollo hat die Krone geerbt.«

»Aber könnten Sie diesem Herrschaftsanspruch nicht entfliehen?«

»Das würde Rollo mißbilligen.«

»Wen kümmert Rollo ... außerhalb der Umfriedungen von Schloß Centeville?«

»Er hat zuweilen eine unangenehme Art, sein Mißfallen zu äußern.«

»Ist das von Belang?«

»Es ist gewöhnlich ein handgreifliches Mißfallen.«

Ich schauderte.

»Reden wir über erfreulichere Dinge. Wie geht es mit der Miniatur voran?«

»Sehr gut, soviel ich weiß.«

»Ist Ihr Herr Vater zufrieden?«

»Sehr.«

»Ich nehme an, wir werden sie bald zu sehen bekommen. Was hält Rollo davon?«

»Er hat sie noch nicht gesehen.«

»Ich hätte gedacht, er würde darauf bestehen.«

»Er übt über zu Besuch weilende Künstler nicht dieselbe Macht aus wie im Familienkreis, wie Sie sehen.«

Er lachte. Dann wurde er ernst. »Kate«, sagte er – denn seit einiger Zeit nannten wir uns beim Vornamen –, »wenn die Arbeit beendet ist, werden Sie von hier fortgehen ...«

»Falls unsere Arbeit gefällt, gehen wir nach Paris und malen die Princesse.«

»Aber Sie gehen weg von hier ...«

»Und Sie?«

»Ich werde hören, was von mir verlangt wird. Es gibt immer etwas zu tun. Wenn Rollo mich hierherbestellt hat, hat er stets einen Grund. Den hat er bisher noch nicht genannt.«

»Können Sie ihn nicht fragen?«

»Er hat nicht exakt gesagt, daß es etwas zu tun gibt. Ich vermute es nur, denn gewöhnlich zitiert er mich hierher, um mich zu bitten – nein, mir zu befehlen –, etwas zu erledigen.«

»Je mehr ich von dem mächtigen Baron höre, um so weniger kann ich ihn leiden.« Ich verzog die Lippen. Ich muß diesen habsüchtigen Glanz in seinen Augen festhalten, überlegte ich – ein kaltes Grau mit einer Spur vom Blau seines Rockes.

»Ihm ist es einerlei, ob man ihn leiden kann. Er möchte gefürchtet werden.«

»Gottlob befinde ich mich außerhalb seiner Einflußsphäre.

Falls ihm meine – meines Vaters – Arbeit nicht gefällt, werden wir mit den Schultern zucken und abreisen, und die Miniatur nehmen wir mit – natürlich ohne den prachtvollen Rahmen mit Diamanten und Saphiren –, und vielleicht läßt sie sich an einen Londoner Juwelier verkaufen. Man könnte sie spaßeshalber ›Bildnis eines unbekannten Mannes‹ nennen.«

»Wie ich sehe, fürchten Sie sich nicht vor ihm. Das hat er auch schon gemerkt. Ansonsten läßt sich jedermann von ihm einschüchtern ... außer Nicole. Vielleicht hat er sie deshalb so gern.«

»Wie kann er sie gern haben und eine andere heiraten? Ich frage mich, warum Nicole bei ihm bleibt. Warum sagt sie ihm nicht, er solle endlich die Princesse heiraten, und geht einfach fort?«

»So ist es nun einmal in gewissen Kreisen. Keiner denkt schlecht von Nicole, weil sie Rollos Mätresse ist.«

»Ich nehme an, wenn sie die Geliebte des Kutschers wäre, sähe die Sache anders aus.«

»Aber selbstverständlich.«

Wir mußten beide lachen, als uns das Widersinnige der Situation klar wurde.

Arm im Arm spazierten wir durch den Garten. »In Frankreich handhabt man die Dinge anders als in England«, erklärte mir Bertrand. »Wir sind einerseits förmlicher, dabei aber auch realistischer.«

»Förmlicher gewiß. Daß Nicole unter diesen Umständen hier bleibt, ist allerdings realistisch. Doch ich finde es ... wie soll ich sagen ... zynisch.«

»Zynisch, mag sein«, stimmte er zu.

»Der Baron«, fuhr ich fort, »hat gewiß einen Hang zum Zynismus. Er hält dies für eine ganz normale Situation ... für einen Baron. ›Ich will diese Frau‹, sagt er sich. ›Ich will diese Frau nicht mehr, wenn es Zeit wird, daß ich mich vermähle. Hier bietet sich eine gute Partie. Leb wohl Nicole. Willkommen auf Centeville, Princesse.‹ Ich nehme an, sie ist deshalb so willkommen, weil sie eine Princesse ist?«

»Zweifellos.«

»Und Sie nehmen das so ruhig hin.«

»Ich nehme es hin, weil ich es nicht ändern kann. Außerdem ist es nicht meine Angelegenheit.«

»Sie sind nicht so, Bertrand, nicht wahr?«

Er blickte mich fest an. »Nein«, sagte er. »Ich bin ein Romantiker, und ich glaube, Sie und ich sind uns in mancher Hinsicht sehr ähnlich, Kate.«

Er zog mich zärtlich an sich und küßte mich, und ich war glücklich.

*   *   *

Logierbesuch kam ins Schloß, hochgestellte Leute aus Paris. Abends speisten wir in der großen Halle. Die kleinen intimen Diners waren passé. Es gab Musik, Tanz, und viele Glücksspiele wurden arrangiert. Bertrand suchte bei diesen Geselligkeiten stets meine Nähe, und wir sprachen viel miteinander. Unser Verhältnis wurde immer freundschaftlicher. Ich hielt nach ihm Ausschau, sobald ich mich zu den Versammelten gesellte. Mein Vater zog sich bei diesen Veranstaltungen zeitig zurück. Er sah jetzt noch schlechter als bei unserer Ankunft.

Der Baron nahm wenig Notiz von mir, wenn er seine Gäste unterhielt, ich aber beobachtete ihn ständig. Mein Interesse war geteilt zwischen ihm und Bertrand. Der Gegensatz zwischen ihnen wurde immer deutlicher. Insgeheim nannte ich sie ›Le Beau et la bête‹.

Nicole trat als Gastgeberin auf, was mir von neuem Anlaß zur Verwunderung gab. Alle akzeptierten sie als Herrin des Hauses.

»Es ist fast wie bei der Mätresse des Königs«, erklärte mir Bertrand. »Sie war seinerzeit die wichtigste Persönlichkeit in Frankreich.«

Die Leute sprachen oft mit mir über meinen Vater. Die Freunde des Barons waren wie er, sehr kultiviert und kunstverständig, und sie begegneten mir als Tochter meines Vaters mit entsprechendem Respekt.

Bertrand meinte: »Bei mir zu Hause leben wir bescheidener. Ich möchte, daß du meine Mutter und meine Schwester kennenlernst. Ihr würdet euch bestimmt gut verstehen.«

Ich hielt das beinahe für einen Heiratsantrag.

Bei anderer Gelegenheit erwähnte Bertrand wie nebenbei: »In unserem kleinen *Château* gibt es ein Zimmer, in dem es sich gut malen ließe. Es ist sehr hell, und man könnte ein weiteres Fenster einbauen.«

Ich gewann ihn immer lieber. In seiner Gesellschaft fühlte ich mich glücklich und gelöst. Gewiß war ich in ihn verliebt, war mir aber über die Stärke meiner Gefühle nicht ganz im klaren; letztendlich wollte ich meine ungeteilte Aufmerksamkeit nicht von dem Baron und der Miniatur ablenken. Wenn das Bildnis vollendet wäre, würde ich in der Lage sein, meine wahren Gefühle zu ermessen. Im Augenblick – das war ganz natürlich – war ich von meiner Arbeit besessen. Selbst Bertrand mußte da zurückstehen.

Die Zeit verging. Die Miniatur war beinahe fertig. Ich freute mich an ihr. Fast bedauerte ich, daß sie sich der Vollendung näherte. Ich fühlte, daß eine große Leere in mir zurückbleiben würde.

Eines Nachmittags, als alles still im Schloß war – mein Vater ruhte, und alle anderen waren offenbar ausgegangen –, ging ich ins Sonnenzimmer, um die Miniatur noch einmal zu betrachten und vielleicht noch einen oder zwei abschließende Pinselstriche vorzunehmen, falls ich es für nötig erachtete.

Ich öffnete die Tür. Jemand stand vor meiner Schublade. Es war der Baron. Er hielt die Miniatur in seinen Händen.

Ich schrie leise auf: »Was tun Sie hier?«

Er drehte sich um und sah mir ins Gesicht. Seine Augen leuchteten. »Sie ist vortrefflich«, rief er.

»Sie hätten warten sollen ...«

Er sah mich mit einem merkwürdigen Blick an. »Ich sehe sie

nicht zum erstenmal«, sagte er. »Ich habe ihren Fortgang verfolgt. In meinem Schloß gibt es keinen Bereich, zu dem ich keinen Zutritt habe, Mademoiselle Collison.«

Er blickte auf die Miniatur. »Ich muß sie unentwegt betrachten«, sagte er. »Jedesmal entdecke ich etwas Neues ... Sie ist einfach genial.«

»Es freut mich, daß sie Ihnen gefällt.«

Er legte die Miniatur auf eine Weise hin, die ich nur als ehrfürchtig bezeichnen kann. Dann wandte er sich zu mir und legte zu meinem Entsetzen seine Hände auf meine Schultern.

»Der Mann auf dem Bildnis ist grausam ... machtgierig ... lüstern ... zynisch ... Es ist alles darin. Aber eines ist er nicht, Mademoiselle, und zwar ein Narr. Würden Sie mir zustimmen?«

»Natürlich.«

»Dann hören Sie auf zu glauben, daß Sie mich auch nur eine Minute getäuscht haben. Ich wußte seit dem ersten Morgen, was hier gespielt wird. Weshalb? Sind es die Augen Ihres Vaters? Oder zittern seine Hände? Er war ein großer Künstler. Ich weiß, warum Sie mit ihm gekommen sind. ›Ich gehe immer mit meinem Vater‹«, äffte er mich nach. »»Aber ich war nicht mit ihm in Deutschland. Ich war nicht mit ihm in Italien. Nein. Nur nach Centeville komme ich immer mit.‹ Liebe Mademoiselle, es gefällt mir nicht, wenn man mich hintergeht, aber ich bin bereit, einem guten Künstler eine Menge zu verzeihen.«

»Sie haben recht«, gestand ich. »Dies ist mein Werk. Und jetzt werden Sie es sicher fehlerhaft finden und sagen, daß eine Frau nicht malen kann wie ein Mann und daß diese Miniatur zwar ganz gut, aber den vereinbarten Preis nicht wert ist ...«

»Sind Sie ein wenig hysterisch, Mademoiselle Collison?«

»Ich bin nicht hysterisch.«

»Dann ist mein Vertrauen in die Engländer wiederhergestellt. Ich habe immer gehört, daß sie in allen Krisen ganz ruhig seien. Jetzt sollten Sie aber weder mir noch sich selbst etwas vormachen! Ich bewundere Ihr Geschlecht. Frauen vollbringen viele Dinge ... auf göttliche Weise. Wo wären wir ohne sie? Ich sehe nicht ein, weshalb man einer Frau nicht ebenso für ihre Malerei Anerkennung zollen soll wie für all die anderen Gaben, mit denen sie uns zu unserer Freude und Annehmlichkeit beschenkt.«

»Dann wollen Sie also die Miniatur behalten?«

»Mademoiselle Collison, um nichts auf der Welt möchte ich mich von dieser Miniatur trennen.«

»Ich dachte, sie sei ein Geschenk für Ihre Verlobte.«

»Um auf diese Weise wieder in mein Schloß zurückzukommen. Ich werde sie neben meine Dame mit den haselnußbraunen Augen und den rötlichen Haaren hängen, die für mich nun keine Unbekannte mehr ist. Mademoiselle, ich bin, was Sie einen verhinderten Künstler nannten, aber ich vermag ein gutes Kunstwerk zu erkennen, und ich darf Ihnen sagen, Sie sind eine große Künstlerin.«

Ich hatte Tränen in den Augen, und ich schämte mich ihrer, schließlich wollte ich vor diesem Mann keine Bewegung zeigen. Ich stammelte: »Es freut mich so ... daß Ihnen die Miniatur gefällt.«

»Setzen Sie sich«, befahl er, »und erzählen Sie mir, was Ihrem Vater fehlt.«

»Es sind seine Augen. Er hat den grauen Star.«

»Das ist eine Tragödie«, meinte er voll Mitgefühl. »Und Sie sind mitgekommen, um statt seiner die Arbeit zu übernehmen.«

»Ich wußte, daß ich es konnte, und Sie sollten für Ihr Geld eine gute Leistung bekommen.«

»Die ist es in der Tat. Aber warum haben Sie nichts gesagt? Wozu diese lächerliche Maskerade?«

»Weil Sie eine Frau nicht akzeptiert hätten. Sie hätten gedacht, ich könnte aufgrund meines Geschlechts nicht so gut sein wie ein Mann.«

»Ich habe es aber die ganze Zeit gewußt, und ich glaube, ich

85

werde auf diese Miniatur ebenso stolz sein wie auf alle anderen in meiner Sammlung.«

»Da haben Sie weniger Vorurteile als die meisten Leute.«

»Hurra! Endlich habe ich Gnade vor Ihren Augen gefunden! Diese Skizzen, die Sie von mir gemacht haben, sind ausgezeichnet. Vielleicht werden Sie eines Tages ein Portrait in voller Lebensgröße von mir malen? Der gehörnte Helm gefällt mir nämlich sehr. Ein wenig ironisch gemeint, hm? Wie viele Skizzen haben Sie noch von mir, Mademoiselle Collison?«

»Ich wollte so viele Gesichtsausdrücke wie möglich erfassen, und die habe ich zu einem verschmolzen. Ich wollte nichts weglassen.«

»Da spricht meine große Künstlerin.« Er nahm die Miniatur abermals zur Hand. »Es ist nicht gerade ein hübsches Gesicht, nicht wahr? Nicht gerade ein gütiges Gesicht. Es liegt Grausamkeit darin ... und all die anderen unangenehmen Charakterzüge auch, die Sie leider entdeckt haben.«

»Es ist Ihr Portrait, Baron, nicht das eines Märchenprinzen.«

»Ah, dafür müßte Ihnen Bertrand Modell stehen. Da dieses Bild für meine Verlobte bestimmt ist, sollte ich es vielleicht ›Der dämonische Liebhaber‹ nennen. Wäre das nicht ein passender Titel?«

»Vielleicht«, erwiderte ich so kühl ich konnte. Ich hatte das Gefühl, daß er mich durchschaute. Während ich ihn beobachtet hatte, hatte er sich über mich seine Gedanken gemacht.

»Und«, fuhr er fort, »was werden Sie jetzt tun?«

»Ich gehe zu Ihrer Princesse, wenn Sie wünschen.«

»Ich meine danach.«

»Wir fahren nach Hause.«

»Und dann? Ihr Vater kann seine Arbeit doch nicht fortsetzen, oder?«

»Noch kann er malen. Nur die winzigen Feinheiten machen ihm zu schaffen.«

»Ich ... Ich werde die Miniatur herumzeigen. Alle wollen sie sehen. Sie reden von nichts anderem. Ich werde einen Ball geben, und die Miniatur wird ausgestellt. Der Juwelier arbeitet schon an dem Rahmen. Das Bild wird herrlich aussehen in dem Goldrahmen, von funkelnden Diamanten umgeben. Dann werde ich die Wahrheit verkünden und Sie als die Künstlerin vorstellen. Ich werde die rührende Geschichte von der fortschreitenden Erblindung Ihres Vaters erzählen und sagen, daß wir in seiner Tochter eine Künstlerin haben, die würdig ist, ihren Platz unter ihren Vorfahren einzunehmen.«

»Warum?«

»Warum? Aber sehen Sie denn nicht, Mademoiselle Collison? Die Leute meiner Umgebung sind reich. Viele werden daraufhin auch eine Kate Collison haben wollen. Ich gestehe, es mag Vorurteile gegen Ihr Geschlecht geben. Aber Ihre kleine Täuschung – wenngleich ich nicht darauf hereingefallen bin ... ist vortrefflich geglückt.«

Ich sagte: »Das wollen Sie ... für uns tun ...«

Er lächelte hintergründig. »Ich tue es für eine große Künstlerin.«

Ich wollte nicht länger hier stehenbleiben, in dem grellen Licht, das auf mein Gesicht fiel, wollte nicht, daß er erfuhr, wie bange mir gewesen und wie glücklich ich auf einmal war. Allerdings fiel mir die Erkenntnis schwer, daß ich dies ausgerechnet ihm zu verdanken hatte, und murmelte: »Danke.« Ich wandte mich um und ging langsam aus dem Zimmer. Er versuchte nicht, mich zurückzuhalten. Er blieb regungslos stehen, und ich spürte, daß er mir nachsah.

*　　*　　*

Der Anblick der vollendeten Miniatur in ihrem juwelenbesetzten Rahmen war der Höhepunkt in meinem bisherigen Leben. Mein Vater war froh, daß die Geheimnistuerei ein Ende hatte und daß der Baron beileibe nicht verärgert, sondern überaus entzückt war und bei einer seiner Geselligkeiten in der großen Halle bekanntgeben wollte, daß ich die Künstlerin war.

Er hatte mit meinem Vater gesprochen, ihn wegen seines Leidens bedauert und ihm gratuliert, daß er sein Genie weitervererbt hatte.

Mein Vater war so glücklich, wie er es seit der Entdeckung, daß er erblinden würde, nicht mehr gewesen war, und diese Hochstimmung hatte der von mir so gründlich verabscheute Baron bewirkt. Es machte ihm anscheinend Freude, unsere Angelegenheiten zu regeln. Nach Centeville sollte ich nach Paris gehen, und mein Vater würde nach Hause reisen. Es bestand kein Grund mehr zur Täuschung. Von jetzt an sollte ich, eine Frau, als große Malerin anerkannt und ebenso geachtet sein wie mein Vater und seine Vorfahren. Er, der Baron, wollte dafür sorgen.

»Insgeheim hatte ich gehofft, daß es so kommen würde«, sagte mein Vater, als wir allein waren. »Jetzt macht es mir nicht mehr so viel aus, daß ich mein Augenlicht verliere. Du wirst weitermalen, und die Tatsache, daß du ein Mädchen bist, wird kein Hindernis für dich sein. Ich habe meine Pflicht getan. Es ist wundervoll, daß er diese Feier veranstaltet, um dich zu lancieren ... um dich einzuführen. Er ist ein mächtiger Mann, und sein Wort gilt in seinen Kreisen viel.«

Bertrand betrachtete mich mit einiger Ehrfurcht. »Ich bewundere dich immer mehr«, gestand er. »Ich sollte dich nun wohl mit mehr Ehrerbietung behandeln, wenn ich mit dir spreche.«

»Du mußt bleiben, wie du bist. Du warst es doch, der dafür sorgte, daß ich mich hier wohl fühlte, als ich herkam. Und das ist wichtig, wenn eine Arbeit gelingen soll.«

»Dann hat sich zwischen uns nichts geändert?«

»Wieso denn?« fragte ich, und er drückte mir innig die Hand. Nicole beglückwünschte mich. »Die Miniatur ist sehr schön«, sagte sie. »Ein fabelhaftes Werk. Der Baron ist begeistert, und er möchte Sie ... lancieren, wie er es nennt. Der Gedanke, daß Sie als Frau weniger geachtet sein sollten, ist ihm verhaßt.«

»Es hat mich überrascht, daß er bereit ist, so viel Mühe auf sich zu nehmen«, sagte ich. »Man sollte nie voreilig ...«

Sie lächelte mich an. »Über seine Mitmenschen urteilen?«

fragte sie. »Nein, das sollte man gewiß nicht, sofern man nicht alle Umstände kennt – und es geschieht selten, daß ein Mensch über einen anderen alles weiß. Doch nun zu dem großen Ereignis: Rollo hat mich mit der Leitung betraut. Er wird eine Sie betreffende Ankündigung machen und bekanntgeben, daß Sie nach Paris gehen werden. Vermutlich werden ein oder zwei Leute eine feste Vereinbarung mit Ihnen treffen wollen, um von Ihnen eine Miniatur malen zu lassen.«

»Es wäre eine großartige Gelegenheit. Mein Vater ...«

»Um Ihren Herrn Vater brauchen Sie sich nicht zu sorgen. Falls Sie beunruhigt sind, wird der Baron ihm eine Begleitperson nach England mitgeben.«

»Würde er das tun?«

»Aber selbstverständlich.«

»Ich bin von seiner Güte überwältigt.«

»Wenn der Baron etwas in die Hand nimmt, ist er ein wahrhaft überwältigender Mann. Was gedenken Sie zu dem festlichen Ereignis anzuziehen?«

»Ich weiß es nicht. Ich habe nicht viele Kleider hier ... und schon gar keins, in dem ich mich mit diesen eleganten Damen der französischen Gesellschaft messen könnte. Mein grünsamtenes wird wohl genügen müssen.«

»Ihr grünes Samtkleid ist für diesen Anlaß vorzüglich geeignet. Erlauben Sie mir, Ihnen meine Zofe zu schicken, daß sie Sie frisiert.«

»Das ist sehr nett. Meine Haare sind ständig in Unordnung.«

»Sie haben schönes Haar, und es verdient ein wenig Aufmerksamkeit.« Sie lächelte mich vergnügt an. Ich mußte Nicole einfach gernhaben. Am liebsten hätte ich sie gefragt, wie ihr in dieser ungewöhnlichen Situation zumute war. Sie trat hier wie die Herrin des Hauses auf, und dabei machte ihr Liebhaber kein Geheimnis daraus, daß er sich demnächst mit einer anderen vermählen würde.

Der große Tag war gekommen. Ich war sehr aufgeregt, und mein Vater ebenso. Nicoles Zofe kam, um mich zu frisieren, und es war erstaunlich, was sie aus meinem Haar machte. Sie brachte mir einen Kamm mit grünen Steinen mit – die zu der Farbe meines Kleides paßten –, und als sie ihn in mein Haar gesteckt hatte, sah ich ganz verändert aus – durchaus den soignierten Gästen ebenbürtig. Aber vielleicht würde ich anders empfinden, sobald ich mich zwischen ihnen bewegte; das Erscheinungsbild eines Menschen konnte zwischen seinem Schlafzimmerspiegel und den Augen anderer Gäste eine große Veränderung erfahren.

Ich hatte jedoch wenig Zeit, mir darüber Gedanken zu machen. Jedermann bewunderte die Miniatur und betonte immer wieder, wie vortrefflich sie sei.

Dann nahm der Baron meine Hand und führte mich zu einem Podium. Wir stiegen die wenigen Stufen hinauf, und da stand ich nun zwischen dem Baron und meinem Vater. Der Baron erklärte kurz das Leiden meines Vaters und daß ich statt seiner die Miniatur gemalt hatte. Ich sei zweifellos eine große Künstlerin, jung und begabt; über kurz oder lang würde ich die berühmteste aller Collisons sein.

Die Leute beglückwünschten mich. Ich mußte auf der Stelle versprechen, sobald ich frei sei, zu Madame Dupont zu kommen, um ihre zwei Töchter zu malen. Das war mein erster fester Auftrag. Anschließend nahm mir ein Monsieur Villefranche das Versprechen ab, seine Gattin zu portraitieren.

Es war ein Triumph, wie ihn mein Vater und ich uns nie hatten träumen lassen.

Der Baron lächelte voller Besitzerstolz. Er war von der Reaktion seiner Gäste sichtlich entzückt, und als die Musikanten einen Walzer anstimmten, packte er mich und riß mich mit. »Tanzen Sie so gut, wie Sie malen, Mademoiselle Collison?« fragte er lächelnd. Dieser Zug war neu: Er freute sich wirklich über meinen Erfolg. Ich hatte ihn nicht für fähig gehalten, Freude für andere zu empfinden; aber als Kunstliebhaber war er von der Miniatur begeistert, und zudem hatte er die große Genugtuung, meine Täuschung aufgedeckt zu haben.

Ich bemühte mich, mit ihm Schritt zu halten, aber er tanzte ein wenig unberechenbar. Immer wieder hob er mich hoch, so daß ich das Gefühl hatte, durch die Luft zu fliegen. »Ein erfolgreicher Abend, nicht wahr?« lachte er. »Der Beginn einer großen Karriere. Ich wünsche Ihnen viel Glück.«

»Das habe ich Ihnen zu verdanken«, sagte ich atemlos.

»Endlich sind wir Freunde. Ist das nicht reizend?«

Ich bejahte.

Der Tanz war zu Ende. Der Baron gab mich frei, und kurze Zeit später sah ich ihn mit Nicole tanzen.

An diesem Abend suchten viele Leute meine Gesellschaft. Es war mein Triumph, und ich war jung und naiv genug, um jeden Augenblick auszukosten. Für mich verging der Abend viel zu schnell.

* * *

Der nächste Morgen war bedrückend. Mein Vater und ich wollten Centeville tags darauf verlassen. Mein Vater würde nach Hause fahren. Der Baron hatte darauf bestanden, daß einer seiner Leute ihn begleitete, während ich mich in das Haus der Princesse begeben würde, um dort mit meiner Miniatur zu beginnen. Danach konnte ich mir Gedanken machen, wann ich die anderen Aufträge ausführte und wie ich mein künftiges Leben gestalten wollte.

Ich verbrachte die Stunden mit Packen. Anschließend machte ich einen Spaziergang. Bertrand begleitete mich. Er berichtete, der Baron sei mit Nicole ausgeritten und beabsichtige bis zum Abend fortzubleiben. Bei seiner Rückkehr wünsche er mit Bertrand zu sprechen.

»Es ist soweit«, sagte Bertrand. »Ich bekomme meine Befehle. Ich vermute, er hat damit nur gewartet, bis die Miniatur fertig war.«

»Vielleicht möchte er nur Lebewohl sagen. Du gehst doch bald fort, nicht wahr?«

»Ich beabsichtige, mit dir und deinem Vater nach Paris zu fahren.«

»Das ist nett von dir.«

»Ich habe gehört, jemand wird deinen Vater nach England begleiten.«

»Das stimmt.«

»Dann kannst du ja unbesorgt sein. Was hast du für ein Gefühl bei dem Gedanken an die Princesse?«

»Meinst du, ob ich nervös bin? Nein … nicht nach dem, was geschehen ist. Der Baron hat wahrlich sehr viel für mich getan.«

Bertrand nickte. »Wir werden uns treffen, wenn du in Paris bist.«

»Das freut mich.«

»Du hast doch nicht geglaubt, daß ich dich entschlüpfen lasse?« Er blickte mich ernst an. »Kate, wenn du mit diesem Auftrag fertig bist, mußt du meine Mutter aufsuchen. Sie möchte dich kennenlernen.«

»Sehr gern.«

»Kate …« Er zögerte.

»Ja?«

»Ich muß dir etwas sagen.«

»Nur zu.«

»Ich … hm …« Er hielt inne. »Ich glaube, ich höre etwas. Womöglich kommt Rollo schon zurück. Er muß seine Pläne geändert haben. Er wird mich vermutlich sprechen wollen. Ich bin neugierig, wie seine Anweisungen lauten. Vielleicht können wir uns später unterhalten.«

»Also gut … bis später.«

»*Au revoir*, Kate.«

Er lächelte mich versonnen an, und ich ahnte, was er mir hatte sagen wollen. Er wollte mich gewiß bitten, seine Frau zu werden. Bei dieser Vorstellung wollte keine rechte Freude in mir aufkommen. Ich war meiner nicht sicher. Meine Lebensumstände hier waren so anders als früher, daß ich zu keinem vernünftigen Urteil imstande war. Ich kannte Bertrand erst so kurze Zeit, und doch wäre ich traurig gewesen, wenn ich ihm für immer hätte Lebewohl sagen müssen.

Dennoch ... Ich kannte mich nicht mehr aus und war froh, daß der Baron beschlossen hatte, vorzeitig heimzukehren, und somit der Augenblick der Entscheidung ein wenig hinausgeschoben wurde.

* * *

Ungefähr eine Stunde später kam Bertrand zu mir. Er wirkte völlig verändert. Sein Gesicht hatte rote Flecken, und sein Mund zuckte in unbeherrschter Wut.

»Bertrand«, rief ich. »Was um alles in der Welt ist geschehen?«

Er stürmte in mein Zimmer und warf die Tür hinter sich zu.

»Ich verlasse das Schloß.«

»Wann? Warum?«

»Jetzt gleich. Ich bin nur gekommen, um dir Bescheid zu sagen. Ich bleibe keine Minute länger hier als nötig.«

»Hast du dich mit dem Baron gestritten?«

»Gestritten?« rief er. »Ich werde nie wieder mit ihm reden. Er ist ein Teufel ... Er ist schlimmer, als ich dachte ... und Gott weiß, ich hielt ihn schon für schlimm genug. Er ist ein Dämon. Ich hasse ihn, und er haßt mich. Kannst du dir vorstellen, was er von mir will?«

»Nein!« rief ich bestürzt.

Er fauchte: »Ich soll heiraten! Nicole.«

»Was?«

»Er wünscht, daß sie wohlversorgt ist ... Er hat mir befohlen, eine ehrbare Frau aus ihr zu machen.«

»Nein!«

»Aber ja. Das hat er mir soeben gesagt.«

»Wie kann er nur!«

»Er hat es einfach verlangt.«

»Und Nicole?«

»Ich bezweifle, daß sie etwas von der Sache weiß. So ist er

93

eben. Er macht die Gesetze, und andere Leute sollen sie befolgen.«

»Aber wie konnte er so etwas verlangen. Was hat er gesagt?«

»Er sagte, da er nun heiraten werde, wolle er einen Ehemann für Nicole finden, und er meinte, ich sei genau der Richtige. Er wolle für sie und mich eine Vergütung festsetzen, und dadurch würde ich beträchtlich reicher sein als jetzt. Ich ließ ihn einfach reden. Aber dann habe ich ihn angeschrien und habe ihm gesagt, daß ich seine abgelegte Mätresse niemals heiraten werde.«

»Das muß er doch einsehen.«

»Nein. Er sagte, ich sei ein junger Tor und würde ein gutes Angebot ausschlagen. Er wünsche, daß ich Nicole heirate, und das sei Grund genug, es zu tun. Natürlich werde er mir alle möglichen Vergünstigungen bieten und mein großzügiger Gönner sein ... während ich ihn fortwährend unterbrach, daß ich nicht seine abgelegte Mätresse heiraten werde. Schließlich hätte ich eigene Heiratspläne.«

»Das hast du gesagt?«

»Ja. Er hat mir aber nicht geglaubt. Dann sagte ich: ›Ich habe Kate sehr gern, und ich glaube, sie mich auch.‹«

»Was hat er dazu gesagt?«

»Er war ein paar Sekunden lang verblüfft. Dann lachte er mich aus und sagte: ›Unsinn. Die will dich nicht. Darüber hinaus halte ich eine solche Verbindung für äußerst unangemessen.‹ Da habe ich die Beherrschung verloren. Ich dachte an die zahlreichen Anlässe, da wir ... meine Familie ... tun mußten, was er wünschte. Jetzt ist das Maß voll. Ich schrie, er solle seine Mätressen selbst behalten; ich würde keine von ihnen heiraten! Dann ging ich in mein Zimmer und packte meine Sachen.«

»Solltest du damit nicht lieber bis morgen warten?«

»Unter diesem Dach? Niemals! Nicht weit von hier ist ein Gasthaus. Dort werde ich die Nacht verbringen. Morgen früh warte ich auf euch, und dann fahren wir zusammen nach Paris.«

»Ach, Bertrand«, sagte ich, »es tut mir so leid.«

»Einmal mußte das ja kommen. Irgendwann ist das Maß voll. Du hast mir Mut gemacht. Jetzt kann er mir nichts anhaben. Soll er doch versuchen, uns ärmer zu machen – was macht das schon. Ich komme auch ohne ihn zurecht. O Kate, in gewisser Weise fühle ich mich wie erlöst. Ich fühle mich frei. Glaubst du, ich habe richtig gehandelt?«

»Absolut.«

»Und findest du nicht auch, daß es ein schreckliches Ansinnen war?«

»Abscheulich.«

Er ergriff meine Hände und küßte sie. »Kate«, sagte er, »willst du mich heiraten?«

»Ja«

Schließlich ließ er mich los. »In einer Viertelstunde werde ich dieses Schloß verlassen haben«, sagte er. »Wir sehen uns im Zug nach Paris.«

Dann war er fort.

Ich war entsetzt über das, was Bertrand mir erzählt hatte, und geriet in einen inneren Widerstreit, denn was der Baron für mich getan hatte, fand ich eigentlich sympathisch. Aber diese Handlungsweise war grausam, zynisch. Er war eben ein Mann ohne Grundsätze.

Beim Abendessen erkundigten sich ein oder zwei Leute nach Bertrand, und der Baron erklärte, er sei überraschend nach Paris gerufen worden.

Am nächsten Tag verließen mein Vater und ich Centeville in Gesellschaft eines höheren Bediensteten des Barons. Ich war noch ganz verwirrt nach diesen Geschehnissen. Innerhalb kurzer Zeit war ich nicht nur als Künstlerin anerkannt worden, sondern hatte mich auch verlobt. Aber eine gewisse Beklemmung konnte ich nicht abschütteln. Hatte ich Bertrands Antrag etwa wegen des abscheulichen Benehmens des Barons überstürzt angenommen? Der arme Bertrand war so außer sich gewesen. Vielleicht hatte ich ihn nur trösten wollen? Es schien, daß die Person des Barons mein ganzes Dasein veränderte; nur durch seine Anwesenheit – eine unheilvolle Persönlichkeit.

Natürlich hatte ich Bertrand gern. Er gefiel mir sehr. Aber wie gut kannte ich ihn?

Ich wünschte, ich wäre nicht so impulsiv gewesen. Natürlich freute ich mich, daß unsere Beziehung nicht zu Ende war, aber handelte ich nicht zu voreilig?

Meine Gedanken befaßten sich immerzu mit dem Baron. Seltsam, daß ein Mann, der so viel für mich getan hatte, sich gegenüber Bertrand so benehmen konnte.

Es war mein Glück, daß ich das Schloß verließ. Das Leben bot mir eine wunderbare Zukunft. Ich mußte sie dankbar mit beiden Händen greifen.

Die Straßen von Paris

Ich liebte Paris vom ersten Augenblick an und gelobte mir, soviel wie möglich zu besichtigen.

Wir verabschiedeten meinen Vater am Gare du Nord. Danach begleitete mich Bertrand, der mit uns im Zug nach Paris gefahren war, in das in der Rue du Faubourg-Saint Honoré gelegene Pariser Domizil der Princesse de Créspigny.

Ich wurde von einem würdevollen Diener hereingebeten. Bertrand versprach, mich in ein paar Tagen zu besuchen. Der Diener rief ein Mädchen herbei und trug ihr auf, mich in mein Zimmer zu geleiten.

Es war ein prächtiges Haus. Ich war beeindruckt von der wunderschönen Treppe, die sich von der Eingangshalle emporwand. Eigentlich war es ein kleiner Palast, und ich war auf Anhieb von der überaus geschmackvollen Einrichtung beeindruckt: viel Weiß, ein Hauch von Rot und ziemlich viel Gold. Es vermittelte unaufdringlichen Wohlstand.

Wir stiegen ziemlich weit hinauf, und dabei hatte ich Gelegenheit, die ausgeklügelte Eisenkonstruktion des Treppenhauses zu bewundern.

»Madame la Princesse wird Sie morgen begrüßen«, wurde mir mitgeteilt. »Wir haben Anweisung, es Ihnen behaglich zu machen und Sie mit dem Nötigen zu versorgen. Madame la Gouvernante wird Sie später aufsuchen. Sie dachte, nach der Reise möchten Sie erst ein wenig ruhen.« Wie gut, daß ich zuvor mein Französisch vervollkommnet hatte; denn das Mädchen sprach mit schwer verständlichem südlichem Akzent.

Wir gelangten an einen Treppenabsatz. Das Mädchen öffnete eine Tür, und ich trat in ein großes, freundliches Zimmer. Das breite Bett hatte weiße Spitzenvorhänge, die mit goldfarbenen Bändern zurückgerafft waren. Die Orientteppiche auf dem Parkett waren in rosa und hellblauen Pastelltönen gehalten. Die hocheleganten Möbel stammten aus der Zeit Louis' XIV. oder Louis' XV.

Das Mädchen fragte, ob ich heißes Wasser zum Waschen wünschte, was ich dankbar bejahte. Während ich wartete, ging ich im Zimmer umher und betrachtete die Einrichtung. Welch ein Unterschied zu Schloß Centeville! Ich war neugierig, ob dieses elegante Haus die Persönlichkeit der Princesse widerspiegelte wie das Schloß diejenige seines Besitzers. Selbst in diesem Augenblick kehrten meine Gedanken zu dem Baron zurück. So eine Unverschämtheit, seine abgelegte Mätresse an Bertrand abtreten zu wollen! Ich war froh, daß Bertrand sich ihm so entschieden widersetzt hatte. Genau dessen hatte es bedurft, damit ich mich Bertrand so impulsiv zuwandte. Als er wütend wurde, war er ein Mann, den ich bewundern konnte – stark und entschlossen. Vorher hatte ich mich gefragt, ob er sich nicht zu sehr von dem Baron einschüchtern ließ, und ich hatte bezweifelt, ob meine fürsorgliche Liebe für ihn das richtige Gefühl gegenüber einem Ehemann sei.

Es war zu dumm, daß ich auch in diesem bezaubernden Haus an den verhaßten Baron denken mußte. Aber es war unvermeidlich. Dank seiner war ich hier. Es war großzügig von ihm, die Qualität meiner Arbeit anerkannt zu haben. Nein, widersprach ich mir grimmig, es war schlichte Aufrichtigkeit. Der schlimmste Schurke der Welt konnte aufrichtig sein, wenn es um die Kunst ging, und sich über die lächerlichen Vorurteile gegen Frauen hinwegsetzen.

Ich war gespannt, ob mich die Anfertigung der Miniatur der Princesse ebenso begeistern würde wie diejenige des Barons. Ich konnte es mir nicht vorstellen. In diesem Haus gab es kein

Versteckspiel, das zwar Angst verursachte, aber im Grunde sehr anregend war.

Ich wusch mich, zog einen schwarzen Rock und eine weiße Bluse an, und während ich auf Madame la Gouvernante wartete, packte ich meine restlichen Sachen aus. Schließlich kam sie: eine Frau mittleren Alters in einem schlichten, aber elegant geschnittenen schwarzen Kleid. Als einzigen Schmuck trug sie eine kleine Diamantbrosche am Hals.

»Willkommen«, begrüßte sie mich. »Ich hoffe, Sie hatten eine angenehme Reise. Der Baron gab Bescheid, daß Sie heute eintreffen würden, aber er wußte nicht genau, um welche Zeit.«

»Das ist sehr freundlich von ihm«, erwiderte ich. »Wir haben meinen Vater am Bahnhof verabschiedet und sind dann gleich hierhergekommen. Mein Vater kehrt nach England zurück.«

»Ich bin froh, daß Sie Französisch sprechen. Mit der Sprache kann man ja solche Schwierigkeiten haben. Wenn Sie etwas brauchen, läuten Sie.« Sie wies auf die weiße Schnur neben dem Bett. »Ich denke, vielleicht ist es Ihnen recht, wenn man Ihnen heute abend das Essen hier heraufschickt. Sie sind gewiß erschöpft von der Reise. Das Essen kommt in ungefähr einer Stunde.«

»Ausgezeichnet«, sagte ich. »Die Princesse ... hm ... freut sie sich darauf, gemalt zu werden?«

Madame la Gouvernante lächelte. »Die Princesse ist schon oft gemalt worden. Sie hält nicht viel davon. Sie ist ein sehr ungeduldiges Modell. Ich würde Ihnen raten, die einzelnen Sitzungen nicht zu lange auszudehnen.«

»Danke. Ich nehme an, sie ist noch sehr jung.«

»Sie ist siebzehn Jahre alt.«

»Da gibt sie gewiß ein gutes Modell ab.«

»Sie werden es ja sehen, Mademoiselle Collison. Madame la Comtesse sagte mir, daß der Baron de Centeville Ihr Können sehr gelobt hat.«

»Das ist sehr gütig von ihm.«

»Das würde er nicht tun, wenn er nicht davon überzeugt wäre,

Mademoiselle.« Sie lächelte. »Ich nehme an, Sie sind es gewöhnt, die Leute in ihren Häusern aufzusuchen.«

»Ich komme soeben vom Château de Centeville. Ich war fast drei Wochen dort.«

»Hier schaut es anders aus als im *Château*, nicht wahr? Die alten Schlösser sind so zugig. Aber das macht Ihnen vielleicht nichts aus.«

»Hier scheint es allerdings komfortabler zu sein.«

»Madame la Comtesse liebt den Komfort.«

»Verzeihen Sie, aber ich bin über die Familienverhältnisse nicht im Bilde. Wer ist Madame la Comtesse?«

»Sie ist eine entfernte Verwandte der Princesse und gewissermaßen ihr Vormund. Die Comtesse führt die Princesse in die Gesellschaft ein und trifft die Vorbereitungen für ihre Heirat. Die Princesse ist eine Waise. Ihre Familie hat unter den vergangenen Unruhen sehr gelitten.«

»Und Sie sind ihre Erzieherin?«

»O nein, Mademoiselle. Ich bin die *gouvernante*, das heißt die *femme de charge* ... Jch verwalte das Hauswesen.«

»Ah, ich verstehe. Zu Hause würden wir Haushälterin sagen. Es ist nett von Ihnen, daß Sie so für meine Bequemlichkeit sorgen.«

»Ich lasse Ihnen also heute abend das Essen heraufschicken. Danach sehen wir weiter. Morgen werden Sie die Princesse kennenlernen. Um acht Uhr lasse ich Ihnen das *petit déjeuner* und heißes Wasser bringen. Wäre Ihnen das recht?«

Ich stimmte zu, worauf sie hinausging und mich allein ließ.

Ein Gefühl großer Einsamkeit überkam mich. Ich vermißte meinen Vater. Wo er jetzt wohl war? Wahrscheinlich schiffte er sich gerade zur Überfahrt ein. Wo mochte Bertrand sein? Wahrscheinlich auf dem Heimweg, um seiner Familie zu berichten, daß er mich heiraten wolle, daß er Streit mit dem allmächtigen Baron hatte und geschworen habe, ihn nie wiederzusehen. Wie anders war es hier als bei der Ankunft im Schloß, und ich dachte zurück an das schwierige Unterfangen, das Gesicht des ruchlosen Mannes zu erfassen, der zu einem solch abscheulichen Benehmen fähig war.

Aber was für ein Modell war er gewesen! Ich gelangte allmählich zu der Überzeugung, daß ich mit seinem Bildnis mein Meisterwerk geschaffen hatte. Er hatte heftige Empfindungen in mir ausgelöst; er hatte ein interessantes Gesicht. Wann würde ich jemals wieder eine so vielschichtige Persönlichkeit finden – niederträchtig, ruchlos ... die schlechtesten Eigenschaften der menschlichen Natur schienen alle auf den Baron zuzutreffen. Und doch liebte er schöne Dinge und hatte ein ehrliches Urteil über meine Arbeit abgegeben, und da er sie gut fand, hatte er sich über die herkömmlichen Ansichten seines Geschlechts hinweggesetzt, daß Frauen eine untergeordnete Rolle spielen müßten, weil sie zu mehr nicht imstande seien. Er besaß den Mut, aufzustehen und seine Meinung zu sagen. Mut! Nein, das war kein Mut. Er brauchte keinen Mut, um zu tun und zu sagen, was ihm beliebte. Er war allmächtig in seiner kleinen Welt. Er machte die Gesetze.

Aber, dachte ich, es gibt Zeiten, Baron, da sind die Leute nicht mehr bereit, Ihnen zu gehorchen. Der gute Bertrand! Er war ein edler junger Mann, der sich nicht von dem zynischen Baron gebieten ließ. Ich lachte laut heraus und sagte: »Und nun, Baron, müssen Sie einen anderen Ehemann finden für die Mätresse, die Sie nicht mehr wollen.«

Hör auf, an ihn zu denken, gebot ich mir. Du hast einen neuen Auftrag. Du wirst den Baron nie wiedersehen. Warum läßt du ihn in dieser eleganten Umgebung gegenwärtig werden, wo alles ganz anderes sein wird als in dem normannischen Schloß.

Ich war mit einem Glorienschein hierhergekommen, als verdienstvolle Malerin anerkannt. Ich würde ein siebzehnjähriges Mädchen malen, unschuldig, noch nicht vom Leben gezeichnet. Ein liebliches Modell für ein Portrait, das keine allzu gründliche Kenntnis des Charakters erforderte. Die Haut würde glatt sein, unberührt von der Zeit; keine Geheimnisse in den Augen, keine Falten auf der Stirn. Ein gefälliges Bildnis – das war es, was ich jetzt schaffen würde. Eine unschuldige Jungfrau, dachte ich, die diesem Ungeheuer angetraut würde, auf daß er sie rechtmäßig schändete. Armes Kind. Ich hatte Mitleid mit ihr.

Dann sagte ich laut: »Hör auf, an den Baron zu denken. Du hast hervorragende Arbeit für ihn geleistet, und er hat dich angemessen belohnt. Sei entsprechend dankbar und vergiß ihn.«

Ein Tablett wurde hereingebracht. Es enthielt kaltes Huhn mit Salat, der mit einer ungewohnten, aber delikaten Soße angemacht war, ferner Obstkuchen und eine Karaffe Weißwein. Es war alles sehr schmackhaft. Später erschien ein Mädchen, um das Tablett wieder abzuholen, und ich machte mich für die Nacht zurecht. Der Empfang war nicht gerade überschwenglich gewesen, aber ich durfte nicht vergessen, daß ich hier in Diensten war. Ich hatte es mit der echten französischen Aristokratie zu tun, und die war meines Wissens förmlicher als jede andere auf der Welt. Morgen würde ich mehr erfahren, und binnen kurzem würde ich auf dem Heimweg sein. Ich hatte beschlossen, zwischendurch nach Hause zu fahren, bevor ich die zwei anderen Aufträge für Madame Dupont und Monsieur Villefranche ausführte. Mein Vater hatte gesagt, ich müsse diese Aufträge unbedingt annehmen, denn sie würden mich in Frankreich bekannt machen, wo ich mit Unterstützung eines so einflußreichen Mannes, wie der Baron es war, wahrscheinlich mehr Ansehen erlangen würde als im viktorianischen England. »Wenn du erst einen Namen hast«, meinte mein Vater, »kannst du selbst bestimmen, was du tun willst. Aber schaffe dir zuerst einen Namen. Der Name ist alles.«

Falls ich Bertrand heiratete ... wenn ich Bertrand heiratete, wollte ich unbedingt weitermalen. Er würde es verstehen. Er hatte es bereits angedeutet. Bertrand war ein sehr verständnisvoller Mann. Es war ein großes Glück für mich, von ihm geliebt zu werden.

Ich entkleidete mich und zog einen Morgenmantel an. Dann setzte ich mich an den Frisiertisch und bürstete meine Haare. Meine Gedanken wanderten zu dem Abend zurück, als Nicole mir ihre Zofe geschickt hatte, die mich frisierte. Arme Nicole! So weitergereicht zu werden. Gewiß würden die Leute sagen, sie hätte eben nicht seine Mätresse werden sollen. Ihr Schicksal sei nun der Lohn der Sünde.

Es klopfte leise an meine Tür. »Herein«, sagte ich.

Ein junges Mädchen trat ein. Sie trug ein schwarzes Kleid mit einer weißen Schürze. »Ich wollte fragen, ob Sie noch etwas brauchen.«

»Nein, danke. Hat Madame la Gouvernante Sie geschickt?«

»Nein ... Ich bin von selbst gekommen.«

Sie hatte ein schmales Gesicht mit spitzem Kinn, eine ziemlich lange Nase und schelmisch blitzende Augen. Sie schloß die Tür. »Haben Sie sich schon eingelebt?«

»Ich bin doch gerade erst angekommen.«

»Sie werden ein Bild von der Princesse malen, nicht wahr?«

»Deswegen bin ich hier.«

»Sie müssen etwas sehr Schönes schaffen.«

»Das hoffe ich.«

»Sie müssen. Sie ist nämlich nicht besonders hübsch.«

»Schönheit ist oft Geschmacksache. Sind Sie ein Hausmädchen?«

Sie setzte sich auf mein Bett. Ich fand sie ziemlich unverschämt und hätte ihr am liebsten gesagt, sie solle mich allein lassen. Andererseits wollte ich keine Gelegenheit versäumen, um etwas über mein Modell, die Princesse, zu erfahren.

»Was meinen Sie mit Geschmacksache?«

»Genau, was ich sage.«

»Sie meinen, Sie könnten sie hübsch finden, auch wenn sonst niemand sie für hübsch hält? Also werden Sie sie hübsch malen.«

»Ich male, was ich sehe.«

»Wie haben Sie kürzlich den Baron de Centeville gemalt?«.

103

»Die Miniatur ist jetzt bei der Princesse. Vielleicht wird sie sie Ihnen zeigen. Arbeiten Sie in ihrer Nähe?«

Sie nickte.

»Dann werden Sie das Bild vielleicht zu sehen bekommen.«

»Hab' ich schon.«

»Dann kennen Sie es ja.«

»Ich finde, er sieht ziemlich ... beängstigend aus.«

»So? Also ... ich wollte soeben zu Bett gehen.«

»Aber ich möchte mich gern mit Ihnen unterhalten.«

»Ich sagte doch – ich möchte zu Bett gehen.«

»Möchten Sie nichts über die Leute hier wissen?«

»Das werde ich beizeiten erfahren.«

»Müssen Sie viel über die Leute wissen, die Sie malen?«

»Es wäre nützlich.«

»Sie sind so etwas wie eine Zauberin.«

»Das würde ich nicht sagen.«

»Ich glaube nicht, daß es der Princesse gefällt, wenn Sie spionieren.«

»Ich muß Sie jetzt wirklich bitten zu gehen.«

Sie richtete sich auf. »Erzählen Sie mir von dem Baron«, bat sie. »Man sagt, er hat zwanzig Mätressen ... Wie Salomon oder wie der hieß.«

»Ich glaube, Salomon hatte mehr als zwanzig.«

»Sie sagen nichts, wie? Weil ich nur ein Hausmädchen bin ... niemand von Bedeutung.«

»Gehen Sie zu Bett«, bat ich sie.

»Werden Sie läuten und mich entfernen lassen?«

»Nicht, wenn Sie gehen.«

»Na gut«, sagte sie. »Ich hätte Ihnen eine Menge erzählen können«, fügte sie hintergründig hinzu, »... eine Menge, was Sie wissen sollten.«

»Das glaube ich gern. Ein andermal, ja?«

Ich schob sie hinaus und schloß die Tür. Ein außergewöhnliches Mädchen. Ich fragte mich, was sie mir von der Princesse hätte erzählen können.

Ich verriegelte die Tür und ging zu Bett, aber ich konnte lange nicht einschlafen.

*   *   *

Das Tablett mit meinem Frühstück wurde pünktlich gebracht, und gegen neun Uhr war ich bereit. Ich mußte nicht lange warten, bis Madame la Gouvernante an meine Tür klopfte. Sie sagte sehr höflich »Guten Morgen«; sie hoffe, ich habe eine gute Nacht verbracht. Madame la Comtesse sei bereit, mich zu empfangen. Wenn ich ihr bitte folgen wolle, werde sie mich zu ihr führen.

Wir stiegen die schöne Treppe hinab, und ich wurde in einen Salon geführt, der in Weiß und Gold mit einem Hauch von Rot gehalten war. Die wertvollen Möbel stammten nach meiner Schätzung aus dem sechzehnten und siebzehnten Jahrhundert. Meine Aufmerksamkeit wurde jedoch augenblicklich von der Comtesse angezogen. Sie war ziemlich klein und ein wenig rundlich, was sie aber durch geschickte Kleidung verbarg. Sie trug das Haar hoch aufgetürmt, um größer zu wirken; sie war eine soignierte Erscheinung und paßte vorzüglich in diese Umgebung.

Ich muß gestehen, daß ich mich ein wenig *gauche* fühlte, denn ich widmete meinem Äußeren bei weitem nicht so viel Aufmerksamkeit wie sie dem ihren.

»Mademoiselle Collison!« rief sie aus, während sie mit ausgestreckter Hand auf mich zukam. Sie hatte einen schlaffen Händedruck. »Ich freue mich, Sie bei uns willkommen zu heißen. Monsieur le Baron ist sehr erpicht darauf, daß Sie die Miniatur der Princesse de Créspigny malen. Er hat eine hohe Meinung von Ihrer Arbeit. Der Name Collison ist mir natürlich bekannt. Den kennt hier jeder. Aber der Baron sagt, Sie sind die erste Dame in der Reihe der großen Maler.«

»Ich freue mich, die Princesse kennenzulernen und mit der Arbeit zu beginnen«, erwiderte ich. »Nur wüßte ich gern, ob es hier einen Raum gibt, wo ich das erforderliche Licht habe.«

»Ja, ja. Es ist für alles gesorgt. Der Baron hat uns unterrichtet, was Sie benötigen. Aber die Princesse gab zu verstehen, daß sie keine langen Sitzungen wünscht.«

»Sitzungen sind notwendig«, sagte ich. »Man wird es mir gestatten müssen, deren Länge zu bestimmen. Ich könnte gerade an einem schwierigen Detail arbeiten, und wenn das Modell fortgeht, bevor ich fertig bin ... Sie verstehen?«

»Oh, darüber müssen Sie sich mit der Princesse einigen. Sie ist noch sehr jung.«

»Siebzehn, soviel ich weiß.«

Die Comtesse nickte. »Sie ist sehr zurückgezogen aufgewachsen, bis ich sie vor einigen Monaten in meine Obhut nahm und bei Hofe einführte. Ich muß ein wachsames Auge auf sie haben. Das ist eine ziemliche Verantwortung. Ich habe jemanden zu ihr geschickt, um ihr zu melden, daß wir sie erwarten. Sie dürfte jeden Augenblick hier sein.«

»Danke.«

»Bitte nehmen Sie Platz, Mademoiselle Collison.«

Ich setzte mich und blickte unruhig zur Tür.

»Sie kommen direkt vom Château de Centeville?« Sie machte nur Konversation. Sie wußte, daß ich von dort kam.

»Ja, Madame.«

»Sie müssen ... hm ... viel Zeit mit dem Baron verbracht haben ... bei Ihren Sitzungen, meine ich.«

»Ja. Er war ein gutes Modell. Er interessiert sich sehr für Kunst.«

»Wir wollen hoffen, daß die Princesse ein ebenso gutes Modell ist.« Sie zog an der Klingelschnur. Wir schwiegen, bis ein Mädchen erschien. Sie trug ein schwarzes Kleid und eine weiße Schürze wie die Besucherin am Vorabend, aber es war nicht dasselbe Mädchen.

»Bitte melde der Princesse, daß Mademoiselle Collison und ich sie im Salon erwarten.«

»Ja, Madame.« Das Mädchen knickste und entfernte sich. Die

Comtesse setzte sich. Sie wirkte nervös und zerstreut und machte ein paar zusammenhanglose Bemerkungen. »Sie weiß, daß Sie gestern abend gekommen sind«, bemerkte sie dann. »Ich kann mir nicht vorstellen ...« Sie biß sich auf die Lippen, als versuche sie, ihren Ärger zu zügeln.

»Ich nehme an, es ist auch ihr Wunsch, daß diese Miniatur gemalt wird?« fragte ich.

»Der Baron wünscht es. Oh, ich trage eine große Verantwortung, Mademoiselle. Und ich habe einige Schwierigkeiten.«

In diesem Moment hörten wir das Geräusch von Pferdehufen. Die Comtesse eilte ans Fenster. »Es ist die Princesse«, seufzte sie. »Sie reitet aus.« Ich trat ans Fenster. Ich sah eine zierliche Gestalt von hinten, von einer Schar Reiter und Reiterinnen umgeben.

Die Comtesse blickte mich hilflos an. Ich zog die Schultern hoch. »Schade. Ich hätte gern begonnen. Könnte ich jetzt bitte den Raum sehen, wo ich das Portrait malen werde, damit ich meine Malutensilien bereitlegen kann? Danach möchte ich gern einen Spaziergang machen.«

»Kennen Sie Paris?«

»Ich bin zum erstenmal hier.«

»Vielleicht sollte ich jemanden zu Ihrer Begleitung mitschikken.«

»Ich gehe lieber allein.«

Sie zögerte. »Sie möchten auf Entdeckungsreise gehen? Aber finden Sie sich denn zurecht?«

»Ich denke schon.«

»Entfernen Sie sich nicht allzuweit aus diesem Bezirk. Sie können die Champs-Elysées entlang zu den Tuilerien gehen. Das ist ein hübscher Spaziergang. An Ihrer Stelle würde ich den Fluß nicht überqueren. Es gibt viele Brücken über die Seine. Bleiben Sie auf dieser Seite, und wenn Sie sich verirren, nehmen sie ein *fiacre* – eine Droschke –, die bringt Sie dann zurück in die Rue du Faubourg Saint-Honoré.«

»Haben Sie vielen Dank. Ich werde Ihren Rat beherzigen.«

»Ich bitte für das Benehmen der Princesse um Verzeihung.«
Sie zuckte die Achseln. »Sie ist es gewohnt, ihren Willen durchzusetzen.«

»Ich verstehe«, sagte ich. »Ich freue mich darauf, sie später kennenzulernen.«

Ich ging in mein Zimmer und holte die Dinge, die ich brauchen würde. Dann zeigte man mir den Raum, wo ich arbeiten sollte. Es war eine Art Mansarde. Ideal, fand ich, denn sie hatte viel Licht. Ich legte meine Farben, Pinsel und die kleine Palette zurecht. Ich bereitete den Untergrund vor und kehrte in mein Zimmer zurück.

Ich dachte: Unsere kleine Princesse ist eigenwillig und hat schlechte Manieren, aber vielleicht hält sie ein solches Benehmen bei einer Princesse für angebracht. Auf diese Weise weiß ich bereits einiges über sie, ohne sie gesehen zu haben.

Und nun das aufregende Paris – wie es mich bezauberte! Ich war entzückt von den breiten Boulevards, den schönen Brücken und dem Louvre. Am besten aber gefielen mir der Lärm auf den Straßen, das ununterbrochene Geschwätz der Menschen, die Cafés, vor denen unter bunten Markisen Tische aufgestellt waren und aus denen Musik hinausdrang. Ich brauchte kein Gefährt, das mich zurückbrachte.

Ich hatte den Vormittag genossen und war meiner unmanierlichen kleinen Princesse geradezu dankbar, daß sie ihn mir ermöglicht hatte.

*   *   *

Das *déjeuner* wurde mir wiederum auf einem Tablett in meinem Zimmer serviert. Ich fragte mich, ob ich wohl alle Mahlzeiten hier einnehmen sollte. Die Leute wußten offenbar nicht, wie sie mich behandeln sollten. Sie betrachteten mich vermutlich als eine Art Angestellte. Wie anders war es im *Château* gewesen, wo ein Künstler beachtliches Ansehen genoß.

Hier galt ich nichts. Ich wollte das Portrait in kürzester Zeit malen und dann erst einmal nach Hause fahren, bevor ich die anderen Aufträge hier in Frankreich erledigte.

Als ich fertig gegessen hatte, kam Madame la Gouvernante in mein Zimmer. Die Princesse und ihre Gesellschaft seien noch nicht zurückgekehrt, erklärte sie. Sie habe erfahren, daß sie auf dem Weg nach St. Cloud einen Besuch abstatteten. Sie würden vermutlich bald zurück sein, und ich möge im Hause bleiben, damit ich gegebenenfalls zur Verfügung stünde.

Es war schon nach vier Uhr, als mir gemeldet wurde, daß die Princesse mich in der Mansarde erwarte. Ich ging sogleich hinauf. Sie stand am Fenster und wandte sich nicht um, als ich eintrat. Sie trug ein leuchtendrotes Ballkleid; ihre Schultern waren unbedeckt, und ihr langes dunkles Haar hing lose herab. Von hinten wirkte sie wie ein Kind.

»Princesse ... ?« fragte ich.

»Kommen Sie her, Mademoiselle Collison. Sie können gleich anfangen.«

»Das ist ganz unmöglich«, erwiderte ich. »Das Licht ist nicht gut genug.«

»Was meinen Sie?« Sie wirbelte herum. Ihr Gesicht kam mir bekannt vor. Dann dämmerte es mir. Ich hätte sie gleich erkennen müssen, aber in dem roten Ballkleid und mit den offenen Haaren sah sie anders aus als in dem schwarzen Kleid mit der Schürze, die sie abends zuvor getragen hatte.

Aha, dachte ich, sie spielt gern Streiche; sie wird mir meinen Aufenthalt schwer machen.

Ich ging auf sie zu und neigte den Kopf. Vor diesem Kind würde ich nicht knicksen; schließlich bedeutete königliche Abkunft in Frankreich nicht mehr dasselbe wie vor der Revolution.

»Sehen Sie, Princesse«, erklärte ich, »für eine so diffizile Arbeit brauche ich das beste Licht. Ich kann nur vormittags arbeiten ... es sei denn, es ist ein sehr heller Nachmittag ... nicht so bedeckt wie heute.«

»Vielleicht sollten wir einen Künstler holen, der jederzeit arbeiten kann«, meinte sie hochmütig.

»Das liegt bei Ihnen. Ich sage nur eins: Heute nachmittag gibt es keine Sitzung. Wenn Sie morgen vormittag nicht ausreiten, würde ich gern um – sagen wir, zehn Uhr – beginnen.«

»Ich weiß nicht recht«, erwiderte sie.

»Ich kann nicht ewig hierbleiben.«

»Nun, vielleicht«, gab sie unwirsch nach.

»Vielleicht erlauben Sie mir, jetzt eine Weile mit Ihnen zu plaudern. Ich möchte meine Modelle gern ein wenig kennenlernen, bevor ich sie male. Darf ich mich setzen?« Sie nickte. Ich betrachtete sie. Sie hatte die dicke Nase der Valois, die zwar von ihrer Abstammung kündete, aber mit dem modernen Schönheitsideal nicht übereinstimmte. Sie hatte kleine, glänzende Augen; ihr Mund wirkte recht verdrießlich, aber das konnte sich mit ihren Launen ändern. Sie besaß den Schmelz der Jugend, hatte eine zarte Haut und schöne Zähne – sofern man sie zu einem Lächeln bewegen konnte. Die Farbe des Kleides paßte überhaupt nicht zu ihr.

»Sie werden mir eine schönere Nase geben müssen.«

Ich lachte. »Ich möchte *Sie* malen.«

»Also häßlich.«

»Aber nicht doch. Ich sehe Möglichkeiten.«

»Was meinen Sie damit ... Möglichkeiten?«

»Lächeln Sie manchmal?«

»Natürlich ... wenn ich mich freue.«

»Gut, dann sorgen wir dafür, daß Sie sich freuen. Sie haben sehr schöne Zähne. Warum sie verstecken? Ein reizendes Lächeln würde die Länge der Nase mildern; und wenn Sie die Augen weit öffnen und interessiert dreinschauen, wirken sie heller und größer. Das Kleid ist nicht gut.«

»Mir gefällt es.«

»Nun gut, dann male ich Sie eben in dem roten Kleid, wenn es *Ihnen* gefällt.«

»Aber Ihnen nicht.«

»Nein. Rot ist keine Farbe für Sie ... sowenig wie das Schwarz, das Sie gestern abend trugen.«

Sie errötete und lachte. Sie sah beinahe hübsch aus.

»So ist es besser, wenn ich das einfangen könnte ...«

»Sie taten so, als hätten Sie mich nicht erkannt.«

»Ich habe Sie sofort erkannt.«

»Aber gestern abend nicht.«

»Wie denn auch? Ich war der Princesse nie ...«

»Und als Sie mich hier sahen ... «

»... da wußte ich es sofort.«

»Und was haben Sie gestern abend gedacht? War ich ein gutes Hausmädchen?«

»Nein. Ein unverschämtes.«

Sie lachte wieder, und ich lachte mit.

»Ich will nicht, daß dieses Bild gemalt wird, wissen Sie.«

»Das habe ich gemerkt.«

»Ich mag das einfach nicht.« Sie verzog das Gesicht, und sie sah wie ein verängstigtes Kind aus. »Ich hasse das alles ...«

Ich verstand. Meine Haltung ihr gegenüber war mit einemmal völlig anders. Sie tat mir leid. Das arme unschuldige Kind sollte diesem Mann gehören!

»Warum waren Sie heute morgen so unmanierlich?«

»Unmanierlich?«

»Sie sind ausgeritten, obwohl eine Sitzung verabredet war.«

»Ich finde es nicht unmanierlich. Wir brauchen keine Rücksicht zu nehmen auf ...«

»Dienstboten? Oder Künstler ... sind Künstler vielleicht Dienstboten?«

»Sie kommen hierher, um für uns zu arbeiten ... und werden dafür bezahlt.«

»Wissen Sie, was einer Ihrer großen Könige einmal gesagt hat?«

»Ach ... Geschichte!«

»Es paßt zur Sache. ›Menschen machen Könige, aber nur Gott kann einen Künstler machen.‹ «

»Was bedeutet das? Ich denke, Gott hat uns alle gemacht?«

»Es bedeutet, daß Gott die schöpferische Gabe nur wenigen auserwählten Menschen schenkt, und daß die Großen wichtiger sind als Könige.«

»Solche Sachen wurden während der Revolution verbreitet.«

»Im Gegenteil, das hat einer Ihrer autokratischsten Könige gesagt, François I.«

»Ich glaube, Sie sind sehr klug.«

»Zumindest verstehe ich mein Handwerk.«

»Der Baron hat gesagt, Sie seien sehr gut, nicht?«

»Er weiß meine Arbeit zu würdigen.«

»Sie haben ein Bild von ihm gemalt. Er ist Ihnen Modell gesessen.«

»Ja, und ich muß sagen, er war ein gutes Modell.«

»Dann muß ich Ihnen wohl auch Modell sitzen.«

»Deswegen bin ich hier. Ich würde Sie gern in Blau sehen. Das müßte Ihnen stehen. Es würde den Schimmer Ihrer Haut besser zur Geltung bringen.«

Sie strich sich über ihr Gesicht. Wie jung sie war! Ich verzieh ihr alles – die alberne Maskerade am Vorabend und die Unverschämtheit, die Verabredung nicht einzuhalten. Ich sah nur das verängstigte Kind in ihr.

»Darf ich sehen, was Sie zum Anziehen haben?« fragte ich. »Vielleicht finden wir etwas, das Sie gern tragen. Ich selbst würde Blau bevorzugen, aber vielleicht haben Sie etwas anderes, das ebenso geeignet ist.«

»Ich habe eine ganze Menge Kleider«, prahlte sie. »Ich bin der Kaiserin vorgestellt worden. Ich dachte, ich könnte mich vielleicht ein wenig vergnügen, aber als der Baron beschloß, mich zu heiraten, war es damit vorbei.«

»Wann werden Sie heiraten?«

»Nächsten Monat ... an meinem achtzehnten Geburtstag.«

Sie hielt inne und sah mich zutraulich an. Das arme Kind! Ich hatte in kurzer Zeit eine Menge über sie erfahren und wußte, daß sie ein einsamer und verängstigter Mensch war.

»Wie wäre es, wenn wir uns jetzt über das Kleid einigen«, schlug ich vor, »dann könnten wir morgen vormittag mit der Miniatur beginnen. Möglichst zeitig ... kurz nach neun Uhr. Das Licht dürfte dann gut sein. Soviel ich weiß, soll die Miniatur genauso gerahmt werden wie diejenige, die ich von dem Baron gemalt habe, in Gold mit Diamanten und Saphiren. Deshalb dachte ich an ein blaues Kleid.«

»Gut, kommen Sie mit.« Sie ging voran nach unten. Ihr Schlafzimmer war sehr groß – in Weiß und Gold gehalten, mit dicken Teppichen und schönen Gobelins an den Wänden. »Das Haus hier wurde während der Revolution zerstört«, erzählte sie mir, »aber der Kaiser legte großen Wert darauf, daß Paris wieder schön wurde. Es sollte wie ein Phönix aus der Asche steigen.«

»Es ist eine wunderschöne Stadt«, stimmte ich zu. »Sie können sich glücklich schätzen, daß Sie hier leben.«

»Manche Leute sind auch ohne schöne Häuser glücklich. Als ich neulich an einem Putzmacherladen vorbeiritt, sah ich dort ein Mädchen, das einen Hut aufprobierte. Ein junger Mann war bei ihr, sah sie an und küßte sie. Sie sah so glücklich aus, und ich dachte: Sie ist glücklicher als ich. Ich wüßte gern, ob sie den jungen Mann wohl heiratet. Sie kann sich ihren Ehemann wenigstens selbst aussuchen.«

Ich besänftigte sie: »Man kann nie wissen, was sich im Dasein anderer Menschen abspielt. Früher hatte ich einmal ein Mädchen in einer Konditorei beneidet. Sie servierte das Gebäck, und sie sah so hübsch zwischen den frischgebackenen Brotlaiben und den Torten aus. Ich hatte damals eine Gouvernante und konnte nicht gut rechnen. Ich haßte Rechenaufgaben, und als ich das Mädchen sah, sagte ich mir: Die muß nie gräßliche Rechenaufgaben machen. Ich wünschte so sehr, ich könnte mit ihr tauschen. Doch ein paar Wochen später brannte die Konditorei ab, und ich hörte, daß das schöne Mädchen in den Flammen umgekommen war.«

Die Princesse starrte mich ungläubig an.

»Deshalb«, fuhr ich fort, »soll man niemanden beneiden. Man soll nicht mit jemandem tauschen wollen wegen etwas, von dem man eigentlich nichts versteht. Wenn man mit seinem Los nicht zufrieden ist, soll man nach einem Ausweg suchen oder sich fügen, je nachdem, was man für das Beste hält.«

»Warum ist das Mädchen verbrannt? Warum brach in der Konditorei Feuer aus?«

»Ich glaube, die Öfen ihres Vaters waren nicht in Ordnung. Ich habe daraus eine Lehre gezogen, die ich an Sie weitergebe. So, wollen wir uns nun Ihre Kleider ansehen?«

Sie besaß Unmengen Kleider. Ich fand eines aus pfauenblauer Seide, das gut mit den Saphiren harmonieren würde. Ich bat sie, es anzuprobieren, was sie bereitwillig tat. Es war genau das Richtige.

»Also abgemacht. Morgen vormittag. Ist neun Uhr zu früh?«

»Neun Uhr dreißig«, sagte sie, und ich wußte, sie würde pünktlich sein.

*   *   *

So begann meine Bekanntschaft mit der Princesse Marie-Claude de Créspigny. Meine Art, auf ihre Launen einzugehen, gefiel ihr offenbar. Ich beklagte mich nie, gab mich aber auch nicht unterwürfig, sondern bewahrte kühlen Gleichmut. Ich war hier, um ein Bild zu malen, und ich wollte mein Bestes tun. Schon während der ersten Sitzung schlossen wir Freundschaft. Die Princesse plauderte viel, und das war genau, was ich wollte. Sie hatte etwas überaus Reizvolles und Weibliches an sich. Das wollte ich in dem Portrait zum Ausdruck bringen, als Ergänzung zu dem überwältigenden Mann, der ihr Gemahl werden sollte. Ich wollte die Miniaturen zu einer Studie der Gegensätze machen – der ganz und gar maskuline Mann und die ausgesprochen feminine Frau; ein eindrucksvolles Paar in der diamanten- und saphirbesetzten Umrahmung – beide in diesem herrlichen Blau.

Die Sache machte mir Spaß: in diesem Raum sitzen und malen, ohne Heimlichkeit, wie ich es anfangs in Centeville hatte tun müssen. Ach, Centeville, ein solches Abenteuer würde ich wohl nie wieder erleben! Ich lachte bei dem Gedanken an Vaters und meine Vorsicht, während der Baron uns doch bereits von Anfang an durchschaut hatte.

»Sie lächeln, Mademoiselle Collison. Ich weiß warum. Sie denken an Bertrand de Mortemer.«

»Bertrand de Mortemer«, murmelte ich errötend. Die Princesse freute sich an meiner momentanen Verlegenheit.

»Wie ich höre, hat er Sie herbegleitet. Und er sagte, er wird Sie besuchen. Er sieht recht gut aus. Haben Sie ihn sehr gern?«

»Ja.«

»Werden Sie ihn heiraten, Mademoiselle Collison?«

Ich zögerte, und sie rief aus: »O ja, es stimmt. Das finde ich aber nett. Dann werden Sie Französin. Die Leute wechseln doch ihre Nationalität, wenn sie heiraten, nicht? Sie nehmen die Nationalität ihrer Ehemänner an. Warum nehmen die Männer eigentlich nicht die Nationalität ihrer Frauen an?«

»Das ist ein heikles Thema«, sagte ich. »Von Frauen wird behauptet, daß sie nichts so gut machen wie Männer. Aber das wird sich im Laufe der Zeiten ändern. Sehen Sie, ich bin hier eine bekannte Künstlerin, obwohl ich eine Frau bin.«

»Wie ich höre, haben Sie anfangs nur Ihrem Vater geholfen. Er war der große Künstler.«

»Das hat sich dank des Barons geändert. Er erkannte ein gutes Kunstwerk – und ihm war es einerlei, wer es gemalt hat.«

»Sagen Sie mir, was halten Sie von dem Baron?« Ihre Stimmung hatte gewechselt. Sie wirkte jetzt beinahe mürrisch. Dieser Ausdruck paßte mir ganz und gar nicht.

»Er ist ein sehr kunstverständiger Mann.«

»Das meine ich nicht.« Sie blickte mich eindringlich an. Dann sagte sie: »Ich will ihn nicht heiraten. Ich will nicht in sein Schloß. Manchmal denke ich, daß ich alles tun würde, einfach alles, um das zu verhindern.«

»Wieso? Kennen Sie ihn gut?«

»Ich bin ihm dreimal begegnet. Das erste Mal bei Hof, wo ich ihm vorgestellt wurde. Damals hat er mich kaum beachtet. Aber meine Cousine, die Comtesse, sagte, er wolle mich heiraten. Es sei eine vorteilhafte Verbindung ... und nachdem wir Schwierigkeiten mit unseren Gütern hätten. Geld ... immer dreht es sich um Geld. Es heißt, daß es vor der Revolution diese Sorgen nicht gab. Aber jetzt müssen sich die meisten Leute damit plagen – jedenfalls Leute wie wir. Der Baron ist reich. Unsere Familie könnte ein bißchen Geld gut gebrauchen. Ich bin eine Princesse, und das gefällt ihm. Meine Großmutter ist mit knapper Not der Guillotine entkommen. Sie hielt sich eine Weile in England auf, wo sie ein Baby bekam, meinen Vater. Er war ein Prinz, deshalb bin ich von Geburt eine Princesse – zwar ohne Vermögen, aber dafür aus edler Familie. Der Baron brüstet sich damit, daß er Normanne ist, aber das hält ihn nicht von dem Wunsch ab, in eine Familie von königlicher Abkunft einzuheiraten. Das hängt mit den Kindern zusammen. Ich soll viele Kinder bekommen. Der Baron hält es für an der Zeit, zu heiraten und sie zu zeugen, und weil ich eine Princesse bin, bin ich gerade recht, sie ihm zu gebären.«

»Das ist eine altbekannte Geschichte«, sagte ich. »So geht es den Menschen seit Generationen. Oft wird alles gut. Manche dieser Vernunftehen werden sehr glücklich.«

»Würden Sie den Baron gern heiraten?«

Es gelang mir nicht, die Bestürzung in meinem Gesicht zu verbergen.

»Da sehen Sie. Sie haben gesprochen, obwohl Sie kein Wort gesagt haben. Sie haben ihn gesehen, Sie haben sein Bild gemalt, Sie wissen, wie er ist. Manchmal träume ich von ihm. Ich liege mitten in einem großen Bett, und er kommt zu mir. Dann ist er da ... er erdrückt mich unter sich ... und ich will nicht ... ich hasse es.«

Ich beruhigte sie: »So wird es gewiß nicht sein. Bei all seinen

Fehlern hat der Baron doch bestimmt gute Manieren im … hm … im Schlafgemach.«

»Was wissen Sie von seinen Manieren im Schlafgemach?«

Ich gab rasch zu, daß ich nichts davon wußte.

»Dann können Sie auch nicht darüber reden. Ich habe schreckliche Angst vor dieser Ehe. Selbst wenn ich mich an ihn gewöhnen sollte, wäre es furchtbar, diese vielen Kinder zu bekommen … die Umstände, die Schmerzen … und die Empfängnis.«

»Meine liebe Princesse, ich glaube, Ihnen wurden schauerliche Märchen erzählt.«

»Ich weiß, wie man Babys empfängt. Ich weiß, wie sie geboren werden. Vielleicht ist das alles gut und schön, wenn man jemanden liebt. Aber wenn man ihn haßt … wenn man weiß, daß er sich nichts aus einem macht … und man muß es Jahre um Jahre ertragen …«

»Dies ist eine ungewöhnliche Unterhaltung.«

»Ich dachte, Sie wollen mich kennenlernen?«

»Das möchte ich auch, und ich kann verstehen, wie Ihnen zumute ist. Ich wollte, ich könnte Ihnen helfen.«

Sie lächelte mich zutraulich an, und ich dachte: Es wäre großartig, wenn ich dieses Lächeln festhalten könnte.

»Wer weiß, vielleicht können Sie mir helfen. Jedenfalls kann ich mit Ihnen reden.«

Unsere Freundschaft machte Fortschritte, und aus dem Verlauf unseres Gespräches gewann ich den Eindruck, daß die Princesse mich gern hatte.

Sie kam pünktlich zu den Sitzungen und unterhielt sich noch lange mit mir, auch wenn ich bereits meine Pinsel niedergelegt hatte.

Die Mahlzeiten nahm ich jetzt zusammen mit der Princesse und der Comtesse ein. Einmal hörte ich die Princesse zur Comtesse sagen, daß man Künstlern mit Respekt begegnen müsse. Gott machte Künstler, und die Menschen machten Könige.

Sie war ein ernstes Mädchen und hatte wohl eine triste Kindheit gehabt, war von einem Familienmitglied zum anderen weitergereicht worden. Ihr Titel war ihr einziges Vermögen.

Nach jeder Sitzung betrachteten wir das Portrait. Es freute mich, daß es ihr gefiel.

»Meine Nase sieht um etliche Zentimeter kleiner aus«, bemerkte sie.

»Wenn das stimmte, wäre sie gar nicht vorhanden. Auf einem so winzigen Bildnis können wenige Millimeter entscheiden, ob Sie eine Haken- oder eine Stupsnase haben.«

»Sie sind so klug! Außerdem haben Sie mich viel hübscher gemacht als ich bin.«

»Ich habe Sie so gemalt, wie ich Sie sehe. Sie sind schöner, wenn Sie lächeln.«

»Deshalb möchten Sie mich die ganze Zeit zum Lächeln bringen, nicht?«

»Ich wünsche mir Ihr Lächeln für das Bildnis, aber es gefällt mir auch sonst, und würde ich Ihr Portrait nicht malen, würde ich trotzdem versuchen, Sie zum Lächeln zu bringen.«

Sie hatte sichtlich Spaß an den Sitzungen, auch wenn sie es nicht ausdrücklich sagte. Es gab keine nicht eingehaltenen Verabredungen mehr, und einmal bat sie: »Vollenden Sie das Bild nicht allzu rasch, Mademoiselle Collison, ja?«

Sie erkundigte sich, was ich tun würde, wenn ich hier fertig wäre, und ich erzählte ihr, daß ich zunächst einmal nach Hause wolle. Ich beschrieb ihr unser Heim und die Nachbarschaft, und sie hörte aufmerksam zu. »Aber Sie kommen nach Frankreich zurück«, sagte sie.

»Ich habe noch mehrere Aufträge zu erledigen.«

»Und Sie werden Bertrand de Mortemer heiraten.«

»Das liegt in der Zukunft.«

»Sie haben Glück. Ich wollte, Bertrand de Mortemer würde mich heiraten.«

»Sie kennen ihn doch gar nicht.«

»Doch. Ich bin ihm mehrmals begegnet. Er sieht gut aus und

ist charmant … und nett. Ich schätze, Sie sind ineinander verliebt.«

»Das wäre ein guter Grund zum Heiraten.«

»Bei Ihnen wird es keine Vernunftehe.«

»Ich verfüge weder über einen großartigen Titel, noch glaube ich, daß er große Reichtümer besitzt.«

»Glückliche Menschen!« Sie seufzte. Jetzt war sie wieder traurig.

Am nächsten Tag kam sie ganz aufgeregt zur Sitzung. »Ich muß Ihnen etwas sagen. Wir sind zu einer *fête champêtre* eingeladen. Wissen Sie, was das ist?«

»Dank meiner Kenntnisse der französischen Sprache ist mir das vollkommen klar.«

»Wie heißt es auf englisch?«

»Oh … Eine Landpartie … ein Picknick.«

»Picknick. Gefällt mir. Picknick.« Lächelnd wiederholte sie das Wort. »Aber *fête champêtre* klingt viel schöner.«

»Ja, das gebe ich zu. Erzählen Sie mir von dem Fest, zu dem Sie und die Comtesse eingeladen sind.«

»Es findet bei den L'Estranges statt. Evette L'Estrange hat uns eingeladen. Das Haus bei St. Cloud ist ganz bezaubernd. Sie veranstalten diese *fête* jedes Jahr. Wir machen dann ein … wie heißt das? … Picknick im Freien. Auf dem Fluß sind kleine Boote und Schwäne. Es ist wunderhübsch. Evette L'Estrange läßt immer die besten Musikanten zum Aufspielen kommen.«

»Sie werden sich gewiß amüsieren.«

»Sie auch.«

»Ich?«

»Als ich *wir* sagte, meinte ich Sie und mich. Die Leute sind furchtbar neugierig auf die berühmte Künstlerin.«

»Das glaube ich nicht.«

»Sie wollen doch nicht behaupten, daß ich lüge, Mademoiselle. Ich sage Ihnen, der Baron ist von Ihrem Bildnis so begeistert, daß er aller Welt davon erzählt hat. Und jetzt wollen eine Menge Leute Sie kennenlernen.«

Ich war überwältigt. Ich wußte nicht, ob ich mich freuen sollte oder nicht. Eigentlich wollte ich nicht, daß man zuviel von mir erwartete, bevor ich mich wirklich durchgesetzt hatte. Das Bildnis des Barons war mir gelungen, aber zuerst wollte ich mich vergewissern, daß der Erfolg sich wiederholen würde. Ich wollte nach und nach bekannt werden. Dennoch freute es mich, so begehrt zu sein.

»Was werden Sie anziehen?« wollte die Princesse wissen. »Sie haben gewiß keine Kleidung für eine *fête champêtre*, oder doch?«

Ich verneinte, und sie meinte, ihre Näherin könnte mir an einem einzigen Nachmittag ein Kleid schneidern. Allerdings müsse es für diesen Anlaß ziemlich schlicht sein.

»So ähnlich wie bei Marie-Antoinette, wenn sie auf Hameau das Mädchen vom Lande spielte.«

»Sie scheinen sich in unserer Geschichte ja gut auszukennen. Besser als ich.«

»Für Sie könnte es auch interessant sein, mehr darüber zu wissen.«

»Ich weiß nur, was für ein Kleid Sie brauchen. Musselin mit Streublümchen … Grün würde Ihnen gut stehen … und ein weißer Strohhut mit grünen Bändern.«

Sie hielt Wort. Am nächsten Tag wurde das Kleid geschneidert. Es war nicht aus Musselin, sondern aus einem feinen Baumwollstoff und mit kleinen grünen Glöckchen statt mit Streublümchen gemustert. Es war rührend, wie sich die Princesse um mich sorgte.

Wir fuhren zusammen in der Kutsche hin. Die Princesse zeigte eine Fröhlichkeit, die mich erstaunte. Ich dachte, wie kindlich sie noch sei, da die Aussicht auf eine derartige Belustigung jeden Gedanken an ihre Heirat verscheuchen konnte. Jedenfalls verstand sie es, den Augenblick zu genießen, und das war vielleicht ganz gut.

Es wurde ein sehr reizender Nachmittag. Evette L'Estrange begrüßte mich herzlich. Sie war eine junge Frau mit einem erheblich älteren Gatten. Ihr Stiefsohn Armand war etwa zwanzig Jahre alt.

Etliche Leute kamen auf mich zu und sprachen über das gelungene Portrait, das ich von dem Baron de Centeville gefertigt hatte und hofften, dasjenige bald sehen zu dürfen, an dem ich gerade arbeitete.

Und dann kam die Überraschung. Das Essen wurde gerade aufgetragen. Die Tische waren auf dem Rasen aufgestellt. Livrierte Diener liefen hin und her. Sie packten die Körbe aus und tischten Koteletts, kaltes Wildbret, Huhn und Pasteten sowie eine Anzahl Süßspeisen auf. Der Wein funkelte in den Gläsern.

Plötzlich sagte hinter mir jemand: »Wollen wir uns nicht einen Platz suchen und beisammen sitzen?«

Ich drehte mich um. Bertrand lächelte mich an. Er nahm meine Hände und hielt sie fest, dann küßte er mich auf beide Wangen.

»Kate«, sagte er, »wie schön, dich zu sehen.«

»Hast du ...«

»Ob ich gewußt habe, daß du hier bist?« Er nickte. »Evette L'Estrange ist eine gute Freundin meiner Mutter. Meine Eltern und meine Schwester sind auch hier. Sie möchten dich gern kennenlernen und sind sehr neugierig, was eine so berühmte Dame an mir findet.«

»Berühmt!« stöhnte ich. »Aber doch nur, weil der ...«

Ich brach ab. An einem solchen Tag wollte ich seinen Namen nicht erwähnen. Dies war ein Tag zum Glücklichsein.

Das Wetter war ideal. Die Sonne schien warm, aber nicht zu heiß. Die eleganten Herren und Damen boten ein hübsches Bild, und sie waren reizend zu mir. Es war wirklich ein herrlicher Tag.

Die Familie Mortemer nahm mich sehr herzlich auf, und mit einemmal wußte ich, daß ich Bertrand heiraten wollte. Jetzt war ich meiner sicher. Vorher hatte ich geglaubt, ich hätte mich zu rasch hinreißen lassen; zu viele Eindrücke waren auf einmal auf mich eingestürmt. Hatte ich Bertrand so nett gefunden, weil er einen solchen Gegensatz zu dem Baron darstellte? Alles um mich herum war so ganz anders gewesen als das, was ich bis dahin gekannt hatte. Die Sitten und Menschen, die denen von Farringdon so wenig glichen, hatten mich anfangs verwirrt. Jetzt aber fühlte ich mich hier zu Hause, und das hatten Bertrands Angehörige bewirkt.

Ich unterhielt mich lange mit seiner Mutter. Sie hatte Verständnis dafür, daß ich mit der Heirat noch ein Weilchen warten wollte. Sie meinte: »Es ging alles so schnell, meine Liebe. Sie wurden ja regelrecht überrumpelt. Fahren Sie erst einmal nach Hause ... und später werden Sie sehen, daß es das Richtige für Sie ist.«

Ich fand sie bezaubernd, und auch Bertrands Vater und Schwester gefielen mir. Trotz ihrer Eleganz wirkten sie sehr natürlich. Ich war glücklich.

»Sie müssen uns unbedingt mit Ihrem Vater besuchen«, baten sie. »Die Familien müssen sich doch kennenlernen.«

Auch ich hielt das für eine ausgezeichnete Idee.

Es war ein ungetrübter Nachmittag, und ich war froh, daß ich meine Entscheidung getroffen hatte. Doch am Spätnachmittag geschahen zwei Dinge, die meine gute Laune trübten.

Bertrand und ich hatten uns von seiner Familie abgesetzt und fuhren in einem Boot auf dem Fluß. Ich saß unter meinem Sonnenschirm, und Bertrand ruderte. Er lächelte zufrieden und sprach von unserer Heirat.

»Wir werden nicht reich sein«, sagte er und fügte hinzu: »Du wirst mit deiner Malerei viel Geld für uns verdienen müssen.«

»Mit Vergnügen.«

»Nicht des Geldes wegen ... aus Liebe zur Kunst, hm? Ich möchte, daß du glücklich bist, Kate, und das könntest du niemals ohne deine Malerei. Wir werden dir im Haus Mortemer ein Atelier einrichten.«

»Das wäre wundervoll.«

O ja, es war ein herrlicher Tag.

»Du kannst bestimmen, wie du es eingerichtet haben willst, wenn du zu uns kommst. Meine Mutter sagte, du hast versprochen, uns mit deinem Vater zu besuchen. Dann können wir alle Vorkehrungen treffen.«

»Für das Atelier?«

»Für unsere Hochzeit. Für beides.«

»Ich hätte gern einen ähnlichen Raum wie in Centeville.«

Das war taktlos. Ein Schatten war auf den herrlichen Tag gefallen. Ich hätte Centeville nicht erwähnen sollen.

Bertrand schwieg, und ich sah den Zorn in seinem Gesicht. Er ballte eine Faust und knurrte: »Ich könnte ihn umbringen.«

»Denk nicht an ihn ... an einem Tag wie heute.«

Aber Bertrand war nicht mehr zu halten. »Wenn du ihn hättest sehen können«, fuhr er fort. »Er saß da und lächelte. ›Ich möchte, daß sie versorgt ist‹, sagte er. ›Ich habe Nicole sehr gern. Du kannst sie auch gut leiden. Es soll dein Schaden nicht sein ...‹ Ich traute meinen Ohren nicht.«

»Laß gut sein«, beschwichtigte ich ihn. »Es ist vorbei. Du hast ihm klipp und klar gesagt, was du von seinem Vorschlag hältst.«

»Als ich ihn anschrie, sah er mich an, als ob er mich umbringen wollte. Es kommt nicht oft vor, daß jemand so mit ihm umspringt. Ich sagte, ›deine abgelegte Mätresse kannst du behalten. Ich rühre keine von deinen Weibern an. Mir würde jedesmal übel, wenn ich in ihre Nähe käme. Ich müßte immer daran denken, daß sie mit dir zusammen war.‹«

»Vergiß es«, bat ich. »Es ist doch vorbei.«

Bertrand aber konnte nicht aufhören. Er fuhr fort: »Er sagte, ›du wirst meine Mätresse heiraten. Sei kein Narr. Du wirst ein gemachter Mann sein.‹ Da packte mich die Wut. Ich brüllte ihn an, ›Niemals, nie, nie ...‹ Und dann brach es aus mir heraus. Ich glaube nicht, daß schon einmal jemand so mit ihm geredet hat.«

»Du hast ihm deutlich deine Meinung gesagt. Und jetzt wollen wir ihn vergessen. Du brauchst ihn nie wiederzusehen.

Vielleicht versucht er, dir zu schaden. Aber wie? Finanziell?
Keine Sorge. Wir wollen sein Geld nicht. Ich werde malen.
Das Leben wird wunderbar sein.«
Er lächelte mich getröstet an und ruderte schweigend weiter.
Doch der Zauber des Tages war dahin.
Der zweite Vorfall betraf die Princesse. Ich sah sie am Fluß-
ufer Hand in Hand mit Armand L'Estrange aus dem Wald
kommen. Sie hatte rote Wangen und sah sehr glücklich aus,
wobei ihre Haltung eine Art trotzigen Stolz ausdrückte. Einen
Augenblick lang war ich erschrocken, doch dann dachte ich:
Sie ist ja noch ein Kind.
Wir fuhren schweigend nach Paris zurück. Die Stadt sah wun-
derschön aus in dem dämmernden Licht. Wir kamen durch
den Bois de Bologne, fuhren am Arc de Triomphe vorbei und
bogen in die Rue du Faubourg Sainte-Honoré ein.
Schließlich unterbrach die Princesse die Stille. »Was für ein
aufregender Tag! Für uns beide, glaube ich. Es steht also fest,
Sie werden Madame de Mortemer. Und ich ... wer weiß?«
Sie war glücklich, und ich machte nicht zum zweitenmal an
diesem Tag den Fehler, den Namen des Barons zu erwähnen.

*   *   *

Am Tage nach der *fête champêtre* fühlte sich die Princesse nicht
wohl. Sie sah bleich, lustlos und niedergeschlagen aus und
blieb im Bett. Armes Kind, dachte ich. Ihr graut vor der bevorstehenden Hochzeit, die täglich näherrückt. Sie war nicht
mehr das hübsche junge Mädchen, das allmählich in der Miniatur Gestalt annahm. Marie-Claude war wirklich keine
Schönheit; ihre Züge waren unebenmäßig, und die untere Ge-
sichtshälfte war zu plump. Die Princesse wirkte nur attraktiv,
wenn sie glücklich war. Sie besaß im Grunde ein fröhliches
Naturell, doch dieses Mädchen im Bett hatte nur noch wenig
Ähnlichkeit mit dem glücklichen Mädchen bei der *fête champêtre*.

Sie verließ ihr Zimmer nicht, und die Sitzungen wurden abgesagt.

Später bat sie mich, ich möge mich zu ihr setzen, und ich tat es gern. Zuweilen dachte ich, sie wolle sich mir anvertrauen, aber ich ermutigte sie nicht: Es konnte sich nur um ihre Angst vor der Hochzeit handeln, und ich hätte sie kaum zu trösten vermocht. Ihr zu sagen, daß Vernunftehen häufig glücklich würden, war ausgesprochen banal. In Gedanken versetzte ich mich an ihre Stelle. Ich hätte bestimmt etwas unternommen. Aber durfte ich meine hilflose kleine Princesse zur Rebellion anstacheln?

Ich plauderte von anderen Dingen. Ich erzählte von meiner Heimat und unserem Leben in Farringdon, und manchmal brachte ich sie sogar ein wenig zum Lächeln.

Inzwischen hatte ich es mir zur Gewohnheit gemacht, nachmittags einen Spaziergang zu unternehmen. Der Zauber von Paris zog mich täglich mehr in seinen Bann. Ich war von dieser herrlichen Stadt begeistert und erforschte sie mit großem Vergnügen. Marie-Claude bewunderte meine Abenteuerlust; ihr war es natürlich nicht erlaubt, ohne Anstandsdame auszugehen. Ich dagegen war frei und unabhängig. Allerdings war ich im Auftrag eines französischen Edelmannes hier, und wenn ich es recht bedachte, hatte der Baron sehr viel für mich getan. Er hatte nicht nur meiner Kunst Anerkennung verschafft, sondern mir auch zur Selbständigkeit verholfen. Eigentlich sollte ich ihm dankbar sein.

Ich mußte mich geradezu zwingen, nicht mehr an diesen Mann zu denken. Sogar den herrlichen Nachmittag bei der *fête champêtre* hatte er überschattet. Seinetwegen litt nun auch die kleine Marie-Claude; denn ich war überzeugt, ihre Krankheit war nichts weiter als nervöse Spannung. Indessen verschaffte ihre Unpäßlichkeit mir Zeit, Paris richtig kennenzulernen. Der verlängerte Aufenthalt kam mir sogar gelegen, denn ich hatte ein wenig Kummer mit der Miniatur. Ich wollte ein Werk schaffen, das ebenso gut war wie das Bildnis des Barons, und gleichzeitig wollte ich die Princesse so reizvoll wie möglich erscheinen lassen. Seltsamerweise war der Baron leichter zu malen gewesen.

Jeden Nachmittag um Punkt zwei Uhr ging ich aus. Dabei legte ich eine ziemliche Strecke zurück, denn ich war gut zu Fuß. Ich schlenderte durch die Straßen, die Avenue du Bois de Boulogne entlang zum Louvre, und durch den Jardin du Luxembourg. Am eindrucksvollsten fand ich die Kathedrale Notre-Dame. Der Innenraum war dämmrig, und der Duft von Weihrauch hing in der Luft. Mit einem einzigen Besuch ließ sich die Kathedrale nicht erfassen. Ich mußte wieder und wieder kommen und solange wie möglich bleiben. Alles, was ich je über diese Stätte gehört hatte, kam mir wieder in den Sinn: Hier war Heinrich VI. vor mehr als vierhundert Jahren zum König von Frankreich gekrönt worden. Später hatte Heinrich von Navarro in dieser Kirche Marguerite de Valois geheiratet – im Vorraum, weil ein Hugenotte das Innere nicht betreten durfte –, und auf diese Vermählung folgte das entsetzliche Massaker in der Bartholomäusnacht. Und als er zwanzig Jahre später die Stadt in Besitz nahm, sagte derselbe Heinrich, »Paris ist eine Messe wert«.

Ich war fasziniert von den grausigen Wasserspeiern oben an der Fassade. Lange Zeit stand ich da und blickte von einem zum anderen und fragte mich, warum man diese heilige Stätte mit solchen dämonischen Figuren ausgestattet hatte. Die Gesichter erinnerten an Erscheinungen in Alpträumen. Was sollten sie ausdrücken? Verschlagenheit ... ja, und Grausamkeit, Wollust, Begierde ... alle sieben Todsünden. Und über allem ein gewisser Zynismus.

Während ich die Figuren betrachtete, schien es, als ob eine – die grausigste von allen – sich bewegte und ihre Züge sich veränderten. Einen Augenblick glaubte ich, der Baron grinse mich an. Er glich einem Dämon. Wie nannte er sich selbst? Der dämonische Liebhaber. Liebhaber! Als ob er je jemand anderen lieben könnte als sich selbst! Ich starrte die Figur an.

Der Stein hatte sich wieder in das grausige Gesicht verwandelt, und es war, als ob es mich auslachte.

Ich mußte diesen Mann unbedingt aus meinen Gedanken verdrängen! An diesem Tag war ich länger geblieben, als ich vorhatte, und ich beschloß, eine Droschke zu nehmen. Gleich vor der Kathedrale wartete eine. Ich nannte dem *cocher* mein Ziel; er tippte an seinen weißen Hut, und wir fuhren los.

Danach wurde es mir zur Gewohnheit, Droschken zu benutzen. Ich wanderte, wohin es mir beliebte, konnte länger bleiben und fuhr dann einfach mit einer Droschke nach Hause.

Die Princesse erkundigte sich jedesmal interessiert, wo ich gewesen war, und ich berichtete ihr ausführlich von meinen Ausflügen. Ich erzählte ihr, daß ich in der Kathedrale war, wie faszinierend ich sie fand und daß ich am nächsten Tag wieder hingehen wolle.

»Das ist ein ziemlich weiter Weg.«

»Ich bin gut zu Fuß, und zurück kann ich eine Droschke nehmen.«

»Sie haben es gut, Mademoiselle Kate. Es muß herrlich sein, frei zu sein.«

Ich blickte sie mitleidig an. Ich wußte, daß ihre Krankheit nur aus dem einen Wunsch entstanden war, die Zeit aufzuhalten. Sie wollte nicht, daß die Miniatur fertig würde; hier im Bett suchte sie Zuflucht vor der drohenden Zukunft.

Als ich mich am folgenden Tag nach dem *déjeuner* wie gewöhnlich zum Ausgehen anschickte, erkundigte sich die Princesse, ob ich zur Notre-Dame ginge und ob ich wohl den kleinen Putzmacherladen in der Nähe aufsuchen könne, um dort einen Brief abzugeben. Es handele sich um einen Hut, den sie sich anfertigen lassen wollte.

Diesmal hatte ich einen Skizzenblock mitgenommen, um in der Kathedrale ein paar Skizzen zu machen. Aber im Grunde wollte ich nur die Wasserspeier zeichnen. Ich hatte es aus dem Gedächtnis versucht, doch die Ausdrücke wollten mir nicht gelingen, alle hatten versteckte Züge des Barons bekommen.

Von der Kathedrale ging ich zu dem Putzmacherladen. Ich lieferte den Brief ab und fuhr mit einer Droschke nach Hause.

Als ich Marie-Claude berichtete, daß ich den Brief abgeliefert hatte, schien sie sich besser zu fühlen.

»Ich möchte, daß Sie morgen wieder hingehen«, bat sie, »und fragen, ob die Putzmacherin den Auftrag auch ausführen kann.«

Ich tat ihr den Gefallen. Man sagte mir, man warte noch auf die Lieferung des Materials.

Ich fuhr in einer Droschke zurück. Ich genoß diese Fahrten durch die Stadt. Inzwischen waren mir viele Straßen schon recht vertraut, denn ich besaß einen guten Ortssinn. Insgeheim wünschte ich, es möge so weitergehen. Auch mir war es lieber, wenn vorerst alles so bliebe; auch mir bangte vor der Zukunft. War ich mir immer noch unsicher wegen der Heirat? Ich kannte Bertrand ja erst so kurze Zeit. Hatte Marie-Claude mir bewußt gemacht, welche Schwierigkeiten sich in einer Ehe ergeben konnten? Hatte ich mich allzu eilfertig gebunden? Hatte ich mich von den vielen neuen und aufregenden Eindrücken einfangen lassen? Sollte ich nicht lieber heimkehren und eine Weile über alles nachdenken?

Jeden Tag fragte ich die Princesse: »Sind Sie bereit, die Sitzungen wieder aufzunehmen?«

»Nur noch einen Tag«, gab sie zur Antwort.

Doch am nächsten Tag hieß es: »Heute noch nicht. Vielleicht morgen.«

Ich hatte den Putzmacherladen einige Male aufgesucht. »Hoffentlich hat sie auch das Richtige«, sagte Marie-Claude. »Gehen Sie immer noch zur Notre-Dame?«

»Nicht nur, die ganze Umgebung ist sehr reizvoll. Aber ich kann für Sie überall Besorgungen machen.«

»Danke. Doch schlendern Sie ja nicht durch die engen Gassen rund um die Kathedrale. Dort hat man früher Stoffe gefärbt. Und es gibt dort Straßen, wo gewisse Frauen wohnen ... die Straßen der Prostituierten. Du liebe Güte, Mademoiselle

Kate, hüten Sie sich, dorthin zu gehen. Dort gibt es Diebe und Räuber. Sie können sich nicht vorstellen, wie gemein die sind.«

Ich versicherte ihr, daß ich es mir sehr wohl vorstellen konnte.

»Also meiden Sie die engen Gassen. Der Kaiser hat viele Straßen verbreitern lassen, aber es gibt noch genug verrufene Viertel.«

»Keine Angst. Im Zweifelsfall nehme ich eine Droschke.«

»Sind die *cochers* höfliche Leute?«

»Einigermaßen. Manche geben vor, mich nicht zu verstehen. Das liegt wohl an meinem Akzent. Manchmal lassen sie mich Faubourg Saint-Honoré wiederholen, und ich kann beim besten Willen keinen Unterschied zwischen ihrer und meiner Aussprache erkennen. Eigentlich sehen sie in ihren blauen Röcken und weißen Hüten alle gleich aus.«

»Vergessen Sie nicht, bei der Putzmacherin vorbeizugehen.«

Ich ging hin, und da geschah etwas Merkwürdiges, das mich in Angst und Schrecken versetzte.

Ich trat in den Laden. Diesmal hatten sie eine gute Nachricht. Das Material war eingetroffen, und Madame gab mir einen Brief für die Princesse mit, in dem sie genau beschrieb, was sie vorrätig hatten. Sobald sie den Auftrag hätten, wollten sie mit der Arbeit beginnen.

Ich kam aus dem Laden. Es war ein ziemlich verhangener Nachmittag – heiß, aber nicht sonnig. Ich hielt nach einer Droschke Ausschau. Manchmal mußte ich ein kleines Stück laufen, bevor ich eine fand, aber heute kam gerade eine vorbei, als ich aus dem Laden trat. Der *cocher* hielt an. Ich nannte ihm mein Ziel, und diesmal gab er nicht vor, mich nicht zu verstehen.

Ich stieg ein, froh, daß meine Wege zu dem Putzmacherladen sich schließlich gelohnt hatten. Ich fragte mich flüchtig, warum die Princesse die Putzmacherin nicht ins Haus kommen ließ, sondern ihr ständig Briefe schickte. Sie kaufte wohl Unmengen Hüte und Handschuhe für die Hochzeit. Ich nahm mir vor, sie später danach zu fragen. Meine eigenen täglichen Stadtausflüge und die Erforschung der Kathedrale hatten mich so in Anspruch genommen, daß ich mir darüber keine Gedanken gemacht hatte. Marie-Claude war ein eigenartiges Mädchen und durchaus imstande, den Kauf von Hüten zu einem Abenteuer zu machen.

Ich blickte hinaus und kannte die Straße nicht, in der wir uns befanden. Vielleicht würden wir im nächsten Augenblick in einen bekannten Boulevard einbiegen.

Aber nein. Und der Kutscher fuhr ziemlich schnell.

Ich rief ihm zu: »Haben Sie mich richtig verstanden? Ich möchte zur Rue du Faubourg Saint-Honoré.«

Er wandte kurz den Kopf und rief: »Eine Abkürzung.«

Ich lehnte mich zurück. Eine Abkürzung! Aber wo waren wir?

Fünf Minuten später wurde mir ernstlich bange, und ich rief: »Sie fahren ja gar nicht in die Saint-Honoré.«

Er blickte sich nicht um, sondern nickte nur.

Da fielen mir Marie-Claudes Warnungen ein. Die Kutscher betrogen Ausländer gern; sie fuhren weite Umwege, um dann einen hohen Fahrpreis zu verlangen.

»Halt!« rief ich. »Ich möchte Ihnen etwas sagen.«

Aber er hielt nicht an. Er peitschte die Pferde, und sie galoppierten in so hoher Geschwindigkeit, daß mir angst und bange wurde. Wohin brachte er mich ... was hatte er vor?

Ich blickte aus dem Fenster. Diesen Bezirk von Paris hatte ich noch nie gesehen. Offensichtlich verließen wir die Stadtmitte. Meine Handflächen wurden feucht. Was sollte das alles? Warum tat der Mann das? Wollte er mich überfallen? Ich stellte mir vor, wie er seine Droschke in einen Wagenschuppen lenkte. Wollte er mich vielleicht töten? Weswegen? Ich besaß wenig Schmuck und sah nicht gerade wohlhabend aus.

Ich mußte handeln. Noch befanden wir uns in einer bebauten Gegend und kamen durch Straßen mit Geschäften. Ich mußte die Aufmerksamkeit auf mich lenken und mich keinesfalls aus dem bebauten Viertel fahren lassen.

Ich hämmerte ans Fenster, doch niemand sah zu mir hin. Man konnte mich bei dem Straßenlärm wohl nicht hören.

Dann bogen wir um eine Kurve. Vor uns drängten sich Droschken und Kutschen. Mein mysteriöser *cocher* mußte die Fahrt verlangsamen. Es blieb ihm nichts anderes übrig.

Jetzt, sagte ich zu mir. Jetzt! Das war vielleicht meine einzige Chance.

Ich öffnete die Tür und sprang auf die Straße. Jemand schrie mir etwas zu. Es war wohl der Kutscher einer anderen Droschke. Blitzschnell flitzte ich vor dem Pferd vorbei, rannte los und hörte volle fünf Minuten nicht zu laufen auf.

Schließlich blieb ich atemlos stehen und sah mich um. Ich befand mich in einer mir unbekannten Straße, aber sie war mit einkaufenden Menschen belebt. Vor einem Café tranken Leute Kaffee und Apéritifs. Männer und Frauen schlenderten vorüber, und junge Mädchen mit Hutschachteln am Arm eilten an mir vorbei.

Ich setzte meinen Fußmarsch jetzt etwas langsamer fort, und dank meines guten Ortssinns wußte ich, daß ich die richtige Richtung eingeschlagen hatte. Nach ungefähr einer Stunde sah ich in der Ferne die Türme von Notre-Dame aufragen.

Jetzt wußte ich, wo ich war.

Aber ich mußte eine Droschke nehmen; unmöglich konnte ich den ganzen Weg zu Fuß gehen. Hier gab es eine Menge Droschken. Würde ich meinen *cocher* wiedererkennen? Was, wenn er mir gefolgt war und darauf wartete, daß ich bei ihm einstieg?

Ich mußte es darauf ankommen lassen.

Ich rief eine Droschke herbei. Mit unendlicher Erleichterung stellte ich fest, daß der *cocher* ein Mann im mittleren Alter mit einem großen Schnurrbart war. Ich fragte, ob er mich zur Rue du Faubourg Saint-Honoré bringen könne.

»Aber gewiß doch, Mademoiselle«, erwiderte er mit einem Lächeln, und bald darauf ratterten wir durch die vertrauten Straßen.

Erleichtert betrat ich das Haus. Ich hatte ein entsetzliches Abenteuer heil überstanden.

Drinnen fiel mir der Brief wieder ein, den ich für die Princesse bei mir hatte. Rasch zog ich meinen Mantel aus und begab mich sogleich in ihr Zimmer.

»Haben Sie ... ?« begann sie. Sie brach ab und fuhr fort: »Mademoiselle Collison ... Kate ... was ist geschehen? Sie machen ja ein Gesicht, als hätten Sie ein Gespenst gesehen.«

»Ich hatte soeben ein entsetzliches Erlebnis.«

Sie griff nach dem Brief und riß ihn auf. »Was?« Sie blickte auf den Brief, und die Andeutung eines Lächelns spielte um ihre Mundwinkel. Dann sah sie mich erwartungsvoll an.

Ich berichtete ihr, was geschehen war, daß der Kutscher behauptet hatte, eine Abkürzung zu fahren. »Aber bald merkte ich, daß er ganz woanders hinfuhr ...«

»Kate! Weshalb?«

»Ich habe keine Ahnung. Als er merkte, daß ich Verdacht schöpfte, fuhr er auf einmal ganz schnell. Da wußte ich, daß er mir vor dem Putzmacherladen aufgelauert hatte. Er hielt einfach nicht an. Gottlob kamen wir in ein Verkehrsgewühl, und ich konnte hinausspringen, sonst ...«

»Sonst? Oh ... was kann das bloß bedeuten?«

»Vielleicht wollte er mich ausrauben ... oder sogar umbringen.«

»O nein!«

»Aber für einen Raub hätte er sich bestimmt jemand anderen ausgesucht. Bei mir hätte es sich nicht gelohnt.«

Die Princesse betrachtete den Brief in ihrer Hand. Dann sagte sie langsam: »Den hatten Sie bei sich. Er hatte es auf den Brief abgesehen. Da steckt der Baron dahinter. Er weiß Bescheid. Er hat seine Spione überall. Er wollte den Brief haben.«

»Was hat es damit auf sich?« wollte ich wissen.

»Dieser Brief hat nichts mit Hüten zu tun. Ich benutzte den Putzmacherladen als eine Art *poste restante*.«

»Von wem ist denn der Brief?«

Nach kurzem Zögern sagte sie: »Von Armand L'Estrange.«

»Sie haben also mit ihm Briefe gewechselt, und ich war der Kurier?«

Sie nickte. »Ich hatte mit der Putzmacherin verabredet, daß sie unsere Briefe in Empfang nimmt und daß sie bei ihr abgeholt werden.«

»Aha.«

»Sehen Sie, Armand und ich, wir lieben uns. Wir sind ein Liebespaar, Kate. Ein richtiges Liebespaar. Ich meine, wir waren zusammen wie Mann und Frau.«

»Oh!«

»Jetzt sind Sie schockiert, nicht wahr? Sie tun immer so fortschrittlich, aber nun sind Sie entsetzt. Ich liebe Armand, und er liebt mich.«

»Vielleicht läßt sich eine Heirat arrangieren. Es ist noch nicht zu spät.«

»Der Baron ist aber entschlossen, mich zu heiraten!«

»Zu einem Entschluß gehören schließlich zwei.«

»Armand würde sich nicht trauen. Der Baron könnte ihn ruinieren. Aber das hindert uns nicht daran, zusammen zu sein, wenn es uns möglich ist.«

»Aber Sie sind noch so jung.«

»Ich bin alt genug. Siebzehn. Unser Verhältnis hat schon vor meinem siebzehnten Geburtstag angefangen. Glauben Sie nicht, daß es bei der *fête champêtre* das erste Mal war.«

Das war fast zuviel; ich konnte nicht mehr klar denken. Das arme Mädchen im Bett tat mir leid. Sie war völlig verängstigt. Mit schriller, furchtsamer Stimme fuhr sie fort: »Er weiß Bescheid. Er hat es entdeckt. Er wußte, daß Sie im Putzmacherladen Briefe abholten und ablieferten, deshalb ließ er Ihnen auflauern. Man hätte Sie irgendwohin gefahren und Ihnen den Brief abgenommen.«

»Das ist ja absurd.«

»Nicht für ihn. Er hat mich bestimmt beobachten lassen. Viel-

leicht hat er Gerüchte über mich und Armand gehört. Die Leute schwätzen, und er besitzt Mittel und Wege, um sie zum Reden zu bringen. Vielleicht hat er Gerüchte gehört und meine Spur bis zum Putzmacherladen verfolgen lassen. Dort wollte er Ihrer habhaft werden. Gottlob sind Sie entkommen. Wenn ihm dieser Brief in die Hände gefallen wäre ...«
Ich versuchte sie zu trösten, und dabei ging mir der Aberwitz ihrer Mutmaßungen auf.
»Meine liebe Princesse«, beruhigte ich sie, »wenn er von dem Brief im Putzmacherladen gewußt hätte, so hätte er nur hinzugehen und ihn zu verlangen brauchen. Man hätte es nicht gewagt, sich ihm zu widersetzen.«
»Nein, das ist nun einmal seine Art. Er wollte Sie entführen lassen, um Ihnen den Brief zu entwenden. Es würde wie ein normaler Raub aussehen. Keiner sollte merken, daß er im Bilde ist, aber er würde sich fürchterlich an mir rächen. Er ist entschlossen, mich wegen meiner königlichen Abstammung zu heiraten. Dafür will er mich ... zum ständigen Kindergebären.«
Sie blickte auf den Brief und drückte liebevoll einen Kuß darauf.
»Wenn er wüßte, daß wir ein Liebespaar sind! Denken Sie nur, wie wütend er dann wäre.«
»Das wäre doch eine natürliche Regung.«
»Ich bin nicht mehr unschuldig.«
»Das ist er wohl auch nicht. Warum erzählen Sie ihm nicht, was geschehen ist? Sagen Sie ihm, daß Sie Armand lieben. Bitten Sie ihn, Sie freizugeben.«
»Sind Sie von Sinnen? Was würde dann aus uns werden? Wir wären ruiniert. Die L'Estranges wären außer sich. Seine Rache wäre grauenhaft.«
»Kann denn ein Mensch so schlecht sein?«
»Der schon. Und den soll ich heiraten!«
»Ich glaube nicht, daß Sie bei der Sache mit der Droschke recht haben«, überlegte ich. »Vielleicht hatte der Kutscher ei-

134

nen Raubüberfall geplant. Oder er hat einfach versucht, einen höheren Fahrpreis herauszuschlagen. Weil ich Ausländerin bin, hätte er sich darauf herausreden können, er habe mich falsch verstanden.«

»Der Baron steckt dahinter«, beharrte die Princesse. »Ich weiß es.«

Ich ging in mein Zimmer. Ich war erschüttert, nicht nur über mein Erlebnis, sondern über das, was die Princesse mir erzählt hatte.

Ehe die nächste Woche um war, hatte ich das Portrait vollendet. Ich war fleißig gewesen. Dazwischen unternahm ich kurze Spaziergänge, entfernte mich aber nie so weit, daß ich nicht zu Fuß zurückgehen konnte. Ich hatte eine tiefe Abneigung gegen Droschken gefaßt.

Nach ihrem Bekenntnis wurde die Princesse merklich heiterer. Sie schien sehr mit sich zufrieden, was sie mir mit einem gewissen Trotz zeigte. Ich fragte mich, wie ihre Zukunft aussehen würde, wenn sie tatsächlich diese Ehe einging, und wie wohl der Baron reagieren würde, wenn er von ihrem vorehelichen Liebhaber erfuhr.

Aber darüber wollte ich nicht nachgrübeln. Die Verbindung würde alles andere als glücklich sein. Doch das ging mich nichts an. Ich war nur die Künstlerin, die Miniaturen von dem Brautpaar gemalt hatte.

Ich erholte mich rasch von meinem Erlebnis, das bei näherer Betrachtung gar nicht mehr so erschreckend schien. Die Geschichte vom Spion des Barons kam mir zu dumm vor, und ich gelangte mehr und mehr zu der Überzeugung, daß es sich um einen geplanten Raubüberfall oder einfach einen bösen Streich gehandelt hatte. Wäre ich in der Droschke geblieben, so hätte man mich vielleicht ausgeraubt, und ich hätte zusehen müssen, wie ich nach Hause käme – oder aber ich hätte einen horrenden Fahrpreis bezahlt. Unerfreulich, aber nicht so schlimm.

Das fertige Portrait war vortrefflich gelungen. Es war kein

Meisterwerk wie das von dem Baron, aber wunderhübsch anzuschauen. Die Miniatur sollte nun nach Centeville gebracht werden, damit der Juwelier des Barons sie in den Rahmen einpassen konnte.

Der Baron hatte offensichtlich davon erfahren, und ich erhielt einen Brief in perfektem Englisch.

»Meine liebe Mademoiselle Collison!

Ich kann es nicht erwarten, die Miniatur zu sehen. Madame la Comtesse sagt, sie sei wunderschön. Etwas anderes hätte ich auch nicht von Ihnen erwartet. Ich könnte jemanden schicken, um sie abzuholen. Es wäre mir jedoch lieber, wenn Sie sie persönlich bringen würden. Erstens möchte ich Ihnen gern mein Urteil dazu sagen, und außerdem muß das Honorar geregelt werden. Überdies behagt es mir nicht, daß jemand das kostbare Bild in die Hände bekommt, der nichts von seinem Wert versteht.

Sie haben meinen Auftrag aufs beste ausgeführt, und ich habe viel Freude an Ihrem Werk. Darf ich auf Ihre Güte zählen, daß Sie mir auch diesen kleinen Dienst erweisen werden?

Ihr

Rollo de Centeville«

Ich ließ den Brief sinken. Eigentlich hatte ich vorgehabt, in wenigen Tagen an die Küste zu fahren und dann den Kanal zu überqueren.

Von meinem Vater hatte ich gehört, daß er wohlbehalten zu Hause angekommen war. Er war glücklich über meinen Erfolg. Unser Unterfangen hätte keinen besseren Ausgang nehmen können, meinte er. Er glaubte, daß mein Name in den Pariser Salons bald in aller Munde wäre ... und dem würde natürlich die Anerkennung in England folgen.

Wenn ich erst nach Centeville ging, würde sich meine Heimreise verzögern. Eigentlich sollte mich das ärgern, aber ich wollte ganz gern noch einmal nach Centeville; ich wollte sogar den Baron sehen, denn ich war gespannt auf sein Gesicht, wenn er die Miniatur sah. Ich wußte, daß er mir frei heraus seine Meinung sagen würde, und wenn sie ihm gefiel, würde ich sehr glücklich sein, denn ungeachtet dessen, was er sonst war: Von Kunst verstand er was.

Wahrscheinlich würde ich eine Woche verlieren, aber ich beschloß dennoch, nach Centeville zu gehen. Der Baron hatte doch so viel für mich getan.

Ich schrieb an meinen Vater, daß meine Heimreise sich verzögerte, und erwähnte, daß ich das Portrait der Princesse fertig hatte und damit zufrieden war. Nun hoffte ich, daß auch der Baron zufrieden sei. Außerdem sollte ich es ihm persönlich überbringen.

»Er versprach, mich zu bezahlen«, schrieb ich, »und das ist wichtig. Manche Leute halten es für spießig, ihre Rechnungen pünktlich zu begleichen, und andere bezahlen sie nie, wie Du nur zu gut weißt. Wenn ihm das Portrait wirklich gefällt, weiß ich, daß ich auf dem Weg nach oben bin.«

Die Princesse war von dem Portrait entzückt. »Es ist geschmeichelt«, meinte sie skeptisch.

»Nein«, widersprach ich. »Ich habe Sie nur so gemalt, wie Sie am besten aussehen.«

Darauf gab sie mir einen Kuß.

»Es tut mir leid, daß wir Abschied nehmen müssen«, sagte sie ernst. »Ich hatte Sie gern hier bei mir. Und jetzt kennen Sie auch meine Geheimnisse.«

»Die sind bei mir sicher aufgehoben.«

»Beten Sie für mich, Kate, in meiner Hochzeitsnacht.«

Ich legte meine Hände auf ihre Schultern und sagte: »Haben Sie keine Angst. Wenn Sie etwas Unrechtes getan haben, denken Sie daran, daß er womöglich noch viel Schlimmeres tat.«

»Sie sind mir ein Trost. Ich hoffe, wir sehen uns wieder.«

Dann verließ ich die Rue du Faubourg Saint-Honoré und Paris, das ich liebgewonnen hatte.

Am späten Nachmittag bestieg ich den Zug nach Rouen.

Der Dämon

In Rouen hätte ich nach Centeville umsteigen müssen, aber als ich den Zug verließ, wurde ich von einem Mann in der Livree der Bediensteten von Centeville erwartet. »Mademoiselle Collison?«

»Ja, die bin ich.«

»Die Eisenbahnlinie nach Centeville ist unterbrochen. Heute abend fahren keine Züge mehr. Man hat mich vom *Château* geschickt, um Sie abzuholen. Haben Sie das Portrait?«

Ich bejahte.

»Gut. Wenn Sie mir bitte zur Kutsche folgen wollen.«

Noch immer hatte ich leichte Beklemmungen, wenn ich in einen Wagen stieg. Es war töricht, sich jetzt zu fürchten. Ich war auf dem Weg nach Centeville, und da heute abend keine Züge mehr verkehrten, war es sehr liebenswürdig, mir einen Wagen zu schicken.

Wir fuhren rasch durch die Straßen der Stadt und kamen ins offene Land. Es dunkelte bereits.

»Ist es weit bis zum *Château?*« fragte ich.

»Eine ziemliche Strecke, Mademoiselle. Wir können in etwa einer Stunde dort sein. Die Straßen sind nicht besonders gut, weil es in letzter Zeit viel geregnet hat.«

»Kommt es häufig vor, daß die Eisenbahnlinie unterbrochen ist?«

»Auf den Nebenstrecken dann und wann. Sie sind nicht so gut in Schuß wie die Hauptstrecken.«

»Ich verstehe.«

138

Wir waren etwa eine halbe Stunde gefahren, als die Kutsche mit einem Ruck stehenblieb. Der Fahrer stieg ab und begutachtete den Wagen. Ich spähte durch die Scheibe, konnte aber nicht viel erkennen. Der Mond war noch nicht aufgegangen, und es war noch nicht dunkel genug, um die Sterne sehen zu können.

Der Kutscher trat mit bestürzter Miene ans Fenster. »Wir stecken in einer Furche«, sagte er. »Mit dem Rad sieht es nicht gut aus.«

»Wo sind wir?«

»Ungefähr fünf Meilen vom *Château* entfernt.«

»Fünf Meilen. Das ist nicht sehr weit.«

»Da drüben ist ein Wäldchen. Jagdgebiet. Dort steht eine Hütte. Da sind Sie bequem untergebracht, während ich den Stellmacher hole.«

»Ist denn ein Dorf in der Nähe?«

»Ja. Ich kenne diese Gegend wie meine Westentasche. Kein Grund zur Sorge.«

Schon wieder ein Mißgeschick! Und wieder in einer Kutsche. Anscheinend vertragen Kutschen und ich uns nicht besonders gut, dachte ich.

»Wenn Sie aussteigen möchten, Mademoiselle, bringe ich Sie zur Hütte. Dann gebe ich im Schloß Bescheid. Am besten schickt man Ihnen ein anderes Gefährt. Darf ich Ihnen behilflich sein, Mademoiselle?«

Er half mir beim Aussteigen. Die Miniatur nahm ich mit. Ich wollte sie nicht aus den Augen lassen. Wir überquerten die Straße, und da lag auch der Wald, den er erwähnt hatte. Zwischen den Bäumen stand ein Haus. In einem Fenster sah ich Licht.

Der Kutscher klopfte an die Tür. Sie wurde augenblicklich von einer rundlichen Frau geöffnet, die eine Kerze in der Hand hielt.

»*Mon Dieu!*« rief sie. »Bist du's, Jacques Petit?«

»Ja, Marthe, ich bin's, der olle Jacques. Ich hab die junge Künstlerin bei mir. Die Kutsche ist steckengeblieben. Das Rad schaut übel aus, ich möchte nicht riskieren, damit weiterzufahren. Ich dachte zuerst, ich hol den Stellmacher, aber vielleicht warte ich besser bis morgen. Wenn du dich um die junge Dame kümmerst, reite ich mit einem von den Pferden zum *Château* und sag Bescheid, damit man sie abholen kommt.«

»Gut, bring die junge Dame herein. Du kannst sie doch nicht da draußen stehen lassen. Was soll sie denn von uns denken.«

Sie war eine freundliche behäbige Frau mit ausladenden Hüften und großem Busen, schwarz gekleidet mit glänzendem Mieder. Ihr ergrauendes Haar war aus dem Gesicht gekämmt und endete in einem dicken Nackenknoten.

»Kommen Sie herein«, rief sie. »Meine Güte, Jacques Petit sollte sich doch seine Räder angucken, bevor er losfährt. Ist ja nicht das erste Mal, daß ihm so was passiert. Ist Ihnen kalt?«

»Nein, überhaupt nicht.«

»Ich mach abends immer 'n kleines Feuerchen. Das ist so gemütlich.«

In einem Kessel über dem Feuer brodelte etwas, das sehr gut roch.

»Machen Sie's sich bequem. Wird bestimmt 'n Stündchen dauern, bis er im *Château* ist. Und dann muß erst mal 'ne Kutsche herkommen.«

»Ein Glück, daß es gerade hier passiert ist«, sagte ich.

»Das kann man wohl sagen. Ich wollte eben 'nen Happen essen. Mögen Sie mir Gesellschaft leisten? Ich bin Marthe Bouret. Ich wohn' seit Jahren in dieser Hütte. Sie wird heutzutage nicht mehr oft benutzt; man geht nicht mehr so viel auf die Jagd. Ich weiß noch, wie der alte Baron hierherkam. Aber jetzt... na ja, die Hütte liegt nahe beim Schloß, und sie wollen nicht hier übernachten, wo es doch bloß fünf Meilen sind. Aber als Junge war der Baron oft hier. Er kam gern hierher. Und er brachte seine Freunde mit. Ich erinnere mich noch gut. Ich fürchte, ich kann Ihnen nicht viel anbieten. Gibt bloß *pot au feu*.« Sie wies mit dem Kopf zu dem Kessel über dem Feuer. »Hab ja keinen Besuch erwartet. Aber es ist Brot da und 'n bißchen Käse und ein Schlückchen Wein. Der ist vom Schloß, den kann ich sehr empfehlen.«

»Danke«, sagte ich, »Sie sind sehr freundlich.«

»Nun ja, so wie's ausschaut, wird's wohl ein Weilchen dauern, bis Sie im Schloß was zu essen kriegen. Ich leg' schnell eine Tischdecke auf.«

»Leben Sie ganz allein hier?«

»Im Moment bin ich allein. Ich muß das Haus in Ordnung halten. Meine kleine Hütte hier ist direkt ans Jagdhaus angebaut. Tagsüber hab ich 'n paar Mädchen zur Hilfe. Wir kommen ganz gut zurecht.«

»Ich verstehe.«

»Ist das das Bild?«

»Ja.«

»Soll ich's nicht lieber weglegen, damit nichts drankommt? Wie ich höre, ist der Baron sehr gespannt darauf.«

»Ja. Deswegen habe ich es persönlich gebracht. Ich bin neugierig, was er dazu sagt.«

»Ich leg's hier auf den Tisch. Es soll doch nichts vom Eintopf abbekommen, oder? Dann müßten Sie die ganze Arbeit noch mal machen.«

»Es ist gut verpackt«, versicherte ich ihr.

»Soll ich Ihnen Ihren Mantel abnehmen, oder möchten Sie ihn anbehalten?«

»Danke. Ich ziehe ihn aus. Es ist sehr warm hier.«

Sie hängte meinen Mantel in einen Schrank. Dann holte sie aus einer Schublade ein weißes Tuch und legte es auf den Tisch. Ich war ziemlich hungrig, und der Eintopf duftete verlockend. Die Frau trug die Teller zum Feuer und schöpfte sie voll.

In einer Ecke des Raumes stand ein niedriger Schrank, der als Anrichte diente. Die Frau holte eine Flasche heraus, goß ein Glas ein und brachte es mir an den Tisch.

»Der wird Ihnen schmecken. Es war ein gutes Jahr. Wir hatten viel Sonne. Ein hervorragender Jahrgang.«

Sie sah auf die Flasche. »Oh, das war der Rest. Macht nichts. Ich hab' noch eine im Schrank.« Sie öffnete eine neue Flasche, goß sich ein Glas voll und kam wieder an den Tisch.

Sie hob ihr Glas. »Auf Ihr Wohl, Mademoiselle. Und auf einen angenehmen Aufenthalt im *Château.*«

»Danke«, erwiderte ich. »Auf Ihr Wohl.«

»Meiner Treu«, sagte sie, »so eine Ehre, daß eine berühmte Künstlerin an meinem Tisch sitzt.«

»Ich kann Ihnen gar nicht sagen, wie dankbar ich Ihnen bin. Es wäre abscheulich gewesen, in der Kutsche sitzen zu müssen und auf Rettung zu warten.«

»Ein Glück für uns beide«, sagte sie. Sie nahm einen tiefen Schluck aus ihrem Glas.

Ich tat es ihr gleich.

»Lassen Sie mich nachschenken.«

»Danke«, sagte ich.

Sie trug mein Glas zum Schrank und füllte es wieder.

»Ihr *pot au feu* schmeckt köstlich«, versicherte ich ihr.

»Das Rezept ist ein Familiengeheimnis.«

»Ich hatte auch nicht vor, es Ihnen zu entlocken.«

»Sie sprechen gut Französisch, Mademoiselle. Das ist ein Glück, denn sonst würden wir jetzt ziemlich stumm dasitzen.«

Ich lachte. Dann wurde ich müde. Das lag wohl an der Wärme des Feuers, am Essen, am Wein. Meine Lider wurden schwer. Ich konnte mich kaum noch wachhalten.

»Sind'n bißchen schläfrig, hm?« Ihre Stimme hörte sich an wie aus weiter Ferne. Ich sah ihr Gesicht dicht vor mir. Sie betrachtete mich lächelnd.

»Das ist der Wein«, sagte sie. »Der macht schläfrig. Schätze, Sie waren müde nach der Reise. Macht nichts ... Ein kleines Nickerchen hat noch niemandem geschadet.«

Das war unnatürlich. Ich war nicht müde, als ich ankam, und es war noch nicht spät. Ich kam mir ziemlich unhöflich vor, nachdem die Frau sich so viel Mühe gegeben hatte, mich zu bewirten.

Irgendwas ging hier vor. Stimmen ... Ich kämpfte gegen die übermächtige Schläfrigkeit. Halb unterbewußt dachte ich:

Jacques ist mit der Kutsche zurück. Er war nicht lange fort ...
oder träume ich?

Schlafen ... Schlafen ... Das Zimmer verschwamm. Jemand
war nahe bei mir und sah mich an. Jemand nahm meine Hand.
Ich fühlte, wie ich aufgehoben wurde. Dann versank ich in
völlige Finsternis.

Plötzlich erwachte ich. Ich wußte nicht, wo ich war. Ich befand
mich in einem fremden Raum und lag nackt, mit offenen Haaren, auf einem Bett.

Ich wollte mich aufrichten, doch mir war entsetzlich schwindelig, und ich fühlte mich ganz benommen. War das ein Alptraum? Wo war ich? Ich konnte mich nicht erinnern, wie ich
hierhergelangt war.

Etwas – nein jemand – rührte sich neben mir.

Ich stieß einen leisen Schrei aus. Meine Augen hatten sich inzwischen an die Dunkelheit gewöhnt; ich sah ein vergittertes
Fenster und die Umrisse von Möbeln.

Ich zwang mich, wach zu werden, und setzte mich auf. Sogleich zogen mich starke Hände wieder zurück. Eine Stimme
flüsterte: »Kate, meine schöne Kate ...« Ich kannte die Stimme. Ich hatte oft an sie gedacht.

Ich hielt den Atem an, und da zog mich der Mann zu sich hinab. In ungläubigem Entsetzen schrie ich auf. Was mir hier wi-
derfuhr, konnte nicht Wirklichkeit sein. Es war ein Alptraum,
aus dem ich gleich erwachen mußte.

Aber ich wachte nicht auf, sondern hörte sein triumphierendes Lachen; es war wahrhaftig der Baron – und er mißbrauch-
te mich! Etwas in meinem Innern sagte mir, daß er das von
Anfang an vorgehabt und daß ich es gewußt, es befürchtet
und – zu meiner Schande sei es gesagt – halbwegs gehofft
hatte. Ich wollte schreien, aber sein Mund schloß den meinen.
Ich spürte seine Kraft, war machtlos, versuchte mich zu wehren, doch meine Glieder waren bleischwer. Ich konnte mich
ihm nicht widersetzen.

143

Es war schrecklich. Mir war, als schwebte ich über der Erde in einer unbekannten Welt. Fremdartige Empfindungen, die ich bisher nicht einmal im Traum gekannt hatte, ergriffen von mir Besitz. Ich leistete keinen Widerstand mehr. Ich fühlte mich als Teil von ihm ... und ich kämpfte gegen einen Rausch an, der mich zu überwältigen drohte.

Es war fast so schnell vorüber, wie es begonnen hatte. Er ließ mich los, nur noch seine Lippen berührten mein Gesicht, und er küßte mich zärtlich.

»Liebe Kate«, murmelte er.

Mit Mühe fand ich in die Wirklichkeit zurück. Ich streckte meine Hände aus und fühlte seinen Körper. Ich versuchte meine Gedanken zu sammeln, doch sie entglitten mir immer wieder. Eine schwere Benommenheit umfing mich noch immer, und ich mußte die Augen schließen; dabei wollte ich die seltsame Empfindung, die ich soeben erfahren hatte, festhalten.

Seine Arme hielten mich wie eiserne Bande. Er flüsterte Worte, die sich aus seinem Mund merkwürdig ausnahmen. »Kate ... süße Kate ... O Kate, du hast mich so glücklich gemacht.«

»Es ist ein Alptraum«, hörte ich mich sagen.

»Ein himmlischer Traum«, verbesserte er mich.

»Träume ... Träume ...«

»Kate.« Sein Mund war dicht an meinem Ohr. Er knabberte sachte daran. – »Versuche nicht zu denken. Dazu bist du jetzt nicht imstande. Du bist noch im Zustand seliger Wonne. Versuche nicht, daraus zu erwachen ... noch nicht.«

Aber ich mußte zu mir kommen. Befand ich mich etwa in einem Bett im Schloß? Ich war nach dorthin unterwegs gewesen. Ich war zweifellos spät angekommen und so müde gewesen, daß ich in tiefen Schlaf gesunken war. Und weil ich mich im Schloß befand, hatte ich diesen merkwürdigen Traum.

Aber die Gitter am Fenster ... Es sah aus wie ein Gefängnis!

Langsam kam ich zu mir. Es war kein Traum. Ich lag mit dem Baron in einem Bett. Und wir waren ein Liebespaar. Liebende!

Was für ein Wahnwitz!

»Das kann nicht wahr sein«, stöhnte ich.

Er sprach leise, triumphierend: »Aber es ist wahr. Zum Jammern ist es zu spät, Kate. Es ist geschehen, Du und ich ... Ich wußte es, als ich dich zum erstenmal sah. Es mußte sein, und es ist geschehen.«

Ich wehrte mich noch immer.

»Still, Kate«, sagte er. »Du bist verwirrt, weil dir soeben bewußt wird, was geschehen ist. Du bist heute nacht meine Geliebte geworden.«

»Das ist doch Irrsinn!«

»Die Wirkung des Weins ist noch nicht verflogen. Sie wird noch eine Weile anhalten. Es mußte sein, Kate. Es war die einzige Möglichkeit. Wenn ich gesagt hätte, ›ich will dich, Kate, mein Verlangen nach dir ist so überwältigend, daß es befriedigt werden muß‹, hättest du mich ausgelacht, obwohl du dich im Unterbewußtsein nur zu gern mir hingegeben hättest. Du hast mich gewollt, wolltest genommen werden wie damals die Frauen, als meine Vorfahren die Küsten stürmten.«

Meine Sinne wurden mit jedem Augenblick klarer. Ich murmelte: »Ich war aber doch bei dieser Frau ...«

»Meiner treuen Dienerin.«

»Die Kutsche war steckengeblieben ...«

»Das war alles arrangiert, Liebste. Es tut mir leid, daß es so vor sich gehen mußte. Wenn du freiwillig gekommen wärest ... aber das hättest du nie getan. Deine Erziehung hätte es dir verboten.«

»Ich kann nicht ...«

»Still. Bleib ruhig liegen. O Kate, es war wundervoll. Du bist herrlich. Du bist als Frau ebenso gut wie als Künstlerin. Ich bewundere dich sehr, Kate.«

Allmählich drang in meine umnebelten Sinne die erschreckende Erkenntnis, was sich ereignet hatte. Er hatte alles geplant gehabt. Ich war das Opfer einer Vergewaltigung! Ich, Kate Collison, war von dem Menschen vergewaltigt worden,

145

den ich am meisten verachtete, von dem arroganten Baron, der sich einbildete, er brauchte einer Frau nur zu winken, und schon käme sie angelaufen. Er hielt sich immer noch an die Sitten seiner marodierenden Vorfahren, die von Raub und Plünderung gelebt hatten. Und jetzt war *ich* sein Opfer geworden. Ich mochte es selbst jetzt noch nicht glauben.

Ich bat ihn: »Lassen Sie mich gehen.«

»Liebste Kate, du wirst gehen, wann es mir beliebt.«

»Wann es Ihnen beliebt! Sie sind ein Ungeheuer.«

»Ich weiß. Aber im Grunde deines Herzens magst du dieses Ungeheuer ganz gern, Kate. Ich sorge dafür, daß du als große Künstlerin anerkannt wirst. Bedenke nur, was ich bereits für dich getan habe.«

»Ich kann nur an das eine denken, was Sie mir heute angetan haben.«

»Die stolze Kate, in trunkener Betäubung genommen.«

»Der Wein war versetzt. Diese Frau ...«

»Ihr darfst du keinen Vorwurf machen. Sie hat nur meine Befehle ausgeführt.«

»Eine Kupplerin!«

»Das ist kaum eine zutreffende Bezeichnung. Was geschehen ist, ist geschehen, Kate. Du bist jetzt eine Frau. Du und ich, wir haben gemeinsam die Seligkeit genossen ...«

»Eher eine Erniedrigung!« sagte ich. »Sie sind zynisch und lachen noch über mich. Das ist bezeichnend für Sie.«

»Haßt du mich noch?«

»Tausendmal mehr denn je.«

»Vielleicht kann ich das ändern, solange du hier bist.«

»Je mehr Zeit ich mit Ihnen verbringe, um so mehr werde ich Sie hassen. Und was meinen Sie damit – solange ich hier bin?«

»Du bist inhaftiert – zu meinem fürstlichen Vergnügen.«

»Sie meinen doch nicht etwa, daß Sie mich hier festhalten wollen?«

Er nickte. »Durchaus.«

»Zu welchem Zweck?«

»Ich denke, das habe ich bereits gezeigt.«

»Sie sind ja verrückt!«

»Verrückt vor Verlangen nach dir.«

Ich versuchte mich aufzusetzen, aber er hielt mich immer noch fest, und als ich den Kopf heben wollte, wurde mir schwindelig.

»Was wollen Sie denn damit erreichen?« verlangte ich zu wissen.

»Erstens, eine recht hochmütige junge Dame in eine warme, leidenschaftliche Frau zu verwandeln.«

»Ich werde nie etwas anderes als Haß und Verachtung für Sie empfinden. Sie sagten, erstens. Und zweitens?«

»Darüber reden wir später, wenn du dich ein wenig frischer fühlst.«

»Ich will es aber jetzt wissen.«

»Meine liebe Kate, ich bin es, der hier die Gesetze macht. Hast du das immer noch nicht begriffen?«

»Welche Rolle ist mir zugedacht – die einer Sklavin?«

»Einer sehr begünstigten Sklavin.«

Ich schwieg und versuchte, immer noch, mich davon zu überzeugen, daß ich nicht träumte.

Seine Stimme drang sanft in mein Ohr. »Du mußt ganz ruhig sein, Kate. Du mußt dich damit abfinden. Wir haben uns die ganze Nacht geliebt, du und ich.«

»Geliebt! Sie sind nicht mein Geliebter und werden es nie sein.«

»Nun, dann bist du eben heute nacht meine Mätresse geworden.«

Auf einmal hatte ich schreckliche Angst. Ganz unvermittelt war ich in eine andere Welt geraten.

»Schlaf, liebe Kate«, murmelte er besänftigend und wiegte mich wie ein Baby in seinen Armen.

Ich schlief ein, und als ich erwachte, war es Morgen. Mein Kopf war klar; ich setzte mich im Bett auf und sah mich um. Ich war allein, war nackt, und als ich die Gitter vor dem Fen-

147

ster sah, kamen mir die ungeheuerlichen Geschehnisse der Nacht wieder zu Bewußtsein.

Hilflos betrachtete ich das Zimmer. Es war ein großer Raum mit einer hohen gewölbten Decke, die von mächtigen Steinsäulen getragen wurde. Die Glut im Kamin zeugte davon, daß in der Nacht ein Feuer gebrannt hatte. Das breite Bett hatte Samtvorhänge, und auf dem Boden lagen dicke Teppiche. Trotz dieser Bequemlichkeiten kam ich mir wie in einer mittelalterlichen Festung vor.

Voll Entsetzen erkannte ich, daß eine Veränderung vorgegangen war. Ich fühlte mich besudelt und unrein. Er hatte mich hierhergebracht; er hatte mich entkleidet, in dieses Bett gelegt und entehrt. Mit dieser Wahrheit mußte ich mich abfinden.

Ich bedeckte mein glühendes Gesicht mit den Händen. Nichts würde mehr sein wie vorher. Seit ich nach Frankreich gekommen war, war nichts mehr wie vorher. Das behagliche Dasein in Farringdon war in weite Ferne entrückt. Ich war zu einem Liebesverhältnis gezwungen und vergewaltigt worden: Dinge, die vor Jahrhunderten gang und gäbe waren.

Und der eine Mann war an allem schuld! Immer und überall sah ich sein Gesicht, seit ich das Schloß verlassen hatte. Ich sah es in den Wasserspeiern von Notre-Dame. Ich sah es in meinen Träumen. Besaß er etwa übernatürliche Kräfte – eine Gabe, die ihm seine räuberischen Vorfahren vermacht hatten? Ich mußte in Ruhe über meine Lage nachdenken. Im Grunde hatte ich von Anfang an geahnt, daß er mich begehrte. Es stand in seinem Blick, mit dem er mich zum erstenmal angesehen hatte. Ich hätte gewarnt sein sollen, denn wenn ein Mann wie er eine Frau begehrte, fühlte er sich auch berechtigt, sie zu nehmen, ob sie wollte oder nicht. So hatten es die Normannen getrieben, und er lebte nach ihrer Tradition.

Nie wieder würde ich dieselbe sein wie vorher. Nie wieder würde ich mich rein fühlen. Er hatte mich geschändet und frohlockte darüber. Er dachte, weil er mich gedemütigt hatte, hätte er mich zu seiner Sklavin gemacht.

Ich mußte schnellstens fort von hier. Später würde ich mir eine Rache ausdenken. Heutzutage sollte es keinem Mann mehr gestattet sein, so zu handeln. Es war gut und schön, sich mit einer Frau in Liebe zu vereinen, wenn sie einverstanden war. Aber eine tugendhafte Frau in eine Falle zu locken, sie zu betäuben und dann die Situation auszunutzen – so handelten nur Feiglinge und Dämonen.

Ich war so empört, daß ich zitterte. Ich mußte fort von hier. Ich wollte auch zu der Frau, die mir den Wein gegeben hatte, und ihr sagen, daß ich zur Polizei ginge.

Aber konnte ich das denn? Höchstwahrscheinlich hatte der Baron alles hier in der Umgebung in der Hand. Er würde behaupten: Sie hat die Nacht freiwillig mit mir verbracht ... Er war zu allem fähig. Lügen war seine zweite Natur.

Ich wollte mich ankleiden und stieg aus dem Bett. Hinter mir lag das Kissen, auf dem sein Kopf gelegen hatte. In plötzlicher Wut hieb ich darauf ein, und gleich darauf schämte ich mich meiner kindlichen Geste. Trotz allem, was geschehen war, versuchte ich wie eine vernünftige Frau zu denken und zu handeln.

Man hatte mich schmählich hintergangen. Ich war vergewaltigt worden von dem Mann, den ich am meisten haßte. Aber nun war es geschehen. Ich war und blieb geschändet. Meinen Körper, meinen Geist, meine Handlungsfreiheit – er hatte alles in seine Gewalt gebracht.

Und nun mußte ich unbedingt fort von hier. Ich sah mich nach meinen Kleidern um. Sie waren nirgends zu sehen. Kleider, Schuhe, alles war verschwunden.

Ich hüllte mich in die Steppdecke, die auf dem Bett lag, und machte mich auf die Suche. Zu meiner Erleichterung war die Tür nicht abgeschlossen. Ich kam an einen Treppenabsatz, von dem eine kleine steinerne Wendeltreppe nach unten führte. Gleich daneben befand sich eine Art Ankleidezimmer mit einem Spiegeltisch, einer Waschschüssel mit Wasserkanne und Schränken. Vielleicht waren meine Kleider darin? Ich öffnete sämtliche Türen. Sie enthielten Handtücher und dergleichen, aber keine Kleider.

In einem anderen Zimmer standen ein Tisch und Stühle. Es war wohl ein Speisezimmer. Aber nirgends war eine Spur von meinen Kleidern zu sehen.

Vorsichtig stieg ich die Treppe hinab und sah mich vor einer großen Tür mit schweren Eisenbeschlägen. Ich versuchte sie zu öffnen. Sie war verschlossen.

Wo ich auch hinschaute: überall vergitterte Fenster, eine schwere verschlossene Tür und keine Kleider. Ich war wahhaftig die Gefangene des Barons.

Auf einmal ergriff mich panische Verzweiflung. Meine mühsam bewahrte Ruhe war dahin.

Wie lange gedachte er mich hier festzuhalten? Natürlich würde ich mich weigern, wieder Wein zu trinken. Aber darauf kam es vielleicht nicht an. Der Baron konnte mich mühelos überwältigen. In der Nacht hatte ich seine ungeheure Kraft zu spüren bekommen.

Ich war hier eingesperrt ... In diesen Mauern mit den vergitterten Fenstern hatte ich keine Chance.

Verzweifelt hämmerte ich an die Tür und setzte mich dann auf die unterste Stufe.

Plötzlich hörte ich eine Stimme. »Schon gut, schon gut. Ich komm ja schon!«

Ich war auf der Hut und ließ die Tür nicht aus den Augen. Falls es die Frau von gestern abend war, könnte ich mich vielleicht an ihr vorbeistehlen. Ich wollte meine Kleider finden. Mein Gepäck mußte hier irgendwo sein. Jacques Petit hatte es gestern abend von der Kutsche hereingebracht. Wenn ich mich anziehen könnte, würde es mir vielleicht gelingen zu fliehen. Das Haus lag nahe an der Straße – etwa fünf Meilen von Centeville entfernt. Flucht – das war mein einziger Gedanke.

Ein Schlüssel wurde im Schloß herumgedreht, und die Tür ging quietschend auf. Ich wartete gespannt.

Die Frau kam mit einem Kupferkrug mit heißem Wasser und setzte ihn ab. Das war meine Chance. Ich flitzte zur Tür. Aber dort stand ein großer Mann mit verschränkten Armen. Er schüttelte nur den Kopf. Ich versuchte, an ihm vorbeizukommen, aber er hob mich auf wie ein Kind, setzte mich hinter der Tür ab und machte sie zu.

»Hat keinen Zweck«, bemerkte die Frau. »Sind überall Wächter.«

Ich rief aus: »Was ist das hier? Ein mittelalterlicher Zeitvertreib?«

»Befehl des Barons«, sagte sie nur.

Sie ging mit dem Krug die Treppe hinauf zu dem Zimmer, wo ich die Waschschüssel und die Wasserkanne gesehen hatte.

»So«, schwatzte sie munter, »ich hab Ihnen erstmal Wasser gebracht, weil ich denke, Sie sind eine von den Damen, die sich gern vorher waschen. Danach bringe ich Ihnen das *petit déjeuner* und was zum Anziehen. Die Bettdecke ist ja nicht gerade kleidsam, nicht wahr? Und Ihre armen Füße! Die Steinböden können sehr kalt sein, wer wüßte das besser als ich.«

Ich folgte ihr nach oben, und als sie den Krug abgestellt hatte, ergriff ich ihren Arm.

»Sie haben mir gestern abend versetzten Wein gegeben«, sagte ich.

Sie zuckte mit den Schultern.

»Sie haben mich ganz gemein hintergangen.«

»Es war ein Befehl.«

»Der Befehl des Barons«, murmelte ich fassungslos.

Sie sagte nichts.

»Ist dergleichen denn bei ihm gang und gäbe?« fuhr ich auf.

»Man weiß nie, was er vorhat. Er hatte schon öfters Damen hier. Die meisten sind freiwillig gekommen, falls Sie verstehen, was ich meine.«

»Und die unwilligen wurden betäubt?«

»Das ist bisher nicht vorgekommen ... manche mußten bloß ein bißchen überredet werden.«

»Hier fühlt man sich ja um fünfhundert Jahre zurückversetzt.
Bringen Sie mir meine Sachen, ich möchte mich anziehen.«
Sie entfernte sich, und ich ging in das Ankleidezimmer. Aufgewühlt betrachtete ich mich im Spiegel. Am ganzen Körper hatte ich blaue Flecke, und ich war froh über meine langen Haare, die mich wie ein Mantel umhüllten. Als ich mich gründlich gewaschen hatte, fühlte ich mich ein wenig besser. Die Frau brachte heißen Kaffee und Brötchen mit Butter und Konfitüre.
Ich widerstand dem Impuls, zur Treppe zu laufen, weil ich wußte, daß es zwecklos war.
Die Frau trug das Tablett in den Raum, der als Eßzimmer eingerichtet war, und stellte es auf den Tisch. Dann verschwand sie und kam kurz darauf mit einem langen grünen, mit Goldfäden durchwirkten und an Saum und Ärmeln mit Pelz verbrämten Morgenrock sowie drei Paar Satinsandalen zurück.
»Ich wußte Ihre Größe nicht«, sagte sie freundlich. »Sie können sich ein Paar aussuchen, Mademoiselle.«
Ich brauchte unbedingt etwas zum Anziehen, wenn ich etwas unternehmen wollte, deshalb wählte ich ein Paar von den Sandalen und nahm den Morgenrock.
Als die Frau weg war, zog ich ihn an. Er war weich und seidig und sehr bequem. Jetzt fühlte ich mich schon besser. Ich wunderte mich über mich selbst, daß ich essen konnte. Der Kaffee war gut. Sobald ich ihn getrunken hatte, fuhr es mir durch den Sinn, wie töricht es war, ihn anzurühren. Konnte ich nicht wissen, ob er ein Betäubungsmittel enthielt?
Aber warum sollte er mich jetzt betäuben wollen? Er hatte sein teuflisches Werk ja bereits vollbracht.
Bei diesem Gedanken wurde mir die bittere Demütigung von neuem bewußt. Ich war froh, daß ich mich nicht an alles erinnerte. Nur für Augenblicke war ich wach gewesen, und als die Benommenheit später von mir wich, hatte er sich meiner wie selbstverständlich bemächtigt.

Ich haßte ihn. Und wie ich ihn haßte! Mein Vater pflegte zu sagen: »Neid ist eine fruchtlose Empfindung. Er schmerzt den, der ihn fühlt, mehr als den, gegen den er sich richtet. Dasselbe gilt auch für den Haß.«

Du mußt nachdenken, sagte ich mir. Wie kommst du hier heraus?

Ich ging in das Ankleidezimmer und betrachtete mich in dem Morgenrock und in den Sandalen. Ich wirkte wie verwandelt. Dergleichen hatte ich noch nie getragen. Beinahe schön sah ich aus mit meinen offenen Haaren; und das Grün und Gold des pelzverbrämten Morgenrocks ließen meine Augen größer und leuchtender erscheinen. Ich war mir ganz fremd. Er hat mich zu einem anderen Menschen gemacht, dachte ich.

In dem von mir als Eßzimmer bezeichneten Raum stand ein kleiner Tisch am Fenster, und darauf lagen mehrere Bleistifte und ein Skizzenblock.

Die hat er mir hinlegen lassen, dachte ich.

In grimmiger Wut zeichnete ich sein Gesicht, und danach skizzierte ich jenen Teil von Notre-Dame, wo ich den grausigsten aller Wasserspeier gesehen hatte – den, der oben auf der Treppe beim Portal an der Brüstung lehnt und boshaft zum Invalidendom hinüberzustarren scheint.

Ich zeichnete ohne Unterlaß. Es beruhigte mich auf wunderbare Weise.

Die Frau erschien wieder, um aufzuräumen. Sie machte das Bett, entfernte die Asche aus dem Kamin und legte neues Holz auf.

Am liebsten hätte ich laut geschrien, weil alles so normal wirkte. Es war, als wäre ich im Hause eines Freundes zu Gast.

Bevor sie ging, sagte die Frau: »Um halb eins bringe ich Ihnen Ihr *déjeuner*, wenn's recht ist.«

»Woher weiß ich, daß es nichts enthält, was mir schadet?« fragte ich.

»Ich habe keine Befehle«, gab sie ernst zurück.

153

Ich hätte lachen mögen – aber wahrscheinlich hätte es ziemlich hysterisch geklungen, und deshalb unterdrückte ich es.

Die Frau brachte das Mahl. Es bestand aus einer wohlschmeckenden Suppe, Fleisch, Salat und Obst.

Seltsam, ich konnte sogar essen. Anschließend holte die Frau das Tablett wieder ab. »Sie sollten ein wenig ruhen«, meinte sie. »Sie sind bestimmt noch müde von dem, was wir Ihnen verabreichen mußten.«

So ein Wahnsinn, dachte ich. Ist dieser Widersinn tatsächlich Wirklichkeit?

Ich gehorchte jedoch und legte mich auf das Bett. Ich schlief lange und tief, und als ich erwachte, war mein erster Gedanke: Er wird wiederkommen. Natürlich wird er wiederkommen. Wozu sollte man mich sonst hier festhalten!

Als es dämmerte, kam die Frau. Sie brachte mir abermals Wasser, und ich wusch mich. Ich hörte sie im Speisezimmer rumoren, und als ich nachsehen ging, war sie dabei, den Tisch für zwei zu decken. In der Mitte stand ein silberner Leuchter.

Man erwartete also, daß ich mit ihm soupierte, als sei zwischen uns alles in bester Ordnung.

Das war zuviel. Ich würde mich weigern, mit ihm an einem Tisch zu sitzen.

Verzweifelt lief ich ins Schlafgemach zurück an das Fenster und rüttelte an den Gittern. Aber sie waren fest eingemauert. Die Vorstellung, wie viele schon voller Verzweiflung an diesem Fenster gestanden haben mochten, welche Qualen ihnen an dieser Stätte zugefügt worden waren, machte mich fast krank.

Wer hätte glauben mögen, daß dergleichen heutzutage geschehen konnte? Wie leicht fielen doch die Menschen zurück in die Barbarei. Dieser Mann aber war von Anfang an nie etwas anderes als ein Barbar gewesen.

Hinter mir spürte ich eine Bewegung, und da stand er und lächelte. Er trug einen Morgenmantel, der dem meinen nicht unähnlich war, nur in Dunkelblau.

»Die Gitter kannst du nicht brechen«, sagte er. »Die halten jedem Angriff stand.« Er trat zu mir. Brüsk wandte ich mich ab, doch er packte mich und wollte mich küssen. Ich wich ihm aus, er ließ einen Moment los, packte mich aber dann wieder, nahm mein Gesicht in beide Hände, küßte mich, wobei er mich in einer schrecklichen Umarmung fest umklammerte.
O Gott, hilf mir, dachte ich, es fängt wieder an.
Lächelnd ließ er mich los. »Hoffentlich war der Tag nicht zu eintönig ohne mich«, fragte er.
»Jeder Tag ohne Sie ist ein Geschenk«, gab ich zurück.
»Immer noch undankbar. Ich hatte gehofft, daß du als vernünftige Frau dich in das Unvermeidliche gefügt hättest.«
»Falls Sie glauben, daß ich mich Ihnen je füge, so irren Sie sich.«
»Wir waren uns doch schon einig ... über das Bild, meine ich. Übrigens, das Portrait, das du mitgebracht hast, gefällt mir. Eine echte Collison.«
Ich drehte mich wieder zum Fenster. Ich wollte überall hinschauen, nur nicht in sein Gesicht.
»Die Skizze gefällt mir auch.«
»Welche Skizze?«
»Natürlich die, die du von mir gemacht hast. Es ist angenehm zu wissen, daß du auch dann an mich denkst, wenn ich nicht hier bin. Bin ich denn wirklich so schrecklich? Ich habe den Wasserspeier erkannt, habe ihn oft gesehen. Er ist oben an der Treppe, nicht? Er soll der häßlichste von ganz Notre-Dame sein.«
»Ja, ich weiß.«
»Und du hast ihn mit meinem Gesicht verschmolzen. *Mon Dieu*, Kate, du bist eine großartige Künstlerin. Zweifelsohne ist es der Wasserspeier, und dennoch bin es ich – und beides in einem!«
»Er stellt die Kräfte des Bösen dar«, erklärte ich. »Ich weiß, was diese Wasserspeier aussagen sollen. Sie sind nach boshaften Menschen gestaltet – nach Dämonen, von denen ge-

wöhnliche Menschen nicht wissen, daß es sie wirklich gibt. Aber es gab sie, als Notre-Dame erbaut wurde, und es gibt sie noch heute. Zumindest einen.«

»Wie wahr. Doch selbst in dem Schlimmsten von uns steckt etwas Gutes. Hast du das auch gewußt?«

»Es fällt mir schwer, das von Ihnen zu glauben.«

»Du bist undankbar. Wer hat dich in die Pariser Kunstwelt eingeführt?«

»Ihnen hat das Bild gefallen, das ich gemalt habe. Ich glaube nicht, daß Ihnen allein eine solche Tat einen Platz im Himmel sichert.«

»Ich denke mehr an dieses Leben als an das zukünftige und beabsichtige, es voll und ganz auszukosten.«

»Allerdings – aber auf Kosten anderer.«

»Einige sind vernünftig genug, zu tun, was ich will.«

»Andere sind vielleicht noch vernünftiger und wehren sich.«

»Was reine Torheit wäre, wenn die Chancen gegen sie stehen.«

»Sie meinen, wie sie zur Zeit gegen mich stehen?«

»Ich fürchte, ja, Kate. Wirst du heute nacht lieb sein? Ich weiß, daß du es kannst. Wirst du endlich aufhören, dir vorzumachen, daß du mich nicht leiden kannst?«

»Das ist unmöglich, denn es ist unumstößlich wahr.«

»Haßt du mich so? Wirklich? Du haßt alles, was ich tue. Ich besitze eine gewisse Macht, die mir erlaubt, mir hin und wieder zu verschaffen, was ich will. Und das ist dir verhaßt. Das kann ich verstehen. Aber vergiß das, Kate. Denk doch mal an mich nur als an deinen Liebhaber.«

»Sie reden Unsinn.«

»Nein. Ich rede aus einer profunden Kenntnis der Empfindungen.«

»Bitte versuchen Sie nicht, mir meine Empfindungen zu erklären.«

»Ich habe meine Erfahrungen mit Frauen.«

»Da sprechen Sie ausnahmsweise die Wahrheit.«

»Ich weiß, was du für mich fühlst. Du haßt mich ... aber Haß und Liebe liegen in gewissen Momenten sehr nahe beisammen, Kate. Die Leidenschaft ist blind für die Unterscheidungen des Verstandes; und sie behält die Oberhand bei einer körperlichen Vereinigung. Du und ich sind füreinander geschaffen, und dein heftiger Widerstand – zu heftig, um ganz echt zu sein – macht es nur um so vollkommener. Verstehst du, was ich meine?«

»Nein.«

»Dann will ich es dich lehren.«

»Ich würde lieber lernen, wie ich von hier fortkomme, um Sie nie wiederzusehen.«

»So gern ich deinen Wünschen in allem nachkomme, aber da verlangst du zu viel.«

»Wie lange beabsichtigen Sie mich hier festzuhalten?«

»Das kommt darauf an. Möchtest du ein Glas Wein, bevor wir soupieren?«

»Versetzten Wein?«

»Aber nein. Der war nur nötig, um den Anfang zu erleichtern. Solange wir uns bei den ... hm ... Vorbereitungen aufhielten. Jetzt brauchen wir ihn nicht mehr.«

»Jetzt wird es bloß eine ganz gewöhnliche Vergewaltigung?«

»Wie unverblümt du sprichst! So etwas hätte ich von einer wohlerzogenen jungen Dame nie erwartet.«

»Wer würde auch glauben, daß eine wohlerzogene Dame in eine solche Lage gerät?«

»Dergleichen geschieht viel häufiger als du denkst. Man hört nur nichts davon. Ich sage Bescheid, daß man den Wein bringen soll.« Er schritt mit wehendem Morgenmantel zur Tür.

Jetzt war er im Speisezimmer. Wenn ich die Treppe hinunterkäme, die Wächter überraschte ...

Plötzlich war er wieder an meiner Seite. »Du würdest es nicht tun«, lächelte er. »Stell dir vor, du gingst in dieser Aufmachung auf die Straße. Ohne Geld ... Die Leute würden dich für verrückt halten.«

157

»Was habe ich Ihnen bloß getan, daß Sie mich so behandeln?«

»Du hast mich behext. Ah, da kommt der Wein.«

Die Frau kam herein und stellte den Wein auf den Tisch. Der Baron goß zwei Gläser voll und reichte mir eins.

»Trink«, sagte er.

Ich nahm das Glas, trank aber nicht. Er trank einen Schluck aus seinem und sah mich an. »Ich versichere dir ... ohne Betäubungsmittel«, sagte er. »Hier. Gib mir dein Glas. Du nimmst meins.«

Meine Kehle fühlte sich trocken und ausgedörrt an. Ich brauchte einen Schluck, um das aushalten zu können, was mir bevorstand. Vorsichtig nippte ich ein wenig von dem Wein.

»So ist es besser«, meinte er.

»Wenn mein Vater erfährt, was geschehen ist«, begann ich, brach aber dann ab und fragte mich, was mein Vater wohl tun würde.

»Ja?«

Ich schwieg.

»Angenommen, ich würde sagen, ›sie ist aus freien Stücken gekommen und war so beharrlich, daß mir die Ritterlichkeit gebot, mich zu fügen.‹«

»Wären Sie zu solchen Lügen imstande?«

»Das weißt du doch. Kannst du dir irgendeine Bosheit vorstellen, zu der ich nicht fähig wäre? Nein, Kate. Du kannst nichts machen, und als kluge Frau weißt du das auch. Deshalb wirst du dich achselzuckend in dein Schicksal fügen.«

»So leicht gebe ich nicht nach.«

»Das freut mich einesteils. Du bist eine widerspenstige Frau, und anders will ich dich gar nicht haben.«

Er leerte sein Glas. »Komm«, sagte er und nahm meinen Arm. »Ich führe dich zu Tisch.«

Ich wollte meinen Arm zurückziehen, aber er hakte mich einfach unter. Diese Geste besagte, daß er selbst bei der geringsten Kleinigkeit absoluten Gehorsam erwartete.

Die Haushälterin hatte sich entfernt. Die Tafel sah hübsch aus mit den acht brennenden Kerzen in dem Leuchter. Der Baron führte mich zu einem Stuhl, drückte mich darauf und nahm mir gegenüber Platz. Er war mir sehr nahe, denn der offensichtlich nur für zwei Personen bestimmte Tisch war nicht groß.

»Das hier ist Suppe«, erklärte der Baron, indem er den Deckel von der Terrine hob. »Ich werde dich bedienen. Die Alte ist eine vorzügliche Köchin. Laß es dir schmecken.«

Er reichte mir den Teller, aber ich wandte mich ab, und er stellte ihn seufzend an meinen Platz.

»Sei nicht so abweisend«, sagte er.

Ich stand auf, aber er beachtete mich nicht, sondern begann die Suppe zu essen. »Fasan«, bemerkte er. »Ausgezeichnet. Wo willst du hin? Bist du so versessen aufs Bett?«

Hilflos setzte ich mich wieder hin. Die Suppe duftete verlockend. Er brachte mir ein Glas Wein. »Ohne Betäubungsmittel, du kannst dich darauf verlassen.«

Trotzig begann ich die Suppe zu löffeln.

»So ist es besser.« Er hob sein Glas. »Auf uns. Immer noch mißtrauisch? Ich trinke einen Schluck und gebe dir mein Glas. Eine Art Liebesbecher.«

Ich muß kämpfen, dachte ich. Ich werde mich mit aller Kraft gegen ihn wehren. Ich werde essen – mäßig –, aber ich muß etwas essen.

Er trank und bot mir sein Glas an. Ich wollte nicht viel Wein trinken, weil er mich schläfrig machte. Aber würde es andererseits nicht erträglicher sein, wenn ich etwas benommen wäre? Dann würde ich das Unvermeidliche besser überstehen.

»So tief in Gedanken?« fragte er. »Ich kann sie nur ahnen. Möchtest du ein wenig von dem Wildbret? Ich habe angeordnet, daß man uns einen kalten Hauptgang serviert, damit wir beim Essen nicht gestört werden. Ich dachte, es sei dir lieber so. Du siehst, Kate, wie rücksichtsvoll ich zu dir bin.«

»Das habe ich gemerkt«, erwiderte ich sarkastisch.

»Natürlich. Als Künstlerin bist du eine gute Beobachterin. Du mußt noch eine zweite Miniatur von mir malen. Ich habe unsere Sitzungen sehr genossen. Deine Täuschungsmanöver waren wirklich amüsant.«

Ich schwieg. Er aß reichlich, währenddessen ich mir ständig Fluchtmöglichkeiten ausdachte. Würde die Frau hereinkommen, um das Geschirr abzuräumen? Wenn sie die Tür offenließ ... Ich wußte, daß es hoffnungslos war. Ich war schrecklich wütend, und doch konnte ich eine gewisse Erregung nicht unterdrücken.

»Das Wildbret ist gut, nicht?« lobte er. »Sie hat gute Arbeit geleistet, unsere Alte. Du darfst ihr keinen Vorwurf machen, und dem Kutscher auch nicht. Sie haben nur Befehle ausgeführt.«

»Ich weiß. Alle müssen dem Willen des großmächtigen Barons gehorchen!«

»So ist es. Mir mußt du die Schuld geben, aber unberührte Jungfrauen, die diesen fragwürdig-glücklichen Zustand aufgeben, sind auch nicht ganz frei von Schuld.«

»Bewahren Sie sich Ihre Unverschämtheiten für jene, die Gefallen daran haben.«

»Gut«, sagte er. »Aber jetzt bist du hier, Kate, leichtfertig bist du in die Falle getappt. Du hättest dich nach den Zügen erkundigen sollen, anstatt mir nicht dir nichts ins Netz zu gehen. In Paris warst du schneller.«

Ich starrte ihn an.

»Ah. Endlich finde ich Beachtung bei dir.«

»Sprechen Sie von der Droschke?«

»Das war ein ziemlich plumper Versuch, nicht wahr? Zu verworren, zu heikel. Wir mußten dich quer durch Paris bringen, und du warst zu klug für uns. Du kanntest dich inzwischen zu gut in der Stadt aus und wußtest, daß die Richtung nicht stimmte. Da bist du einfach hinausgesprungen. Übrigens war das sehr gefährlich. Ich kenne die Pariser Kutscher. Ein Wunder, daß du nicht überfahren wurdest. Zugegebenermaßen ein sehr törichtes Unterfangen, das meiner nicht würdig war. Ich folgte einer augenblicklichen Eingebung, die meiner Abenteuerlust entsprang, doch erkannte ich bald, daß es nicht klug eingefädelt war und zuviel vom Zufall abhing. Der Kutscher versuchte an mehreren Tagen, dich als Fahrgast zu bekommen.«

»Warum haben Sie das getan?«

»Ich denke, das ist eindeutig.«

»Sie wollten mich wirklich ... vergewaltigen?«

»Ich hoffte, mein Ziel zu unserer beider Zufriedenheit zu erreichen.«

»Sie sind ein Ungeheuer.«

»Immerhin würdig genug, die Fassade von Notre-Dame zu verunstalten.«

»Ich hätte nie gedacht, daß ein Mann unserer Zeit sich so benehmen kann wie Sie.«

»Du weißt nicht viel von der Welt.«

»Ich habe mein Leben unter zivilisierten Menschen verbracht, bis –«

»Bis jetzt. Das ist wohl wahr. Doch leider, meine liebe Kate, bist du das Opfer eines höchst verderbten Menschen geworden.«

»Könnte ich an Ihre Ehre, an Ihren Anstand appellieren, daß Sie mich gehen ließen?«

»Es ist sinnlos, an etwas zu appellieren, das nicht vorhanden ist. Wenn ich dich jetzt gehen lasse, kannst du dich nicht wieder in die unschuldige Frau zurückverwandeln, die du vor der letzten Nacht warst.«

»Ich möchte nur fort von Ihnen und vergessen, daß ich Sie je gesehen habe ... Ich will Sie nie wiedersehen.«

»Aber ich möchte genau das Gegenteil. Ich möchte, daß du hierbleibst und ewig an mich denkst, an den besten Liebhaber, den du je hattest, denn der bin ich, Kate.«

Ich war ganz durcheinander. Noch einmal erlebte ich die alptraumhafte Fahrt in der Droschke. Die Princesse hatte recht; der Baron hatte alles arrangiert, wenn auch aus einem anderen

Grund, als sie vermutete. Mir kam der Augenblick wieder in den Sinn, als ich die Droschkentür öffnete und beim Aussteigen direkt vor das Pferd lief. Und das alles nur, damit er seine Wollust befriedigen konnte!

Ich stand auf. »Lassen Sie mich gehen«, rief ich.

Er trat an meine Seite. »Kate, du weißt ganz genau, daß ich dich jetzt nicht gehen lasse. Die Zeit wird kommen. Hab Geduld. Unser kleines Abenteuer ist noch nicht zu Ende.«

Er wollte mich packen. Ich nahm ein Messer, das auf dem Tisch lag und richtete die Klinge auf ihn. Er lachte.

»Was?« rief er. »Du willst mich töten? Ach, Kate! Das hätte ich nie von dir gedacht.«

»Reizen Sie mich nicht bis zum äußersten«, schrie ich. »Wenn ich Sie töten würde, wäre es kein großes Unglück für die Welt.«

Er öffnete seinen Morgenmantel und entblößte seine Brust. »Nur zu, Kate«, grinste er. »Mitten durchs Herz. Es sitzt hier, denke ich.«

»Sie wären überrascht, wenn ich es täte.«

»Ich wäre dann in einem Zustand, wo es mir nicht möglich wäre, meine Überraschung zu zeigen. Worauf wartest du?«

»Reizen Sie mich nicht bis zum äußersten.«

»Aber genau das hatte ich vor.«

Ich stürzte mich auf ihn. Er umklammerte mein Handgelenk, und das Messer fiel zu Boden.

»Siehst du, Kate, du kannst es einfach nicht.«

»Und ob ich es könnte. Sie haben mich daran gehindert. Wenn Sie meiner so sicher sind, warum haben Sie mir das Messer entwunden?«

»Um dich zu schonen. Ich sagte doch, wohlerzogene Engländerinnen erstechen ihre Liebhaber nicht. Sie versuchen, sie mit Worten zu vernichten, mit Tränen vielleicht, aber nicht mit Messern.«

»Sie müssen noch viel über wohlerzogene Engländerinnen lernen.«

»Das stimmt. Und ich lasse mich mit Freuden belehren.«

Er hatte mich gepackt und drückte mich an sich. »Kate«, sagte er sanft, »süße Käte, kämpfen hat keinen Sinn. Ergib dich doch. Ich möchte dich nachgiebig sehen, möchte, daß du deine Arme um mich legst und mir sagst, daß du glücklich bist, weil ich dich hierhergebracht habe.«

Ich entwand mich ihm, und da er mich nun auf Armeslänge hielt, begann ich auf seine nackte Brust einzuschlagen. Er lachte nur. Er wußte ebensogut wie ich, daß ich das Messer nie gegen ihn verwendet hätte. Er hatte recht. Leute mit meiner Erziehung taten dergleichen nicht – einerlei, was ihnen angetan wurde.

Er riß mich wieder in seine Arme, und ich versuchte, mich ihm zu entziehen, aber er ließ mich seine Kraft spüren.

»Du schürst mein Verlangen«, flüsterte er.

Erst viel später konnte ich über jene Nacht nachdenken. Irgend etwas war anders als bei der ersten, in der ich nur halb bei Bewußtsein war. Diesmal kämpfte ich gegen ihn, ich wehrte mich mit aller Kraft und wußte doch vom ersten Augenblick an, daß ich nicht siegen konnte. Doch ich hoffte, ihm meine Abneigung zu beweisen, meinen Widerwillen, meine Wut. Das war wenigstens etwas Balsam für meinen gedemütigten Stolz.

Aber das gerade gefiel ihm. Er war eben eine kämpferische Natur.

Als ich mir dessen bewußt wurde, gab ich ihm, was er begehrte, denn je heftiger der Widerstand, desto größer war für einen Mann von seinem Charakter der Triumph über den Sieg.

Und der Sieg war unausweichlich. Ich mochte bei unseren Wortgefechten ihm gelegentlich überlegen sein, aber körperlich war ich ihm nicht gewachsen.

Aber ich kämpfte ... Und wie ich kämpfte! Aufgepeitscht von meinem Haß. Doch irgendwo im Unterbewußtsein spürte ich, daß ich nicht nur gegen ihn, sondern auch gegen etwas in mir selbst ankämpfte ... gegen eine erotische Neugier, gegen ein heftiges Verlangen nach Umarmung, nach Befriedigung. Ich wurde zwar bezwungen, doch ich verspürte eine wilde Lust an der Niederlage, und je stärker mein Haß, um so größer war meine Erregung.

Das Bett glich in dieser Nacht einem Schlachtfeld.

Der nächste Tag verlief wie der vorige. Mir war, als hätte ich ein ganzes Leben in Gefangenschaft zugebracht, und ich fragte mich, ob er mich hier so lange festhalten wollte, bis mein Widerstand gebrochen war und ich mich ihm demütig unterwarf. Wenn ihm das gelänge, würde er des Abenteuers vielleicht überdrüssig und mich gehen lassen.

Manchmal war mir, als ob ich träumte. Das Ganze hatte etwas Unwirkliches, und doch kannte ich den Baron gut genug, um zu wissen, daß es für ihn durchaus etwas Natürliches war. Sah er eine Frau und gelüstete es ihn, sie zu verführen, dann machte er sich ans Werk. Da er aber wußte, daß ich mich nicht einfach ergeben würde, mußte er Gewalt anwenden.

Wieder wurde das Souper serviert. Ich fand ihn ein wenig verändert. War da etwa eine Spur von Bedauern – von Zärtlichkeit? O nein. Das wäre ein zu starkes Wort. So ein Mann konnte niemals zärtlich sein. Dennoch war eine Veränderung mit ihm vorgegangen. Was hatte das wohl zu bedeuten?

Während er den Wein einschenkte, sagte er wie beiläufig:

»Kate, es war ein wundervolles Erlebnis – unser Zusammensein.«

Ich schwieg.

»Würdest du mir glauben, daß ich es noch nie so genossen habe?«

»Nein.«

»Es ist aber wahr. Warum sollte ich dich belügen? Dafür gibt es keinen vernünftigen Grund, oder?«

»Ich habe Sie nie für vernünftig gehalten, warum sollten Sie es jetzt sein?«

»Du wirst schon noch merken, daß all mein Handeln von Vernunft bestimmt ist.«

»Nämlich von der Befriedigung Ihrer Lust und Ihres niederträchtigen Machtbedürfnisses.«

»Vollkommen richtig. Liebe Kate, du hast eine außerordentliche Beobachtungsgabe.«

»Es bedarf keiner großen Beobachtungsgabe, um einen Menschen zu beurteilen, der sich wie ein Barbar benimmt.«

»Nicht immer.«

»Wollen Sie mich schon wieder daran erinnern, daß Sie mich in meiner Laufbahn gefördert haben? Ich wollte, ich hätte nie von Ihnen gehört, wäre nie in Ihr Schloß gekommen und hätte nie erfahren, daß es auf der Welt Menschen gibt, die wahrlich Wilde sind.«

»Deine Tiraden sind nicht sehr interessant. Außerdem wiederholst du dich.«

»Das muß ich doch, wenn ich mit allem, was ich sage, zum Ausdruck bringen will, wie sehr ich Sie verachte und verabscheue.«

»Letzte Nacht hatte ich aber einen ganz anderen Eindruck.«

»Sie haben mich gedemütigt. Sie haben mich behandelt, wie kein Ehrenmann eine Frau behandeln würde. In den von Ihnen so gepriesenen alten Zeiten hätte man Sie für dieses Verbrechen gehenkt oder auf die Galeeren geschickt.«

»Nicht einen Mann in meiner Position. Einer meiner Vorfahren pflegte Reisenden aufzulauern; er brachte sie hierher und hielt sie fest, um Lösegeld zu erpressen. Er wurde nie für seine Missetaten zur Rechenschaft gezogen.«

»So ein kleiner Zeitvertreib müßte Ihnen doch auch gefallen.«

»Nicht im geringsten. Ich habe haufenweise Geld.«

»Welch ein Glück für die Reisenden!«

»Wenn einer genügend Macht und – sagen wir – Geschick besitzt, kann er sich vieles erlauben, was andere nicht können. Ich will dir eine wahre Begebenheit von einem meiner Vorfahren berichten. Möchtest du sie hören?«

»Lieber würde ich dieses Haus verlassen und Sie nie wiedersehen.«

»Du könntest mich doch nicht vergessen, und meine Stimme würde dich bis in deine Träume verfolgen.«

»Ich würde alles daransetzen, um Sie aus meinem Gedächtnis zu tilgen.«

»Ach Kate, war es denn so abscheulich für dich?«

»Wie abscheulich, läßt sich nicht mit Worten beschreiben. Nie werde ich vergessen und vergeben, was Sie mir angetan haben.«

»Das sind harte Worte.«

»Die haben Sie verdient.«

»Laß mich dir die Geschichte von meinem Vorfahren erzählen. Sie wird dich interessieren.«

Ich gab keine Antwort, und er begann: »Es geschah vor langer Zeit, im dreizehnten Jahrhundert, um genau zu sein, unter der Herrschaft von Philippe, genannt der Schöne. Mein besagter Vorfahr war Florence, Graf von Holland. Ein seltsamer Name für einen Mann, wirst du denken. Aber hier sind manche Namen für Männer und Frauen gleichermaßen in Gebrauch. Florence war ein Mann, der zahlreiche Liebesaffären hatte.«

»Darin erkenne ich die Ähnlichkeit mit Ihnen, wenngleich *Liebes*affären eine merkwürdige Bezeichnung ist.«

Er ignorierte die Unterbrechung. »Florence hatte eine Mätresse, an der er sehr hing. Er hatte selbstverständlich viele Mätressen, aber an dieser einen lag ihm mehr als an allen anderen. Dann kam die Zeit, da er sie durch eine respektable Heirat versorgt wünschte.«

»Mit einem anderen, nehme ich an, weil er keine Verwendung mehr für sie hatte.«

»Oh, du hörst mir also zu. Das freut mich, denn ich bin sicher, daß es dich sehr interessiert. Er forderte einen seiner Minister auf, sie zu heiraten. Der weigerte sich empört. Er sagte, er würde niemals eine von Florences abgelegten Mätressen ehelichen.«

»Das wundert mich nicht.«

»Florence behagte das aber nicht. Er war sehr mächtig. Kannst du erraten, was er tat?«

Ich blickte ihn jetzt aufmerksam an, und langsam dämmerte mir eine entsetzliche Erkenntnis. »Wollen Sie es mir nicht sagen?«

»Der Minister war zu der Zeit in eine andere Frau verliebt. Er heiratete sie und verhöhnte seinen Herrn, denn nun konnte man ihn nicht mehr zwingen, Florences Mätresse zu heiraten.«

»So hat der bedauernswerte Florence ausnahmsweise nicht seinen Willen bekommen?«

»O doch. Er ließ sich von niemandem hintergehen. Kannst du erraten, was er tat? Eines Tages lauerte er der jungen Frau auf und brachte sie in sein Schloß. Kannst du dir denken, was dann geschah?«

Ich starrte ihn mit wachsendem Entsetzen an.

»Drei Tage hielt er sie dort fest«, sagte er, wobei er mich eindringlich ansah. »Er tat ihr Gewalt an. Dann schickte er sie mit einem Brief zu seinem Minister zurück. In dem Brief stand: »Sie haben sich getäuscht. Sehen Sie, jetzt haben Sie doch eine von meinen Mätressen geheiratet.«

»Eine abscheuliche Geschichte.«

Er sah mich ein paar Sekunden lang schweigend über den Leuchter hinweg an.

»Ich habe dir das erzählt«, sagte er dann, »damit du eine Vorstellung von meinen Vorfahren hast. Was kannst du also von mir erwarten?«

»Ich weiß, daß sie Barbaren waren. Und was ist aus dem edlen Florence geworden?«

»Er wurde später ermordet.«

»Oh! Das freut mich. So fand die Geschichte doch wenigstens ihr gerechtes Ende. Ich vermute, der gekränkte Ehemann hat ihn umgebracht.«

»Das wurde allgemein angenommen.«

»Es sollte allen Barbaren eine Lehre sein.«

»Mitnichten.«

Er lächelte mich an. Eine böse Ahnung überkam mich. Jetzt bekam das Ganze eine neue Bedeutung. Bislang hatte ich gewußt, daß ich bis zum letzten kämpfen würde, wenn mir auch klar war, daß die Schlacht verloren war. Aber jetzt ... ich wollte nicht weiter darüber nachdenken, was dies alles bedeutete. Der Baron war noch viel zynischer, als ich geglaubt hatte.

Ich stand auf. »Wo willst du hin?« fragte er.

»Nur fort von Ihnen!«

»Arme Kate!« sagte er und zog mich in seine Arme.

Fast wäre ich in Tränen ausgebrochen. Mir war nun klar, was ihn zu seinem Tun bewog. Es hatte nichts mit seinem Verlangen nach mir zu tun. Er wußte, daß Bertrand und ich verlobt waren, und er hatte von Bertrand verlangt, Nicole zu heiraten. Dieser hatte sich geweigert. Und daraufhin hatte der Baron mich genommen, um wie sein Vorfahr sagen zu können: »Du wirst dennoch eine meiner Mätressen heiraten, wenn auch nicht die, die ich dir zugedacht hatte.«

Wenn ich die Kraft gehabt hätte, ich glaube, ich hätte ihn umgebracht. Er verdiente dasselbe Schicksal wie sein Vorfahr.

»Kate«, sagte er, »ich habe mich in dich verliebt.«

»Ich weiß, daß Sie zu jeder Untat fähig sind, aber die Kraft zu lieben spreche ich Ihnen ab, daher brauchen Sie auch nicht so offenkundig zu lügen.«

»Dann muß ich auch nichts sagen, was ich nicht meine?«

»Sie lieben sich selbst – Ihren Stolz, Ihre Wollust, Ihre Begierde.«

»Ja, ich liebe mich selbst, aber nach mir kommst du ... für heute nacht.«

Ich legte eine Hand auf seinen Arm. »Lassen Sie mich gehen – bitte«, flehte ich.

»Du bist so reizend, so schön«, sagte er und hob mich hoch.

Ich lag auf dem Bett – träge, beinahe gleichgültig. Vergewaltigung war gang und gäbe geworden. Mein Körper gehörte mir nicht mehr. Ich war erschöpft und war zu müde, um meinem Haß ständig aufs neue Ausdruck zu verleihen.

Ich murmelte: »Könnte ich doch die Zeit zurückdrehen. Wäre ich doch wieder in Paris. Ich würde ohne Umwege nach Hause fahren.«

»Dann hättest du die größte Erfahrung deines Lebens versäumt.«

»Die größte Erniedrigung.« Die Gleichgültigkeit fiel von mir ab, und ich schrie meinen Haß und meine Verachtung heraus. Er achtete nicht darauf, sondern nahm mich einfach und bewies mir abermals, daß ich für ihn nur ein Spielzeug war.

Am nächsten Morgen wurde ich von Schritten und Stimmen geweckt. Ich setzte mich im Bett auf. Mein Morgenrock lag auf dem Boden, wo der Baron ihn hingeworfen hatte. Jemand kam ins Zimmer.

Es war der Baron, und bei ihm war – Bertrand.

Da wußte ich, daß dies die Schlußszene einer Posse war – einer Komödie, Tragödie –, wie immer es ihm beliebte. Dies war der Höhepunkt, den er angestrebt hatte.

»Mademoiselle Collison ist hier«, sagte er. »Sie war drei Nächte mit mir zusammen. Nun, Bertrand, dem ist wohl nichts hinzuzufügen. Ich wünsche euch ein glückliches gemeinsames Leben. Ich versichere dir, Kate ist eine überaus begehrenswerte Frau. Viele werden dich beneiden, auch ich. Und nächstes Mal sei kein Narr, Bertrand. Tu, was ich dir sage. Glaube ja nicht, du kannst mich überlisten, weil ich dir eine gewisse Unabhängigkeit gewährt habe.«

Dieser Augenblick wird mir ewig in Erinnerung bleiben. Plötzlich war es ganz still im Zimmer, als seien wir leblose Figuren in einem Bild.

Bertrand starrte mich zuerst erstaunt an, und als ihm die Erkenntnis dämmerte, sah ich Entsetzen, Ungläubigkeit und Widerwillen in seinem Gesicht.

Seine Lippen formten meinen Namen: »Kate.«

Ich stand auf und raffte die Steppdecke um mich. Ich rief:
»Man hat mich hierhergebracht ... betäubt ... gezwungen ...«
Bertrand starrte mich immer noch an. Dann blickte er sich fragend nach dem Baron um, der boshaft lächelte – wie der dämonische Wasserspeier von Notre-Dame.
Er nickte. »Sie hat gekämpft wie eine Wildkatze«, bestätigte er. »Aber schließlich kamen wir doch ins – Einvernehmen.«
Bertrands Gesicht verzerrte sich. Ich glaubte, er würde zu weinen anfangen. Aber dann veränderte sich seine Miene zu einer haßerfüllten Fratze. Er sprang dem Baron an die Kehle. Aber darauf hatte dieser teuflische Mensch nur gewartet. Er wehrte ihn ab und schleuderte ihn von sich.
»Steh auf«, befahl der Baron. »Du machst dich lächerlich ... und das vor Kate. Kate, man wird dir deine Kleider bringen. Zieh dich an und iß eine Kleinigkeit.« Er legte ein Couvert auf den Tisch. »Hier sind das Honorar für das Portrait und deine Fahrkarten. Du kannst in einer Stunde aufbrechen. Die Kutsche bringt dich zum Bahnhof. Ich nehme an, du willst sofort nach England und dich erholen, bevor du deine nächsten Aufträge erledigst. Bertrand kann dich begleiten, wenn er will.«
Damit ging er hinaus und ließ uns allein.
Bertrand hatte sich erhoben. Der Sturz hatte ihm weniger zugesetzt als das, was er gesehen und gehört hatte.
Ich hatte Mitleid mit ihm. Er fühlte sich fast ebenso tief gedemütigt wie ich, und mir wurde klar, daß ich ihn niemals würde heiraten können. Nach diesem Vorfall konnte ich überhaupt niemanden heiraten.
Er sah mich an. »Kate«, stammelte er.
»Er ... Er ist ein Ungeheuer. Ich möchte nach Hause.«
Bertrand nickte.
»Ich möchte so schnell wie möglich fort von hier.«
Die Frau kam mit meinen Kleidern und mit heißem Wasser.
Bertrand ging hinaus.
»Ich bringe Ihnen gleich das *petit déjeuner*«, sagte die Frau, freundlich wie immer.

»Nein danke. Ich möchte nichts. Ich möchte sofort aufbrechen.«

Sie antwortete nicht, stellte das heiße Wasser hin, und ich wusch mich rasch und zog mich an. Ich fand sogar meine Haarnadeln auf dem Spiegeltisch wieder und lachte hysterisch auf bei dem Gedanken, wie fürsorglich man alles bedacht hatte.

Als ich fertig angekleidet war, war ich mir selbst wieder näher – ich war nicht mehr die Person in dem pelzverbrämten Morgenrock und mit den wirren Haaren. Doch als ich mein Gesicht eingehend im Spiegel betrachtete, stellte ich darin eine gewisse Veränderung fest. Was war das – Erfahrung? Verderbtheit? So mußte Eva ausgesehen haben, nachdem sie von der verbotenen Frucht gegessen hatte.

Ich stieg die Wendeltreppe hinab – die große eisenbeschlagene Tür stand offen – und kam unten in den Raum, wo mir – es schien eine Ewigkeit her – der *pot au feu* und der versetzte Wein angeboten wurden.

Bertrand war bereits draußen bei der Kutsche. Von dem Baron war nichts zu sehen. Er war wohl in sein Schloß zurückgekehrt. Das kleine Abenteuer, das mein Leben zerstört und seiner Befriedigung gedient hatte, war zu Ende.

Ich sagte: »Gehen wir. Verlassen wir diesen Ort.«

Bertrand sprach wenig während der Fahrt, und ich dachte, sie würde niemals enden. Rouen lag schon hinter uns, und wir näherten uns der Küste, da sagte ich zu ihm: »Du mußt den Kanal nicht überqueren. In meiner Heimat brauche ich keine Begleitung.«

Als wir in Calais ankamen, mußte ich eine Stunde auf die Fähre warten.

»Bleib nicht, Bertrand«, bat ich ihn.

»Ich bringe dich zumindest an Bord«, entgegnete er.

Er setzte sich und blickte auf die See. »Ich werde ihn töten«, sagte er vor sich hin.

»Das würde nichts ändern.«

»Es wäre ein Segen für die Menschheit.«

»Bertrand, sprich nicht so. Du machst die Tragödie nur noch schlimmer, wenn du deinen Rachegelüsten nachgibst.«

Ich dachte bei mir: Du könntest es auch gar nicht. Er würde es nicht soweit kommen lassen; außerdem ist er derjenige, der den Ton angibt.

Bertrand ergriff meine Hand, und ich bemühte mich, nicht zu zeigen, wie sehr ich vor seiner Berührung zurückschreckte.

Alles hatte sich verändert, und niemals würden sich die Bilder von Rollo de Centeville aus meinem Gedächtnis verbannen lassen.

Ich glaubte nicht, daß Bertrand mich jetzt noch heiraten wollte, denn ich hatte die Reaktion in seinen Augen gesehen, als er mich in dem Bett erblickte. Sicher, er glaubte zweifellos, daß man mich hintergangen und mir Gewalt angetan hatte und sah mich als das Opfer, das ich war, aber gleichzeitig konnte er nicht vergessen, daß ich, wie der Baron sagte, seine Mätresse geworden war.

Seit dem Augenblick, da er das Schlafgemach betreten hatte, war zwischen uns alles aus.

Diesmal würde es nicht nach Rollos Willen gehen. Er hatte erwartet, daß Bertrand seine Worte demütig zurücknahm und mich als eine von des Barons abgelegten Mätressen heiratete ... So hatte er sich das gedacht. Aber diesmal bekam er nicht Recht, denn eine Heirat würde nicht stattfinden.

Bertrands letzte Worte waren: »Ich werde dir schreiben ... wir lassen uns etwas einfallen ...«

Ich lächelte ihm zu und wußte genau, daß es aus war. Endlich war ich allein. Ich beugte mich über die Reling und blickte auf das wirbelnde Wasser. Zorniger Groll erfüllte mich, wenn ich an jene Kate Collison dachte, die vor gar nicht langer Zeit den Kanal überquert hatte und in ein gefährliches Abenteuer geraten war. In dem Bannkreis jenes seltsamen Barbaren hatte sich mein Leben grundlegend verändert.

Mich packte die Wut. Nur weil er Bertrand zeigen wollte, daß man ihm zu gehorchen hatte, hatte er mich mißbraucht. Es hatte nichts mit seinem Verlangen nach mir zu tun. Dabei hatte ich insgeheim geglaubt, es müsse sehr groß sein, da er so viele Umstände gemacht hatte, um es zu stillen.

Und das war das allerschlimmste. Das erzürnte mich mehr als alles andere, was mir angetan worden war.

In der Ferne tauchten die weißen Felsen auf. Der Anblick wirkte beruhigend auf mich. Ich kam nach Hause.

Nicole

Es war ein seltsames Gefühl, durch die Landschaft von Kent zu reisen. Die Obstgärten, die Hopfenfelder, die Trockenschuppen, die Weiden, die kleinen Wäldchen, alles wirkte so frisch, selbst jetzt noch, da der Sommer zu Ende ging. Alles sah wie früher aus.

Würde den Leuten eine Veränderung an mir auffallen? Sah ich anders aus? Würden sie mir Fragen stellen? Was sollte ich antworten? Ich könnte mich niemals überwinden, über die beschämenden Geschehnisse zu sprechen.

Mein Haß auf diesen Mann steigerte sich mit jedem Tag. Wenn er – und war er noch so barbarisch – mich heftig begehrt hätte, so hätte ich mich vielleicht, obwohl ich ihm nie verzeihen könnte, ein wenig geschmeichelt gefühlt. Aber er hatte mich nur begehrt, weil er sich an Bertrand rächen wollte, und zu diesem Zweck hatte er mich benutzt wie einen leblosen Gegenstand, den man fortwirft, wenn man ihn nicht mehr braucht. So ging er wahrscheinlich mit allen Menschen um. Es kümmerte ihn nicht, ob sie Gefühle hatten. Vielleicht war es ihm einfach gleichgültig. Alles, jedermann, war zu seinem Vergnügen da.

Aber diesmal sollte er nicht siegen. Er hatte mein Leben zerstört, und Bertrands vielleicht auch, aber seine Absicht würde mißlingen. Er konnte wohl behaupten, ich sei seine Geliebte geworden, wenn auch gänzlich unfreiwillig – doch er konnte mich nicht zwingen, Bertrand zu heiraten.

Aber ich mußte endlich aufhören, an ihn zu denken. Ich war

fertig mit ihm und hoffte, ihn nie wiederzusehen. Jetzt mußte ich meine Zukunft planen, und dabei konnte mir nur eines helfen: nämlich so zu tun, als sei dies alles nie geschehen.

Ob ich das konnte? Ich sollte früh genug auf die Probe gestellt werden.

Ich nahm die Bahnhofsdroschke, und nach kurzer Fahrt stieg ich vor dem vertrauten Haus aus.

Von drinnen ertönte ein Schrei. »Sie ist da! Es ist Kate.«

Und schon kamen sie herausgelaufen. Als erstes erschien mein Vater. Er strahlte vor Freude. »Kate!« rief er. »Liebe Kate.«

Dann lag ich in seinen Armen. Er hielt mich von sich und betrachtete mich. Ich fühlte, wie ich errötete. Sah man es mir an? Aber er bekundete nichts als übergroßen Jubel ... und vor allem Stolz.

»Mein liebstes Kind«, rief er. »So ein großer Erfolg ... das hätte ich nie zu träumen gewagt.«

Ich dachte, seine Augen sind so schwach, daß er die Veränderung nicht erkennen kann.

Dann sah ich Clare. Sie stand bescheiden im Hintergrund bei den Dienstboten. Mrs. Baines, die Köchin, Jerry, das Faktotum, die Hausmädchen – alle lächelten mich fröhlich an.

Clare kam auf mich zu und nahm zaghaft meine Hand. Ich gab ihr einen Kuß.

»Gut schauen Sie aus«, meinte sie. »Wir waren alle so glücklich, als wir von Ihrem Erfolg hörten.«

Mrs. Baines hatte Fleischpastete gebacken. Das war schon als Kind mein Leibgericht. Das Abendessen werde bald serviert, sagte sie. Reisen mache doch sicher Appetit.

Clare kam mit mir in mein Zimmer. »Ach Kate, ich bin so froh, daß Sie wieder da sind.«

Ich blickte sie aufmerksam an und sagte: »Sie wissen wohl inzwischen über meinen Vater Bescheid.«

»Ja, er hat es uns erzählt, als er zurückkam.«

»Wie trägt er es?«

175

Sie wurde nachdenklich. »Seltsamerweise scheint es ihm weniger auszumachen, als man annehmen sollte. Und das ist Ihrem großen Erfolg zu verdanken. Er hat uns davon erzählt und weiß nun, daß seine kostbarste Gabe, sein Talent, in Ihre Hände übergegangen ist.«

»Glauben Sie wirklich, daß er das so empfindet?«

»O ja. Er hat mit mir darüber gesprochen.« Sie schlug beinahe entschuldigend die Augen nieder. »Es ist wohl wegen Evie ... weil ich mit ihr verwandt bin. Deshalb meint er, daß er auch mit mir reden kann.«

»Nein, das liegt an Ihnen, Clare«, versicherte ich. »Evie war sehr tüchtig, aber für unsere Malerei hatte sie nicht viel übrig. Sie fand sie ›ganz nett‹, aber sie billigte sie wohl nur, weil wir unseren Lebensunterhalt damit verdienten. Mein Vater spürt, daß Sie etwas davon verstehen, Clare.«

»Sie müssen viel Aufregendes erlebt haben, Sie sehen ...« Ich wartete gespannt. »... irgendwie verändert aus.«

»Verändert?«

»Ja ... irgendwie erfahrener. Ist ja auch kein Wunder, nachdem Sie so weit gereist und berühmt sind. Sie wirken – wie soll ich sagen? Abgeklärt.« Sie lachte. »Bitten Sie mich nicht, das zu erläutern. Auf Erläuterungen habe ich mich nie verstanden. Wenn Sie sich gewaschen und umgezogen haben, müssen Sie mit Ihrem Vater sprechen. Er sehnt sich danach, Sie für sich allein zu haben.«

Ich ging zu ihm in sein Atelier. An der Wand hingen zwei Miniaturen, die er gemalt hatte – eine von meiner Mutter und eine von mir als Kind. Es waren hervorragende Arbeiten – ich hielt sie für seine besten. Von denen würde er sich niemals trennen.

»Kate«, rief er. »Wie gut, dich wieder zu Hause zu haben. Und nun erzähle mir alles.«

Alles? Das würde ich bestimmt nicht tun. Ich fragte mich, wie mein lieber, guter und recht argloser Vater auf die Vergewaltigung seiner Tochter reagiert hätte.

»Die Miniatur der Princesse ...« fuhr er fort.

»Sie fand Gefallen.«

»Hat der Baron sie sich angesehen?«

»Ja. Ich mußte sie zu ihm bringen. Er hat sie bezahlt.«

»Meine liebe Kate, du wirst reich. Ließ sich die Princesse gut malen?«

»In gewisser Weise schon. Sie ist ein junges Mädchen.«

»Aber sie ist eine Princesse.«

»Eigentlich ist sie ein ganz normales Mädchen.«

»Und der Baron ... war er so begeistert wie von seinem Portrait?«

»Ich weiß nicht. Aber ich glaube, es hat ihm gefallen.«

»Wunderbar. Der Mann ist nicht so leicht zufriedenzustellen.«

Am liebsten hätte ich geschrien: Bitte hör auf, von ihm zu sprechen.

»Und wie ist es dir ergangen?« erkundigte ich mich. »Du hast dich also in das Unvermeidliche gefügt?«

»Daß du nun als Malerin anerkannt bist, das bedeutet sehr viel für mich, Kate. Ich habe immer gewußt, daß du ein großes Talent hast, aber ich dachte, es würde schwer sein, es der Welt begreiflich zu machen. Doch dank des Barons ...«

Ich sagte schnell: »Hat sich mit deinen Augen etwas verändert?«

»Ich sehe nicht mehr so gut wie zu Beginn unserer Reise. In der Entfernung verschwimmt alles im Nebel, der allmählich näherkommt. Mein Gott, das war vielleicht ein verrückter Streich, den wir uns da mit dem Baron ausgedacht haben, Kate. Ein Wunder, daß es gut ging. Wäre der Baron kein so großer Kunstkenner, dann wäre die Sache anders ausgegangen.«

Konnte er nicht aufhören, immer wieder von diesem Mann zu sprechen? Er schien ja geradezu von ihm besessen.

»Ich habe jetzt andere Aufträge«, sagte ich rasch.

»Ja, das ist gut.«

»In drei Wochen kehre ich nach Paris zurück und gehe zu den Duponts. Ich soll die beiden Töchter malen, wie du weißt.«

»Es ist einfach wunderbar. Und wenn ich bedenke, was du dem Baron verdankst ...«

Ich unterbrach ihn: »Komm, laß uns zum Essen gehen. Mrs. Baines ist bestimmt beleidigt, wenn wir uns verspäten.«

Wir speisten zu dritt, mein Vater, Clare und ich. Ich machte mich zu Mrs. Baines' Freude über die Fleischpastete her und beantwortete die vielen Fragen, die auf mich einstürmten.

Es war erstaunlich, wie oft mein Vater den Baron erwähnte. Offenbar war es unmöglich, dem Mann zu entkommen, und mir war fast, als säße er mit uns am Tisch.

Und in der Nacht träumte ich von ihm. Ich lag auf dem Bett im Jagdhaus, und er kam zu mir. Ich schrie und wachte auf, und zu meiner großen Erleichterung fand ich mich zu Hause in meinem eigenen Bett.

Ob ich diesen Mann je wieder aus meinem Leben verbannen konnte?

Ein paar Tage darauf kam ein Brief von Madame Dupont. Sie hoffte, ich werde so bald wie möglich kommen. Ihre Schwägerin wolle mich ebenfalls beschäftigen. Sie habe auch eine Tochter und sei erpicht darauf, von ihr eine Collison-Miniatur zu bekommen.

Ich konnte wahrhaftig stolz auf meinen Erfolg sein, dessen Urheber der Baron war. Aber für Dankbarkeit war kein Platz; mich erfüllte nichts als Haß und Widerwillen.

Ich wollte früher abreisen als beabsichtigt, denn ich wollte den vielen Fragen über meinen Aufenthalt in Paris entkommen, und ich konnte die ständigen Lobpreisungen meines Vaters auf den Baron nicht mehr ertragen.

Überdies war das Leben in Farringdon nicht mehr wie früher. Ich fand die Pfarrersfamilie ausgesprochen fade, und mit den Cambornes war ich nie eng befreundet gewesen.

Clare hatte sich im Dorf gut eingelebt. Sie paßte hierher wie eine Einheimische. Sie schmückte die Kirche mit Blumen, sie beriet sich im Pfarrhaus, wie man Geld für die Glocken auftreiben konnte, und befaßte sich mit allen Belangen der Nachbarschaft. Alle hatten sie gern, und mit den Camborne-Zwillingen hatte sie enge Freundschaft geschlossen. Hope hatte einen Verehrer, und Clare sorgte sich ein wenig um Faith.

»Was soll die arme Faith anfangen, wenn ihre Zwillingsschwester heiratet? Wie seltsam die Natur doch ist ... daß zwei Menschen sich so nahestehen können ...«

Ich hörte gar nicht richtig hin. Die dörflichen Belange waren für mich ausgesprochen langweilig geworden, und ich war froh, als ich wieder abreisen konnte.

Mein Vater sagte: »Es sieht so aus, als würdest du etliche neue Aufträge bekommen.«

»Das könnte bedeuten, daß ich ziemlich lange in Paris bleiben muß«, erklärte ich.

»Je länger, desto besser. Du mußt bekannt werden. Später kannst du dir die Aufträge aussuchen. Es wäre ein Fehler, den Markt zu überschwemmen, aber jetzt mußt du erst einmal bekannt werden.«

»Und ich habe den Eindruck, daß ich dich in guten Händen zurücklasse.«

»Clare ist großartig. Im Vertrauen gesagt, mit ihr ist leichter auszukommen als mit Evie.«

»Das finde ich auch. Evie war ein Ausbund an Tüchtigkeit, aber Clare ist – wie soll ich sagen? Sie ist sanfter ... menschlicher.«

»Du hast recht. Ich könnte gar nicht besser aufgehoben sein. Meinetwegen brauchst du dir also keine Sorgen zu machen. Konzentriere dich ganz auf deine Arbeit. Du bist die beste von allen Collisons.«

Erleichtert brach ich nach Paris auf.

Ich konnte mich einer gewissen Hochstimmung nicht verschließen. Als ich am frühen Abend in Paris ankam, stieg ich

179

am Gare du Nord aus dem Zug, und sogleich umfing mich wieder die aufregende Atmosphäre von Paris. Ich ließ mich vom Gewühl und dem Lärm forttragen. Die Franzosen sprachen viel lauter als wir in England, und ihre Hände waren so beredt wie ihre Stimmen. Von irgendwo hörte ich Musikfetzen, nahm den vertrauten Geruch von Fahrzeugen wahr und den Duft von Parfüm.

Da sagte ich mir: Die Vergangenheit ist abgeschlossen. Von hier aus fange ich noch einmal von vorne an.

Doch als der Träger mein Gepäck nahm und für mich eine Droschke herbeirief, als ich den *cocher* in seinem blauen Rock und dem weißen Hut sah, konnte ich das ängstliche Zittern nicht unterdrücken. Niemals würde ich ganz vergessen können. Und als ich in die Droschke stieg und eine freundliche Stimme mich fragte, wohin ich zu fahren wünschte, blickte ich argwöhnisch in das lächelnde Gesicht.

Ich nahm mich zusammen und nannte die Adresse von Madame Dupont, und die Droschke nahm den mir vertrauten Weg über den Boulevard Haussman. Die Rue du Faubourg Saint-Honoré war nicht weit entfernt.

Das Haus der Duponts lag am Boulevard Courcelles inmitten einer Reihe großer weißer Häuser, typische Stadthäuser jener Leute, die Güter auf dem Land besaßen.

Sicher waren die Duponts auch reich, nachdem sie bei dem Baron zu Gast gewesen waren. Ich war überzeugt, daß er nur mit Leuten verkehrte, die entweder reich oder von Adel waren.

Die Droschke fuhr vor, und der *cocher* half mir freundlicherweise mit meinem Gepäck.

Die Tür wurde von einem Diener in dunkelblauer Livree mit silbernen Tressen geöffnet. Er begrüßte mich ehrerbietig. Offensichtlich wurde ich erwartet.

»Madame bat, Sie zu ihr zu führen, sobald Sie ankommen«, erklärte er. »Bitte folgen Sie mir.«

Er winkte einem Knaben in derselben dunkelblauen Livree,

aber mit weniger Silber, was wohl bedeutete, daß er von niedrigerem Rang war. Dieser nahm meine Koffer, während ich dem Diener in einen großen Raum mit dunkelblauen Wänden und weißen Vorhängen folgte. Es war eine Art Empfangshalle. Der Mann klopfte an eine Tür, öffnete sie schwungvoll und meldete, daß Mademoiselle Collison angekommen sei.

Madame Dupont kam auf mich zugeschwebt.

»Willkommen, Mademoiselle Collison«, rief sie. »Es ist uns ein großes Vergnügen, Sie bei uns zu haben. Wir sind ungeheuer gespannt, was Sie für uns schaffen werden, und ich hoffe sehr, daß Sie sich bei uns wohl fühlen – und daß Sie später auch für meine Schwägerin arbeiten können. Sie ist ganz begierig, daß Sie ein hübsches Bild von ihrem Töchterchen malen.« Madame Dupont legte einen Finger an die Lippen, wie um ein Lächeln zu verdecken. »Ich glaube nicht, daß Sie in ihr so ein lohnendes Modell finden werden wie in meinen Mädchen, aber Sie werden gewiß etwas Hübsches aus ihr machen. Jetzt möchten Sie vielleicht zuerst Ihr Zimmer sehen – und anschließend die Mädchen kennenlernen? Ich glaube, Sie müssen sich mit ihnen unterhalten – sie gewissermaßen aushorchen, wie der Baron sich ausdrückte.«

»Danke, Madame Dupont«, sagte ich. »Sie sind sehr gütig.«

»Sie haben sicher eine anstrengende Reise hinter sich.«

»Ja, ich war lange unterwegs, und die Überfahrt ist jedesmal recht beschwerlich.«

»Das glaube ich gern. Hätten Sie gern eine kleine Erfrischung, oder möchten Sie bis zum Abendessen warten? Es liegt ganz bei Ihnen.«

Ich sagte, ich wolle bis zum Abendessen warten. Darauf schickte sie mir ein Mädchen, das mich in mein Zimmer führte. Es war ein hübscher Raum im ersten Stock. Die Fenster reichten vom Boden bis zur Decke. Es hatte dunkle Wände und weiße Vorhänge, die offensichtlich im ganzen Haus einheitlich waren.

Mein Bett hatte ein gepolstertes Kopfende mit dem Muster

von Fontainebleau: weiße Blumen auf dunklem Grund. Der Bettüberwurf aus weißer *broderie anglais* wirkte heiter und frisch, und mein Ankleidetisch war mit Draperien aus dunkelblauem Samt und einem weißgerahmten dreiteiligen Spiegel ausgestattet.

Ich war bester Laune. Ich hatte gut daran getan, nach Paris zu kommen. Nach der brutalen Behandlung und der bitteren Demütigung, die ich erlitten hatte, tat es wohl, so geachtet zu sein. Ich war eine anerkannte und geschätzte Künstlerin und mußte nach dieser entsetzlichen Episode einen neuen Anfang machen.

Ich zog ein Kleid aus grünem Brokat an. Ich war auf das Leben in einer eleganten Gesellschaft vorbereitet. Zwar hatte ich nur wenige Kleider mitgebracht, aber sie waren alle modisch geschnitten. Während meines kurzen Aufenthaltes in Paris hatte ich gelernt, was die Franzosen unter *chic* verstanden, und wußte, wie man die Farben zusammenstellte, dazu hatte ich die Fähigkeit zur Eleganz, die auch die unscheinbarste Frau interessant wirken lassen konnte. Allmählich hatte ich mich etwas von der Vergangenheit entfernt und war auf dem Weg in ein neues Leben. Ich glaubte, daß ich den Baron mit der Zeit vergessen würde.

Auf meine neuen Modelle war ich besonders neugierig. Schon befaßte ich mich in Gedanken damit, wo ich wohl arbeiten und wie ich die Portraits der Demoiselles Dupont gestalten würde.

Meine gehobene Stimmung hielt den ganzen Abend an. Ich speiste mit der Familie, und Madame Dupont behandelte mich wie eine bedeutende Persönlichkeit. Monsieur Dupont war ein sanfter Herr, dem anscheinend sehr daran gelegen war, sich den Wünschen seiner Gattin zu beugen und ihr in jeder Hinsicht entgegenzukommen. Später erfuhr ich, daß er in einem kleinen Haus am linken Seineufer eine hübsche Mätresse unterhielt, und daß er bestrebt war, seine Gattin zufriedenzustellen, damit sie dieses Glück nicht störte. Die beiden Töchter Emilie und Sophie waren nicht besonders interessant, und nur weil sie meine Modelle waren, befaßte ich mich näher mit ihnen. Sie waren siebzehn beziehungsweise sechzehn Jahre alt und sollten demnächst in die Gesellschaft eingeführt werden – daher die Miniaturen. Sie kicherten und flüsterten ständig miteinander, was ich ziemlich ungezogen fand. Aber das ging mich nichts an. Ich konnte gefällige Bildchen von ihnen malen, die ihnen schmeicheln würden, denn es hatte keinen Sinn, in diesen ausdruckslosen Gesichtern nach verborgenen Charakterzügen zu forschen.

Ich dagegen war für die Mädchen ein interessantes Objekt, und während der Mahlzeit beäugten sie mich verstohlen und verständigten sich über den Tisch hinweg mit heimlichen Blicken. In ihrer Gegenwart fragte man sich ständig, ob man einen Fleck auf der Wange hatte oder ob vielleicht irgendwo ein Knopf fehlte.

Madame Dupont hing sehr an ihren Töchtern. Wie ich bald entdeckte, war es ihr Bestreben, geeignete Ehemänner für sie zu finden, wogegen Monsieur Dupont nur daran gelegen war, seine Familie zu Hause zufriedenzustellen, um sein Liebesnest am linken Seineufer genießen zu können.

Während der Mahlzeit unterrichtete Madame Dupont ihren Gatten, daß ich trotz meiner Jugend eine berühmte Malerin sei. Eine Collison, und die Miniaturen der Collisons kenne wirklich *jeder*. War das nicht wundervoll? Ich glaube, sie hielt sich für sehr gewitzt, weil sie mich verpflichtet hatte, bevor meine Preise stiegen.

Daß ich eine große Künstlerin sei, wisse sie von dem Baron de Centeville, und der sei bekanntlich einer der angesehensten Kunstkenner des Landes. Er beriet sogar den Kaiser und die Kaiserin Eugénie. Die Miniaturen, die ich von dem Baron und von der Princesse de Créspigny gemalt hatte, seien einfach fabelhaft.

»Ich bin überzeugt, die von unseren Mädchen werden ebenso

gut. Der Baron schenkt seine der Princesse, und sie schenkt ihm ihre. Ist das nicht eine entzückende Geste, wenn Verlobte schöne Dinge tauschen? Eine Miniatur, in Edelsteinen gerahmt – die des Barons ist in Diamanten und Saphire gefaßt –, das ist doch viel hübscher als der Austausch von Ringen, finde ich. So, und ihr Mädchen werdet demnächst auch eure Miniaturen haben ...«

Madame Dupont schwätzte sehr viel. Mir war es recht. Auf diese Weise brauchte ich selbst nicht viel zu der Unterhaltung beizutragen.

Ich sollte Emilie zuerst malen, weil sie die ältere war, und am nächsten Morgen wurde ich in eine helle Mansarde geführt, die eine zauberhafte Aussicht auf Paris bot. Ich hieß Emilie sich so setzen, daß das Licht auf ihr Gesicht fiel. Wie bei meinem anderen Modell, der Princesse, war ihre Nase zu lang, aber während das Antlitz der Princesse Charakter ausstrahlte, konnte ich bei meinem neuen Modell dergleichen kaum entdecken.

Ihr fröhliches Naturell verlieh jedoch ihrem Gesicht etwas Heiteres; die dunkelbraunen Augen waren nicht übel, und ihre Haut hatte einen olivfarbenen Schimmer – nicht einfach zu malen. Ich mußte versuchen, diese Frische einzufangen, denn Emilies größter Reiz bestand in dem, was uns allen eine Zeitlang gegeben ist: Jugend.

Sie beobachtete mich beim Mischen meiner Farben.

»Hoffentlich machen Sie mich hübscher als ich bin«, begann sie.

»Ich werde mich bemühen, ein reizvolles Bildnis zu schaffen. Ihr Kleid gefällt mir.«

»Das hat Maman ausgesucht.«

Die gute Maman! Welche Fehler sie sonst haben mochte, sie verstand es jedenfalls, sich und ihre Töchter zu kleiden.

»Es ist fabelhaft«, sagte ich. »Erzählen Sie mir etwas, ganz entspannt, als wäre ich Ihre Freundin.«

»Worüber soll ich sprechen?«

»Über das, was Sie gern tun, über Ihre Kleider, Ihre Freundinnen ...«

Aber sie blieb schweigsam, und ich konnte mir vorstellen, wie
sie mit ihrer Schwester kicherte, wenn sie ihr von dieser Sitzung berichtete.

Schließlich überwand sie ihre Scheu und erzählte mir von ihrer bevorstehenden Einführung bei Hofe. Sophie mußte noch
ein Jahr warten. Ihre Cousine Françoise würde bald kommen,
und sie würde mit Emilie zusammen eingeführt. Sie bekam
neue Kleider und freute sich auf das Ereignis. Sie würde dem
Kaiser und der Kaiserin Eugénie vorgestellt. Danach würde
sie natürlich auf viele Bälle gehen und alle möglichen Leute
kennenlernen. Das war sehr aufregend, und möglicherweise
würde sie schon bald heiraten.

»Möchten Sie das gern?«

»Das kommt darauf an –«

»Natürlich auf den Bräutigam«, sagte ich. »Wie wünschen Sie
sich Ihren Bräutigam?«

»Stattlich, mutig, edel – und Maman wird darauf bestehen,
daß er reich ist.«

»Und wenn Sie nur eine von diesen Eigenschaften bekommen
könnten, für welche würden Sie sich entscheiden?«

Sie schaute mich verblüfft an. Ich sah ein, daß es keinen Sinn
hatte, zu versuchen, dem Gespräch mit Mademoiselle Emilie
einen lockeren Ton zu geben.

Sie fuhr fort: »Jetzt kommt erst einmal die Hochzeit. Das wird
ein großes Fest. Sophie darf beim Empfang dabei sein.«

»Was für eine Hochzeit?«

»Der Baron de Centeville und die Princesse de Créspigny.«

»Oh«, sagte ich schwach.

»Nächste Woche, in Notre-Dame. Die Straßen werden voller
Menschen sein. Oh, ich freu mich schon.«

Ich hatte mir gelobt, ihn zu vergessen, und nun war er wieder
da, lebendig wie immer. Ich konnte nicht weitermalen. Meine
Hand zitterte.

Ich entschuldigte mich: »Das Licht ist nicht mehr gut. Ich muß aufhören.«

Emilie hatte nichts dagegen. Sie war kein geduldiges Modell. »Wie weit sind Sie?« fragte sie.

»Es ist noch zu zeitig.«

»Darf ich es sehen?«

»Ich würde noch ein oder zwei Tage warten.«

»Gut. Auf Wiedersehen. Finden Sie allein in Ihr Zimmer?«

»Ja, vielen Dank.«

Sie lief davon. Gewiß würde sie mit Sophie über die Sitzung und die komische Künstlerin kichern.

Ich ging in mein Zimmer. Ich stand lange Zeit am Fenster und blickte auf die Straße hinab.

Nächste Woche würde er sich also vermählen. Was ging das mich an? Ich mußte ihn aus meinem Leben streichen. Arme kleine Princesse! Ich hätte gern gewußt, was Marie-Claude in diesem Augenblick dachte.

Die Miniatur machte Fortschritte. Sie bereitete mir keine Schwierigkeiten. Emilies herzförmiges Gesicht ließ sich gut herausarbeiten. Die Hautfarbe war zwar ein kleines Problem, aber wenn Emilie erregt war, hatten ihre Wangen einen schwachen rosigen Schimmer. Das wirkte Wunder und ließ ihre Augen größer erscheinen.

Es wurde ein reizendes Portrait von Mademoiselle Emilie. Es war bald fertig. Dann wollte ich mit Sophies beginnen.

Das ist leichtverdientes Geld, überlegte ich. Der Baron hatte den Preis bestimmt. Er hatte gesagt: »Die Leute schätzen Sie so, wie Sie sich selbst einschätzen. Wenn Sie zuwenig verlangen, hält man Sie für zweitklassig. Nehmen Sie hohe Preise, und man wird denken, daß Sie es wert sind – auch wenn Sie es nicht wären. Die Leute wollen glauben, daß eine Ausgabe sich gelohnt hat.«

Dank ihm begann ich, eine wohlhabende beliebte Malerin mit vielen Aufträgen wie diesem zu werden.

Ich hatte zügig gearbeitet. Ich hatte auch das Wesen der jüngeren Schwester erfaßt – allerdings brauchte ich dazu nicht sehr in die Tiefe zu gehen. Um so besser. Meine Arbeit war in gewisser Hinsicht einfacher, wenn sie nicht so interessant war. Wie anders war es beim Baron gewesen. Bei ihm hatte ich jeden Tag etwas Neues entdeckt.

Immer wieder mußte ich an ihn denken. Er ging mir einfach nicht aus dem Sinn. Das lag wohl daran, daß er sich bald vermählen würde, meinte ich.

Am Tag der Hochzeit fand keine Sitzung statt. Der Morgen zog hell und sonnig herauf, und ich dachte an die verängstigte kleine Princesse, wie sie an diesem Morgen erwachte – dem Tag, der ihre Freiheit beendete. Wie würde es ihr mit diesem Ungeheuer ergehen? Ich schauderte, als ich mir die Hochzeitsnacht vorstellte. Er würde sie wohl mit in sein *Château* nehmen. Ich sah sie vor mir, die kleine Marie-Claude, wie sie ihn voller Angst im Brautgemach erwartete. Sie fürchtete sich vor ihm und hatte zweifellos guten Grund dazu.

Im Haus war es ganz still. Die Familie war zur Hochzeit gegangen, und die Dienstboten waren gewiß auf der Straße, denn es war ein stadtbekanntes Ereignis. Rund um Notre-Dame hatte sich bestimmt eine Menschenmenge versammelt, um Braut und Bräutigam getrennt ankommen und vereint fortgehen zu sehen.

Und da überkam mich der unwiderstehliche Drang, ebenfalls hinzugehen und mich unters Volk zu mischen, um ihn noch einmal zu sehen. Nur ein einziges Mal, sagte ich mir, und dann nie, nie wieder.

Ich zog meinen Mantel an und ging hinaus. Ich rief eine Droschke herbei – immer noch ein unbehagliches Unterfangen – und nannte dem *cocher* Sainte-Chapelle als Ziel. Das war nahe genug, den Rest wollte ich zu Fuß gehen.

Der Kutscher plauderte mit mir. Wie alle, erkannte er sogleich an meinem Akzent, daß ich Ausländerin war. Es amüsierte mich, wie unterschiedlich die einzelnen darauf reagierten. Die meisten waren freundlich und hilfsbereit, aber es gab auch welche, die abweisend und herablassend waren. Dieser aber war ausgesprochen nett.

Ob ich den Louvre besichtigt hätte? Das Panthéon? Ich müsse unbedingt eine Droschke zum Montmartre nehmen. Ich erzählte ihm, daß ich nicht zum erstenmal in Paris sei, daß ich bereits einiges gesehen hatte und die Stadt faszinierend fand. Das freute ihn, und er plauderte unentwegt drauflos.

»Heute ist hier 'n ziemliches Gedränge. Wegen einer hochherrschaftlichen Hochzeit. So was zieht die Leute auf die Straße. Der Baron de Centeville heiratet heute die Princesse de Créspigny. Ich glaube, die Kaiserin ist auch dabei.«

»Davon habe ich gehört«, erwiderte ich.

»Ich an Ihrer Stelle würde mich abseits halten. Außer 'ner Menge Leute kriegen Sie nichts zu sehen.«

Ich dankte ihm für seinen Rat, bezahlte und stieg vor der Sainte-Chapelle aus.

Ausnahmsweise blieb ich nicht bewundernd vor dem alten Gebäude stehen, das seit sechshundert Jahren hier stand, sondern schlug den Weg nach Notre-Dame ein.

Die Menge stand bereits dichtgedrängt, und ich bereute schon, daß ich hierhergekommen war. Ich würde bestimmt nichts sehen – und ich wollte auch gar nichts sehen.

Aber ich hatte mich geirrt. Plötzlich erstarrte die Menge, dann brach sie in Rufen aus. Ich sah das Paar in einer offenen Kalesche. Der Baron sah prächtig aus. Er trug eine blaue Uniform mit goldenen Tressen, was sein Haar blonder wirken ließ, als ich es in Erinnerung hatte. Auf dem Kopf hatte er einen Dreispitz, wie ihn die Admirale trugen. Ich wußte, daß er etwas mit der Marine zu tun hatte. Und neben ihm saß Marie-Claude. Sie sah wunderschön aus in einer weißen Satinrobe mit Perlen und einem Kopfputz aus Spitze und Maiglöckchen.

Die Menge brach in Hochrufe aus. Ich starrte ihn an. Er sah mich natürlich nicht, und wenn, was hätte es ihm bedeutet?

Die Kalesche entschwand den Blicken, und die Menge zerstreute sich. Ich verspürte ein starkes Bedürfnis, in die Kathedrale zu gehen und dort eine Weile in Stille zu sitzen. Ich mußte die beiden vergessen. Es ging mich schließlich nichts an. Arme kleine Marie-Claude. Sie war gezwungen worden, ihn zu heiraten – aber daran war nun nichts mehr zu ändern. Seltsam, wie rasch sich die Menge zerstreut hatte. Ich ging zum Portal und blickte in das Gesicht des boshaftesten aller Dämonen. Während ich ihn betrachtete, schien sich der Stein zu verwandeln und die Züge des Barons anzunehmen. Es war wie das Ebenbild der Zeichnung, die ich einst gemacht hatte. Dann ging ich hinein und setzte mich. Ich versuchte das Bild, wie sie Seite an Seite in der Kalesche saßen, mit anderen Bildern zu überdecken, aber es wollte mir nicht gelingen. Eine Vermählung der Gegensätze, dachte ich, und keiner von beiden würde dabei glücklich sein. Um ihn tat es mir nicht leid. Er hatte nichts als Rache verdient. Aber ich hatte großes Mitleid mit der Princesse.

Hör auf, an die beiden zu denken! Die reizende Geschichte von den hundert armen Mädchen fiel mir ein, denen Ludwig XVI. als Danksagung für die Geburt seiner Tochter Marie Thérèse Charlotte eine Mitgift zur Hochzeit geschenkt hatte. Er war bei der Trauung der Paare hier in Notre-Dame zugegen gewesen und hatte ihren Bund mit seinem lilienverzierten Schwert besiegelt – das mußte ein zauberhafter Anblick gewesen sein.

Solche reizenden Momente waren selten in der Kathedrale, und mir kam ein anderes Ereignis in den Sinn, als vor siebzig Jahren während der Revolution die Kathedrale in einen Tempel der Lust verwandelt worden war und eine Dirne in einer Sänfte hereingetragen wurde, während halbnackte Männer und Frauen im Namen der Freiheit obszöne Tänze aufführten. Plötzlich überkam mich der Wunsch, auf die Stadt herabzuschauen, die ich aus jedem Blickwinkel faszinierend fand, und ging zum Turmeingang.

Es war ganz still, als ich den düsteren Turm betrat und die Treppe hinaufzuklettern begann. Ich zählte die Stufen, und als ich halb oben war, glaubte ich hinter mir jemanden zu hören. Das war wohl ganz natürlich. Wieso sollte ich der einzige Mensch sein, der sich die Mühe machte, den weiten Weg zur Kuppel hinaufzusteigen, um auf Paris hinabzublikken.

Endlich frische Luft! Oh, die Aussicht war wirklich herrlich. Zu meinen Seiten lagen das nördliche und das südliche Seineufer. Ich sah den Tour Saint-Jacques im Norden und im Süden die Rue de Bièvre und den Boulevard Saint-Michel.

Auf einmal merkte ich, daß jemand neben mir stand. Mein Herz hämmerte, und einen Moment lang war ich unfähig, mich zu rühren. Entsetzen ergriff mich wie damals, als ich plötzlich erkannte, daß der Mann mit dem blauen Rock und dem weißen Hut kein gewöhnlicher *cocher* war.

Dann hörte ich eine Stimme: »Wir kennen uns doch?«

Ich drehte mich um und blickte in das Gesicht von Nicole St. Giles.

»Ich glaube, ich habe Sie erschreckt«, lächelte sie.

»Ja. Ich ... Ich dachte, ich bin allein hier oben.«

»Hier steigen nicht viele Leute herauf. Wußten Sie, daß es dreihundertsiebenundneunzig Stufen sind?«

»Mir kam es vor, als wären es tausend.«

Sie lachte. »Ich habe mich gefreut, als ich Sie in der Menge entdeckte, aber Sie haben mich nicht gesehen. Dann sah ich Sie zu dem Turm gehen und dachte mir, daß Sie die Aussicht genießen wollten. Sie wohnen bei den Duponts, nehme ich an?«

»Ja«, sagte ich, und ich dachte: Sie muß es natürlich wissen. Sie war ja im *Château*, als es verabredet wurde. Was wußte sie sonst noch?

»Ich konnte nicht widerstehen, mir die Hochzeit anzusehen«, sagte sie.

»So?« Ich blickte sie forschend an. Sie machte nicht den Eindruck, als ob es sie sehr bekümmerte.

»Ich hoffe, sie kommen gut miteinander aus«, meinte sie. Sie hatte nicht gesagt, sie hoffe, daß sie glücklich werden.

Ich zog die Schultern hoch.

»Kommen Sie mich doch einmal besuchen, solange Sie in Paris sind. Ich habe ein Haus am linken Seineufer. Hier, ich gebe Ihnen meine Karte. Es ist nicht weit von der Sorbonne, in der Nähe vom Jardin du Luxembourg.«

»Leben Sie die ganze Zeit dort?«

»Ja, jetzt schon.«

Dann war es also aus. Er hatte sie einfach weggeworfen.

Aber sie schien glücklich zu sein.

»Wie geht es mit dem Portrait?«

»Sehr gut. Ich habe die ältere der jungen Damen bereits gemalt. Jetzt bin ich bei der jüngeren, und dann kommt noch eine Cousine. Hinterher gehe ich zu Monsieur Villefranche.«

»Dann sind Sie ja noch eine Weile in Paris. Was haben Sie vor, wenn Sie bei den Villefranches fertig sind?«

»Ich kehre nach England zurück, es sei denn –«

»Es sei denn, Sie bekommen neue Aufträge? Das halte ich für sehr wahrscheinlich. Auf Gesellschaften wird Ihr Name häufig erwähnt.«

»Oh, ist das wahr?«

»Ja, und zwar mit beachtlichem Respekt. Daß Sie eine Frau sind, verleiht der Sache einen zusätzlichen Reiz. Dafür hat der Baron gesorgt.«

Ich schwieg.

»Kommen Sie mich besuchen«, forderte sie mich abermals auf. »Ich möchte Ihnen gern mein Haus zeigen.«

»Danke.« Ich steckte die Karte in meine Manteltasche.

»Ich erwarte Sie. Es freut mich wirklich, daß wir uns wieder begegnet sind.«

»Ja, es war sehr nett. Es ist ein wenig zugig hier oben, finden Sie nicht?«

»Ja, gehen wir hinunter. Soll ich vorangehen?«

Ich folgte ihr nach unten. Wie elegant sie war, dachte ich, und wie heiter sie wirkte.

Doch was fühlte sie wirklich, diese ›abgelegte‹ Frau?

Ich hatte Sophies Portrait beendet und mit Françoises begonnen, als mein Verdacht zur furchtbaren Gewißheit wurde: Ich erwartete ein Kind.

Ich war entsetzt. Dabei hätte ich mit dieser Möglichkeit rechnen müssen. Doch hatte ich mich geweigert, eine solche Konsequenz auch nur in Betracht zu ziehen.

Ein Kind. *Sein* Kind. Umsonst hatte ich mir gelobt, die Demütigung zu vergessen, denn nun würde ich mein Leben lang daran erinnert werden.

Es erschien mir nun als unvermeidliche Folge. Wir waren drei Nächte zusammengewesen ... Und nun ... ein Kind ... der lebendige Beweis dieser Vergewaltigungen.

Hatte er daran gedacht? Ich war ganz sicher. Er hatte geglaubt, ich würde Bertrand heiraten, und er fand es gewiß recht amüsant, daß ich ein Kind gebären würde, dem Bertrand seinen Namen geben mußte.

Aber von Hochzeit war nicht mehr die Rede. Ich hatte nichts mehr von Bertrand gehört, und das war mir eigentlich ganz recht.

Doch nun ... Was sollte ich tun? Ich, eine ledige Frau, bekam ein Kind.

Es wunderte mich, daß ich überhaupt arbeiten konnte. Ich konnte vollauf in meiner Arbeit aufgehen und dabei alles andere vergessen. Dann gab es für mich nichts als dieses junge Antlitz, das ich unsterblich machen sollte. Noch nach hundert Jahren würden die Leute meine Miniatur von Françoise betrachten und wissen, wie sie einst ausgesehen hatte.

Meine Arbeit beruhigte und belebte mich gleichzeitig, sie lenkte mich ab und ließ mich nicht an eine mit Schwierigkeiten belastete Zukunft denken.

Doch sobald ich zu arbeiten aufhörte, war alles wieder da. Als ich den Baron mit Marie-Claude in der Kalesche erblickte, hatte mir eine warnende Stimme gesagt, daß ich ihn nicht das letzte Mal gesehen hatte.

Ich hielt mich viel in meinem Zimmer auf. Bald würde ich zu Monsieur Villefranche gehen, und danach wollte ich nach Hause. Ich versuchte mir vorzustellen, wie ich die Neuigkeit meinem Vater und Clare beibringen sollte.

Ob ich das konnte? Wohlerzogene junge Damen verkündeten üblicherweise nicht, daß sie demnächst einen Bastard zur Welt brächten. Ich konnte nicht einfach zu meinem Vater sagen: »Ich wurde entführt und gezwungen, dem Baron zu Willen zu sein.«

Klang das nicht zu fadenscheinig? Warum hatte ich bisher nichts davon gesagt? Würde man daraus schließen, daß ich willentlich mit dem Baron herumgetändelt hatte, obwohl ich wußte, daß er mit der Princesse verlobt war?

»Ich hasse ihn! Ich hasse ihn!« rief ich laut. Dann lachte ich mich aus. Was hatte es für einen Sinn, jetzt noch zu jammern? Doch was sollte ich tun? Ich stand am Beginn einer großen Laufbahn, und nun mußte mir das geschehen. Ohne das Kind hätte ich mit der Zeit vergessen und vielleicht irgendwann mit einem anderen Mann ein normales Leben führen können, wenn es mir auch im Augenblick unmöglich schien. Der Baron hatte mir seelisch und körperlich Gewalt angetan. Seinetwegen schreckte ich vor Männern zurück, weil ich in jedem, der sich mir näherte, sein lüsternes Gesicht sah.

Mir wurde angst und bange, wenn ich mir überlegte, wie es weitergehen sollte. Ich hatte genügend Zeit zum Nachdenken, denn ich mußte ja noch ein weiteres Portrait malen, bevor ich nach England zurückkehrte. Unentwegt fragte ich mich, wie ich es meinem Vater beibringen sollte. Sicher würde er gütig und verständnisvoll sein, aber auch schockiert. Das Leben im Haus Collison würde unerträglich sein, wenn das ganze Dorf über mein Kind Bescheid wüßte.

Ich ging in diesen Tagen viel spazieren, denn wenn ich den ganzen Vormittag arbeitete, nahm ich für den Rest des Tages keinen Pinsel mehr zur Hand. Am Nachmittag brauchte ich Entspannung.

Mein lebhaftes Interesse an der Stadt hatte ich verloren. Ich wanderte durch die Straßen, ohne die schönen und alten Gebäude wahrzunehmen. Die ganze Zeit war ich mit meinem scheinbar unlösbaren Problem beschäftigt.

Eines Nachmittags saß ich vor dem Café Anglais, wo kleine Tische unter rosa und weißen Sonnenschirmen standen. Es wurde schon kühl, denn wir hatten bereits Mitte September, und ein Hauch von Herbst lag in der Luft. Wie lange würde man wohl noch im Freien sitzen und bei einer Tasse Kaffee die Vorübergehenden beobachten können?

Ich saß in Gedanken vertieft, als eine Stimme rief: »Oh, guten Tag, so trifft man sich wieder.« Es war Nicole St. Giles. »Darf ich mich zu Ihnen setzen?« fuhr sie fort. »Einen Kaffee«, rief sie dem *garçon* zu, dann wandte sie sich wieder an mich. »Sie sehen bekümmert aus. Gelingt das Bild nicht gut?«

»Doch, das Bild wird ausgezeichnet.«

»Sie haben großes Glück mit Ihrer Begabung. Finden Sie nicht, daß dies ein – hm, ein Ausgleich ist für vieles andere … für fast alles?«

Sie betrachtete mich eingehend, und nach einer kurzen Pause fuhr sie fort: »Sagen Sie mir, was Sie bedrückt. Ich helfe Ihnen gern, wenn ich kann.«

Vielleicht war es der gütige Ausdruck in ihrem Gesicht. Vielleicht war es die Sanftheit in ihrer Stimme. Vielleicht war es meine Verzweiflung. Jedenfalls, als sie meine Hand ergriff, umklammerte ich sie und schluchzte: »Ich bekomme ein Kind.«

Sie sah mich eindringlich an und meinte: »Hier können wir nicht gut reden.«

Ich schüttelte den Kopf. »Ich weiß auch gar nicht, warum ich es Ihnen gesagt habe.«

Ihr Kaffee kam, und sie rührte geistesabwesend in ihrer Tasse. »Schließlich müssen Sie es jemandem erzählen. Ich bin froh, daß ich Sie getroffen habe. Kommen Sie mit zu mir nach Hause. Dort können wir uns ungestört unterhalten. Keine Sorge. Ich kann Ihnen bestimmt helfen. Wissen Sie, das ist keine so ungewöhnliche Situation. So etwas ist schon öfters vorgekommen. Man muß nur einen kühlen Kopf bewahren.«

Seltsam, plötzlich fühlte ich mich unendlich erleichtert. Als sie ihren Kaffee ausgetrunken und bezahlt hatte, rief sie eine Droschke herbei, und wir fuhren gemeinsam davon.

Die Droschke bog in eine Straße ein, die vom Boulevard Saint-Michel abzweigte, und hielt vor einem vierstöckigen weißen Haus.

»Da wären wir«, sagte Nicole. Sie ging die drei Stufen voran, die zu einer von Löwenfiguren bewachten Tür führten. Wir traten in eine sehr geräumige, überaus elegante Halle mit Stuckdecke. Eine Tür ging auf, und ein Mann erschien. Es mußte sich um einen *Concierge* handeln.

Er wünschte Madame St. Giles einen guten Tag und musterte mich neugierig, während wir in einen Raum mit hohen Fenstern gingen, durch die man in einen Innenhof sah.

Das Zimmer enthielt einen Flügel, etliche Sofas, bequem wirkende Sessel und einen oder zwei Tische. Eine Uhr aus Goldbronze auf dem Kaminsims schlug vier.

»Nehmen Sie Platz«, bat Nicole, »und erzählen Sie.«

Ich berichtete ihr frei heraus, was geschehen war. Sie nickte mehrmals, und es war tröstlich, daß sie nichts bezweifelte, sondern alles glaubte, was ich sagte. Natürlich, kaum jemand kannte den Baron so gut wie sie.

Schließlich sagte sie: »Die Lage ist prekär, aber Sie könnten damit fertigwerden.«

»Wie denn?« klagte ich. »Ich weiß einfach nicht, was ich tun soll. Natürlich könnte ich nach Hause fahren. Aber können Sie sich vorstellen, wie es in einem kleinen englischen Dorf zugeht?«

»Genau wie in einem kleinen französischen Dorf«, erwiderte
sie. »Aber Sie werden doch nicht dorthin zurückkehren wollen?«

»Wie, wie ... wohin denn sonst ...?«

Sie sah mich an und lächelte. Ich hatte ihr Lächeln schon immer reizend gefunden. »Wollen Sie sich von mir helfen und
raten lassen?«

»Mir sind jede Hilfe und jeder Rat willkommen.«

»Nur nicht verzweifeln«, sagte sie. »Denken Sie daran, Ihre
Situation ist nicht so ganz ungewöhnlich.«

»Sie meinen, Vergewaltigung ... und die Folgen?«

»Ich meinte eher, daß achtbare junge Frauen schwanger werden. Sie haben Glück. Sie haben Ihre Arbeit. Das muß ein großer Trost sein. Sie können davon Ihren Lebensunterhalt bestreiten ... und zwar recht gut, wie ich vermute.«

»Nun ja, es läßt sich gut an.«

»Und es wird immer besser. Sie sind auf dem Weg zu Ruhm
und Reichtum. Diese Angelegenheit darf Ihre Laufbahn nicht
zerstören.«

»Ich sehe nicht, wie das möglich ist.«

»Aber ich. Wenn Sie sich von mir helfen lassen.« Sie beugte
sich vor und berührte flüchtig meine Hand. »Erlauben Sie mir,
Ihre Freundin zu sein?«

Ich blickte sie verwundert an.

»Es fällt mir schwer, alles zu sagen, was ich empfinde«, fuhr
sie fort. »Sie sehen in mir wohl kaum mehr als eine Fremde.
Aber mir ist, als würden wir uns seit ewigen Zeiten kennen.
Sie wissen viel von mir, und ich weiß viel von Ihnen. Und wir
beide kennen den Baron ... ganz intim.«

»Bitte, ich möchte nicht darüber sprechen.«

»Das kann ich verstehen. Hören Sie. Ich kann Ihnen helfen.
Ich lebe allein in diesem großen Haus und nutze es in keiner
Weise aus. Ich hatte schon daran gedacht, einen Teil zu ver-
mieten. Abends ist es hier so still. Manchmal gebe ich ein
Fest. Ich habe viele Bekannte aus früherer Zeit, aber wenige

wahre Freunde. Ich mache Ihnen einen Vorschlag. Beziehen Sie ein paar Räume in diesem Haus. Richten Sie sich ein Atelier ein. Sie brauchen eine Bleibe in Paris. Dann können die Leute zu Ihnen kommen, um sich malen zu lassen, und Sie müssen nicht in ihre Häuser gehen, wann immer man Sie ruft. Sie könnten sich als große Künstlerin etablieren und wie eine große Künstlerin auftreten und leben. Dieses Haus wäre eine gute Adresse für Sie. Wir sind auf dem linken Seineufer, wo viele Geistliche, Professoren, Studenten, Künstler leben ... aber ich rede zuviel.«

»Aber nein. Bitte fahren Sie fort. Sie sind so gütig. Bisher sah ich keinen Ausweg aus meinem Problem. Ich weiß nicht, warum Sie sich meinetwegen so viel Mühe machen.«

Sie schwieg einen Moment, dann sagte sie: »In gewisser Weise sind wir beide ... Opfer. Nein, das darf ich nicht sagen. Es ist nicht gerecht, mich als Opfer zu bezeichnen. Irgendwann werde ich Ihnen das alles genauer erklären, aber jetzt müssen wir zuerst an Sie denken. Dies alles kommt sicher sehr plötzlich für Sie, und Sie brauchen Zeit zum Überlegen. Aber, Kate – ich darf Sie doch Kate nennen? –, ich glaube wirklich, daß wir gute Freundinnen werden können. Je eher Sie Ihre Pläne fassen, desto besser.«

»Sie sprechen, als ob alles ganz einfach wäre.«

»Das stimmt nicht ganz, aber die meisten Dinge sind weniger schwierig als man zunächst denkt. Man muß sie nur vernünftig und realistisch betrachten.«

»Aber ich bekomme ein Kind!«

»Ich habe mir immer Kinder gewünscht«, sagte sie. »Ich könnte Sie beneiden.«

»Aber ... dieses Kind ist die Folge von Geschehnissen, die ich unbedingt vergessen wollte. Ach, könnte ich doch nur die Zeit zurückdrehen. Wäre ich nur direkt nach Hause gefahren, statt diese Reise zu machen ...«

Wieder berührte sie meine Hand. »Denken Sie nicht zurück. Denken Sie voraus.«

Ich musterte ihr ernstes Gesicht. Mir war nicht recht geheuer, wie bei allem, was mit dem Baron zusammenhing. Sie war seine Geliebte und vermutlich auch seine Vertraute gewesen. Woher konnte ich wissen, ob dies nicht ein neues Komplott war?

Sie ahnte wohl meine Gedanken. »Sie wollen sich das gewiß reiflich überlegen«, bemerkte sie. »Der *Concierge* wird Ihnen jetzt eine Droschke rufen. Meine Adresse wissen Sie. Denken Sie über alles nach. Im Dachgeschoß ist eine Mansarde mit großen Fenstern. Sie ist für einen Künstler wie geschaffen. Ich möchte Ihnen gern helfen. Ich kann Sie mit den Leuten zusammenbringen, die Sie für die Geburt brauchen. Sie können hier ein Heim finden. In diesem Bezirk von Paris erwartet man nicht, daß Sie so ein konventionelles Leben führen wie in der Faubourg Saint-Honoré. Sie könnten hier arbeiten. Ihre Auftraggeber würden hierherkommen. Es ist nur ein Vorschlag, und ich verstehe, daß Sie Zeit brauchen, um sich zu entscheiden.«

»Alles ist hier so luxuriös«, meinte ich. »Ob ich mir das überhaupt leisten kann?«

»Meine liebe Kate, Sie müssen luxuriös leben, um zu zeigen, wie erfolgreich Sie sind, und wenn Sie erfolgreich sind, dann können Sie es sich auch leisten. Überlegen Sie sich's. Ein solcher Entschluß darf nicht leichtfertig getroffen werden.«

»Ja, ich muß gründlich darüber nachdenken.«

Sie nickte zustimmend. »Gehen Sie jetzt«, sagte sie. »Meine Adresse haben Sie. Sie wissen, wo Sie mich finden können.«

»Wie kann ich Ihnen nur danken?«

Sie begleitete mich zur Droschke. »Denken Sie daran«, sagte sie, »Sie sind nicht allein, es sei denn, Sie wünschen es. Ich möchte gern Ihre Freundin sein, wenn es Ihnen recht ist. Die Entscheidung liegt bei Ihnen.«

Mit dieser Begegnung änderte sich alles. Endlich sah ich einen Ausweg, wenn auch einen ungewöhnlichen. An den folgenden Tagen mußte ich unentwegt daran denken. Es war ein Segen, daß ich wenigstens bei der Arbeit gänzlich abschalten und mich ganz auf das Portrait konzentrieren konnte.

Je mehr ich über Nicoles Vorschlag nachsann, um so annehmbarer fand ich ihn. Es schien die einzige Lösung zu sein. Ich suchte Nicole abermals auf. Sie freute sich über mein Kommen, und ich hatte den Eindruck, daß mein Unglück ihr einen neuen Lebensinhalt gab, den sie zu dieser Zeit dringend nötig hatte. Sicher, ich war immer noch ein wenig mißtrauisch wegen ihrer einstigen Beziehung zu dem Baron. Das wäre wohl jeder gewesen, der meine Erfahrung gemacht hätte.

Bei meinem zweiten Besuch sagte Nicole: »Ich möchte so gern, daß Sie hierher ziehen, Kate. Ich möchte Ihnen helfen. Ich bin sehr einsam ... neuerdings.«

»Wegen ... ihm?«

»Ich war acht Jahre mit ihm zusammen, und das ist eine lange Zeit. Aber das werden Sie nicht verstehen.«

»Ich verstehe vollkommen. Wir wurden beide von ihm benutzt. Sie waren zufällig einverstanden und ich nicht.«

»Ja, so könnte man es ausdrücken. Aber Sie brauchen mich nicht zu bemitleiden. Ich wußte, daß es einmal so kommen würde. Wenn er heiratete, mußte ich verschwinden.«

»Sie meinen, es war so eine Art Abkommen?«

»Nicht im üblichen Sinne. Meine Mutter war ... nun, nicht gerade eine Kurtisane. Sagen wir, eine Halbweltdame. Sie war die Mätresse eines Edelmannes. Er sorgte für sie und kümmerte sich auch um sie, als ihre Dienste nicht mehr gefragt waren. Sie war für dieses Leben erzogen. Ich ebenso. Mit siebzehn wurde ich mit Jacques St. Giles vermählt. Er war ein ehrenwerter junger Mann, der in einer Bank arbeitete. Wir lebten ein Jahr zusammen, aber die Ehe hielt nicht. Meine Mutter hatte auf dieser Heirat bestanden, damit ich mich Madame nennen konnte, was, wie sie sagte, den Herren weitaus lieber sei als Mademoiselle. Die Heirat hatte also meine Situation wesentlich erleichtert.«

199

»Das klingt aber recht zynisch.«

»Nennen Sie es realistisch. Dann stellte meine Mutter mich dem Baron vor. Sie hoffte, daß ich ihm gefallen würde. Und ich gefiel ihm. Ich war gut erzogen, besaß Kunstverstand und war eine sogenannte kultivierte Frau. Ich lernte, wie ich mich halten und wie ich mich kleiden mußte und wie man anmutig Konversation macht. Das war der Zweck meiner Erziehung … zu gefallen. Und das tat ich ja auch. Und nun stehe ich da, dreißig Jahre alt, mit meinem eigenen Haus und einem guten Auskommen. Ich brauche mein Lebtag nicht mehr zu arbeiten. Sie mögen sagen, ich sei einem lohnenden Gewerbe nachgegangen, das hohe Vergütung und Sicherheit einbringt. Besser, so hat man mir beigebracht, als mich als Mutter vieler Kinder abzurackern. Verstehen Sie?«

»Ich halte es dennoch für, ehrlich gesagt, unmoralisch.«

»Oh, natürlich können Sie das nicht verstehen. Ich glaube nicht, daß es so etwas in England gibt. Es gehört zur französischen Lebensart – dem Leben der Halbwelt. Ich bin dafür geboren. Ich fand einen großzügigen Liebhaber … und nun stehe ich da. Ich sehe, Sie sind ziemlich schockiert. Bitte nicht – und bemitleiden Sie mich nicht. Es war ein angenehmes Leben.«

»Mit diesem Mann!«

»Ich kann Ihnen sagen, ich hatte ihn sehr gern. Ich habe auch andere Seiten von ihm kennengelernt.«

»Und deshalb hatten Sie ihn gern?«

»Ich habe erkannt, weshalb er so geworden war.«

»Und so einen konnten Sie lieben?«

»Kate, was er Ihnen angetan hat, ist unverzeihlich. Glauben Sie nicht, daß ich das nicht erkenne. Wenn mir so etwas zugestoßen wäre, würde ich genauso fühlen wie Sie.«

»Es war ungeheuerlich«, sagte ich grimmig. »Er behandelt die Menschen, als seien sie Dinge ohne Bedeutung, abgesehen von dem Vorteil, den sie für ihn haben. Er nimmt sie, benutzt sie und wirft sie dann beiseite.«

»Ich weiß. Das liegt an seiner Erziehung. Sein Vater und sein Großvater waren genauso. Er wurde in dem Glauben erzogen, dies sei für Leute ihrer Art das richtige Benehmen.«

»Es wird Zeit, daß jemand ihnen etwas anderes beibringt.«

»Das wird niemand wagen. Sie sehen doch, wie es ist: Ein Wink vom Baron, und jedermann rühmt Sie. Er besitzt Macht ... auch in unseren Tagen.«

»Sie meinen Geld! Gesellschaftlichen Rang!«

»Das auch, aber es ist mehr. Es ist seine Persönlichkeit. Wenn Sie begreifen würden, warum er so ist, wie er ist, würden Sie ihn verstehen.«

»Es ist mir einerlei, warum er so ist. Seine Art macht mich rasend. Er gehört vor Gericht gestellt und bestraft.«

»Wären Sie bereit, ihn wegen Vergewaltigung anzuklagen? Würden Sie eine Gerichtsverhandlung durchhalten? Denken Sie doch nur an die Fragen, die man Ihnen stellen würde. Warum haben Sie nicht gleich geklagt? würde man Sie fragen. Sie würden sich selbst mehr schaden als ihm. Seien Sie sachlich. Sie dürfen nicht länger darüber grübeln, was geschehen ist. Denken Sie lieber daran, was Sie jetzt tun wollen.«

»Ich habe Françoises Portrait bald fertig. Dann wird ein Ball stattfinden, bei dem die Miniaturen gezeigt werden.«

»Was der Baron heute tut, das macht morgen die Welt nach. Madame Dupont kopiert sklavisch seinen Stil. Aber das hat auch sein Gutes. Es bringt Ihnen neue Kunden. Ich schwöre, auf diesem Ball bekommen Sie mindestens zwei feste Aufträge – wenn nicht noch mehr.«

»Zunächst male ich die Gattin von Monsieur Villefranche.«

»Und dann?«

»Dann fahre ich nach Hause zu meinem Vater.«

»Werden Sie es ihm sagen?«

»Ich weiß noch nicht, ob ich es kann. Erst wenn ich ihm direkt gegenüberstehe, kann ich meine Entscheidung treffen.«

»Und wenn nicht?«

Ich sah sie an. »Sie sind so gut zu mir, so hilfsbereit.«

»Ich hoffe, wir werden Freundinnen.«

»Ich muß Ihnen sagen, daß ich mich seit unserer Begegnung viel besser fühle. Sie haben mir klargemacht, daß es unsinnig ist, immer an die Vergangenheit zu denken. Die Zukunft ist wichtiger. Ich fürchte nur, ich werde dieses Kind hassen.«

Nicole schüttelte den Kopf. »Frauen wie Sie hassen ihre Kinder nicht. Sobald das Baby da ist, werden Sie es lieben, und Sie werden vergessen, wie Sie es empfangen haben.«

»Wenn es ihm ähnlich sieht ...«

»Ich möchte wetten, daß Sie dieses Kind deswegen nur um so mehr lieben werden.«

»Sie sind eine sehr erfahrene Frau, Nicole«, sagte ich.

Sie lächelte leise: »Das ist die beste Art zu überleben.«

Madame Dupont gab ihren Ball, auf welchem Emilie der Gesellschaft vorgestellt wurde. Es waren zahlreiche Gäste da, und man behandelte mich mit größtem Respekt. Meine Arbeit wurde bewundert. Nicole hatte recht: Ich erhielt zwei feste Aufträge.

Man machte mir überschwengliche Komplimente zu den Miniaturen. Madame Dupont hatte sie in mit Diamanten und Rubinen besetzte Rahmen fassen lassen. Leider konnte sie den Baron nicht so weit kopieren, auch noch Saphire zu wählen, aber ich war überzeugt, sie hätte es liebend gern getan.

Alles ließ sich aufs beste an. Ich war wirklich auf dem Weg zum Erfolg.

Ich traf Nicole regelmäßig. Sie sprach ganz offen über sich und erzählte mir, sie sei einsam und sehne sich nach Freundschaft. Vielleicht grollte sie dem Baron doch ein wenig, weil er sie abgeschoben hatte, wenngleich sie stets betonte, daß ihn keine Schuld treffe und daß die Situation von Anfang an klar gewesen sei. Jedenfalls wurde unsere Freundschaft immer inniger, und je länger ich über Nicoles Vorschlag nachdachte, desto mehr erschien er mir als der einzige Ausweg.

Ich verließ die Duponts und zog in das Haus der Villefranches. Madame Villefranche war eine hübsche kleine Person mit einem fröhlichen und zufriedenen Naturell. Sie bereitete mir kaum Schwierigkeiten, und ich malte ein sehr schönes Bildnis von ihr.

Ich war inzwischen viel ruhiger geworden und fühlte mich nicht mehr so von Sorgen bedrückt. Nicole hatte mich überzeugt, daß alles gutgehen würde, und überdies begann ich bereits, Gefühle für das Kind zu entwickeln. Nicole hatte recht. Ich würde mein Kind lieben, und der Gedanke an seine Geburt erfüllte mich schon jetzt mit Freude.

Ich nahm mir vor, meinen Vater zu besuchen, sobald ich mit dem Portrait von Madame Villefranche fertig war. Ich würde eine Woche zu Hause verbringen und dann zurückkehren, um meinen nächsten Auftrag auszuführen. Bis dahin wollte ich mich endgültig entscheiden, was ich zu tun gedachte. Nicole hielt das für einen klugen Vorsatz.

Anfang Oktober fuhr ich nach Hause. Ich war voller Wiedersehensfreude, als der Zug mich durch die Landschaft von Kent trug. Der Hopfen war bereits geerntet. Er trocknete in den Darren, die überall in dieser Gegend verstreut standen, und man war bereits bei der Obsternte. Leitern lehnten an den Bäumen, und rotwangige Äpfel und rotgelbe Birnen wurden in Körbe gepackt.

Heimat! dachte ich. Ich werde sie vermissen. Aber die Entfernung ist ja nicht so groß. Ich kann ab und zu zurückkommen. Es hing so viel davon ab, was in der kommenden Woche geschah. Falls ich es zuwege brächte, meinem Vater von meinem Geschick zu erzählen, käme ihm vielleicht eine rettende Idee. Eventuell könnten er und ich zusammen fortziehen. Nein, das war nicht möglich. Wovon sollten wir leben? Er hatte gerade genug für sein bescheidenes Dasein gespart, aber zum Reisen würde es nicht reichen. Wie sollten wir fern vom Hause Collison leben? Und mit dem Kind konnte ich dort auch nicht leben. Niemals würde man mir verzeihen – und wären die Leute noch so freundlich –, daß mein Kind unehelich war.

Man bereitete mir einen herzlichen Empfang. Wie gemütlich war es hier! Viel heimeliger als zu Evies Zeiten. Vielleicht ein wenig unordentlich, aber eben – ich kann mich nur wiederholen – heimelig. Das war Clares Einfluß.

Sie kam mit meinem Vater heraus, und beide umarmten mich innig.

»Wie wundervoll, dich zu sehen«, sagte mein Vater, und Clare echote: »Wundervoll, wundervoll. Ihr Zimmer ist schon hergerichtet, und ich habe dafür gesorgt, daß das Bett gut gelüftet ist.«

»Clare macht immer viel Getue ums Lüften«, lächelte mein Vater liebevoll. »Sie verhätschelt uns regelrecht.«

Clare versuchte, ein strenges Gesicht zu machen, aber es gelang ihr nicht. »Darauf bestehe ich nun einmal«, sagte sie.

Ich war ihr dankbarer denn je. Daß jemand wie Clare sich im Hause Collison um alles kümmerte, erleichterte mir meinen Entschluß beträchtlich.

Mein Vater wollte aufs genaueste wissen, was sich ereignet hatte, und ich erzählte ihm von den Portraits, die ich gemalt hatte, und von meinen neuen Aufträgen.

Er war hocherfreut. »Glänzend! Glänzend!« rief er aus. »Es ist ein Wunder. Wer hätte damals gedacht, als wir den Brief aus Frankreich erhielten, daß sich das alles daraus ergeben würde?«

Ja, nicht wahr? dachte ich. Wenn er wüßte, was sich sonst noch daraus ergeben hat!

»Es ist einfach wundervoll für dich, Kate«, sagte er. »Ohne das wärst du hier bei mir geblieben, und es hätte Jahre gedauert, bis man von deinen Arbeiten überzeugt gewesen wäre. Die Arbeit hat dich verändert, Kate. Man sieht es dir an.«

»Wieso ... verändert?« fragte ich.

»Jetzt bist du bereit, dich der Welt zu stellen und alles zu nehmen, was sie dir zu bieten hat.«

204

»Und du siehst mir die Veränderung an?«

»Ich kenne dich so gut, mein Liebes. Du benimmst dich und sprichst wie die selbstbewußte Künstlerin, die du nun bist. Ich hätte die Portraits gern gesehen.«

»Ich weiß, daß sie gut sind«, beteuerte ich.

»Du leistest nun schon geraume Zeit ausgezeichnete Arbeiten.«

»Und du, Vater? Was hast du gemacht?«

»Ich habe ein wenig gemalt. Ich habe mich auf Landschaften verlegt, und sie gelingen mir recht gut. Man muß ja nicht genau wiedergeben, was man sieht. Wenn etwas nicht recht gelingt, sagt man einfach: ›Das ist Kunst, und Kunst heißt nicht kopieren.‹«

»Und die Landschaftsmalerei macht dir Spaß? Kann ich die Bilder sehen?«

»Dafür haben wir noch Zeit genug.«

»Ich bin aber nur eine Woche hier. Dann muß ich zurück, das habe ich versprochen.«

»Ja, ja, natürlich. Du mußt so viele Miniaturen wie möglich malen, solange du in Mode bist.«

»Meinst du, es handelt sich nur um eine Mode?«

»Nicht unbedingt. Dafür bist du zu gut. Sagen wir, es begann als eine Mode aufgrund der glühenden Komplimente eines Mannes, dessen Meinung in Kunstkreisen und in der Gesellschaft sehr geschätzt wird.«

»Ich will mehr als das, Vater.«

»Du kannst auch mehr. Wie gesagt, male jetzt soviel wie möglich. Ich freue mich, daß du dir die Zeit genommen hast, mich zu besuchen.«

Jetzt wäre es an der Zeit, es ihm zu sagen. Er hatte sich mit seiner Behinderung abgefunden und fand Befriedigung in seiner Landschaftsmalerei. Natürlich würde er sie nicht unbegrenzt fortsetzen können, aber sie bildete eine gute Überbrückung. Jedenfalls verfiel er nicht plötzlich in völlige Blindheit, ohne sich darauf vorbereiten zu können. Und mein Erfolg war ihm bei dieser traurigen Angelegenheit die größte Hilfe. Er ertrug seine Behinderung, weil er wußte, daß ich die Familientradition fortführte.

In diesem Augenblick dachte ich: Nein, ich kann es ihm nicht sagen. Ich muß es so machen, wie Nicole vorgeschlagen hat.

»Ich muß etwas mit dir besprechen, Vater«, begann ich. »Erinnerst du dich an Nicole St. Giles?«

»War das nicht eine Freundin des Barons?«

»Ja. Er ist jetzt mit der Princesse verheiratet. Aber ich wollte mit dir über Nicole sprechen. Sie ist eine Frau von Welt und hat ein geräumiges Haus am linken Seineufer. Ich habe mich mit ihr angefreundet.«

»Eine sehr sympathische Frau, soweit ich mich erinnere.«

»Ja, das ist sie. Sie meint, es sei besser für meine Laufbahn, wenn ich in Paris – wo ich ja arbeite – eine eigene Bleibe hätte. Ihr Haus ist zu groß für sie allein, und sie hat mir angeboten, mir einige Räume zu überlassen.«

Mein Vater schwieg ein paar Sekunden, und mein Herz klopfte bange. Ich dachte: Das behagt ihm nicht. Doch die Wolke zog vorüber. Er sagte: »Du mußt deine Laufbahn sehr sorgsam planen, Kate. Du hast es schwerer, weil du eine Frau bist. Ich fand das immer töricht ... töricht und unwürdig. Ein gutes Bild ist ein gutes Bild ... einerlei, wer es malt. Wärest du dort ganz auf dich selbst gestellt?«

»Madame St. Giles wäre ja im Haus ... als eine Art Anstandsdame.«

»Ich verstehe.«

»Es war ihre Idee, das Haus mit mir zu teilen. Es ist eine Mansarde vorhanden, die als Atelier dienen könnte, und ein repräsentativer Raum, in dem ich meine Auftraggeber empfangen kann. Madame St. Giles kennt eine Menge Leute, und sie meint, wenn ich ein eigenes Atelier hätte, würden mir die Aufträge nicht so schnell ausgehen. Sonst müßte ich nach England zurück ... und man würde mich vergessen.«

206

Wieder schwieg er ein paar Sekunden, ehe er langsam sagte: »Vielleicht hat sie recht. Es ist allerdings ein Risiko. Und vergiß nie, Kate, wenn es nicht klappt, kannst du jederzeit nach Hause kommen.«

Ich schlang meine Arme um ihn und hielt ihn fest an mich gedrückt. Wie war es mir zuwider, ihn zu hintergehen! Aber ich konnte ihm einfach nicht sagen, daß ich ein Kind erwartete. Er war jetzt wieder glücklich, weil er, nachdem er nicht mehr gut sehen konnte, wußte, daß ich in seine Fußstapfen trat und so meine Chance bekam, die ich sonst nie gehabt hätte.

Er war zufrieden mit dem Stand der Dinge, und ich hatte meinen Entschluß gefaßt.

Es war rührend, wie sich alle über meine Anwesenheit freuten, aber dennoch hatte ich ein unbehagliches Gefühl, wenn ich an die Zukunft dachte. Mrs. Baines hatte die übliche Fleischpastete gebacken, und weil ich wußte, daß ihr berichtet werden würde, wieviel ich gegessen hatte, langte ich tüchtig zu.

Ich ließ mir erzählen, was sich im Dorf tat. Clare wußte über das Dorfleben bestens Bescheid und nahm an allem teil. Die gute Clare, ich spürte geradezu ihr Glück, weil sie nun zu einer Familie, zu einer Gemeinschaft gehörte. Sie mußte sehr einsam gewesen sein, ehe sie zu uns kam.

Dick Meadows war inzwischen mit seinem Studium fertig, und in der Pfarrei gab es einen neuen Hilfspfarrer. Dick hatte irgendwo in Mittelengland eine Stellung als Hilfsgeistlicher, und Frances führte ihrem Vater nach wie vor den Haushalt. »Die arme Frances«, meinte Clare mitfühlend, »das ist nun ihr Leben.«

Ihre Augen füllten sich mit Tränen des Mitleids. Sie dachte daran, wie Frances' Leben verlaufen würde: Sie würde sich um ihren Vater kümmern und dabei immer älter werden, und wenn er starb, wäre es für ein selbständiges Leben zu spät. Ein Schicksal, wie es vielen Töchtern beschieden war, und das auch Clare hätte treffen können.

»Und was machen die Zwillinge?« erkundigte ich mich.

Schweigen. Ich blickte von meinem Vater zu Clare.

»Es ist ein Unglück geschehen«, gestand mein Vater. »Arme Faith.«

»Ein Unglück?«

Clare schüttelte den Kopf und wandte sich flehend an meinen Vater. »Sagen Sie es ihr«, bat sie.

»Es hat Clare sehr mitgenommen«, begann mein Vater. »Sie war eine der letzten, die sie lebend gesehen haben.«

»Du meinst, Faith Camborne ist tot?«

»Es war ein Unfall«, erklärte mein Vater. »Du kennst doch die Bracken-Schlucht.«

Die kannte ich allerdings. Als Kind war mir verboten worden, dorthin zu gehen. »Komm ja nicht in die Nähe der Schlucht!« Noch heute klingen mir die Worte im Ohr, die ich so oft gehört hatte. Die Bracken-Schlucht war dort, wo sich die Straße zu einer hochgelegenen Landzunge hinaufwand, die sich steil über dem Tal erhob. Vor zweihundert Jahren hatte jemand dort Selbstmord begangen.

»Du meinst, Faith Camborne ...«

»Sie ist gestürzt«, sagte mein Vater. »Wir wissen nicht genau, ob es ein Unfall war – oder Selbstmord.«

»Meinst du, jemand könnte sie ...«

»O nein, nein, nein! Ich meine, ob sie es selbst tat oder ob sie ausgerutscht ist und das Gleichgewicht verlor.«

»Sie hätte niemals Selbstmord begangen. Sie war so ein furchtsames Geschöpf. Meine Güte, das ist ja schrecklich. Arme Faith! Furchtbar, wenn so etwas jemandem zustößt, den man gekannt hat.«

Ich sah Faith vor mir, und wenn ich Faith sah, dann sah ich auch Hope. Sie waren ständig zusammen gewesen. Faith hatte sich an ihre Zwillingsschwester geklammert, als ob ihr Leben allein von dieser Stütze abhinge. Arme, arme Faith.

Clare war sichtlich zu bewegt, um zu sprechen. Sie war ja mit den Zwillingen eng befreundet gewesen.

»Es ist gefährlich dort oben«, fuhr mein Vater fort, »jetzt endlich geht man daran, das Gelände einzuzäunen.«

»Das ist, wie wenn man eine Stalltür erst schließt, nachdem das Pferd ausgerissen ist«, bemerkte ich. »Die arme Faith! Und wie geht es Hope, und dem Doktor und seiner Frau?«

»Tief betrübt ... alle drei. Gut, daß Hope bald heiratet und fortgeht.«

»Glaubst du, daß Faith ... glaubst du, es war wegen Hopes Verlobung?«

»Das wissen wir nicht«, erwiderte mein Vater. »Der Spruch lautete auf Tod durch Unfall. Es ist für alle besser, es dabei zu belassen.«

Ich nickte. Clare weinte leise. Ich beugte mich zu ihr und berührte ihre Hände. Sie wandte mir ihre tränennassen Augen zu. »Sie war meine beste Freundin«, sagte sie. »Ich war mit beiden befreundet, aber besonders mit Faith, mehr als mit Hope. Es war furchtbar.«

Schweigen herrschte am Tisch. Dann sagte mein Vater: »Ich frage mich, was nach Hopes Heirat aus ihr geworden wäre.«

»Arme Faith«, sagte Clare, »ohne ihre Schwester wäre sie verloren gewesen.«

Mein Vater wechselte das Thema, weil es Clare so offensichtlich aufwühlte. Er sagte: »Kate hat ein großartiges Angebot. Jemand, den sie in Paris kennengelernt hat, will ihr eine Wohnung mitten in Paris vermieten, mit Atelier und allem, was sie zur Arbeit braucht. Sie kann eine Weile dort wohnen und abwarten, wie sich die Dinge entwickeln. Im Augenblick ist sie gut mit Aufträgen eingedeckt.«

Clare lächelte mich an. »O Kate, das freut mich für Sie. Sie haben es wunderbar getroffen. Ich höre so gern von dem großen Fest, als dieser Baron allen Leuten erzählt hat, was für eine große Künstlerin Sie sind.«

»Das hat sie voll und ganz verdient«, sagte mein Vater.

»Wie wird Ihnen das Leben in einer fremden Stadt gefallen – so fern von uns allen?« fragte Clare.

»Ich werde euch sehr vermissen«, sagte ich. »Aber ich komme nach Hause, wann immer ich kann. Letztendlich halte ich es für das einzig Richtige ... das Beste, was ich tun kann.«
»Trinken wir auf Kates Erfolg«, sagte Clare.
Die Tränen um Faith standen noch in ihren Augen, als sie ihr Glas hob.

In England dachte ich oft daran, wieviel ich doch Nicole zu verdanken hatte, und sobald ich wieder in Paris war, um im Hause der Régniers meinen nächsten Auftrag auszuführen, suchte ich sie auf.
»Nun?« fragte sie.
Aber ich brauchte ihr gar nichts zu sagen. Sie wußte es. Sie nahm mich in ihre Arme und hielt mich einen Augenblick fest.
Dann sagte sie: »Und nun geht es ans Planen.«
Von da an sah ich sie beinahe jeden Tag. Es gab so vieles zu besprechen und zu erledigen. Es stand fest, daß die Mansarde mein Atelier wurde und daß mir ein Raum zur Verfügung stünde, wo ich die Leute empfangen und die Termine absprechen konnte. Den *Salon* wollten wir gemeinsam benutzen. Mein Schlafzimmer sollte gleich neben der Mansarde liegen.
»Da oben sind mehrere Zimmer«, erklärte mir Nicole. »Die kannst du benutzen, wenn das Baby da ist. Sie dürften für die ersten Monate genügen – bis das Kind zu laufen beginnt.«
Sie hatte an alles gedacht. Selbstverständlich mußte ich Kate Collison bleiben. Aber statt Mademoiselle sollte ich mich Madame titulieren und außerdem eine vage Geschichte von einem verstorbenen Ehemann verbreiten. »Das Unglück geschah erst kürzlich«, schlug sie als Erklärung vor, »deshalb möchten wir nicht darüber sprechen. Es ist zu schmerzlich. Den Namen Collison hast du beibehalten, weil er in der Welt der Kunst etwas bedeutet und weil du die Familientradition fortführst.« Sie machte eine Pause, dann sprach sie weiter: »Sobald du die bestehenden Aufträge erledigt hast, wirst du

deine Kunden im Atelier empfangen. Unterdessen wollen wir alles vorbereiten und so einrichten, wie es sich für eine angesehene Künstlerin schickt. Ich denke, daß du ohne weiteres bis zum letzten Monat malen kannst. Aber das sollten wir lieber entscheiden, wenn es soweit ist. Ich werde eine Hebamme engagieren, die mir als sehr tüchtig genannt wurde. Sie arbeitet in ersten Kreisen. Inzwischen wollen wir uns auf das Kind vorbereiten. Es soll von allem nur das Beste haben. Überlaß das nur mir.«

»Ich möchte sparsam mit meinem Geld umgehen«, hielt ich ihr entgegen. »Augenblicklich verdiene ich zwar gut, und ich habe auch einiges zurückgelegt. Aber ich muß an die Zukunft denken.«

»Die Zukunft ist gesichert, wenn du es nur richtig anstellst. Du mußt wie eine große Künstlerin auftreten. Das ist sehr wichtig. Geldangelegenheiten sind etwas Profanes. Damit darfst du dich nicht allzusehr befassen. Dein Augenmerk gilt einzig und allein der Kunst. Das werden wir alles schon noch regeln. Laß das Kind nur erst mal da sein, und in der Zwischenzeit malst du und streichst das Geld scheffelweise ein.«

»Nicole«, fragte ich eines Tages. »Warum tust du das alles für mich?«

Sie schwieg einen Augenblick, bevor sie antwortete: »Aus Freundschaft.« Und nach weiterem Zögern: »Ich tu es gewissermaßen auch für mich selbst. Ich war einsam. Die Tage erschienen mir so lang. Das ist nun vorbei. Ich habe mir immer Kinder gewünscht.«

»Etwa ... von ihm?«

»Nein«, sagte sie, »das wäre nicht möglich gewesen. Er wollte damals keine Ehefrau. Er wollte eine Geliebte.«

»Und er hat natürlich wie immer nur an sich gedacht.«

»Ich habe ihm nie gesagt, daß ich mir Kinder wünschte.«

»Er hätte es sich aber denken können. Jede Frau wünscht sich Kinder.«

»Nicht eine von meiner Sorte.«

211

»Wie kannst du nur von Sorten reden! Alle Frauen sind eigenständige Persönlichkeiten ... keine zwei sind sich gleich.«

»Das mag wohl sein. Aber man kann uns grob in Kategorien einteilen. Ich meine, die Frauen, die sich für ein Leben wie meins entscheiden, wollen gewöhnlich keine Kinder.«

»Dieses Leben wurde dir aufgezwungen.«

»Nun ja, den meisten von uns wird etwas aufgezwungen. Nur die Mutigen brechen aus. Nein, ich muß gerecht sein. Ich habe dieses Leben gewollt, weil es amüsant und interessant war. Ich hatte es mit Ehrbarkeit versucht, aber das war nichts für mich.«

»Nicole, ich glaube, durch dich werde ich rasch zu einer erfahrenen Frau.«

»Es freut mich, daß ich dazu beitragen kann. Was ich sagen wollte – es hat keinen Sinn, irgendwem allein die Schuld daran zu geben, wie wir sind. Das hängt zum großen Teil von uns selbst ab.«

»Nicht in den Sternen, sondern in uns selbst ...«, zitierte ich.

»Ja, das sehe ich ein.«

»Und wir sollten nachsichtig sein in unserem Urteil über andere.« Sie sah mich beinahe flehend an. »Unsere Erziehung beeinflußt unser Leben. Schau, ich wurde dazu erzogen, einem Mann zu gefallen, der mir eine gesicherte Zukunft bieten kann. Viele Leute sehen in der Ehe nichts anderes. Denk doch nur an alle die zärtlich besorgten Mamas, die ihre Töchter sozusagen für den Meistbietenden feilhalten. Bei mir war es genauso, nur ehrlicher. Ich mußte mehr geben für das, was ich empfing. Ich mußte fortwährend gefallen.« Sie lachte. »Für jemanden, der wohlbehütet in einer anständigen Familie aufgewachsen ist, hört sich das unmoralisch an, nicht wahr? Aber schau, Erbanlagen und Erziehung haben aus dir eine Malerin gemacht und aus mir eine Kurtisane.«

»Dabei wurde aus dir ein verständnisvoller und gütiger Mensch, und ich bin dir dankbar, Nicole. Ich weiß nicht, was ich ohne dich getan hätte.«

»Nun, es geschah nicht allein deinetwegen. Ich war einsam. Ich wünschte mir etwas, wofür ich mich einsetzen kann. O Kate, ich freue mich auf dein Baby.«

»Ich auch, Nicole, ich auch.«

Ein andermal meinte sie: »Du bist ihm jetzt nicht mehr so gram, nicht wahr?«

»Dem Baron?«

Sie nickte.

»Ich hasse ihn wie eh und je.«

»Das darfst du nicht.«

»Ich kann nicht anders. Ich werde ihn wohl immer hassen.«

»Aber nein. Das könnte dem Kind schaden. Er ist immerhin der Vater.«

»Ich wollte, das könnte ich vergessen.«

»Du mußt versuchen, ihn zu verstehen.«

»Verstehen! Ich verstehe ihn nur zu gut. Er benimmt sich wie ein Barbar. In einer zivilisierten Welt ist für ihn kein Platz.«

»Er hat mir manchmal von seiner Kindheit erzählt.«

»Er war bestimmt ein gräßliches Kind, das kleine Tiere quälte und Fliegen die Flügel ausriß.«

»Nein, so war er nicht. Er hatte Tiere gern. Er liebt seine Hunde und seine Pferde.«

»War es ihm wirklich möglich, etwas anderes zu lieben als sich selbst?«

»Du darfst dich nicht aufregen. Ich habe dir doch gesagt, das ist schlecht für das Kind.«

»Alles, was mit ihm zusammenhängt, ist schlecht für jeden, der mit ihm zu tun hat.«

»Aber er ist doch der Vater des Kindes.«

»Um Himmels willen, Nicole, erinnere mich nicht ständig daran.«

»Ich möchte, daß du ihn in einem anderen Licht siehst. Du mußt wissen, was für ein Mann sein Vater war.«

»Genauso einer wie er, nehme ich an.«

»Er war der einzige Sohn. Alles drehte sich nur um ihn.«

213

»Das hat ihm bestimmt gefallen.«

»Nein. Es bedeutete, daß er stets beaufsichtigt wurde. Nur durch seine Erziehung ist er geworden, was er ist. Er mußte in allem überragend sein. Seine Abstammung wurde ihm ständig bewußt gemacht.«

»Die wilden marodierenden Normannen, die die Küsten friedlicher Völker stürmten, ihnen Hab und Gut raubten und ihre Frauen vergewaltigten.«

»Er hat es von Kind an nicht anders gekannt ... er war gezwungen, sich in allen Wettkämpfen hervorzutun; man hat ihn gelehrt, gleichmütig und unerschütterlich zu sein, man hat ihn die Bedeutung der Macht gelehrt, und man hat ihm beigebracht, seine Familie als die erhabenste der Welt zu sehen. Er ist nach einem seiner Vorfahren getauft. Rollo war der erste Normanne, der in die Normandie kam.«

»Ja, ich weiß. Er hat die Küste gestürmt und den Franzosen dermaßen zugesetzt, daß sie den Eindringlingen, nur um sie ruhig zu halten, einen Teil ihres Landes abtraten, der dann Normandie genannt wurde. Er legte großen Wert darauf, mir gleich zu Beginn unserer verhängnisvollen Bekanntschaft mitzuteilen, daß er kein Franzose sei, sondern Normanne. Er glaubte sich wirklich in jene finsteren Zeiten zurückversetzt. Jedenfalls hat er sich so benommen.«

»Trotz alledem besitzt er eine gewisse Sensibilität.«

»Sensibilität!«

»Die Liebe zur Kunst. Ich will dir noch etwas sagen: Er wollte Künstler werden. Du kannst dir vorstellen, was für ein Sturm in Centeville losbrach, als er das zur Sprache brachte. In der Familie hatte es nie einen Künstler gegeben. Sie waren Krieger von alters her. Sein Wunsch wurde ihm sogleich ausgetrieben.«

»Es wundert mich, daß er sich das gefallen ließ.«

»Ja, aber er hat sich schließlich gebeugt und machte beides. Doch nachdem er seine Neigungen teilte, war er bei keiner Aufgabe ganz erfolgreich.«

»Wie meinst du das?«

»Er hat das Malen aufgegeben, aber ich habe gehört, daß es in ganz Frankreich keinen gibt, der mehr von Malerei versteht als er. Er ist unbarmherzig, er übt seine Macht aus, und doch hat er eine sentimentale Ader, die nicht zu seinem übrigen Wesen paßt.«

»Eine sentimentale Ader! Wirklich, Nicole, du gerätst ja förmlich ins Schwärmen.«

»Hat er etwa nicht dein Talent gerühmt? Verdankst du es nicht ihm, daß du auf dem Weg nach oben bist?«

»Aber nur, weil er meine Arbeit bewunderte, weil er sie um ihrer selbst willen anerkannte und weiß, daß ich eine Miniatur genauso gut malen kann wie mein Vater.«

»Aber er hat dich gefördert, nicht wahr? Er hat sich viel Mühe gegeben, dich in deiner Laufbahn weiterzubringen.«

»Und dann gab er sich noch viel mehr Mühe, sie wieder zu zerstören. Nein, ich werde ihn immer hassen. Ich sehe ihn, wie er ist, nämlich als ein Ungeheuer.«

»Nicht aufregen«, sagte Nicole. »Das schadet dem Kind.«

Meine Dankbarkeit gegenüber Nicole nahm im Laufe der Monate immer mehr zu. Nicole zeigte echten Edelmut, indem sie mir das Gefühl gab, daß sie selbst am meisten von unserem Arrangement profitierte: Ich hatte sie aus ihrer Einsamkeit und Langeweile erlöst. Meine verzweifelte Situation hatte die Eintönigkeit ihrer Tage gelindert. Sie wurde nur dann unwillig, wenn ich ihr meine Dankbarkeit ausdrücken wollte.

Im Hause war alles aufs beste geregelt. Das Atelier war so geräumig, luftig und hell, wie ein Atelier sein soll. An einem Tag in der Woche empfing Nicole ihre Freunde, und ich wurde immer dazugebeten. Dadurch gewann ich zahlreiche Kunden und konnte bis zu meiner Niederkunft arbeiten, so daß ich genug Geld hatte, um Nicole einen angemessenen Mietpreis zahlen zu können. Sie wehrte zuerst ab, aber ich bestand darauf.

Sie lehrte mich auch einen neuen Lebensstil. Als Madame Collison, die berühmte Künstlerin, sollte ich nach Nicoles Meinung, die sich ihrerseits nicht nach der Konvention richtete, die Anstandsregeln nicht gänzlich außer acht lassen. Sie erwähnte daher immer mal wieder einen verstorbenen Ehemann und ein Kind, das nach dem Tod seines Vaters zur Welt kommen werde. Diese Situation verlieh mir etwas Geheimnisvolles und machte mich zu einer interessanten Persönlichkeit. Ich genoß diese geselligen Abende, bis ich zu dick wurde und das Bedürfnis nach Ruhe verspürte. Alle möglichen Leute kamen in den *Salon*. Es wurde viel musiziert. Nicole spielte ausgezeichnet Klavier, und manchmal engagierte sie auch Berufsmusiker. Dabei förderte sie mit Vorliebe solche, die erst noch bekannt werden mußten. Sie war sehr mitfühlend und, was immer man von ihrem früheren Leben denken mochte, ein von Grund auf guter Mensch. Das hatte ich am eigenen Leibe erfahren. In ihrem Haus verkehrten Künstler, Schriftsteller und Musiker. Es war ein fesselndes und aufregendes Leben, und allmählich fühlte ich mich richtig glücklich.

In den letzten Monaten lag ich meistens im *Salon* auf dem Sofa, den Leib unter einer Samtdecke verborgen, und die Besucher setzten sich zu mir; manche knieten sogar, und ich kam mir vor wie eine Königin.

Inzwischen war auch die von Nicole ausgewählte Hebamme ins Haus gezogen. Meine Zeit nahte.

Dann war der große Tag da, an dem mein Kind geboren wurde; und als ich aus der Erschöpfung zu mir kam, hörte ich es schreien ... laut und kräftig.

Da wußte ich, daß ich einen Knaben hatte.

Als man ihn mir in die Arme legte, stand Nicole, stolz lächelnd, daneben. Sie sagte mir, daß er acht Pfund wiege, was sehr schwer sei, und in jeder Hinsicht wohlgeraten sei.

»Aus dem wird einmal etwas ... aus unserem Knaben«, lächelte sie.

Sie liebte ihn von der Stunde seiner Geburt an, und wir spra-

chen von nichts anderem als von diesem prächtigen Knaben.
»Wie willst du ihn nennen?« fragte sie, und einen Moment
dachte ich, sie wollte Rollo vorschlagen, und Zorn stieg in mir
auf.

Rasch sagte ich: »Er soll Kendal heißen, nach meinem Vater.
Es muß mit K sein ... falls nämlich ...«

Nicole lachte. »Aber natürlich muß er Kendal heißen«, meinte
sie. »Er muß schließlich die berühmten Initialen haben, falls
er einst ein großer Künstler wird.«

Sie wiegte ihn bewundernd in ihren Armen, und es freute
mich, sie glücklich zu sehen.

Dann reichte sie ihn mir, und ich hielt ihn fest an mich gedrückt. Mir war endlich bewußt geworden, daß alles, was vor-
ausgegangen war, es wert gewesen war um seinetwillen.

Der geflammte Drachen

Nie hätte ich geglaubt, daß ich so glücklich sein konnte. Zwei Jahre waren seit der Geburt meines Sohnes vergangen. Er war hübsch und kräftig und gedieh so gut, daß Nicole und ich täglich aufs neue staunten. Das erste Lächeln, der erste Zahn, das erste Wort, das er sprach, das erste Mal, als er allein auf seinen Patschfüßchen stand – das alles war für uns beide ungeheuer aufregend.

Er war der Mittelpunkt unseres Lebens. Sobald er sprechen konnte, sagte er seinen Namen, der in seiner Version Kendy lautete und in seinen Äußerungen fortan pausenlos auftauchte. Klug wie er war, spürte er natürlich seine Bedeutung und glaubte, die ganze Welt sei nur für ihn gemacht.

Wenn ich morgens im Atelier war, kümmerte sich Nicole um ihn. Mein Kundenkreis weitete sich mehr und mehr aus, und es gab kaum noch einen Tag, an dem ich nicht zu arbeiten hatte. Mein Name wurde in Pariser Kreisen immer bekannter, und auch vom Land kamen Leute zu mir.

»Ausgezeichnet, ausgezeichnet«, murmelte Nicole und konnte sich nie enthalten, hinzuzufügen: »Hatte ich nicht recht?« Sie hatte in allem recht, was sie für mich getan hatte, und da das anbetungswürdigste Kind der Welt mein war, konnte ich meinen Haß beiseite schieben und glücklich sein.

Ungefähr einmal im Monat schrieb ich an meinen Vater und berichtete ihm von meinen Fortschritten. Er freute sich über meinen Erfolg und verstand, daß ich keine Zeit hatte, ihn in England zu besuchen. Sein Augenlicht wurde immer schwächer, daher fühlte er sich außerstande, eine Reise nach Paris zu unternehmen. Meine Briefe allein waren ihm ein Trost. Er meinte, einer Frau hätte gar nichts Besseres geschehen können, als von jemandem wie dem Baron gerühmt zu werden und dann ein eigenes Atelier in Paris zu unterhalten.

»Ich denke immerzu an dich, Kate«, schrieb er. »Ich bin so stolz auf dich, und das gibt mir die Kraft, mein Leiden ergeben hinzunehmen.«

Ich dachte viel an ihn. Er war glücklich im Hause Collison, und ich war Clare stets aufs neue dankbar, daß sie sich so rührend um ihn kümmerte. Er erwähnte sie häufig in seinen Briefen. Unser Hauswesen und mein Vater waren bei ihr wirklich bestens aufgehoben.

Auf mir lasteten nun keine Sorgen mehr. Ich bemühte mich, nicht an den Baron zu denken, und kam er mir dennoch in den Sinn, so sagte ich mir, wenngleich er sich widerwärtig benommen hatte, so waren doch die Aufträge durch ihn gekommen – und mein Kind. Es war eine seltsame Vorstellung, daß mein Sohn auch der seine war. Ich versuchte diese Tatsache zu verdrängen, doch der Junge wurde seinem Vater tagtäglich ähnlicher. Er war groß und kräftig, hatte hellblonde Haare und blaugraue Augen. Aber durch seine Erziehung wird er ganz anders sein, dachte ich. Er wird diesem Mann nicht gleichen. Ich werde ihn eine bessere Lebensart lehren. Es ist durchaus möglich, daß er ein Künstler wird.

Er saß gern bei mir im Atelier und sah mir bei der Arbeit zu, allerdings mußte er weichen, wenn Kunden kamen. Er bat mich hin und wieder um ein paar Farben und malte auf einem Blatt Papier.

Es waren glückliche Tage, und wenn ich seinen blonden Schopf so über das Papier vertieft beobachtete, dachte ich oft: Ich möchte es nicht anders haben. Um seinetwillen war alles zu ertragen.

Als Nicole eines Tages im Jardin du Luxembourg mit Kendal einen Morgenspaziergang machte, malte ich im Atelier eine junge Frau, die ihrem Gatten zum Geburtstag eine Miniatur von sich schenken wollte. Ich hatte sie, wie so viele meiner Kunden, auf einer *Soirée* bei Nicole kennengelernt. Sie schwätzte unentwegt, was mir nur lieb war, denn das Mienenspiel beim Sprechen war oft sehr aufschlußreich.

Plötzlich sagte sie: »Ich habe Madame St. Giles mit Ihrem Kleinen gesehen, als ich herkam.«

»Ach ja«, erwiderte ich. »Sie machen gerade ihren Morgenspaziergang.«

»So ein reizender kleiner Kerl!«

Ich freute mich jedesmal kindisch, wenn jemand etwas Schmeichelhaftes über Kendal sagte.

»Ja, das finde ich auch, aber ich bin natürlich von mütterlichen Gefühlen beeinflußt.«

»Ein ausgesprochen hübsches Kind. Ich hoffe, ich werde auch einmal Kinder haben. Ich bin natürlich noch jung. Sie aber auch, Madame Collison. Sie müssen sehr jung geheiratet haben. Und wie traurig ... daß Ihr Gatte seinen Sohn nie gesehen hat.«

Ich schwieg.

Sie fuhr fort: »Es tut mir leid. Ich hätte nicht davon sprechen sollen. Das ist gewiß sehr schmerzlich für Sie ... auch jetzt noch. Verzeihen Sie mir.«

»Ist schon gut.«

»Man sagt, die Zeit heilt alle Wunden, und Sie haben doch Ihren lieben kleinen Sohn. Übrigens war mein Mann vorige Woche in Centeville. Er hat im Schloß übernachtet.«

Ich ließ den Pinsel auf dem Elfenbein ruhen. Meine Hand mußte vollkommen ruhig sein. Jeder Pinselstrich war wichtig.

»Ach ja ...« murmelte ich.

»Er sagte, die Princesse befand sich nicht wohl. Soviel ich weiß, ist sie nicht mehr bei guter Gesundheit ... seit der Niederkunft.«

»Seit der Niederkunft?« hörte ich mich sagen.

»Ach, wußten Sie das nicht? Es ist schon eine Weile her. Das

Kind dürfte ungefähr im gleichen Alter sein wie Ihr Kleiner. Sagten Sie nicht, er ist zwei Jahre alt? Ja, so alt dürfte es sein ... ziemlich genau zwei.«

»Nein«, sagte ich, »von einem Kind wußte ich nichts.«

»Ein kleiner Junge. Ein Segen, daß es ein Knabe ist. Wie ich höre, läßt es der Gesundheitszustand der Princesse nicht zu, daß sie noch mehr Kinder bekommt.«

»Das tut mir leid. Sie ist noch so jung.«

»O ja, sehr jung. Aber es war eine schwere Geburt. Jedenfalls haben sie einen Sohn.«

»Haben Sie ihn gesehen?«

»Nur kurz. Er wirkte ziemlich kränklich.«

»Das wundert mich.«

»Ja, nicht wahr, man hätte von dem Baron erwartet, daß sein Kind so kräftig würde wie er.«

»Wie heißt er? Rollo, nehme ich an.«

»O nein ... nein. Das ist der Name des Barons.«

»Ich weiß, aber ich hätte erwartet, daß das Kind nach ihm genannt würde.«

»Nein, das Kind heißt William.«

»Ah, nach dem Eroberer.«

»Wie ein Eroberer sah es allerdings nicht aus, das arme kleine Würmchen. Aber er kann sich ja noch auswachsen.«

»Ja, das ist wohl anzunehmen.«

»Um Ihren Kleinen dagegen braucht Ihnen nicht bange zu sein. Er sieht aus wie das blühende Leben.«

Nachdem die junge Frau gegangen war, konnte ich nicht weitermalen. Die Princesse im Schloß ging mir nicht aus dem Sinn. Sie hatte sich so davor gefürchtet. Und nun hatte sie ein Kind geboren und war leidend und geschwächt. Das würde dem Baron gewiß nicht behagen – ein kränkelnder Knabe als Sohn und Erbe. William der Eroberer.

Als ich später mit Nicole allein war, erzählte ich ihr von dem Gespräch. Sie nickte.

»Du hast es gewußt?« fragte ich.

»Ich habe es gehört.«

»Davon hast du mir nichts erzählt.«

»Weil ich weiß, wie du reagierst, wenn sein Name fällt.«

»Trotzdem hätte ich es lieber von dir erfahren.«

»Ich werde daran denken, wenn ich wieder mal Klatsch aufschnappe.«

»Ja, tu das. Ich möchte im Bilde sein.«

»Auch über ... gewisse Leute?«

»Ja, über die auch. Wie war es heute im Park?«

»Fein. Kendal interessiert sich neuerdings für Statuen. Die von Chopin hatte es ihm angetan. Ich mußte ihm alles erzählen, was ich über den Komponisten wußte. Ich mußte ihm sogar einige von seinen Melodien vorsingen. Ich fürchte, es hat sich abscheulich angehört. Aber Kendal gefielen sie trotzdem.«

Ein paar Tage darauf erlebte ich eine Überraschung. Kendal war von seinem Mittagsschläfchen aufgestanden und wie immer voller Tatendrang. Es fiel uns damals schwer, ihn zu bändigen, und Nicole meinte, es sei einfacher gewesen, als er noch im Krabbelalter war. Er war den ganzen Vormittag mit Nicole unterwegs gewesen, und ich hatte ihm versprochen, ihn nach dem Mittagsschlaf in die Stadt mitzunehmen. Wir gingen in das Geschäft, wo ich meine Pinsel kaufte, und nach ein paar weiteren Besorgungen kehrten wir nach Hause zurück.

Als wir eintraten, hörte ich Nicole sprechen. Besuch, dachte ich, und wollte gerade mit Kendal in unsere Wohnung hinaufgehen, als Nicole erschien. Sie war ziemlich aufgeregt.

»Kate«, sagte sie, »dein Vater ist da.«

Ich stand wie versteinert. Ich glaubte, nicht richtig gehört zu haben, aber da erschien auch schon Clare auf der Schwelle.

»Kate!« Sie lief auf mich zu und umarmte mich. Mein Vater folgte ihr. Kendal betrachtete die Besucher voller Neugier.

»Vater«, rief ich, und dann umarmten wir uns.

»Wir haben eine Neuigkeit für dich. Wir wollten es dir unbedingt persönlich sagen«, erklärte er.

»Was für ein reizender kleiner Junge!« rief Clare.

Ich fühlte, wie mir die Röte ins Gesicht stieg. Ich war wie betäubt, und es fiel mir nichts ein, was ich hätte sagen können. Wie oft hatte ich mir ausgemalt, wie ich es meinem Vater beibrachte, denn die Existenz meines Sohnes konnte nicht ewig geheimbleiben. Doch so hatte ich es mir gewiß nicht vorgestellt.

»Es gibt eine Menge zu erklären«, sagte ich. »Nicole, bitte geh mit ihm nach oben. Nachher kann er wieder herunterkommen zu meinem Vater.«

»Ich will aber hierbleiben«, beharrte Kendal.

»Du hast meinen Vater jetzt gesehen. Und nun muß ich zuerst mit ihm sprechen.«

Nicole nahm ihn fest an der Hand und ging mit ihm hinauf.

Ich führte meinen Vater und Clare in den *Salon*.

»Jetzt erzählt mir erst einmal eure Neuigkeiten«, sagte ich, während ich nach Worten suchte, um Kendals Existenz zu erklären.

»Clare und ich sind verheiratet«, platzte mein Vater heraus.

»Verheiratet?«

»Seit drei Wochen. Wir haben es dir nicht mitgeteilt, weil wir wußten, daß du keine Zeit hattest, um zur Hochzeit zu kommen. Vielleicht hättest du dich verpflichtet gefühlt, und wir wollten doch nicht, daß du dir solche Umstände machst. Deshalb dachten wir, wir überraschen dich auf unserer Hochzeitsreise.«

»O Vater!« stammelte ich.

»Sie ... du freust dich ja gar nicht«, meinte Clare.

»Doch, ich freue mich sehr. Ich finde es wundervoll. Er ist bei niemandem so gut aufgehoben wie bei Ihnen ... bei dir.«

»Ich möchte für ihn sorgen«, sagte sie ernst. »Vor allem jetzt ...«

Mein Vater lächelte zu mir hinüber, und ich merkte, daß er mich nicht deutlich sehen konnte.

Langsam erklärte ich: »Ich habe euch auch etwas zu sagen.«

»Möchtest du mit deinem Vater allein sprechen?« fragte Clare.
Ich schüttelte den Kopf. »Nein, Clare, du gehörst ja jetzt zur
Familie; doch ich fürchte, es wird ein Schock für euch sein.
Der kleine Knabe ist mein Sohn.«
Tiefe Stille herrschte im Raum.
»Ich wagte nicht, es euch zu sagen«, fuhr ich hastig fort. »Deswegen mußte ich hierbleiben und konnte euch nicht besuchen.«
»Bist du verheiratet?« fragte mein Vater.
»Nein.«
»Ach so ... Ich verstehe.«
»Nein«, sagte ich, »ich glaube nicht, daß du es verstehst.«
»Was ist aus Bertrand geworden? Ihr wolltet doch heiraten?«
»Bertrand ist nicht der Vater meines Kindes.«
Clare sagte: »Meine arme, arme Kate.«
»Nein«, fuhr ich auf, »ich bin nicht arm. Es ist nun mal geschehen ... und jetzt habe ich einen Knaben und möchte nicht, daß
es anders wäre.«
Mein Vater war verwirrt. »Aber du wolltest doch heiraten ...«
»Es gab einen anderen«, erwiderte ich.
»Und den konntest du nicht heiraten?«
Ich schüttelte den Kopf. Innerlich rang mein Vater mit seinen
Prinzipien und mit der Liebe zu seiner Tochter. Es war
schrecklich für ihn, daß ich ein uneheliches Kind hatte. Ich
schuldete ihm eine Erklärung, denn er sollte nicht glauben,
ich triebe einen unsittlichen Lebenswandel, ohne die Folgen
zu bedenken.
Leise sagte ich: »Ich wurde dazu gezwungen.«
»Gezwungen! Mein armes Kind!«
»Bitte ... würde es euch etwas ausmachen, wenn wir nicht
weiter darüber sprechen?«
»Natürlich nicht«, beruhigte mich Clare. »Kendal, Lieber, Kate
ist jetzt glücklich ... was immer auch geschehen ist. Sie hat Erfolg mit ihrer Arbeit, und das wird sie für alles entschädigen.
Außerdem ist der kleine Junge so wonnig.«

»Danke, Clare«, sagte ich. »Vielleicht bin ich später einmal imstande, es euch zu erzählen. Es kam so plötzlich heute.«

»Wir hätten dich wohl besser von unserem Kommen verständigen sollen«, meinte Clare. »Aber es sollte doch eine Überraschung werden.«

»Es ist eine wundervolle Überraschung. Ich freue mich so, daß ihr hier seid. Es ist bloß …«

»Schon gut«, sagte Clare. »Du wirst es uns erzählen, wenn dir danach zumute ist. Bis dahin wollen wir nicht davon sprechen. Du hast hier dein Atelier und bist sehr erfolgreich. Das ist es doch, was du dir immer erträumt hast, nicht wahr?«

Mein Vater blickte zu mir herüber wie zu einer Fremden. Ich ging zu ihm, nahm seine Hand und drückte einen Kuß darauf. »Es tut mir leid«, beteuerte ich. »Es war nicht anständig dir gegenüber. Vielleicht hätte ich es dir erzählen sollen. Aber ich wollte dir keine Schwierigkeiten machen. Glaube mir, es war nicht meine Schuld. Es ist einfach geschehen.«

»Du meinst …?«

»Bitte frag mich nicht. Später vielleicht. Nicht jetzt. O Vater, ich bin so froh, daß du mit Clare glücklich bist.«

»Clare war sehr gut zu mir.«

»Bitte versteht«, begann ich von neuem. »Ich habe es nicht gewollt. Es ist eben geschehen. Außerdem habe ich in Nicole eine wunderbare Freundin, die mir sehr geholfen hat. Ich glaube, ich habe trotz allem Glück gehabt.«

Mein Vater ballte eine Faust. »War es dieser … Baron?«

»Vater, bitte … Es ist aus und vorbei.«

»Er hat eine Menge für dich getan. Es war also …«

»Nein, nein. So war es ganz und gar nicht. Vielleicht kann ich später mit dir darüber sprechen … nicht jetzt.«

»Kendal, Lieber«, bat Clare sanft, »du darfst Kate nicht quälen. Bedenke doch, was sie durchgemacht hat … und nun sind wir so plötzlich gekommen. Sie wird es uns erzählen, wenn sie dazu bereit ist. Ach Kate, es ist wundervoll, dich zu sehen. Interessiert sich der Kleine für Malerei?«

»Ja, ich denke schon. Er kleckst ein wenig, aber er hat Sinn für Farben. Ich habe ihn Kendal getauft.«

Mein Vater lächelte gütig und umklammerte meine Hand. »Du hättest zu mir kommen sollen, Kate«, sagte er heiser. »Es wäre meine Aufgabe gewesen, dir zu helfen.«

»Ich war drauf und dran. Ich wäre bestimmt gekommen, wenn Nicole nicht gewesen wäre. Für dich ist es ein Glück, daß du Clare hast, und für mich, daß ich Nicole habe. Es ist etwas Wunderbares, zuverlässige Freunde zu haben.«

»Da hast du recht, und jetzt möchte ich den Jungen sehen, Kate.«

»Aber natürlich.«

Er murmelte: »Kendal Collison. Er wird vielleicht die Fackel weitertragen.«

*   *   *

Mein Vater und Clare blieben drei Tage bei uns.

Als er sich von seinem Schock erholt hatte, nahm mein Vater meine Situation ebenso ergeben hin wie seine fortschreitende Erblindung.

Er stellte keine peinlichen Fragen mehr. Ob er vermutete, daß ich tatsächlich gezwungen wurde, dem Baron zu Willen zu sein, oder ob er annahm, daß der Baron mich mit seiner Überredungskunst gefügig gemacht hatte – er fragte nichts, und ich sagte nichts. Er merkte, daß es mich quälte, davon zu sprechen. Und gerade dadurch machte er mir klar – was ich längst wußte –, daß, was immer einem von uns zustieß, unsere gegenseitige Liebe durch nichts zu erschüttern war.

Sie erzählten vom Dorf. Hope hatte ein Baby und war glücklich, wenngleich sie lange Zeit nicht über den Tod ihrer Schwester hinwegkam. Im Pfarrhaus war alles unverändert. Frances Meadows war ungeheuer tüchtig und kümmerte sich neben dem Haushalt auch noch um die Belange der Dorfbevölkerung.

226

»Unser Leben ist sehr ruhig im Vergleich zu deinem in eurem *Salon*«, meinte Clare. »Aber das ist uns nur recht.«

Das Sehvermögen meines Vaters hatte sich beträchtlich verschlechtert. Er trug keine Brille, weil sie nichts nützte, und ich fürchtete wie er den Tag, da er vollends blind sein würde.

Clare und ich unterhielten uns nun ausführlicher. »Er stellt sich nach und nach darauf ein«, sagte sie. »Ich lese ihm viel vor. Das hat er gern. Malen kann er jetzt freilich überhaupt nicht mehr. Das Herz tut mir weh, wenn ich ihn in seinem Atelier sehe. Er ist noch immer sehr oft dort. Ich glaube, dein Erfolg bedeutet ihm sehr viel.«

»Clare«, sagte ich, »du weißt gar nicht, wie dankbar ich dir bin.«

»*Ich* muß dankbar sein. Bevor ich zu euch kam, war mein Leben leer. Jetzt hat es einen Sinn. Mein Glück liegt darin, Menschen zu umsorgen.«

»Liebe Clare«, murmelte ich und gab ihr einen Kuß.

Kendal fand es sehr aufregend, einen Großvater zu haben. Er kletterte auf ihm herum und betrachtete sein Gesicht. Er mußte gehört haben, wie wir über die unmittelbar bevorstehende Erblindung sprachen, denn eines Tages krabbelte er auf sein Knie, sah ihm ins Gesicht und fragte: »Wie geht es deinen armen Augen heute?«

Mein Vater war sichtlich gerührt.

»Ich kann für dich sehen«, sagte Kendal. »Ich halte deine Hand und passe auf, daß du nicht fällst.«

Und als ich den Gesichtsausdruck meines Vaters sah, war ich dem Schicksal dankbar für meinen Jungen, ohne jegliches Bedauern, wie ich ihn empfangen hatte.

Sie wollten nach Italien. Mein Vater wünschte, daß Clare die Kunstwerke sah, die ihn seinerzeit so beeindruckt hatten, als er noch sehen konnte.

Clare ging sehr sanft und zärtlich mit ihm um und ließ ihn spüren, wie gern sie ihn hatte. Sie behinderte ihn nicht in seiner Selbständigkeit und war doch zur Stelle, falls er Hilfe brauchte.

Ich war froh, daß sie gekommen waren. Es war, als sei mir eine schwere Last von der Seele genommen. Ich mußte kein dunkles Geheimnis mehr hüten und konnte ihnen in Zukunft frei und offen schreiben.

»Bitte, Clare«, sagte ich beim Abschied, »ihr müßt mich oft besuchen. Es ist zu schwierig für mich, nach Farringdon zu reisen, aber ihr müßt bald wiederkommen.«

Sie gaben mir ihr Versprechen.

Zwei Jahre waren vergangen. Kendals fünfter Geburtstag nahte heran. Der Junge zeichnete recht gut, und nichts tat er lieber, als sich nachmittags, wenn keine Kunden da waren, im Atelier auf eine Bank zu setzen und zu malen. Er zeichnete die Statuen, die er in seinem geliebten Jardin du Luxembourg gesehen hatte. Chopin hatte es ihm besonders angetan, aber er fertigte auch bemerkenswerte Bilder von Watteau, Delacroix und George Sand. Er besaß erstaunliches Geschick. Ich schrieb regelmäßig an meinen Vater, der stets Neues von Kendal zu hören wünschte und von dessen Interesse für die Malerei begeistert war; er schrieb, daß ich mit fünf Jahren begonnen hatte, diese Neigungen zu entfalten.

»Wie wunderbar«, ließ mich mein Vater wissen, »daß die Kette nicht unterbrochen ist.«

Mein Vater und Clare kamen in dieser Zeit zweimal nach Paris.

Er war jetzt fast blind, und seine Schrift war nur noch schwer zu entziffern. Oft verfaßte Clare an seiner Stelle die Briefe. Sie las ihm häufig vor, und er war über alles im Bilde, was in Frankreich vorging.

»Ich lese ihm nichts vor, was ihn betrüben könnte«, schrieb sie. »Er ist ein wenig besorgt über die Vorgänge bei euch. Wie es scheint, haben sich der Kaiser und die Kaiserin unbeliebt gemacht. Sie ist schön und verschwendungssüchtig und überdies Spanierin, und die Franzosen hatten ja immer schon eine Abneigung gegen Ausländer. Denk doch nur, wie sie Marie-

Antoinette gehaßt haben. Ich glaube, dein Vater befürchtet, daß sich die Geschehnisse von vor achtzig Jahren wiederholen könnten.«

Ich nahm kaum Notiz davon, als ich es las. Das Leben in Paris war so angenehm und unterhaltend. Wir hatten unsere *Soirées*, wo sich schöne und kluge Leute versammelten. Wir sprachen mehr über Kunst als über Politik, aber dennoch fiel mir auf, daß letztere mehr und mehr in die Gespräche einfloß.

Nicole war mit ihrem Dasein zufrieden. Sie lebte in Luxus und liebte ihre *Soirées*. Ich glaube, sie hatte hin und wieder einen Liebhaber, aber kein festes Verhältnis. Ich fragte sie nicht, und sie sagte nichts. Sie nahm wohl Rücksicht auf meine sogenannte angelsächsische Ehrbarkeit und wollte mich nicht in Verlegenheit bringen.

Ich hatte nicht wenige Verehrer, war erfolgreich in meiner Arbeit und wurde mit großem Respekt behandelt. Es galt inzwischen gewissermaßen als Statussymbol, eine Collison-Miniatur zu besitzen, und dank den Verdrehtheiten der Mode war mein Geschlecht, das zunächst von Nachteil war, nun mein Vorzug geworden.

Einige von den Männern, die mir Avancen machten, hatte ich recht gern, aber ich konnte mich zu keiner intimen Beziehung durchringen. Sobald die Herren vertraulich wurden, schreckte mein Innerstes zurück, und ich sah nur das eine Gesicht, das mich lüstern anstarrte. Es war im Laufe der Jahre dem dämonischen Wasserspeier von Notre-Dame immer ähnlicher geworden.

Wir waren alle sehr glücklich. Ich hatte für Kendal ein Kindermädchen engagiert, denn ich konnte nicht erwarten, daß Nicole täglich mit ihm hinausging, wenngleich sie es gern tat. Jeanne Colet war eine vortreffliche Person, freundlich, aber bestimmt; genau, was Kendal brauchte. Er verstand sich von Anfang an mit ihr. Er war ein liebes Kind, wenn auch hin und wieder ungezogen wie alle Kinder, aber niemals war er boshaft.

229

In meinen Augen war er vollkommen, und jeder mochte ihn gern. Selbst der mürrische *Concierge* nickte ihm freundlich zu, wenn er an ihm vorbeilief. Kendal erzählte mir von den Leuten, die er im Park gesehen hatte. Er schwatzte in einer Mischung aus Französisch und Englisch, was reizend klang und wohl einen Teil seiner Anziehungskraft ausmachte.

Er wurde oft von Leuten angesprochen, und vielleicht achtete ich deshalb anfangs nicht besonders darauf, als er mir von dem Herrn im Park erzählte.

Damals waren gerade Drachen in Mode. Die Kinder ließen sie täglich im Park steigen. Kendal hatte einen wunderschönen, der mit der Oriflamme, dem alten Kriegsbanner der Franzosen, geschmückt war. Die goldenen Flammen auf dem scharlachroten Untergrund waren sehr wirkungsvoll, wenn der Drachen oben am Himmel stand.

Jeden Morgen ging Kendal mit seinem Drachen in den Park, und wenn er zurückkam, berichtete er mir, wie hoch er dieses Mal gestiegen war – immer war er viel höher als die anderen Drachen. Er hatte gedacht, er würde geradewegs nach England zu seinem Großvater fliegen.

Eines Tages kam er, in Tränen aufgelöst, ohne seinen Drachen zurück.

»Er ist weggeflogen«, weinte er.

»Wie hast du das angestellt?«

»Der Mann hat mir gezeigt, wie man ihn noch höher steigen lassen kann.«

»Welcher Mann?«

»Der Mann im Park.«

Ich sah Jeanne an. »Oh, ein richtiger Herr«, berichtete sie. »Der ist manchmal dort. Er sitzt da und schaut den Kindern beim Spielen zu. Er spricht öfters mit Kendal.«

Ich sagte zu Kendal: »Mach dir nichts draus. Du bekommst einen neuen Drachen.«

»Aber der ist nicht wie meiner.«

»Wir finden bestimmt irgendwo einen ähnlichen.«

»Vielleicht fliegt er jetzt zu Großvater«, sagte er, und das schien ihn zu trösten. Dann meinte er besorgt: »Ob er ihn überhaupt sehen kann?«

Sein Gesicht verzog sich wieder, und jetzt nicht nur aus Kummer über den verlorenen Drachen. Er dachte daran, daß sein Großvater das prachtvolle Banner nicht sehen konnte. Gerade diese Anteilnahme, dieses Empfinden für andere, machte Kendal so liebenswert.

»Ich finde einen neuen geflammten Drachen, und wenn ich ganz Paris durchstöbern muß«, sagte ich zu Nicole.

»Ich suche mit«, erklärte sie.

An jenem Morgen hatte ich eine Sitzung, doch ich gelobte mir, mich nachmittags auf die Suche zu begeben. Das war aber gar nicht nötig. Kendal kehrte aus dem Park zurück mit einem Drachen, der zweimal so groß war wie der verlorene, und das rotgoldene Emblem des alten Frankreich erstrahlte darauf viel prachtvoller.

Kendal jubelte. Ich kniete mich hin und schloß ihn in meine Arme.

»Gib acht auf den Drachen«, warnte er mich. »Der ist sehr kostbar.«

Ich blickte Jeanne fragend an. »Er ist von dem Herrn im Park«, erklärte sie. »Er war heute morgen mit dem Drachen da.«

»Sie meinen ... er hat ihn Kendal geschenkt?«

»Er sagte, er sei mit daran schuld, daß der andere fortflog. Der Herr und Kendal haben den ganzen Morgen zusammen damit gespielt.«

Mir war ein wenig unbehaglich zumute. »Es war nicht nötig, daß er ihn ersetzte«, sagte ich, »noch dazu durch einen so kostspieligen.«

Ein paar Tage vergingen. Jeden Morgen zog Kendal mit seinem Drachen hinaus. Er habe ihn mit dem Herrn im Park steigen lassen, erzählte er mir danach.

Als eines Tages ein Modell absagte, ergriff ich die Gelegenheit, mir den Herrn im Park selbst anzusehen.

231

Doch als ich ihn erblickte, stand ich versteinert da und zitterte vor Furcht. Mein erster Impuls war, Kendal zu schnappen und so schnell ich konnte davonzurennen.

Er kam auf mich zu, verbeugte sich. Die Erinnerungen überwältigten mich. Am liebsten hätte ich ihm zugeschrien: »Gehen Sie fort! Verschwinden Sie aus meinem Leben!«

Er aber stand da und lächelte.

»Mama«, sagte Kendal, und in seiner drolligen Mischung der beiden Sprachen fuhr er fort: »*Voilà* der *Monsieur* aus dem *Jardin*.«

»Kendal und ich sind Freunde geworden«, erklärte der Baron.

»Wie ... wie lange kennen Sie sich schon?« murmelte ich.

»Lange genug, um gute Freunde zu werden.«

Ich konnte ihn nicht ansehen. Er jagte mir Angst ein. Ich kannte seine Grausamkeit und fürchtete mich vor dem, was er als nächstes tun würde.

»Wie haben Sie ...?«

»Ich habe ihn gesehen und fühlte mich instinktiv zu ihm hingezogen ... Dann habe ich seinen Namen erfahren.«

Kendal blickte von einem zum anderen.

»Lassen wir den Drachen steigen?« fragte er.

»Aber natürlich«, erwiderte der Baron. »Ist das nicht ein prächtiger Drachen?« fuhr er fort, indem er mich ansah.

»Er ist größer als der andere, der nach England geflogen ist«, jubelte Kendal.

»Ich hoffe, er macht deinem Großvater Freude.«

Wieviel er weiß! dachte ich. Das hier hat er mit Bedacht getan. Warum?

Er verbeugte sich vor mir. »Wollen Sie uns entschuldigen? Wir müssen den Drachen steigen lassen. Kendal muß den anderen zeigen, wie kümmerlich ihre Bemühungen sind.«

»Gehen wir«, sagte Kendal.

Ich beobachtete, wie sie zusammen davonzogen. Ich war total verstört. Was hat er vor? überlegte ich verzweifelt. Was hat das zu bedeuten? Kam er nur in den Park, um den Jungen zu

232

sehen? Aber warum? Seit wann interessiert er sich für Kinder? Ich war ihm nicht entkommen. Die letzten Jahre, als ich endlich Ruhe gefunden und mich mit dem Dasein ausgesöhnt hatte ... diese Jahre waren also nur eine Unterbrechung gewesen.

Ich fürchtete mich vor diesem Mann, denn ich wußte, daß er kein Erbarmen kannte.

Was wollte er von meinem Sohn?

Ich mußte der schrecklichen Wahrheit ins Gesicht sehen: Kendal war auch sein Sohn.

Ich beobachtete, wie der geflammte Drachen in den Himmel stieg. Er überstrahlte alle anderen. Jedermann deutete auf ihn, und Kendal war ungeheuer stolz.

Was bringt er meinem Jungen bei? fragte ich mich. Schon lehrt er ihn, daß er alle anderen übertreffen muß. Sein Drachen muß der allergrößte sein und alle anderen in den Schatten stellen.

Ich hörte ihn rufen: »Hier, halte ihn. Ganz fest. Nicht loslassen. Schaffst du's?«

»Natürlich«, erwiderte Kendal.

»Natürlich«, wiederholte er. »Ich werde mich jetzt ein wenig mit deiner Mama unterhalten.«

Er setzte sich zu mir. Automatisch rutschte ich zur Seite. Er lachte nur darüber.

»Was für ein Knabe!« sagte er.

Ich gab keine Antwort.

»Er gleicht meinem Großvater. Ich habe ein Bildnis von ihm, als er so alt war wie der Junge. Eine verblüffende Ähnlichkeit.«

Langsam sagte ich: »Er ist mein Sohn. Er wird nie so werden wie diese nordischen Barone, die rücksichtslos über alles hinweggingen, was sich ihnen in den Weg stellte.«

»Er hat etwas Sanftes«, bemerkte er, »was er zweifellos von seinen Verwandten mütterlicherseits geerbt hat. Aber er wird sicher einmal ein Kämpfer.«

»Ich halte es nicht für angebracht, mit Ihnen über ihn zu sprechen. Wenn Sie mir sagen, was der Drachen gekostet hat ...«

»Den habe ich ihm geschenkt.«

»Ich wünsche nicht, daß er von Fremden Geschenke annimmt.«

»Nicht einmal von seinem eigenen Vater?«

»Was haben Sie vor?« fragte ich in scharfem Ton.

»Ich bin sein Vater, und wenn ich will, schenke ich ihm einen Drachen oder sonst etwas.«

»Ich bin seine Mutter. Ich habe ihn auf die Welt gebracht und seither für ihn gesorgt. Sie können nicht einfach behaupten, nur weil er Ihnen gefällt, sein Vater zu sein. Sind Sie sich dessen da so sicher?«

Er bedachte mich mit einem sardonischen Blick. »Sie sind eine Frau von untadeliger Moral. Außerdem braucht man ihn nur anzuschauen.«

»Viele Kinder sehen ähnlich aus.«

»Aber nicht so. Ich habe ihn sofort erkannt, als ich ihn zufällig sah. Ich wußte gleich: Das ist mein Sohn.«

»Sie haben kein Anrecht auf ihn.«

»Lassen Sie ihn nicht merken, daß Sie sich vor mir fürchten. Das könnte ihn gegen mich aufbringen. Er hat mir erzählt, was für eine schöne und kluge Mutter er hat. Ich habe auch sonst von Ihnen reden hören. Mein Glaube an Sie war gerechtfertigt. Die berühmte Kate Collison – schön, jung, zurückhaltend, ein wenig geheimnisvoll. Sie lebt wie eine keusche Nonne, sagt man.«

»Wo haben Sie das gehört?«

»Sie stehen im Rampenlicht, liebe Kate. Da kommt man zwangsläufig ins Gerede. Doch ich weiß, es gibt keinen anderen Mann in Kates Leben. Ich war der einzige. Ich bleibe der einzige.«

»Sie haben Ihre Meinung über sich nicht geändert.«

»Ich muß Ihnen etwas gestehen, Kate. Ich bin nicht sehr glücklich.«

»Nanu? Sie können doch alles nach Belieben wenden und sich verschaffen, was immer Sie wollen.«

»Das ist nicht so einfach.«

»Da haben Sie sich wahrhaftig verändert. Ich dachte, Sie sind allmächtig.«

»Nicht ganz, leider.«

»Und dieses ›nicht ganz‹ gefällt Ihnen natürlich nicht.«

»Hören Sie, Kate, wir wollen die Zeit nicht so verschwenden. Ich habe oft an Sie gedacht.«

»Soll das eine Schmeichelei sein?«

»Es ist die Wahrheit. Das war damals eine wunderbare Zeit für mich.«

»Für mich kaum.«

»Doch, Kate. Wenn Sie ehrlich zu sich selbst sind, müssen Sie zugeben, daß Sie jede Minute genossen haben.«

»Es war mir zuwider. Sie waren mir zuwider. Es war der Ruin meines ...«

»Ihres Lebens? Nein. Schauen Sie sich doch an, und schauen Sie den Knaben an. Das würden Sie doch nicht ändern wollen, oder?«

»Er ist mein Sohn, und er bleibt bei mir.«

»Sie möchten ihn aber doch so, wie er ist, nicht wahr ... nicht um die geringste Kleinigkeit anders?«

»Natürlich nicht.«

»Da haben Sie es. Er mußte von mir sein, um so zu werden. Beinahe hätten Sie Bertrand geheiratet. Doch ich habe Sie davor bewahrt. Er hat es zu nichts gebracht, weil er mir getrotzt hat. Vielmehr hat er eine Menge verloren. Jetzt ist er ein armer Mann. Er hat in der Hoffnung geheiratet, daß seine Frau ein wenig mitbringen würde. Das hat sie auch ... aber nicht so viel, wie er erhoffte.«

»Hatten Sie dabei wieder Ihre Hand im Spiel?«

»Er mußte lernen, daß er sich mir nicht widersetzen kann. Oh, wie hätten Sie sich mit ihm gelangweilt! So ein saft- und kraftloser Mensch. Mit dem hätten Sie es nicht lange ausgehalten.

Er hätte Ihre Laufbahn zerstört, Kate. Madame de Mortemer. Nein, das paßt nicht zu Ihnen. Nun aber sind Sie die berühmte Kate Collison, begehrt, aber unnahbar, die große Künstlerin, und die Mutter des bezauberndsten Knaben in ganz Frankreich. Sagen Sie, malt er auch?«

»Was geht das Sie an?«

»Eine ganze Menge.«

»Darauf antworte ich nicht.«

»Ach Kate ... immer noch dieselbe. Das erinnert mich an damals. Ich hätte Sie nicht gehen lassen sollen. Sie sehen, auch ich kann Fehler machen.«

»Eine ungewöhnliche Einsicht. Ja, Sie haben sich wahrhaftig verändert. Es überrascht mich, daß Sie einen Fehler zugeben.«

»Ich hoffe, Sie haben Mitleid mit mir.«

»Ich glaube Ihnen kein Wort. Ich werde Ihnen niemals glauben.«

»Oh, damit deuten Sie an, daß wir noch öfters Gelegenheit zu Meinungsverschiedenheiten haben werden. Ich halte eine Fortsetzung unserer Bekanntschaft für sehr wünschenswert.«

»Ich muß jetzt gehen.«

»So schnell kommt der Drachen nicht herunter. Aber Sie können den Jungen ja meiner Obhut überlassen.«

»Das erlaube ich nicht.«

»Das dachte ich mir«, sagte er.

»Warum sind Sie eigentlich hergekommen?« fragte ich.

»Um den Jungen zu sehen.«

»Und sich bei ihm beliebt zu machen.«

»Ich möchte seine Freundschaft.«

»Das kommt nicht in Frage.«

»Schämen Sie sich, Kate. Sein eigener Vater!«

»Ich habe gehört, daß Sie selbst einen Sohn haben ... einen ehelichen.«

Sein Gesicht verfinsterte sich. »Ich habe keinen Sohn«, sagte er.

236

»Man erzählte mir aber, daß die Princesse einen Sohn hat.«

»Sie schon.«

»Dann ...«

»Sie haben es gewußt, Kate. Sie waren bei ihr. Ich glaube, sie hat Sie ins Vertrauen gezogen. Sie war nicht mehr Jungfrau, als sie zu mir kam.«

Ich blickte ihn spöttisch an. Er war jetzt ganz ernst.

»Das Kind kam zu zeitig«, sagte er, »und ich wußte, daß es nicht von mir war. Sie hat zugegeben, daß sie einen Liebhaber hatte. Armand L'Estrange. Jetzt habe ich einem Bastard meinen Namen gegeben. Wie finden Sie das? Zum Lachen, nicht wahr?«

»Allerdings«, sagte ich lachend. Dann wurde ich wieder ernst. »Die arme kleine Princesse–«, begann ich.

»Oh, sie tut Ihnen leid, wie? Diese hinterlistige Dirne.«

»Mir würde jede leid tun, die das Pech hatte, Sie zu heiraten.«

»Nun haben Sie jedenfalls die Genugtuung, daß auch ich vom Mißgeschick betroffen werden kann.«

»Sie sind empört, das kann ich verstehen. Macht nichts. Ihnen wurde eine nützliche Lektion erteilt. Auch Sie können betrogen werden, wie jeder andere. Was für Männer gut ist, ist am Ende auch für Frauen gut. Sie sollten nicht so böse sein, weil man Sie mit Ihren eigenen Waffen geschlagen hat.«

»Ich hatte ganz vergessen, daß Sie zu den fortschrittlichen Frauen gehören. Sie sind Frau und Künstlerin in einer Person und wetteifern mit den Männern.«

»Als Künstlerin ... falls man das wetteifern nennen kann. Es hat nichts mit dem Geschlecht zu tun.«

»Ich habe Ihnen Ihre Chance gegeben, vergessen Sie das nicht. Glauben Sie, daß Sie es sonst so leicht gehabt hätten?«

»Nein. Das nicht. Aber Sie haben als Kunstliebhaber meine Begabung erkannt, und nur deshalb haben Sie andere auf mich aufmerksam gemacht.«

»*Sie* haben mich interessiert.«

»Als Künstlerin.«

»Und als Frau. Ich denke, das habe ich bewiesen.«

»Oh, ich dachte, das war nichts weiter als niederträchtige Rache.«

»Es ist immer gut, Geschäft und Vergnügen zu verbinden.«

»Wie dem auch sei, das ist vorüber. Sie haben mir die größte Demütigung zugefügt, die ein Mensch einem anderen antun kann. Das werde ich Ihnen niemals verzeihen. Sie sind mir etwas schuldig. Gehen Sie mir aus dem Weg. Halten Sie sich von meinem Sohn fern.«

»Sie verlangen zuviel.«

Er nahm meine Hand fest in die seine. »Ich will keinem von Ihnen etwas zuleide tun«, sagte er. »Ich habe Sie beide sehr gern.«

»Wie heißt es doch? ›Fürchte die Danaer, auch wenn sie Geschenke bringen.‹ Ich lege es so aus: Wenn Menschen wie Sie sich freundlich zeigen, sind sie am gefährlichsten.«

»Kate, Sie haben sich sehr verändert. Begreifen Sie doch, daß auch ich mich verändert habe.«

»Ich glaube, Sie können sich nur zum Schlimmeren verändern.«

»Wollen Sie mir keine Chance geben?«

»Nein.«

»Grausame Kate.«

»Es gibt nur ein Mittel, meine Gefühle Ihnen gegenüber freundlicher zu stimmen.«

»Und das wäre?«

»Bleiben Sie fern von mir und meinem Kind. Und darf ich Ihnen noch einen Rat geben?«

»Von Ihnen sind es gewiß goldene Worte.«

»Ich war in einer schrecklichen Situation. Als ich entdeckte, daß ich ein Kind erwartete, wußte ich nicht, wohin. Ich habe eine gute Freundin, und ich habe es überstanden. Ich bin mit meinem Leben ins reine gekommen. Das sollten Sie auch tun. Sie haben einen Sohn. Sie können vielleicht noch mehr Kinder haben. Sie dürfen es der Princesse nicht vorwerfen, daß sie sich etwas zuschulden kommen ließ, was Sie Ihr Leben lang getrieben haben. Bei ihr geschah es wenigstens in gegenseitigem Einverständnis.«

»O Kate«, seufzte er, »es tut so wohl, mit Ihnen zusammenzusein. Von Ihnen lasse ich mich gerne schelten. Wissen Sie noch, wie Sie mit mir gekämpft haben? Das war Ihnen ernst, nicht wahr? Haben Sie Mitleid mit mir. Meine Ehe ist eine Katastrophe. Ich hasse den kränkelnden Bastard meiner Frau, und meine Frau verachte ich. Sie kann keine Kinder mehr bekommen. Die Geburt des Kindes hat sie leidend werden lassen. Das ist meine traurige Geschichte.«

»Zumindest hat sie eine Moral. Ruchlosigkeiten gedeihen nicht.«

Er lachte. Ich stand auf, und er erhob sich ebenfalls. Ich hatte vergessen, wie groß er war, wie übermächtig.

»Ich hätte gern die Chance, Ihnen meinen Fall vorzutragen«, bat er. »Darf ich?«

»Nein. Ihr Fall interessiert mich nicht. Ich sehe in Ihnen nur einen Barbaren, einen Wilden, der im falschen Jahrhundert geboren ist. Wenn Sie mir einen Gefallen tun wollen – und Sie sind mir weiß Gott etwas schuldig –, dann halten Sie sich aus meinem Leben heraus. Lassen Sie mich allein mit allem, wofür ich gelitten und gearbeitet habe. Das gehört mir, und Sie haben keinen Teil daran.« Dann rief ich: »Kendal, laß den Drachen herunter. Es ist Zeit, nach Hause zu gehen.«

Der Baron ging zu dem Jungen und half ihm, den Drachen herunterzuholen. Kendal hüpfte aufgeregt auf und ab.

»Vielen Dank auch«, sagte Kendal. »Es ist der schönste Drachen am Himmel.«

Ich dachte: Schon macht er meinen Sohn ihm gleich.

Schweigend gingen wir nach Hause. Ich war von großer Besorgnis erfüllt. Lange Zeit hatte ich nicht solche Angst gespürt.

Vorsichtig seinen geflammten Drachen tragend, ging Kendal still neben mir her.

239

Die Belagerung von Paris

Die friedlichen Tage waren vorüber. Ich war wie verrückt vor
Angst, weil dieser Mann wieder in mein Leben getreten war.
Ich erzählte es Nicole. Doch sie tröstete mich. »Es ist doch
ganz natürlich, daß er sich für seinen Sohn interessiert«, stellte sie fest. »Er möchte ihn sehen, und da du ihn hier nicht
empfangen würdest, geschieht es am besten im Park. Wem
kann das schon schaden?«

»Ich weiß, daß er überall Schaden anrichtet. Was kann ich nur
tun?«

»Nichts«, erwiderte Nicole ruhig. »Du kannst dem Jungen
nicht plötzlich verbieten, in den Park zu gehen. Er wird wissen
wollen warum. Er wird murren. Laß ihn nur mit seinem Drachen spielen. Es wird ihm wirklich nicht schaden.«

»Ich habe Angst, daß er versuchen wird, mir Kendal wegzu-
nehmen.«

»Das wird er nicht tun. Wie könnte er? Es wäre Entführung.«

»Er macht sich doch seine Gesetze selbst.«

»Das würde er nicht tun. Wohin sollte er das Kind denn bringen? Nach Centeville? Nein. Er möchte Kendal nur hin und
wieder sehen.«

»Nicole ... Hast du dich mit ihm getroffen?«

»Ja.«

»Davon hast du mir nichts erzählt.«

»Es war nur kurz, und ich dachte, du würdest dich bloß aufregen. Er ist übrigens wie alle sehr besorgt wegen der politischen Situation.«

»Welcher Situation?«

»Wir befinden uns am Rande des Krieges. Der Kaiser hat sich sehr unbeliebt gemacht. Seit den Ereignissen Ende des letzten Jahrhunderts sind wir ein sehr empfindliches Volk geworden.«

Es gelang ihr zwar, meine Angst um Kendal zu dämpfen, aber es fiel mir sehr schwer zu arbeiten, wenn der Junge außer Haus war. Ich richtete es so ein, daß er nachmittags hinausging, damit ich ihn begleiten konnte. Vormittags wurde er unterrichtet; er war schließlich fast fünf.

Ich wußte, daß er den Baron eine Woche nicht gesehen hatte. Seltsamerweise erwähnte er ihn nicht. Ich kam zu der Erkenntnis, daß für Kinder fast alles selbstverständlich ist. Der Herr war da, er unterhielt sich gern mit ihm, er schenkte ihm einen Drachen ... und dann kam er nicht mehr. Auch gut. Das war für Kendal das Leben.

Ich war unendlich erleichtert darüber.

Aber dann tauchten andere Sorgen auf.

Wenn wir Besuch hatten, war ständig die Rede von der ›unsicheren Lage.‹

»Wie lange wird das *Second Empire* dauern?« wollte ein Gast von mir wissen.

Ich fragte mich, warum er sich so ereiferte. Allerdings hatte ich auch keine Großeltern, die die Revolution überlebt hatten.

»Es gibt Leute«, klärte man mich auf, »die haben seither ständig das Gefühl, am Rande eines Vulkans zu sitzen.«

»Der Kaiser hat kein Recht, sich in dänische und österreichisch-preußische Kriege einzumischen«, behauptete einer.

»Das französische Heer ist stark, und der Kaiser wird es persönlich anführen.«

»Wenn das nur gutgeht«, sagte ein anderer. »Ich traue diesen Preußen nicht.«

Ich war zu sehr mit meinen eigenen Angelegenheiten beschäftigt, als daß ich diesen Bemerkungen viel Beachtung schenkte.

Der Juni war vorüber, und der Juli 1870 kam, der sich für Frankreich als schicksalsschwerer Monat erweisen sollte.

Eines Tages stürzte Nicole ins Zimmer und erzählte atemlos, daß zwischen Frankreich und Preußen Krieg ausgebrochen sei.

Am gleichen Tag erhielt ich einen Brief, der jeden Gedanken an Krieg aus meinem Kopf verdrängte. Der Brief war von Clare, und sein Inhalt ließ mich schier zusammenbrechen.

»Meine liebe Kate!

Ich weiß nicht, wie ich es dir sagen soll. Es war ein furchtbarer Schock. Dein Vater ist tot. Es kam ganz plötzlich. Er war fast völlig blind. Kate, er gab vor, sich damit abzufinden, aber das hat er nie getan. Er ging ständig ins Atelier, wo er mit dir so glücklich war, und blieb stundenlang dort sitzen. Es war herzzerreißend.

Er schlief schlecht, und ich ließ ihm vom Doktor etwas für die Nacht verschreiben. Ich dachte, es würde ihm helfen. Und als ich ihn eines Morgens wecken wollte, fand ich ihn tot.

Er lag so friedlich da. Er wirkte jung und sah aus, als sei er sehr glücklich.

Es gab eine gerichtliche Untersuchung zur Feststellung der Todesursache. Man war sehr mitfühlend. Der Untersuchungsrichter meinte, es sei eine große Tragik für einen bedeutenden Künstler, wenn er dessen beraubt ist, was für ihn das Allerwichtigste ist. Andere, die ihr Augenlicht verlieren, können ihr Schicksal leichter ertragen.

Sie erkannten auf Selbstmord. Er sei geistig umnachtet gewesen. Aber sein Verstand war so klar wie immer. Er fühlte sich einfach nicht imstande, ohne seine Augen weiterzuleben.

Ich weiß nicht, was ich anfangen soll, Kate. Im Moment bin ich völlig unentschlossen. An Deiner Stelle würde ich nicht herkommen. Es würde Dich zu sehr bedrücken. Alle sind sehr nett zu mir. Frances Meadows hat mir angeboten, ins Pfarrhaus zu kommen, und da bin ich jetzt, und Hope hat mich auch zu sich eingeladen. Gegen Ende der Woche ziehe ich zu ihr. Wenn Du diesen Brief erhältst, bin ich wahrscheinlich schon dort.

Ich kann gar nichts tun. Vielleicht komme ich Dich später besuchen, und dann können wir über alles reden.

Dein Vater hat ständig von Dir gesprochen. Noch am Tag vor seinem Tod sagte er mir, wie glücklich er sei, weil Du so erfolgreich bist. Er sprach auch von dem Jungen. Er fühlte wohl, daß er glücklich sterben konnte, weil er wußte, daß Du die Tradition fortführst.

Liebe Kate, ich weiß, es ist ein schlimmer Schock für Dich. Ich werde versuchen, mein Leben neu einzurichten. Ich fühle mich so verlassen und bin so unglücklich, aber ich danke Gott für meine guten Freunde. Ich weiß nicht, was ich tun soll. Vielleicht verkaufe ich das Haus, wenn Du einverstanden bist. Er hat mir das Haus hinterlassen und das Wenige, das besaß – natürlich mit Ausnahme der Miniaturen. Die gehören Dir. Vielleicht bringe ich sie irgendwann nach Paris.

Ich fürchte, ich habe es Dir recht ungeschickt mitgeteilt. Ich habe diesen Brief dreimal geschrieben. Aber es gibt kein Mittel, um den Schlag zu mildern, nicht wahr?

Liebe Kate, wir müssen uns bald sehen. Es gibt so viel zu beschließen.

Clare.«

*   *   *

Ich ließ den Brief sinken.

Nicole kam herein. Sie sagte: »Der Kaiser wird sich an die Spitze seiner Truppen stellen, den Rhein überqueren und die deutschen Staaten zur Neutralität zwingen. Nanu ... was ist denn mit dir?«

»Mein Vater ist tot. Er hat sich umgebracht.«

Sie starrte mich an, und ich drückte ihr den Brief in die Hand. »O mein Gott«, flüsterte sie.

Sie hatte ein sehr mitfühlendes Herz, und ich war jedesmal

erstaunt, wie rasch sie sich von einer strahlenden Frau von Welt in eine warmherzige und verständnisvolle Freundin verwandelte.

Sie machte eine Tasse starken Kaffee und bestand darauf, daß ich ihn trank. Dann sprach sie zu mir von meinem Vater, von seiner Begabung, seinem Lebenswerk ... und dem plötzlichen Stillstand seiner Arbeit.

»Das war zuviel für ihn«, sagte sie. »Er war seines kostbarsten Schatzes beraubt ... seiner Augen. Ohne sein Augenlicht hätte er niemals glücklich sein können. Vielleicht ist er es jetzt.«

Es tat mir wohl, mit Nicole zu sprechen, und wieder einmal war ich dankbar, daß ich sie hatte.

Der Tod meines Vaters war auch der Hauptgrund, daß ich dem Krieg, über den sich alle so aufregten, nur mäßiges Interesse entgegenbrachte.

Als die Nachricht kam, daß die Franzosen die deutschen Truppen aus Saarbrücken vertrieben hatten, herrschte großer Jubel unter den Parisern. Sie tanzten auf den Straßen und sangen patriotische Lieder. Sie riefen »Vive la France« und »A Berlin«. Sogar die kleinen Hutmacherinnen mit ihren Schachteln am Arm schwatzten aufgeregt davon, daß die Preußen jetzt ihre Lektion erteilt bekämen.

Aber mein ganzes Denken kreiste um meinen Vater. Als ich ihn das letztemal sah, hatte er einen glücklichen Eindruck gemacht – zufrieden in seiner Ehe mit Clare, voll stolzer Freude, weil ich erfolgreich war und weil er dachte, daß auch Kendal einmal Maler werden würde. Und doch hatte er die ganze Zeit seine geheimsten Gedanken für sich behalten.

Hätte er sie mir doch mitgeteilt!

Einige Male war ich drauf und dran, wieder nach England zurückzukehren.

»Was hätte das für einen Sinn?« meinte Nicole. Was konnte ich tun? Er war tot und begraben. Ich konnte nichts tun. Und wollte ich vielleicht den Jungen zurücklassen?

Nein, das konnte ich nicht. Ich dachte an den Baron, wie er ihm auflauerte. Was würde geschehen, wenn ich nicht da wäre?

»Überdies ist es beschwerlich, in Kriegszeiten zu reisen«, fuhr Nicole fort. »Bleib wo du bist. Warte eine Weile. Du wirst den Schock überwinden. Laß Clare herkommen. Dann könnt ihr miteinander reden und euch gegenseitig trösten.«

Das schien ein vernünftiger Rat.

Dann änderte sich die politische Lage. Die optimistische Stimmung war banger Sorge gewichen. Der Krieg verlief nicht so, wie man es erhofft hatte. Saarbrücken war lediglich ein Scharmützel gewesen, bei dem die Franzosen ihren einzigen Erfolg verbuchen konnten.

In den Straßen von Paris breitete sich gedrückte Stimmung aus. Das Volk, das einst begeistert den Sieg feierte, versank nun in Schwermut, und die Leute fragten sich: Und was kommt jetzt?

Der Kaiser war beim Heer, die Kaiserin hatte die Regentschaft in Paris übernommen. Der anfängliche Glaube, daß es bald vorüber wäre und daß man die Preußen geschlagen hätte, hatte sich als trügerisch erwiesen. Das französische Heer war nicht so gut in Form, wie man gedacht hatte. Die Preußen dagegen waren diszipliniert, gut ausgebildet und zum Sieg entschlossen.

Alle sprachen nur noch vom Krieg. Es sei vielleicht nur ein vorübergehender Rückschlag, meinten einige, denn es sei unmöglich, daß ein großes Land wie Frankreich dem kleinen Preußen unterliegen könne.

Sämtliche Sitzungen bei mir wurden abgesagt, und viele meiner Kunden zogen von Paris aufs Land. Ich aber dachte nur an meinen Vater und grübelte, was in ihm vorgegangen sein mochte, als er sich zu dieser verhängnisvollen Tat entschloß. Erst als ich hörte, daß die Preußen bereits auf Metz zu rückten und das Heer des Kaisers in chaotischem Rückzug die Straßen verstopfte, so daß kein Nachschub mehr an die Front gelangen konnte, erkannte auch ich, daß uns eine Katastrophe bevorstand.

Und dann kam die Nachricht von der Kapitulation bei Sedan! Der Kaiser befand sich mit 80 000 französischen Soldaten als Kriegsgefangener in der Hand der Preußen.

»Was nun?« fragte Nicole.

»Was können wir schon tun, außer abwarten?« gab ich zurück. In den Straßen herrschte Aufruhr, und diejenigen, die einst den Kaiser bejubelt und »*A Berlin*« gerufen hatten, schimpften nun auf ihn.

Die Kaiserin war nach England geflohen.

Inzwischen war es September geworden. Wer hätte es je für möglich gehalten, daß binnen kurzer Zeit so tiefgreifende Veränderungen stattfinden konnten?

»Sie werden ein Friedensangebot machen«, meinte Nicole.

»Wir werden ihre Bedingungen akzeptieren müssen, und danach wird alles wieder seinen gewohnten Gang gehen.«

Am Tage nach der Kapitulation von Sedan besuchte uns der Baron.

Ich wollte gerade in den *Salon* gehen, als ich dort bekannte Stimmen hörte. Ich öffnete die Tür, und zu meiner großen Überraschung lief der Baron auf mich zu und küßte mir die Hand. Rasch zog ich sie zurück und warf Nicole einen vorwurfsvollen Blick zu. Offensichtlich hatte sie ihn eingeladen. Doch der Baron zerstreute diesen Verdacht sogleich mit den Worten: »Ich bin gekommen, um Sie zu warnen. Sie wissen sicher, was vorgeht.« Er wartete eine Antwort gar nicht erst ab. »Es ist … ein Unglück«, fuhr er fort. »Wir haben zugelassen, daß Frankreich von einem Narren regiert wird.«

»Und doch hat er viel Gutes bewirkt«, verteidigte Nicole den Kaiser. »Er ist eben nur kein Soldat.«

»Wenn er kein Soldat ist, soll er nicht in den Krieg ziehen. Er hat das Land in dem Glauben gewiegt, es hätte ein Heer, das kämpfen kann. Es war hingegen unvorbereitet … schlecht ausgebildet und hatte gegen die Deutschen keine Chance.

Aber wir verschwenden unsere Zeit, und es kommt weiß Gott auf jede Minute an.«

»Der Baron schlägt vor, daß wir Paris verlassen«, warf Nicole ein.

»Paris verlassen? Wo sollen wir denn hin?«

»Er bietet uns eine Bleibe in seinem *Château* an.«

»Ich habe nicht die Absicht, jemals wieder nach Centeville zu gehen«, sagte ich.

»Sind Sie sich über die politische Lage eigentlich im klaren?«

»Ich habe die Nachrichten verfolgt. Ich weiß von der Katastrophe bei Sedan und daß der Kaiser in Gefangenschaft ist.«

»Und das ist für Sie kein Grund zur Besorgnis?«

»Nichts kann mich dazu bewegen, Ihr Schloß zu betreten.«

»Die Lage ist leider schlimm, Kate«, meinte Nicole.

»Ich weiß. Aber ich bleibe hier. Dies ist mein Heim, und sollte es unmöglich sein, hier zu leben, gehe ich lieber nach England.«

»Es wird nicht einfach sein, in Kriegszeiten zu reisen.«

Ich sah den Baron an. Nur zu gut konnte ich mich daran erinnern, wie er dort in dem Turmzimmer war, Triumph in seinen Augen, entschlossen, mir seinen Willen aufzuzwingen. »Ich bleibe hier«, sagte ich fest.

»Das ist töricht von Ihnen. Sie verstehen nicht, was es bedeutet, feindliche Besatzung im Land zu haben.«

»Und Sie? Sie leben schließlich auch in diesem Land.«

»In mein *Château* werden die Preußen nicht kommen.«

»Wieso nicht?«

»Weil ich es nicht zulasse.«

»Sie ... Sie wollen sich den preußischen Truppen entgegenstellen?«

»Wir verschwenden unsere Zeit«, sagte er. »Machen Sie sich lieber sofort zum Aufbruch bereit.«

Ich sah Nicole an. »Geh du, wenn du willst. Ich bleibe hier.«

»Kate, hier bist du nicht sicher.«

»Ich habe die Wahl zwischen zwei Übeln. Ich wähle das hier.«
Der Baron musterte mich mit dem spöttischen Lächeln, das
ich schon sooft an ihm beobachtet hatte.
»Geh nur, Nicole«, sagte ich. »Du vertraust ihm. Ich nicht.«
Er hob in einer hilflosen Gebärde die Schultern.
Nicole sagte: »Du weißt, daß ich dich und Kendal nicht allein
lasse.«
Der Baron zuckte die Achseln. »Da kann man nichts machen.
Adieu, meine Damen. Und mögen Sie mehr Glück haben als
Verstand.«
Damit war er verschwunden.
Nicole setzte sich und starrte vor sich hin.
»Du hättest mit ihm gehen sollen«, sagte ich.
Sie schüttelte den Kopf. »Nein. Ich bleibe hier. Dies ist mein
Zuhause. Du und der Junge, ihr seid meine Familie.«
»Aber du hältst meinen Entschluß für falsch«, entgegnete ich.
Sie hob die Schultern, wie er es vor wenigen Minuten getan
hatte. »Das bleibt abzuwarten«, meinte sie.

Es waren seltsam unwirkliche Septembertage – diesig am
Morgen, und wenn die Sonne herauskam, schien die Stadt
wie von goldenem Licht gefärbt. Die Leute auf den Straßen
warteten gespannt auf Nachrichten.
Ganz Paris stellte sich gegen den Kaiser. Er habe das Volk betrogen, hieß es. Dabei hatten vor gar nicht langer Zeit die Leute ihm und seiner schönen Kaiserin noch zugejubelt. Jetzt ver-
achteten sie das Kaiserpaar. Mit den Königen sei es ebenso
gewesen, hieß es. Schließlich hatte Paris vor achtzig Jahren
die Königsfamilie verstoßen.
In diesen Tagen bekam ich einen Eindruck davon, wie es in
Paris zugegangen sein mußte, bevor die Revolution über die
Stadt hereinbrach.
Als Frankreich wieder die Republik ausrief, herrschte Aufregung in den Straßen. Keine Könige mehr. Keine Kaiser mehr.
Das Land gehörte dem Volk.

248

Aber das konnte das Vorrücken der Deutschen nicht aufhalten, und als der September dem Ende zuging, erfolgte der endgültige Schlag. Straßburg kapitulierte vor den Deutschen, deren Truppen nun gegen Paris marschierten.

Dann kam die Schreckensnachricht. Der preußische König war im Schloß zu Versailles.

Wir hatten die Widrigkeiten eines verlorenen Krieges schon seit einer Weile gespürt. Die Lebensmittel verschwanden aus den Geschäften. Nicole meinte, wir müßten horten, was wir bekommen konnten. Wenn wir genug Mehl hätten, könnten wir wenigstens Brot backen. Und wir kauften ein, solange es ging.

Dann kam der Tag, den ich nie vergessen werde. Nicole war ausgegangen, um zu sehen, was sie noch ergattern konnte, und unterdessen setzte die Beschießung ein.

Ich hörte einen dumpfen Knall und fragte mich, was das sein mochte. Offenbar fanden in den Außenbezirken der Stadt Kämpfe statt. Ich machte mir Sorgen wegen Kendal. Hätte ich doch auf den Baron gehört. Er hatte recht. Wir hätten Paris verlassen sollen.

Es blieb bei diesem einzigen donnernden Schlag.

Kendal wurde gerade von Jeanne unterrichtet, und zwar im Atelier, nachdem ich seit Wochen keine Kunden mehr hatte. Ich fragte mich gerade, wo Nicole solange blieb, als der *Concierge* mich rief.

Ich lief hinunter. Ein Junge war gekommen. »Madame Collison«, stotterte er atemlos, »bitte kommen Sie ins Hospital St. Jacques. Eine Dame fragt nach Ihnen.«

»Eine Dame?«

»Madame St. Giles. Sie ist verletzt. Diese verdammten Deutschen ...«

Mir wurde schlecht vor Angst. Der Knall! Sie bombardierten Paris, und Nicole ...

Ich mußte so schnell wie möglich zu ihr, aber vorher mußte ich Bescheid sagen, daß ich fortging.

249

Ich rief Jeanne kurz zu: »Madame St. Giles ist verletzt. Ich laufe ins Hospital. Passen Sie solange auf Kendal auf.«

Jeanne nickte. Ich konnte mich auf sie verlassen.

Glücklicherweise war das Hospital nur wenige Straßen entfernt, und binnen weniger Minuten war ich dort.

Nicole lag bleich in einem Bett und war kaum wiederzuerkennen. Ihr weißes Hemd war über und über mit Blut befleckt.

Ich warf mich auf die Knie und starrte sie an.

»Kate«, flüsterte sie.

»Ich bin bei dir, Nicole. Ich bin so schnell gekommen, wie ich konnte.«

»Sie beschießen Paris. Sie sind überall. Ich war auf dem Weg nach Hause, um es dir zu sagen ...«

»Darfst du sprechen?«

»Ich muß, Kate.«

»Nein«, widersprach ich. »Lieber nicht. Kann ich irgendwas für dich tun? Hast du Schmerzen?«

Sie schüttelte den Kopf. »Ich spüre nicht viel. Doch irgendwas stimmt nicht mit mir.«

»O Nicole!« stöhnte ich, von Reue und Scham übermannt. Ohne meinen Starrsinn läge sie nicht hier. Sie wäre mit dem Baron gegangen.

»Kate.«

Sie versuchte zu lächeln. Alle Farbe war aus ihrem Gesicht gewichen. Sie sah aus wie tot ... nur ihre Augen lebten.

»Ich ... Ich will dir etwas sagen.«

»Du sollst nicht sprechen.«

»Es geht zu Ende ... mit mir. Komisch ... in Paris auf der Straße erschossen. Ich habe mich oft gefragt, wie mein Ende sein würde. Jetzt weiß ich es.«

»Du mußt versuchen zu schlafen.«

Sie lächelte. »Ich möchte, daß du ... weißt ...«

»Ich weiß, meine liebe Freundin, daß ich meine Schwierigkeiten ohne dich nie überwunden hätte.« Meine Augen füllten sich mit Tränen.

Nicole blinzelte. Ich glaube, sie wollte den Kopf schütteln.

»Er ... Kate.«

»Er?«

»Der Baron.«

»Er ist in seiner normannischen Festung in Sicherheit.«

»Kate, du mußt ... versuchen, ihn zu verstehen. Es war er. Es ist sein Haus. Er wollte sicher sein, daß es dir gut geht ...«

Was erzählte sie da?

»Quäle dich nicht, es ist jetzt nicht wichtig.«

»Doch ... doch ...« murmelte sie. »Versuche ihn zu verstehen, Kate. Es ist etwas Gutes in ihm ...«

Ich lächelte ihr zu. Ihre undeutliche Stimme nahm einen ungeduldigen Klang an.

»Er bat mich ... dich zu suchen, Kate. Es war kein Zufall. Er wollte sicher sein, daß du ... wohlversorgt bist.«

»Du meinst, er hat die ganze Zeit gewußt, wo ich bin?«

»Das Haus gehört ihm. Er hat sich um alles gekümmert, Kate ... alles bezahlt ... für die Entbindung gesorgt. Er hat die Leute geschickt, die ihre Portraits malen ließen. Du siehst ... er kümmert sich um dich, Kate.«

Das war zuviel. Ein Schock folgte auf den anderen. Er hatte mich also überwacht. Er hatte die ganze Zeit gewußt, wo ich war. Er mußte geahnt haben, daß ich ein Kind bekam. Er hatte Nicole beauftragt, sich um mich zu kümmern ... Freundschaft vorzutäuschen ... O nein, das nicht. Ihre Freundschaft zu mir war echt. Aber er hatte sie geschickt. Er hatte uns das elegante komfortable Haus mit dem Atelier zur Verfügung gestellt. Nicole hatte ihm regelmäßig berichtet, und er war in den Park gekommen, um seinen Sohn zu sehen.

Es war unerhört, aber irgendwie schien das nicht wichtig zu sein. Nicole lag im Sterben. Ja, ich wußte, daß sie sterben würde. Ihr bohèmehaftes Leben in eleganten *Salons* als Mätresse eines der wichtigsten Männer Frankreichs hatte auf einer Straße von Paris geendet, und nun lag sie hier in einem Armenspital.

»O Nicole«, weinte ich, »liebe Nicole, du mußt gesund werden.«

Sie lächelte. Ihre Augen sahen mich bereits nicht mehr.

»Es ist aus«, wisperte sie. »Aus und vorbei. Ich bin zu schwer verletzt. Ich weiß, daß es zu Ende ist. Ich bin froh, daß du gekommen bist, Kate. Ich mußte es dir sagen ... bevor ich fortgehe. Verzeih ihm. Es ist etwas Gutes in ihm. Du wirst es entdecken.«

»Sprich nicht von ihm.«

»Ich muß. Ich will dir sagen, wie es war. Ich habe ihn geliebt ... auf meine Art. Er hat mich geliebt ... auf seine Art ... auf eine leichte Art. Aber nicht so wie dich. Du kannst das Gute in ihm hervorholen, Kate. Bitte versuche es.«

»Du sollst nicht an ihn denken, Nicole. Bitte ruh dich aus. Du wirst wieder gesund werden. Was sollen wir ohne dich anfangen?«

»Verzeih mir ...«

»Was gibt es da zu verzeihen? Du müßtest mir verzeihen. Ich habe dich hier zurückgehalten. Ich hätte darauf bestehen müssen, daß du mit ihm gehst. Du wußtest, daß es das Richtige war. Aber ich wollte nicht, und deshalb ... ach, Nicole, wie kann ich dir danken für alles, was du für mich getan hast?«

»*Er* hat es getan.«

»Nein, Nicole, du ... *du*.«

»Bitte, Kate«, flehte sie mich an. Und da wußte ich, daß es zu Ende ging.

Ich nickte, und ihr Gesichtsausdruck wandelte sich. Endlich hatte sie ihren Frieden gefunden.

Sie schloß die Augen. Ihr Atem ging schwer. Ich blieb bei ihr sitzen und bildete mir ein, daß meine Gegenwart sie tröstete. Es verging etwa eine halbe Stunde, dann begann sie plötzlich rasselnd zu atmen und nach Luft zu ringen.

Ich lief hinaus, um jemanden herbeizurufen. Mit einer Krankenschwester kehrte ich an Nicoles Bett zurück.

Nicole atmete nicht mehr.

»Sie war schwerverletzt«, erklärte mir die Schwester. »Sie konnte nicht überleben.«

Sie drückte Nicole die Augen zu und zog das Laken über ihr Gesicht.

Taumelnd trat ich aus dem Hospital. Ich konnte es nicht fassen. Nicole tot! Am Morgen war sie noch gesund und munter gewesen, meine liebste Freundin, der einzige Mensch, dem ich vertraute. Und nun war sie nicht mehr ... und alles binnen einer Stunde. Das Leben konnte grausam sein, das hatte ich am eigenen Leibe erfahren, aber daß eine Tragödie so jäh hereinbrechen konnte, das war mir nie in den Sinn gekommen.

»Mögen Sie mehr Glück haben als Verstand.« Seine Stimme klang mir noch im Ohr. Er wollte uns holen. Er hatte die ganze Zeit für uns gesorgt. Nicht aus Freundschaft hatte Nicole mir anfangs geholfen, sondern auf seine Anweisungen hin.

Und nun war Nicole tot. Wie sollte ich Kendal erklären, daß er sie nie wiedersehen würde? Konnte ich jemals vergessen, daß sie meinetwegen in Paris geblieben war? Ohne mich würde sie jetzt noch leben.

Mit plötzlichem Entsetzen wurde mir klar, daß die Schüsse jederzeit auch einen von uns treffen konnten. O Gott, dachte ich. Kendal!

Ich rannte, so schnell ich konnte.

Das Haus stand noch. Ich hatte halb und halb erwartet, es zerstört zu finden.

Krieg. Wir hatten Krieg. Nie hätte ich gedacht, daß ich in einen Krieg verstrickt sein könnte. Nun war er da, mit Tragik und Zerstörung, Verstümmelung und Tod ... und konnte alles Leben mit sich nehmen.

Ich lief ins Haus und rief: »Jeanne! Kendal! Schnell. Wo seid ihr?«

Jeanne kam mit kreidebleichem Gesicht angerannt. Sie war sichtlich verstört.

»Wo ist Kendal?« fragte ich atemlos.

»Er ist fort ... in Sicherheit. Der Herr vom Park ...«

Mir wurde schwindelig. Mir war übel vor Angst.

»Er kam gleich, nachdem Sie gegangen waren. Er sagte, Paris sei nicht der richtige Ort für den Jungen. Er werde ihn in Sicherheit bringen. Ich habe versucht ... aber er hat ihn einfach mitgenommen.«

»Und Kendal?«

»Er wollte nicht ohne seine Mutter gehen. Aber er wurde einfach aufgehoben und fortgetragen.«

Ich schlug die Hände vors Gesicht und schluchzte: »Das darf nicht wahr sein. Er hat ihn nach Centeville gebracht. Ich muß ihm nach. Ach Jeanne ... Nicole ist tot.«

Sie starrte mich an.

»Ich ... Ich war bei ihr«, stammelte ich. »Und ... und während ich bei ihr war, hat er meinen Sohn abgeholt. Jeanne, ich muß ihm nach. Ich weiß, wo er ist. Kommen Sie mit. Sie können nicht hierbleiben. Wenn Sie Nicole hätten sehen können ...«

»Wie kommen wir dorthin?«

»Ich weiß nicht. Aber wir müssen sofort los. Suchen Sie alles Geld zusammen, was wir haben. Es ist keine Minute zu verlieren. Wir müssen ihm nach.«

Ich lief in mein Zimmer, raffte etliche Sachen zusammen und warf meinen Mantel über. Verzweifelte Betriebsamkeit war das beste Mittel, um eine Situation wie diese zu überstehen. Dann eilte ich nach unten. Jeanne stand bereits da.

Ich rief ihr zu: »Kommen Sie.«

Plötzlich ging die Tür auf, und da stand er – der Baron persönlich – und hielt Kendal an der Hand.

Mit einem Schrei der Erleichterung stürzte ich zu meinem Sohn. Ich kniete nieder, umarmte ihn, klammerte mich an ihn. Er machte ein verdutztes Gesicht, war aber sichtlich ebenso erleichtert wie ich.

»Es ist keine Minute zu verlieren«, herrschte mich der Baron an. »Wo ist Nicole? Rufen Sie sie her.«

Ich starrte ihn ein paar Sekunden an, doch ich brachte kein Wort heraus.

254

»Beeilen Sie sich«, befahl er. »Die Stadt wird in wenigen Stunden im Belagerungszustand sein ... vielleicht ist sie es schon. Holen Sie Nicole ... rasch.«

Ich stammelte: »Nicole ist tot. Ich komme soeben von ihr.«

»Tot!«

»Sie liegt im Hospital. Sie wurde verletzt ... bei dieser Beschießung. Ich war bei ihr, bis sie starb.«

Er schien erschüttert, und zum erstenmal nahm ich eine Gefühlsregung bei ihm wahr.

»Nicole ... tot ...« hörte ich ihn murmeln. »Sind Sie ... sind Sie sicher?«

»Ich war bis eben bei ihr. Es wurde nach mir geschickt ...«

Ich wandte mich von ihm ab und hörte ihn sagen: »Sie war die beste Frau ...« Dann faßte er sich. »Kommen Sie. Es ist keine Zeit zu verlieren.« Er blickte Jeanne an. »Sie auch. Sie können nicht hierbleiben.«

Wir traten auf die Straße. Es war kaum jemand unterwegs. Die Beschießung hatte alle Menschen in ihre Häuser getrieben.

Der Baron sagte: »Ich habe Pferde in der Nähe. Wir müssen so rasch wie möglich fort von hier. Kommen Sie. Es geht um jede Minute.«

Wir befanden uns am Ende der Straße, als der zweite Schlag an diesem Tag die Luft erzittern ließ.

Ich glaube, das war der schlimmste Augenblick meines Lebens. Ein Gebäude neben uns war getroffen. Die Zeit schien sich zu verlangsamen. Das Haus wankte in seinen Festen; dann begann es in sich zusammenzufallen ... langsam, die Fassade neigte sich der Straße zu. Kendal und ich starrten wie hypnotisiert auf das Schauspiel. Ich hörte, wie der Baron ihm etwas zurief. Der Junge drehte sich um, aber es war zu spät. Ein ohrenbetäubendes Gepolter, und dann war die Luft voll Staub.

Kendal lag auf dem Boden hingestreckt. Ich wußte, daß Teile dieser Wand aus Ziegelsteinen und Schutt gleich auf ihn fal-

255

len würde, und rannte los ... aber der Baron war vor mir da. Es war zu spät, um den Jungen aufzuheben ... deshalb warf er sich schützend auf ihn.

Ich schrie und konnte wegen des Staubes ein paar Sekunden nichts sehen. »Kendal«, rief ich verzweifelt.

Dann kniete ich neben ihnen und räumte mit den Händen den Schutt beiseite.

Ein Bein des Barons war blutig, doch ich rief unentwegt nach Kendal.

Da krabbelte Kendal hervor und stand auf. Ich war wie verrückt vor Seligkeit, denn er schien unverletzt zu sein.

Der Baron aber lag inmitten der Ziegelsteine und dem Staub ... stumm und regungslos.

Jeanne, Kendal und ich knieten uns neben den Baron in den Staub. Sein Bein lag verrenkt unter ihm. Er war bewußtlos, und ich glaubte, er wäre tot. Die seltsamsten Gefühlsregungen übermannten mich. Ich hatte den Tod an diesem Morgen schon einmal gesehen. Aber den Baron konnte er nicht treffen. Niemals. Er war unzerstörbar.

»Wir müssen sofort Hilfe holen«, schrie ich Jeanne zu.

Jeanne erhob sich. Jetzt kamen auch die Leute aus ihren Häusern, um nachzusehen, was beschädigt worden war. Wir baten sie um Hilfe, und bald hatte sich eine kleine Schar um uns versammelt. Ich konnte meine Augen nicht von dem Baron wenden. Da lag er, schlaff, mit blutbefleckten Kleidern, sein gewöhnlich frisches Gesicht totenblaß, die Augen geschlossen, und in mir breitete sich eine entsetzliche Leere aus.

Meine liebe Freundin Nicole war für immer von uns gegangen. Darüber würde ich mein Leben lang trauern. Aber ein Leben ohne den Baron konnte ich mir überhaupt nicht vorstellen.

Jemand hatte eine Leiter gebracht. Sie wurde als Trage benutzt, und in einer plötzlichen Eingebung sagte ich: »Bringen Sie ihn zu mir. Ich kann mich um ihn kümmern. Und holen Sie einen Arzt ... schnell ... schnell ...«

256

Sie trugen ihn ins Haus. Kendal klammerte sich an meine Hand.

»Ist er tot?« fragte er.

»Nein«, antwortete ich hitzig. »Nein ... er kann nicht tot sein ... nicht der Baron.«

So begann die Belagerung von Paris, die tragischste und demütigendste Periode in der Geschichte dieser großartigen Stadt.

Am nächsten Tag verschwendete ich nicht einen Gedanken an den Krieg. Ich hatte nur meinen Patienten im Sinn. Der Arzt war gekommen. Ein Knochen im rechten Bein des Barons war zersplittert. Doch er würde wieder gehen können – eventuell mit Hilfe eines Stocks. Alle lebenswichtigen Organe waren unversehrt, und der Blutverlust und die Erschütterung waren nicht so schlimm; er würde genesen und seine Lebensweise, wenn auch in gemäßigter Form, wieder aufnehmen können. Ich saß die ganze erste Nacht an seinem Bett. Noch immer war er bewußtlos, und wir hatten vom Ausmaß seiner Verletzung keine Ahnung. Im Grunde war ich froh, daß sie ihn nicht ins Hospital gebracht hatten. Dort lagen schon etliche Opfer der Beschießung, und man rechnete mit weiteren Verwundeten. Dem Arzt war es sehr recht, als ich sagte, ich könne den Baron mit Jeannes Hilfe zu Hause pflegen.

Der Doktor zeigte mir am nächsten Tag, wie man das Bein verbinden mußte. Die Wunde sah schrecklich aus und tat gewiß sehr weh, aber der Baron ertrug den Schmerz mit Fassung, wie ich es von ihm nicht anders erwartet hätte.

Ich hatte die Betten mit Jeannes Hilfe nach unten geschafft, damit wir alle im gleichen Stockwerk und nicht zu weit voneinander entfernt waren. Ich hatte große Angst, von Kendal getrennt zu werden.

Bei jedem Geräusch schreckten wir auf und fürchteten, die Beschießung würde wieder einsetzen. Aber es blieb ruhig auf den Straßen.

Es war eine seltsame Nacht, die ich an seinem Bett verbrachte, und es kam mir geradezu unwahrscheinlich vor, daß ich noch in der Nacht zuvor in meinem eigenen Bett geschlafen hatte. Um Kendal hatte ich die meiste Angst. Wieder und wieder durchlebte ich den entsetzlichen Moment, als ich dachte, das Gebäude würde auf ihn stürzen, und hätte sich der Baron nicht auf ihn geworfen und ihn beschützt, wäre mein kleiner Junge von den Mauern erschlagen worden.

Seltsam, was ich diesem Mann alles verdankte. Demütigung, Unterdrückung – und nun auch das Leben meines Sohnes.

Nicoles Stimme klang mir noch in den Ohren. »Es ist etwas Gutes in ihm. Du wirst es entdecken.« Ja, ich hatte bereits etwas Gutes in ihm entdeckt. Er wollte uns holen und hatte dabei sein Leben aufs Spiel gesetzt. Er hatte meinem Sohn das Leben gerettet.

Ich saß im Dunkeln, zündete aber keine Kerze an. Nicole hatte vor ein paar Tagen gebeten, mit Kerzen zu sparen ... wie auch mit allem anderen, weil eine Knappheit zu erwarten stünde.

So saß ich denn da, und als die Dämmerung heraufzog, blickte ich auf sein schlafendes Gesicht herab. Es hatte wieder etwas Farbe bekommen und sah nicht mehr so todesgleich aus. Ich wußte, er würde leben, und das erfüllte mich mit großer Freude.

Ich schloß die Augen und überlegte: Es geschieht zu viel in zu kurzer Zeit. Gewiß, der Tod ist stets nahe, aber in Zeiten wie jetzt ist er noch näher. Nicole war stets so vital gewesen ... und plötzlich, während sie über die Straße geht, ereilt sie das Schicksal – und das ist das Ende. Und jetzt der Baron! Wie leicht hätte ihm dasselbe zustoßen können.

Das war der Krieg. Bisher hatte ich ihm kaum Beachtung geschenkt. Welche Torheit! Die Männer zogen begeistert in den Kampf, doch unversehrt kehrte keiner zurück.

Ich öffnete die Augen und bemerkte, wie er mich ansah.

»Kate«, flüsterte er.

Ich beugte mich über ihn. »Wie geht es Ihnen?«

»Sonderbar«, sagte er. »Sehr sonderbar.«

»Es war die Beschießung. Eine Mauer ist auf Sie gefallen.«

»Ich weiß.« Und rasch setzte er hinzu: »Und der Junge?«

»Er ist unversehrt.«

»Gott sei Dank!«

»Und dank Ihnen.«

Ein Lächeln huschte über seine Lippen, und er schloß wieder die Augen.

Mir kamen die Tränen. Er muß wieder gesund werden, betete ich. Ja, er ist unzerstörbar.

Kendal kam ins Zimmer geschlichen. Ich winkte ihn zu mir, und er kam auf Zehenspitzen näher.

»Schläft er?«

Ich nickte.

»Ist er schlimm verletzt?«

»Es sieht so aus.«

»Meinst du, er kommt morgen in den Park und läßt mit mir meinen Drachen steigen?«

»Morgen nicht«, sagte ich. »Vielleicht ein andermal.«

Die folgenden Tage hatten etwas Unwirkliches. Meine Gedanken galten einzig und allein der Pflege des Barons. Wir waren wie erlöst, als die Beschießung aufhörte und es ruhig wurde, auch wenn es eine unheimliche Ruhe war. Während der ersten Tage schlief der Baron die meiste Zeit. Der Doktor hatte mir ein Schlafmittel für ihn gegeben. Er war ein ernsthafter junger Mann, den die Lage sehr beunruhigte.

»Wir hatten mit einer noch größeren Anzahl Verwundeter gerechnet«, erklärte er mir, »aber inzwischen hat der Feind offensichtlich seine Taktik geändert. Die Preußen wissen, wie man Krieg führt, und meiner Ansicht nach werden sie versuchen, uns durch Aushungern zur Kapitulation zu zwingen.«

»Eine grauenhafte Aussicht.«

»Ja. Und alles wegen dieser Bonapartes.«

Er war ein strenger Republikaner. Mir jedoch war die Politik gleichgültig. Ich war ihm nur dankbar für das, was er für mich tat.

Jeanne war eine großartige Hilfe. Jeden Morgen ging sie in die Stadt, und es war immer eine Aufregung, wenn sie zurückkam und wir ihren Einkaufskorb durchstöberten. Wir hatten reichlich Mehl im Haus und konnten selbst Brot bakken. Damit konnten wir uns eine Zeitlang über Wasser halten, wenn es nichts anderes mehr gäbe.

Nachmittags ging ich mit Kendal an die Luft, und Jeanne blieb zu Hause für den Fall, daß der Baron etwas benötigte. Ich entfernte mich nie weit vom Haus und ließ Kendal nicht aus den Augen.

Ich erklärte ihm, was Nicole zugestoßen war. Er war ein sehr intelligentes Kind und verstand sofort. Und wieder einmal staunte ich, wie leicht Kinder sich den Umständen anpassen. Er begriff, daß Krieg war, den Frankreich verlieren würde, und daß wir deswegen jetzt in einer belagerten Stadt lebten.

Die meisten Geschäfte waren leer, denn viele Waren, die in Paris gekauft wurden, kamen von den umliegenden Dörfern. Wir hatten die Karren oft in den frühen Morgenstunden aus allen Himmelsrichtungen zu den Markthallen rollen hören. Jetzt aber kam niemand mehr nach Paris, und keiner verließ die Stadt.

Die Tage verliefen sehr still. Die Eintönigkeit war unheimlich, denn während einer Belagerung bleibt es gewöhnlich nicht lange ruhig.

Der Baron kam allmählich wieder zu Kräften. Sein Bein war noch in einem jämmerlichen Zustand, aber er besaß eine kräftige Konstitution und erholte sich rasch.

Er konnte sich schon wieder aufsetzen. Ich stopfte Kissen unter sein Bein und besorgte einen Stock, mit dessen Hilfe er umherhumpeln konnte. Doch anfangs war selbst der kürzeste Weg eine solche Strapaze, daß er sich nach wenigen Schritten erschöpft wieder niederließ.

Es war merkwürdig, ihn ohne die Kraft zu sehen, die stets ein Teil von ihm war.

»Sie sind wie Samson«, sagte ich zu ihm, »dem man seine Locken abgeschnitten hat.«

»Vergessen Sie nicht«, gab er zurück, »seine Haare sind wieder gewachsen.«

»Ja. Und Sie kommen auch wieder zu Kräften.«

»Als Krüppel?«

»Sie haben Glück gehabt. Es hätte schlimmer kommen können.«

»Was vielleicht besser gewesen wäre«, fügte er ironisch hinzu.

»Sie meinen, wenn ich mich beim erstenmal nicht stur geweigert hätte, Paris zu verlassen, wäre Ihnen nichts passiert. Nicole wäre noch am Leben ...« Meine Stimme brach ab, und er meinte: »Wir alle machen Fehler ... manchmal.«

»Sogar Sie«, sagte ich, und etwas von der alten Feindschaft flammte wieder auf.

»Ja«, bestätigte er, »sogar ich, leider.«

Unsere Beziehung hatte sich geändert. Das war unvermeidlich. Er war der Patient, und ich war die Krankenschwester; außerdem lebten wir in Gefahr. Wir wußten nicht, ob uns nicht im nächsten Augenblick der Tod ereilen würde.

Mein einziger Wunsch war, nicht allein zurückzubleiben, daß der Tod mich holte und nicht Kendal oder den Baron. Oft lag ich wach und dachte: Wenn es mich trifft, wird er sich um Kendal kümmern. Er hängt an ihm. Er hat ihm das Leben gerettet. Es paßt mir zwar nicht, daß mein Sohn zu seinem Ebenbild heranwächst, aber er liebt ihn. Lieber Gott, hole sie nicht, laß mich nicht übrig.

Wir hatten auch keine Dienstboten mehr. Sie waren gegangen, bevor Nicole starb. Einige waren so klug gewesen, die Stadt zu verlassen; vor allem die Mädchen vom Lande, die dort ein Zuhause hatten. Wir waren allein, Kendal, der Baron, Jeanne und ich. Der Concierge und seine Frau lebten in ihrer Wohnung, aber sie hatten sich zurückgezogen und ließen sich selten blicken.

Ich verbrachte viel Zeit bei dem Baron, und wenn ich in sein

Zimmer trat, leuchteten seine Augen vor Freude. Manchmal bemerkte er: »Sie waren lange fort.«

Ich erwiderte: »Sie brauchen keine ständige Pflege mehr. Es geht Ihnen besser. Schließlich habe ich auch noch etwas anderes zu tun.«

Ich sprach immer in diesem leicht gereizten Ton mit ihm.

»Setzen Sie sich zu mir«, bat er dann. »Berichten Sie mir, was die Wahnsinnigen jetzt anstellen.«

Ich schilderte ihm, was ich über den Krieg erfahren hatte, daß die Preußen Paris umzingelt hatten und nun den Norden des Landes zu besetzen begannen.

»Sie werden die Städte einnehmen«, sagte er. »Orte wie Centeville interessieren sie nicht.«

Ich erzählte ihm, daß fast sämtliche Waren aus den Geschäften verschwunden waren und daß es schwierig würde, uns zu verköstigen, wenn es so weiterginge.

»Und da haben Sie sich noch ein weiteres Maul zum Füttern aufgehalst.«

»Das bin ich Ihnen schuldig«, erklärte ich, »und ich lege Wert darauf, meine Schulden zu bezahlen.«

»So hat sich das Blatt gewendet. Jetzt stehen Sie auf der Sollseite.«

»Das nicht«, entgegnete ich, »aber Sie haben meinem Sohn das Leben gerettet, und deshalb werde ich Sie pflegen, bis Sie wieder auf eigenen Füßen stehen können.«

Er wollte meine Hand ergreifen, doch ich zog sie zurück.

»Und das andere kleine Vergehen?« fragte er.

»Der Akt der Barbarei? Nein, der ist noch nicht abgetan.«

»Ich werde mich um Vergebung meiner Sünden bemühen«, sagte er demütig.

Unsere Gespräche verliefen also ähnlich wie bisher, doch hin und wieder schlich sich ein leichtfertiger, neckischer Ton hinein.

Es ging ihm zusehends besser. Das Bein heilte, und er konnte nun länger im Haus umhergehen, ohne sich zu strapazieren.

Aber ich bestand darauf, daß er nachmittags ruhte, während ich mit Kendal spazierenging.

»Ich wollte, Sie würden diese nachmittäglichen Streifzüge unterlassen«, sagte er einmal.

»Wir müssen doch auch mal an die Luft, außerdem entferne ich mich nie weit vom Haus.«

»Ich ängstige mich, und das tut mir nicht gut. Jede Krankenschwester, die diesen Namen verdient, weiß, daß man Patienten nicht ängstigen darf. Das verzögert die Genesung.«

»Wie bedauerlich, daß Sie mir die Befähigung zur Krankenschwester nicht zutrauen.«

»Kate«, sagte er, »kommen Sie her. Setzen Sie sich. Ich traue Ihnen alles zu, was immer Sie wollen. Ich muß Ihnen etwas Sonderbares beichten. Hier liege ich nun, hilflos, vielleicht für den Rest meines Lebens verkrüppelt, in einer belagerten Stadt; ich liege in einem Zimmer, wo der Tod zum Fenster hereinschaut, und weiß nicht, welch grausames Mißgeschick mich im nächsten Moment ereilen wird – und doch bin ich glücklich. Ich glaube, ich bin in meinem Leben nie glücklicher gewesen.«

»Dann muß Ihr Dasein aber sehr kläglich gewesen sein.«

»Nicht kläglich ... aber unwürdig.«

»Und Sie finden es würdig, wenn Sie hier liegen, sich erholen, nichts tun außer essen, falls wir etwas auftreiben können, und mit mir reden?«

»Genau darauf kommt es an. Mit Ihnen zu reden, Sie in meiner Nähe zu haben. Sie behüten mich wie ein Schutzengel, lassen nicht zu, daß ich zu lange aufbleibe, bringen mir meinen Brei ... das ist mir noch nie widerfahren.«

»Solche Situationen sind auch in meinem Leben nicht gerade häufig.«

»Kate, das hat etwas zu bedeuten.«

»Was?«

»Daß ich glücklich bin, glücklicher, als ich je war ... hier bei Ihnen.«

»Wenn es Ihnen besser ginge«, hielt ich ihm entgegen, »würden Sie sich ein Pferd besorgen, und binnen einer Stunde wären Sie aus der Stadt verschwunden.«

»Ein bißchen länger würde ich schon brauchen. Und es wird bald keine Pferde mehr geben. Man wird sie aufessen.«

Ich schauderte.

»Etwas müssen die Leute ja essen«, fuhr er fort. »Aber wo waren wir stehengeblieben? Ich würde aus der Stadt verschwinden. Mit Ihnen und dem Jungen. Jeanne würden wir natürlich auch mitnehmen. Aber diese Tage jetzt ... sind für mich sehr kostbar.«

»Weil Sie genau wissen, daß Sie eines Tages wieder gehen können.«

»Indem ich vielleicht einen Fuß nachziehe.«

»Besser, als gar nicht gehen zu können.«

»Trotz allem bin ich glücklich. Wie erklären Sie sich das?«

»Ich glaube, es bedarf keiner Erklärung, weil es nämlich nicht wahr ist. Die glücklichste Zeit Ihres Lebens war, als Sie über Ihre Gegner triumphierten.«

»Jetzt ist der Schmerz in diesem verfluchten Bein mein Gegner.«

»Und Sie triumphieren über ihn«, sagte ich.

»Und warum bin ich mit dem Leben so zufrieden?«

»Weil Sie sich für allmächtig halten und glauben, daß Ihnen unmöglich etwas zustoßen kann. Dafür sorgen die Götter Ihrer nordischen Vorfahren. Wenn jemand versucht, Ihnen etwas anzutun, schleudert Thor seinen Blitzstrahl, oder er wirft seinen Hammer, und wenn Sie das nicht retten kann, sagt Allvater Odin: ›Da kommt einer unserer auserwählten Helden. Laßt uns Walhalla für ihn wärmen.‹«

»Wissen Sie, Kate, Sie haben so eine treffsichere Art, daß ich aufgehört habe, jedesmal zu staunen, wenn Sie Ihren Witz und Ihre Klugheit beweisen.«

»Oho. Soll ich jetzt Ihr Bein verbinden?«

»Noch nicht. Setzen Sie sich und unterhalten Sie sich mit mir.«

Ich setzte mich und sah ihn an.

»Seltsam«, sagte er, »wenn ich so an unser Beisammensein in jenem Schlafgemach im Turm zurückdenke. Das war ein ergötzliches Abenteuer.«

»Für mich war es alles andere als das.«

»Ich werde es nie vergessen.«

»Ich auch nicht«, sagte ich spitz.

»Kate, ich habe Sie von Anfang an beobachtet, als ich hier lag. Ich habe mich öfters bewußtlos gestellt.«

»Solche Heimtücke sieht Ihnen ähnlich.«

»Sie haben über mich gewacht ... so zärtlich.«

»Sie waren verletzt.«

»Ja, aber ich glaubte eine ganz besondere Fürsorge zu entdecken ... eine besondere Anteilnahme. Habe ich recht?«

»Ich dachte daran, daß Sie meinem Sohn das Leben gerettet haben.«

»*Unserem* Sohn, Kate.«

Ich schwieg, und er fuhr sogleich fort: »Ich habe mich in Sie verliebt.«

»Sie und verliebt! Das ist unmöglich – Sie lieben nur sich selbst.«

»Ich bin so gern mit Ihnen zusammen, Kate. Ich liebe die Art, wie Sie mir die Stirn bieten. Ich genieße das. Es belebt mich richtig. Sie sind so ganz anders als alle, die ich je gekannt habe. Kate, die große Künstlerin, die mir pausenlos zeigen will, wie sie mich angeblich verachtet. *Angeblich* – das ist der springende Punkt. Im Grunde Ihres Herzens haben Sie mich gern ... und zwar sehr.«

»Ich bin Ihnen dankbar, weil Sie Kendal gerettet haben, und ich weiß die Tatsache zu schätzen, daß Sie gekommen sind, um ihn aus der Stadt zu bringen.«

»Und Sie auch. Ohne Sie wäre ich nicht gegangen. Ich wäre längst aus der Stadt gewesen ... wenn ich nicht auf Sie gewartet hätte.«

»Sie sind doch nur wegen des Jungen gekommen.«

»Seinet- und Ihretwegen. Sie glauben doch nicht, daß ich ihn geholt und Sie zurückgelassen hätte? Das wäre mir nie in den Sinn gekommen, damit Sie das nur wissen!«

Ich schwieg.

»Sie haben Angst um den Jungen, nicht wahr?«

Ich nickte.

»Er wird überleben, das liegt in seiner Natur. Er ist mein Sohn. Er wird durchkommen – und wir auch.«

»Was würde aus ihm werden, wenn mir etwas zustieße? Das ist meine größte Sorge. Was wird aus den Kindern derer, die umkommen ... oder Hungers sterben?«

»Um Kendal brauchen Ihnen nicht bange zu sein. Ich habe bereits entsprechende Maßnahmen in die Wege geleitet.«

»Was für Maßnahmen?«

»Ich habe Vorsorge für ihn getroffen.«

»Wann haben Sie das getan?«

»Als ich ihn zum erstenmal sah und ich mich vergewissert hatte, daß er mein Sohn ist, habe ich alles veranlaßt, damit er wohlversorgt ist, was immer geschieht.«

»In diesem Land? Was wird denn geschehen? Was geschieht mit einem Land, das von Feinden überfallen wird? Wird Ihre Vorsorge etwas nützen, wenn Frankreich eine besiegte Nation ist?«

»Ich habe meine Anweisungen schriftlich in Paris und in London niedergelegt. Immerhin ist er halber Engländer.«

»Das haben Sie wirklich getan?«

»Sie sehen mich an, als hielten Sie mich für einen Zauberer. Vielleicht bin ich das in Ihren Augen, Kate, aber derartige Vorkehrungen sind allgemein üblich. Jeder Geschäftsmann kann sie treffen. Ich habe beobachtet, was hier vorging. Ich wollte für eine Weile mit Ihnen und dem Jungen fort. Aber das ist fehlgeschlagen. Wenigstens ... falls der Junge ohne einen von uns zurückbliebe, gibt es Leute in London, die ihn finden und sich um ihn kümmern würden.«

Ich war sprachlos. Selbst wenn er hilflos im Bett lag, strahlte

266

er Macht aus, und ich hatte das Gefühl, solange er da war, würde alles gut werden.

»Jetzt sind Sie mit mir zufrieden«, stellte er fest.

»Es ist ... sehr gütig von Ihnen.«

»Aber Kate, es handelt sich schließlich um meinen Sohn! So einen Knaben hatte ich mir immer gewünscht. Ich freue mich über ihn ... genau wie über Sie.«

»Es freut mich, daß Sie etwas für ihn übrig haben.«

»Eines Tages wird er vielleicht ein großer Künstler. Das hat er von Ihnen. Von mir wird er seine stattliche Erscheinung haben ...« Er hielt inne und wartete auf eine Bemerkung von mir, aber ich sagte nichts. Ich war zu gerührt, um zu sprechen. »Seine stattliche Erscheinung«, fuhr er fort, »den Willen, sich zu verschaffen, was er braucht, seine Stärke, seine Entschlußkraft.«

»Keine dieser Eigenschaften könnte freilich woanders herkommen«, sagte ich mit sanftem Spott. Er hatte mir eine schwere Last von den Schultern genommen.

Er erwiderte: »Wären Sie hier gewesen, als ich kam, hätte ich Sie augenblicklich aus Paris herausgebracht. Ich wollte Sie alle fortbringen, Sie, den Jungen, Nicole und das Kindermädchen. Arme Nicole ...«

»Sie hatten sie gern«, warf ich ein.

»Sie war mir eine liebe Freundin. Wir haben uns gut verstanden. Es ist unfaßbar, daß sie tot ist.«

»Sie kannten sich eine lange Zeit.«

»Seit ihrem achtzehnten Lebensjahr. Mein Vater wünschte nicht, daß ich mich zu jung vermählte, und suchte eine Mätresse für mich aus. Er wollte sichergehen, daß ich die Richtige heiratete, denn er legte großen Wert auf eine vorzügliche Nachkommenschaft.«

»Wie bei Zuchtpferden.«

»So könnte man sagen. Das Prinzip ist jedenfalls nicht übel.«

»Nicole konnte wohl nicht alle notwendigen Kriterien aufweisen?«

»Nicole war eine schöne und kluge Frau. Sie war mit einem Bankangestellten verheiratet. Meine Eltern und ihre Mutter arrangierten ein Treffen. Wir fanden Gefallen aneinander, und es entstand eine sehr harmonische Beziehung.«

»Für Sie und Ihre berechnende Familie vielleicht. Aber für Nicole?«

»Sie hat sich nie beklagt. So werden in Frankreich die Dinge in Familien wie der unseren nun einmal gehandhabt. Eine Mätresse war für mich selbstverständlich. Die Ehe war dagegen eine ernste Angelegenheit.«

»Und eine perfekte Heirat mußte natürlich sein. In Ihrem Fall hat es damit nicht ganz geklappt, wie?«

»Man lernt mit zunehmendem Alter, daß ein Plan mißlingen kann, wenn man außer acht läßt, daß man sich in seinen Beziehungen zu anderen Menschen irren kann.«

»Das haben Sie also endlich eingesehen.«

»Ja, das habe ich endlich eingesehen.«

»Sie dachten, fürstliches Blut würde die Rasse veredeln.« Ich lachte. »Das kommt natürlich auf den Standpunkt an. Und Sie sind mit Ihrer Ehe nicht zufrieden ... trotz königlichem Geblüt.«

»Nein, ich bin mit meiner Ehe überhaupt nicht zufrieden. Ich überlege oft, wie ich mich daraus befreien könne. Während ich hier lag, habe ich viel darüber nachgedacht. Sobald ich wieder richtig laufen kann, werde ich etwas unternehmen. Ich will nicht den Rest meines Lebens ... gefesselt verbringen. Finden Sie nicht, daß ich ein Narr wäre, wenn ich die Dinge einfach so belassen würde?«

»Ich sehe nicht, was Sie daran ändern könnten. Ihre Pläne sind fehlgeschlagen. Sie hielten die Princesse für ein Spielzeug, das Sie nach Belieben an einen bestimmten Platz setzen können. Ihre Aufgabe bestand nur darin, die großen Centevilles mit ein bißchen blauem Blut zu versorgen. Dabei hätte ich gedacht, daß – zumindest in Ihren Augen – kein königliches Geblüt dem Vergleich mit einem barbarischen Normannen

268

standhält. Sie haben die Princesse genommen und sie dahin
gestellt, wo Sie sie haben wollten – und siehe da, Sie mußten
entdecken, daß sie keine Marionette ist, sondern ein Wesen
aus Fleisch und Blut. Und weil sie die Weitergabe königlichen
Gebüts nicht zu ihrer Lebensaufgabe machen wollte, wandte
sie sich einem anderen zu, der ihr besser gefiel als der barbari-
sche Baron. Sie können nichts machen. Bei uns heißt ein
Sprichwort: ›Wie man sich bettet, so liegt man.‹«

»Das ist absolut nicht meine Art. So gut sollten Sie mich inzwischen kennen.«

»Wenn Ihnen etwas nicht gefällt, gehen Sie hin und ändern es.
Das ist Ihre Art, nicht wahr?«

»Ja, Kate.«

»Und was wollen Sie tun? Sie brauchen einen Dispens, um die
Ehe für nichtig erklären zu lassen.«

»Aufgrund ihres Ehebruchs dürfte das nicht schwierig sein.«
Ich brach in Lachen aus.

»Es freut mich, daß ich Sie amüsiere«, sagte er.

»Oh, und wie. *Ihres* Ehebruchs. Sie müssen zugeben, daß das
sehr komisch ist. Ist es überhaupt ein Ehebruch? Sie hatte ihren Liebhaber schon vor der Hochzeit. Sie tat etwas – allerdings auf menschlichere, maßvollere Art –, was Sie gewiß
sehr häufig getan haben. Und Sie reden von Scheidung wegen
ihres Ehebruchs. Wenn das nicht zum Lachen ist!«

Er schwieg eine Weile. Dann sagte er: »Kate, wenn wir noch
einmal von vorne anfangen könnten, wissen Sie, was ich tun
würde? Ich würde Sie auf der Stelle heiraten.«

Ich lachte. Innerlich freute ich mich, wenngleich ich mich hü-
tete, es ihn merken zu lassen.

»Wie das?« fragte ich. »Sie können eine Frau nicht zum Jawort
zwingen. Das ist nicht so einfach wie eine Vergewaltigung,
bei der es nur auf körperliche Überlegenheit ankommt.«

»Wären Sie einverstanden gewesen?«

»Niemals.«

»Ich habe oft daran gedacht, während ich hier lag. Mit Kate

verheiratet! Der Knabe als mein Sohn anerkannt! Wir würden noch mehr Kinder haben, Kate. Jetzt weiß ich endlich, was ich hätte tun sollen.«

»Die Kinder hätten aber nicht das blaue Blut, auf das Sie so großen Wert legen.«

»Aber sie wären ein Teil von Ihnen ... und ein Teil von mir. Davon träume ich. Das wünsche ich mir mehr als alles andere auf der Welt.« Ich stand auf, während er fortfuhr: »Was sagen Sie dazu? Wo gehen Sie hin?«

»Es ist Zeit, Ihr Bein neu zu verbinden. Ich hole das Verbandszeug.«

Er blickte mich an, den Kopf zur Seite geneigt. Er lachte; ich aber wußte, daß es ihm ernst war mit dem, was er gesagt hatte.

Auf einmal war ich sehr glücklich.

Es war Winter geworden, und er war diesmal besonders streng. Wir hatten zwar genügend Feuerholz, aber wir gingen dennoch sparsam damit um. Schließlich war die Kälte leichter zu ertragen als der Mangel an Nahrung. Wir hüllten uns in Felle und Steppdecken und drängten uns alle zusammen ins Zimmer des Barons. Er mußte immer noch viel liegen mit seinem Bein. Ärztliche Hilfe war unmöglich zu bekommen. Der Doktor ließ sich nicht mehr sehen, und ich fragte mich, was aus ihm geworden sein mochte.

Gelegentlich gab es Tumulte auf den Straßen. Ich verließ das Haus nicht mehr. Der Baron bat mich, nicht hinauszugehen, und ich wollte auch Kendal nicht allein lassen.

Er war ein kluges Kind und begriff, daß wir unter Belagerung standen, und was das bedeutete. Der Baron hatte es ihm erklärt. Der Junge saß an seinem Bett und ließ sich nicht nur die gegenwärtige Situation erläutern, sondern lauschte begierig den Berichten von der glorreichen Vergangenheit der marodierenden Normannen. Er liebte solche Erzählungen und stellte eifrig Fragen. Wenn eine Geschichte wiederholt wurde

– er bat nämlich wieder und wieder darum – und von der ursprünglichen Version abwich, wies er sofort darauf hin. Sie waren glücklich zusammen, die zwei.

Als ich später von den Vorgängen in der Stadt erfuhr, wurde mir klar, was für ein Glück wir hatten. Jeanne war einfach fabelhaft. Sie ging nur noch gelegentlich zum Einkaufen und kam manchmal mit ein paar Lebensmitteln zurück, mit Kartoffeln oder etwas Gemüse, ein wenig Wein ... Außerdem hatten wir immer noch Mehl. Ein Segen, daß Nicole so umsichtig gewirtschaftet hatte! Weil sie gern Gäste bewirtete, hatte sie dafür gesorgt, daß die Speisekammer mit Nahrungsmitteln, die sich auf Vorrat halten ließen, immer gut gefüllt war. So hatten wir, wenn auch nicht im Überfluß, in den ersten drei Monaten wenigstens etwas zu essen.

Die Stadt war völlig abgeschnitten; es gab keinen Weg hinaus oder herein. Die Grenzen waren bewacht, und die einzige Verbindung zur Außenwelt erfolgte mit Hilfe von Brieftauben, wie ich von Jeanne erfuhr.

Jeanne war sehr mutig, und ich glaube, daß sie die Streifzüge in die Stadt aus Abenteuerlust unternahm.

So kamen wir über die Runden.

Es wurde Dezember, und ein Ende des Belagerungszustandes war nicht abzusehen. Die Tage waren finster. Durch die Fenster sahen wir den Schnee fallen, und überall herrschte gedrückte Stille.

Eines Tages kam Jeanne mit einem Stück gepökeltem Schweinefleisch nach Hause.

»Vom Wirtshaus zur Ananas«, berichtete sie. Ich erinnerte mich des Hauses mit dem Ananas-Schild über der Tür. Es war nur wenige Straßen von uns entfernt.

Der Wirt sei ein Freund von ihr, erklärte sie. Gelegentlich überließ er ihr etwas gegen einen hohen Preis. Der Baron hatte zwar sehr viel Geld, aber die meisten Leute wollten es in diesen Zeiten nicht. Sie wollten lieber etwas zu essen.

Das Schweinefleisch sollte Weihnachten als Festschmaus auf-

271

getischt werden, bestimmte ich. Nachdem wir wochenlang von Brot und Wein gelebt hatten, würde das ein wahrer Hochgenuß sein.

Dieses Weihnachtsfest wird mir ewig in Erinnerung bleiben. Es war ein kalter, dunkler Tag. Als besonderes Festtagsvergnügen machte Jeanne schon zeitig Feuer, und wir versammelten uns im Zimmer des Barons.

Niemals – weder vorher noch nachher – hat mir ein Essen so gut geschmeckt wie dieses harte gepökelte Schweinefleisch. Es ist wirklich wahr: Hunger ist der beste Koch.

Wir plauderten miteinander, und Kendal erinnerte sich an letztes Jahr, als wir Heiligabend mit vielen Gästen gefeiert hatten. Er war damals aus dem Bett gestiegen und hatte heimlich zugeschaut. Die Damen hatten hübsche Kleider an, es wurde musiziert, und alle hatten getanzt und gelacht.

»Ja«, sagte der Baron, »da stand Paris noch nicht unter Belagerung.«

»Wie lange dauert das noch?« fragte Kendal.

»Ach, das ist eine Frage, die ich nicht beantworten kann. Es kann nicht ewig so weitergehen. Eines Tages werden wir alle jubeln und in den Straßen Freudenfeuer anzünden.«

Wir blickten auf das armselige kleine Holzfeuer, das kläglich im Kamin flackerte.

»Voriges Jahr haben wir uns alle was geschenkt«, stellte Kendal fest.

»Dieses Jahr schenken wir uns auch etwas«, erwiderte der Baron.

»Wirklich?« rief Kendal aufgeregt.

»Ja, du mußt nur die Augen zumachen und dir die Geschenke vorstellen. Kannst du das?«

»O ja, das machen wir. Was schenkst du mir, Baron?«

»Rate mal.«

Er überlegte angestrengt, und dann sagte der Baron: »Also gut, ich will's dir verraten. Es ist ein Pony ... Ein Pony für dich ganz allein. Ein weißes.«

»Wo kann ich reiten?«

»Auf den Feldern.«

»Hier gibt's keine Felder.«

»Dann gehen wir eben dorthin, wo Felder·sind.«

»Soll ich mich draufsetzen?«

»Zuerst brauchst du einen Leitzügel.«

»Was ist das?«

Der Baron erklärte es ihm.

»Wie soll es heißen?« fragte Kendal. »Ein Pony muß doch einen Namen haben, nicht?«

»Du kannst ihm einen Namen aussuchen.«

Kendal überlegte eine Weile. Dann beugte er sich zu dem Baron, schlang die Arme um seinen Hals und flüsterte ihm etwas ins Ohr. »Darf es so heißen?«

»Aber ja, das ist vortrefflich.«

»Du hast es mir ja auch geschenkt«, sagte Kendal, »und das ist doch dein richtiger Name, oder?«

»Ja, und jetzt heißt das Pony so. Ha, Rollo! Das beste und hübscheste Pony in ganz Frankreich.«

Kendal lächelte selig. Er stellte sich vor, wie er über die Felder galoppierte.

Plötzlich meinte er: »Du hast den anderen noch nichts geschenkt.«

»Nein. Wir sind zu sehr mit deinem Pony beschäftigt. Also, Jeanne ... Was soll ich ihr schenken?«

Kendal flüsterte ihm etwas zu.

»Ja, ausgezeichnet. Kommen Sie, Jeanne. Ich stecke sie Ihnen ans Mieder.«

»Eine wunderhübsche Brosche«, rief Kendal.

»O ja«, schmunzelte der Baron, »mit Diamanten und Smaragden. Sie paßt vortrefflich zu Jeanne.«

»Danke, vielen Dank«, knickste Jeanne. »So eine schöne Brosche hab' ich mein Lebtag nicht besessen.«

»Und nun Maman«, fuhr Kendal fort. »Was hast du für sie? Es muß etwas besonders Hübsches sein.«

»Aber ja«, sagte der Baron. Er nahm meine Hand und tat so, als stecke er mir einen Ring an den Finger. »So! Ist der nicht herrlich? Es ist ein Familienerbstück.«

»Ist das echtes Gold?« wollte Kendal wissen.

»Natürlich. Und der blaue Stein, das ist ein Saphir. Der edelste Saphir der Welt. Die anderen Steine sind Diamanten. Der Ring ist seit Generationen in meiner Familie.«

»Wird er an die Bräute verschenkt?« erkundigte sich Kendal.

»Richtig!« rief der Baron in gespieltem Staunen. »Woher weißt du das?«

»Ich weiß es eben«, erwiderte Kendal und machte ein kluges Gesicht. »Ist meine Maman jetzt ...?«

Er sah den Baron gespannt an. Ein paar Sekunden sprach niemand ein Wort.

Kendal fuhr fort: »Dann«, meinte er ziemlich schüchtern, »bist du mein Vater. Da bin ich aber froh. Ich habe nie einen Vater gehabt. Die anderen Jungen haben alle einen. Ich hätte so gern einen Vater.«

Am liebsten wäre ich aufgestanden und hinausgegangen. Ich war von Rührung überwältigt und sagte gepreßt: »Jetzt bin ich mit Geschenken an der Reihe.«

Danach spielten wir Ratespiele, hauptsächlich das, wo sich einer etwas ausdenkt und die anderen raten müssen, was es ist. Das war Kendals Lieblingsspiel, und er wurde dessen nie überdrüssig.

Als besonderen Leckerbissen aßen wir anschließend noch etwas von dem gepökelten Schweinefleisch, obwohl die Vernunft mir riet, es lieber für einen anderen Tag aufzuheben. Aber es war Weihnachten ... das denkwürdigste Weihnachtsfest meines Lebens.

Zwei Tage nach dem Fest setzte die Beschießung wieder ein. Die Preußen hatten es wohl mehr auf die Festungen als auf die Innenstadt abgesehen, und Vanves und Issy wurden schwer beschädigt.

Es gab kein gepökeltes Fleisch mehr noch sonstige Leckerbissen. Der Baron verriet mir, daß der Wirt vom Wirtshaus zur Ananas die Lebensmittel für ihn aufbewahrt hatte.

»Ich dachte, ich würde Sie alle rechtzeitig fortbringen«, sagte er, »aber falls es nicht gelingen sollte – und so kam es ja dann auch –, hatte ich ein paar Vorbereitungen getroffen. Ich gestattete dem Wirt, die Hälfte der Lebensmittel für sich zu behalten. Die Aufbewahrung wäre sonst eine zu große Versuchung gewesen, während seine Familie darbte. Es überrascht mich, daß er nicht alles genommen hat. Sogar unter diesen Umständen hatte er Angst vor Monsieur le Baron.«

Letzteres äußerte er mit einem gewissen Stolz, und ich dachte: Er hat sich nicht wirklich verändert. Er scheint nur milder, weil wir in einer schwierigen Zeit leben. Sobald sein Dasein wieder normal ist, wird er derselbe sein wie früher.

Aber ganz überzeugt war ich nicht davon. Ich hatte ihn mit Kendal zusammen gesehen und wußte, daß die beiden eine echte Zuneigung verband. Einesteils freute mich das, doch andererseits verursachte es mir eine gewisse Besorgnis. Was würde werden, wenn wir die Belagerung überstanden hätten.

Es war Januar geworden. Jeanne berichtete, daß viele Menschen bereits verhungert waren. Die anderen waren zu schwach zum Aufruhr und bereit, alles für die Befreiung zu tun.

Wir hatten auch nur noch sehr wenig zu essen. Der Baron behauptete ständig, er verfüge über solche Kraftreserven, daß er nur wenig benötige, um sich am Leben zu erhalten, und gab oft Kendal seine Ration. Das rührte mich wie alles, was er für uns getan hatte, und beinahe keimte so etwas wie Liebe zu ihm in mir auf.

Das Wetter besserte sich allmählich. Der kalte Wind ließ nach, und die Sonne kam heraus. Ich verspürte einen unwiderstehlichen Drang, ins Freie zu gehen. Ich wollte mich nicht weit entfernen und keinem etwas sagen, weil sie mich sonst zurückgehalten hätten. Dabei hatte die Beschießung aufgehört, und die Straßen waren nicht mehr so unsicher. Den Preußen war wohl klar geworden, daß Aushungern das beste Mittel war, um Paris zur Kapitulation zu zwingen.

Ich wünschte, ich hätte diesen Spaziergang nicht gemacht. Den Anblick dieses Knaben werde ich nie vergessen. Er lag an einem Lattenzaun, und im ersten Moment hätte ich meinen können, es sei Kendal. Seine blonden Haare schauten unter einer Wollmütze hervor, und ich glaubte erst, er sei hingefallen, und trat zu ihm, um ihn aufzuheben. Doch er war kalt und bleich und bestand nur aus Knochen in einem roten Mantel und einer Mütze. Er mußte schon eine Weile tot sein ... verhungert. Ich konnte nichts tun. Jede Hilfe kam zu spät.

Ich machte auf dem Absatz kehrt und lief verzweifelt nach Hause. Kendal kam mir entgegen.

»Warst du aus, Maman?«

»Ja ... ja ... nur ganz kurz.«

Die Sonne schien ihm ins Gesicht, und ich sah die Blässe, die glanzlosen Augen, die einst so strahlten ... sein bleiches, mageres Gesichtchen.

Ich wandte mich ab. Mir tat das Herz weh.

»O Gott«, flehte ich, »mach diesem Alptraum ein Ende. Laß Kendal so etwas nicht zustoßen.«

Der Baron stand in der Nähe. Er humpelte zu mir und zog mich in sein Zimmer.

»Was ist geschehen?« fragte er, als wir allein waren.

Ich lehnte mich schluchzend an seine Brust.

Sanft bat er: »Erzählen Sie es mir, Kate.«

»Draußen war ein Kind ... ein totes Kind ... ein Knabe ... wie Kendal.«

Er strich mir übers Haar. »Ihm wird nichts geschehen. So kann es nicht weitergehen. Es muß bald ein Ende haben. Wir werden überleben.«

Ich klammerte mich an ihn. Er hielt mich ganz fest und fuhr fort: »Nicht aufgeben. Das paßt nicht zu Ihnen. Es kann nicht mehr lange dauern.«

Er tröstete mich, wie es in dieser Zeit kein anderer vermocht hätte, und ich glaubte an ihn. Er beschützte uns. Ein Mann wie er konnte niemals scheitern. Was ihm widerfahren war, wäre für die meisten Menschen tödlich gewesen. Aber nicht für den Baron.

Solange er bei uns war, mußte alles gut werden. Er hatte Mittel und Wege gefunden, um etwas zu essen zu beschaffen. Seine Ration gab er Kendal. Er liebte den Knaben. Er war sein Sohn.

Ich stand an ihn gelehnt, und er berührte mein Haar mit den Lippen. Mir kam jene Szene im Turmzimmer in den Sinn, und ich dachte, wie anders unser Verhältnis jetzt sei, und war froh, daß ich mich so an ihn anlehnen konnte.

»Kate«, begann er nach einer Weile, »ich möchte etwas mit Ihnen besprechen. Es geht mir schon seit Tagen im Kopf herum. Die Belagerung wird bald vorüber sein. Man wird einen Waffenstillstand aushandeln, und dann möchte ich, daß wir Paris so schnell wie möglich verlassen.«

»Ich kann nicht fort aus Paris«, widersprach ich. »Hier habe ich meine Arbeit. Wenn sich die Lage normalisiert ...«

»Was glauben Sie wohl, wie lange das dauert! Wer will schon ein Portrait gemalt haben? Die Leute wollen essen und erst einmal wieder zu sich kommen. Und selbst wenn wieder Nahrungsmittel nach Paris gelangen, was glauben Sie, wie lange es dauert, bis genug Vorräte da sind? Paris wird noch eine ganze Weile eine Stadt im Elend sein. Wir gehen fort, sobald die Grenzen offen sind.«

»Wohin?«

»Zunächst einmal nach Centeville.«

»In das Schloß ... nein, nein.«

»Sie müssen mitkommen. Sie brauchen Erholung ... genau wie ich ... wie jeder, der die Belagerung überlebt hat. Und besonders der Junge.«

»Ich habe solche Angst um ihn.«

»Das brauchen Sie nicht ... wenn Sie vernünftig sind. Ich kenne Ihre Bedenken bezüglich des Schlosses und mache Ihnen einen Vorschlag. Innerhalb des Schloßgrabens liegt ein kleines Häuschen, *La Loge du Château*. Es wurde früher von den Dienstboten benutzt. Dort können Sie mit dem Jungen und Jeanne wohnen, bis in Paris wieder Ruhe und Ordnung eingekehrt sind, so daß Sie zurückkehren können.«

Ich schwieg.

»Sie müssen Ihren Stolz überwinden, wenn es um den Jungen geht.«

»Wann hätte ich jemals sein Wohl außer acht gelassen?«

»Nie, und Sie werden auch jetzt vernünftig sein. Das Kind ist unterernährt und hat drei Monate lang gehungert. Gottlob ist er kräftig genug, um es zu überstehen. Aber er braucht gutes Essen, frische Luft, Landleben. Er muß zunehmen. Und daß er das alles bekommt, darauf bestehe ich, und wenn ich ihn zu diesem Zweck entführen müßte.«

Ich sah ihm ins Gesicht. »Ich nehme Ihr Angebot an.«

Er lächelte. »Das habe ich gewußt, Kate. Es ist bald soweit. Es kann nicht mehr lange so weitergehen.«

»Wie wollen Sie aus Paris herauskommen?« fragte ich. »Womit?«

»Ich werde schon etwas finden.«

»Das scheint mir unmöglich.«

»Aber Sie wissen, daß ich es schaffe, hm?«

»Ja«, stimmte ich zu. »Ich weiß, daß Sie es schaffen.«

Da beugte er sich vor und küßte mich flüchtig auf die Stirn.

»Wir werden nicht weit auseinander wohnen, Kate«, sagte er sanft. »Wir sind uns nahegekommen in diesen Monaten, nicht wahr?«

Ich erwiderte: »Sie waren gut zu uns.«

»Sollte ich das etwa nicht sein ... zu den Meinen?«

Ich machte mich von ihm los und ging in den *Salon*. Er war grimmig kalt. Unbewohnt. Ein Zerrbild früherer Zeiten. Ich setzte mich in einen Sessel und bedeckte mein Gesicht mit den Händen. Ich mußte an den kleinen Knaben denken.

Aber der Baron hatte mich getröstet. Ich wußte, er würde uns beschützen, und mit seiner Hilfe würden wir alles unversehrt überstehen.

Das Waffenstillstandsabkommen wurde am 27. Januar unterzeichnet. Es herrschte kein Jubel in den Straßen; die Menschen waren einfach zu schwach dazu. Am folgenden Tag ergab sich die Stadt. Die Belagerung von Paris war zu Ende.
Der Baron schien wie von neuer Kraft beflügelt. Er konnte wieder normal gehen, wenngleich er das rechte Bein ein wenig nachzog. Aber das schien ihm nicht viel auszumachen.
Er war den ganzen Tag fort, und ich machte mir allmählich Sorgen. Am späten Nachmittag kam er nach Hause.
Er schien mit sich zufrieden. »Morgen brechen wir auf«, erklärte er. »Ich habe Pferde aufgetrieben.«
Er küßte meine beiden Hände, dann zog er mich lachend an sich und hielt mich fest.
»Wie haben Sie das geschafft? Es gibt doch keine Pferde mehr!«
»Bestechung. Das geht bei den diszipliniertesten Truppen.«
Ich hielt den Atem an. »Sie meinen ... bei den Preußen?«
»Ich zahle einen anständigen Preis. Geld ist anscheinend immer noch der Schlüssel zu den meisten Dingen auf dieser Welt. Ein Segen, daß ich eine erkleckliche Menge von diesem nützlichen Gut besitze.« Dann rief er: »Kendal, wo bist du? Komm her. Wir gehen fort: Wir gehen aufs Land. Im Morgengrauen brechen wir auf. Jeanne! Jeanne, wo sind Sie? Machen Sie sich bereit. Die Pferde werden morgen früh hier sein. Ich möchte los, sobald es hell wird. Kate, Sie reiten mit Jeanne. Ich nehme den Jungen.«
Plötzlich waren wir alle richtig aufgeregt. Zum Abendessen gab es nichts als ein wenig in Wein getunktes Brot. Das machte uns nichts aus. Es war ja jetzt vorüber. Morgen würden wir uns auf den Weg machen. Der Baron hatte es gesagt, und wir glaubten, daß er alles bewerkstelligen konnte, wie unmöglich es auch scheinen mochte.

Das kleine Haus

Ich war so froh, als ich Paris endlich hinter mir lassen konnte.
Daß uns das überhaupt gelang, war wie ein Wunder, und später wurde mir klar, daß allein die Macht und Unverfrorenheit
von Rollo de Centeville dies bewerkstelligt hatten.
Die Menschen auf den Straßen glichen bleichen Skeletten.
Das war nicht mehr das lebhafte, redselige Volk, das ich gekannt hatte. Das Leid hatte die Leute verbittert, und sie machten sich sichtlich auf erneute Widrigkeiten gefaßt. Der Baron
hatte nicht nur Pferde besorgt, sondern auch einen Führer, der
offenbar zur Nachhut der Besatzungstruppen gehörte und der
uns aus der Stadt herausgeleitete. Ich hielt es für besser, keine
Fragen zu stellen.
Wir nahmen den schnellsten Weg Richtung Süden, denn es
kam uns darauf an, Paris so rasch wie möglich zu verlassen.
Als wir am Jardin du Luxembourg vorüberkamen, drangen
alte Erinnerungen auf mich ein. Fast vermeinte ich den geflammten Drachen am Himmel fliegen zu sehen. Ob Kendal
sich noch erinnerte? Ich sah zu ihm hinüber, und wieder war
ich betroffen von seiner Blässe. Seine einst rundlichen drallen Ärmchen waren zu dünnen Stöckchen geworden. Er saß
aufmerksam da und dachte gewiß an das imaginäre weiße
Pferd, das ihm der Baron zu Weihnachten »geschenkt« hatte.
Seine Augen leuchteten vor Aufregung, und ich dachte: Ja,
wir werden ihn richtig füttern, daß er wieder zu Kräften
kommt.
Der Baron blickte immer wieder zu mir, um sich zu vergewis-

sern, daß ich noch da war. Er lächelte mir aufmunternd zu. Er rechnete zwar mit Hindernissen, aber ich entdeckte dieselbe siegesgewisse Abenteuerlust in seiner Miene wie bei Kendal. Sie waren sich verblüffend ähnlich. Es konnte nichts schiefgehen.

Und wir schafften es.

Als wir die Stadt hinter uns ließen, entlohnte der Baron den Führer, und wir zogen allein weiter. Es war herrlich, endlich wieder frische Landluft zu atmen. Wir gelangten zu einem Gasthaus und nahmen eine kleine Stärkung zu uns. Sie hatten nicht viel anzubieten, aber immerhin befanden wir uns nicht mehr im ausgehungerten Paris. Der Baron bestellte eine Suppe. »Nicht zu viel für den Anfang«, meinte er. »Wir werden besser wenig, aber häufig essen.«

Die Suppe schmeckte köstlich. Wir aßen warmes Brot dazu, und ich dachte, es könne auf der ganzen Welt nichts Schmackhafteres geben.

»Wir müssen weiter«, trieb uns der Baron an. »Je eher wir nach Centeville kommen, desto besser.«

Es war eine waghalsige Reise, denn überall waren Soldaten. Sie nahmen allerdings kaum Notiz von uns – auf einen hinkenden Mann, zwei Frauen und ein Kind waren sie nicht sehr neugierig.

»Dennoch«, sagte der Baron, »werden wir ihren Lagern möglichst aus dem Weg gehen.«

Wir machten wieder eine Pause und nahmen Brot und Käse zu uns. Der Baron konnte auch etwas Verpflegung für unterwegs erwerben. Viel war nicht zu bekommen, aber er meinte, nach den Entbehrungen, die wir durchgemacht hatten, müßten wir sowieso eine Weile maßvoll essen.

Der Baron hatte eine Menge Geld, das er freizügig ausgab, um uns zu verschaffen, was wir brauchten. Eine Nacht verbrachten wir in einem Gasthaus, eine andere in einer verlassenen Hütte in der Nähe eines Bauernhofs.

Es war eine aufregende Reise, und mit jeder Stunde verlieh

uns die Tatsache, daß wir davongekommen waren, neuen Mut und neue Kraft.

Ich staunte, daß wir in unserem Zustand überhaupt reiten konnten.

»Der Mensch tut, was er muß«, bemerkte der Baron.

Und endlich kamen wir zum Schloß.

Der Baron hatte recht gehabt. Es war unversehrt. Ich wußte, es war ein erhabener Augenblick für ihn, als er unter dem Fallgitter hindurchritt. Und im Nu ertönten von allen Seiten Stimmen: »Der Baron! Der Baron ist da!« Menschen rannten hin und her. »Der Baron ist zurück. Der Baron ist unversehrt.«

Wir waren sehr erschöpft – sogar er. Es hatte uns viel Kraft gekostet hierher zu gelangen, und da wir nun angekommen waren, merkten wir erst, welch eine Strapaze das gewesen war.

»Was ist während meiner Abwesenheit vorgefallen?« fragte der Baron. »Waren die Soldaten hier?«

Nein, wurde ihm berichtet. Sie seien in Rouen gewesen, hatten die Städte besetzt, aber die meisten kleineren Ortschaften verschont.

»Wir brauchen Ruhe und etwas zu essen«, befahl der Baron, und eine hektische Betriebsamkeit entfaltete sich um uns. Kendal staunte. Dies war das Schloß, von dem der Baron erzählt hatte. Seine Augen waren wie strahlende Sterne in seinem blassen Gesichtchen. Die Geschichten, denen er so verzückt gelauscht hatte, wurden nun Wirklichkeit.

Wir hatten zusammen ein Zimmer, das durch ein Kaminfeuer wohlig warm war. Man brachte uns etwas zu essen. Abermals Suppe, heiß und schmackhaft.

»Schlösser gefallen mir«, stellte Kendal fest.

Dann lagen wir im Bett und schliefen bis weit in den nächsten Tag hinein. Als ich die Augen wieder öffnete, mußte ich mich erst besinnen, wo ich war. Die Belagerung war vorüber. Ich befand mich im Schloß des Barons in Sicherheit, in seiner Obhut.

282

Kendal schlief neben mir. Wie erbarmenswert seine Knochen hervorstanden! Aber ein Lächeln umspielte seine Lippen.

Für einen Augenblick vergaß ich alles andere – Nicoles Tod, den entsetzlichen Moment, als ich dachte, ich hätte meinen Sohn verloren, das Gesicht des toten kleinen Knaben ... ich schob alles beiseite. Ich war hier im Schloß. Der Baron hatte uns in Sicherheit gebracht. Er würde auch weiter für uns sorgen.

Ich lag still da und schlief wieder ein, und als ich erneut erwachte, war es später Nachmittag.

Ein Dienstmädchen stand am Bett: »Sind Sie wach, Madame? Wir hatten Anweisung, Sie nicht zu wecken.«

»Ich habe wohl sehr lange geschlafen.«

»Sie waren erschöpft. Die andere Dame schläft noch. Und der kleine Knabe auch.«

Ich nickte und sagte: »Und der Baron?«

»Er war schon heute morgen auf. Er hat mich zu Ihnen geschickt, falls Sie etwas brauchen. In einer halben Stunde wird eine Mahlzeit serviert, wenn Sie etwas zu sich nehmen möchten?«

Kendal war von den Stimmen aufgewacht. Er setzte sich auf, und ein Strahlen breitete sich auf seinem Gesicht aus, als er sich im Zimmer umblickte.

»Ich würde mich gern waschen, wenn das möglich ist«, bat ich.

»Selbstverständlich, Madame. Man wird Ihnen heißes Wasser bringen.«

»Danke.«

Kendal sah ihr mit großen Augen nach, als sie hinausging.

»Bleiben wir jetzt immer hier? Das Schloß gehört dem Baron. Ich möchte es ganz sehen, alles.«

»Das wirst du ganz bestimmt«, versicherte ich ihm. »Jetzt wollen wir uns erst waschen, und dann gehen wir hinunter und sehen, was weiter geschieht.«

Als wir uns gewaschen und angezogen hatten, sahen wir immer noch ziemlich derangiert aus, denn wir besaßen nur die Kleider, die wir auf der Reise am Leibe trugen; sonst hatten wir ja nichts mitbringen können.

Ich nahm Kendal an der Hand, und wir gingen hinunter.

»Du weißt den Weg«, flüsterte er ehrfurchtsvoll, während er die dicken steinernen Wände mit den Gobelins betrachtete, auf denen Schlachtszenen dargestellt waren.

Ich faßte seine Hand ganz fest. Mir war, als würden wir ins Unbekannte schreiten.

Unten in der großen Halle wartete der Baron ... neben ihm eine Frau. Ich erkannte sie sogleich wieder, obwohl sie sich verändert hatte, seit ich sie als junges Mädchen in der Rue du Faubourg Saint-Honoré gemalt hatte.

»Kate«, sagte der Baron, indem er auf mich zukam, »haben Sie gut geschlafen? Und du, Kendal?«

Ich bejahte. Kendal sah den Baron mit vor Staunen und Bewunderung geweiteten Augen an.

»Die Princesse kennen Sie natürlich.«

Ich trat vor, und Marie-Claude reichte mir ihre Hand.

»Mademoiselle Collison«, sagte sie, »es ist lange her, seit wir uns gesehen haben. Sie haben viel Schreckliches durchgemacht. Der Baron hat mir davon erzählt.«

Ich erwiderte: »Wir haben Glück gehabt, daß wir es lebend überstanden haben.«

»Und das ist Ihr Sohn?« Sie sah Kendal an. Ich hatte keine Ahnung, was sie dachte.

»Ja, mein Sohn Kendal«, erwiderte ich.

Kendal trat vor und küßte ihr nach französischer Manier die Hand.

»Reizend«, bemerkte sie, und dann wandte sie sich an mich: »Die Belagerung muß entsetzlich gewesen sein.«

»Gehen wir ins Speisezimmer«, ließ sich der Baron vernehmen.

Marie-Claude zögerte. »Der Junge ... soll er mit William essen?«

»Heute nicht«, sagte der Baron. »Später werden wir sehen.«

»Da ist noch eine Frau …«, begann die Princesse.

»Ich nehme an, sie schläft noch. Man kann ihr etwas in ihr Zimmer schicken, wenn sie aufwacht.« Er sprach gebieterisch, und mit einem kühlen Unterton, wenn er sich an die Princesse wandte. Da ich ihn inzwischen recht gut und auch sie ein wenig kannte, versuchte ich mir ihr Zusammenleben auszumalen. Ich konnte mir vorstellen, daß sie sich auch unter normalen Umständen nicht häufig zu Gesicht bekamen.

Kendal war zum Baron gegangen und lächelte ihn an, und die Miene des Barons wurde ganz sanft.

»Dein Schloß gefällt mir«, sagte Kendal. »Ich möchte es ganz sehen.«

»Das sollst du auch«, versprach der Baron.

»Wann?«

»Demnächst.«

Die Princesse ging voran in das kleine Speisezimmer, wo ich früher schon gegessen hatte. Der Baron setzte sich an das eine Ende des Tisches, die Princesse ans andere. Kendal und ich nahmen in der Mitte einander gegenüber Platz, und da es ein großer Tisch war, saßen wir sehr weit auseinander.

Zuerst gab es Suppe. Das war die am besten geeignete Nahrung, denn nach vier Monaten Entbehrung mußte man sich erst wieder an normale Kost gewöhnen. Man fühlte sich leicht versucht, zuviel zu essen, doch wir alle wußten – sogar Kendal –, daß wir diesem Drang widerstehen mußten.

Die Princesse bat: »Sie müssen mir von dieser schrecklichen Zeit erzählen. Wir wußten natürlich, daß der Baron in Paris war, und dachten, wir würden ihn vielleicht nie wiedersehen.«

»Das muß ja ein Schock gewesen sein, als ich auftauchte«, bemerkte der Baron zynisch.

Ihre Mundwinkel zuckten nervös, doch sie lächelte, als habe er einen Scherz gemacht, und fuhr fort: »Wir haben jeden Tag auf Nachricht gewartet. Wir wußten nicht, was aus uns allen werden würde. Diese fürchterlichen Preußen …«

285

»Die Franzosen werden sich geschlagen geben müssen«, bemerkte der Baron. »Es wird zu Verhandlungen kommen, die für uns unangenehme Konsequenzen haben werden, aber dann, nehme ich an, werden die Franzosen mit dem Wiederaufbau beginnen.«

»Der Baron betrachtet sich nämlich nicht als Franzose«, wandte sich die Princesse an mich. »Er distanziert sich von ihrer Niederlage.«

»Die Taktik war von Anfang an falsch. Eine Torheit, die zu dem einzig möglichen Resultat führte.«

Kendal fragte: »Gibt es hier auch Verliese?«

»Und ob«, erwiderte der Baron. »Ich werde sie dir zeigen.«

»Ist jemand drin?« erkundigte sich Kendal mit leiser Stimme.

»Ich glaube nicht. Wir werden morgen nachsehen.«

»Es ist sehr gütig von Ihnen, Princesse, daß Sie so gastfreundlich sind«, sagte ich.

»Es ist uns eine Ehre, *Mademoiselle* Collison.« Sie betonte das Mademoiselle besonders. »Die große Künstlerin unter unserem Dach! ›Menschen machen Könige, aber nur Gott kann einen Künstler machen.‹ Das haben Sie mir bei unserer ersten Begegnung gesagt. Erinnern Sie sich, Mademoiselle?«

Sie hatte etwas Trotziges an sich. Offenbar fürchtete sie sich vor ihrem Mann. Sie hatte immer noch viel Ähnlichkeit mit dem Mädchen, das damals in mein Zimmer gekommen war und sich als Hausmädchen ausgegeben hatte.

»Ich erinnere mich sehr gut«, erwiderte ich. »Wie gesagt, es ist sehr gütig von Ihnen, daß Sie mich und meinen Sohn hier aufnehmen.«

Sie breitete die Hände aus. »Das ist doch selbstverständlich. Sie waren mit meinem Mann zusammen, haben mit ihm gelitten, waren seine Krankenschwester, wie ich höre ... und nun sind Sie mit ihm entkommen. Sie müssen diesen Fisch kosten. Er wurde erst heute nachmittag gefangen und ist ganz leicht zubereitet, ohne Soße, da Sie, wie man mir erklärte, nach Ihren Entbehrungen zunächst sehr vorsichtig essen müssen.«

286

»Danke. Sie sind wirklich sehr gütig. Der Baron hat uns freundlicherweise das kleine Haus angeboten, bis ich nach Paris zurückkehren kann.«

»Ja, ich weiß. Aber es muß erst hergerichtet werden, weil es lange Zeit nicht benutzt wurde. Ein paar Tage müssen Sie also noch hierbleiben. Wie ich höre, hatten Sie mit Ihrer Malerei in Paris großen Erfolg ... vor der Belagerung.«

»Ja, ich hatte viele Kunden.«

»Es ist lange her, seit wir uns zuletzt sahen. Sechs Jahre ... oder noch mehr. Mein kleiner William muß ungefähr im gleichen Alter sein wie Ihr Sohn.«

»Ja, das mag wohl sein.«

Der Baron hatte sich nicht an der Unterhaltung beteiligt. Er beobachtete uns aufmerksam. Meistens sprach er mit Kendal, der wissen wollte, ob sie das Schloß verteidigen würden, wenn die Deutschen kämen.

»Bis zum letzten Mann«, versicherte der Baron.

»Gibt es hier auch Zinnen?«

»Natürlich.«

»Schütten wir siedendes Öl auf die Angreifer, wenn sie mit ihren Sturmböcken anrücken?«

»Siedendes Öl und Teer«, versetzte der Baron feierlich.

Die Princesse lächelte mir zu und zuckte mit den Schultern. »Krieg, Krieg«, sagte sie. »Kriegsgeschwätz. Ich habe genug vom Krieg. Mademoiselle Collison, wenn wir fertig sind, komme ich zu Ihnen in Ihr Zimmer, dort plaudern wir weiter. Sie brauchen etwas zum Anziehen. Sie benötigen gewiß eine Menge Sachen.«

»Wir sind in großer Eile aufgebrochen«, erklärte ich, »und konnten nichts mitnehmen.«

»Ich kann Ihnen gewiß aushelfen.«

»Vielleicht«, schlug ich vor, »gibt es hier eine Schneiderin, die mir etwas anfertigen kann. Ich hoffe, daß ich bald wieder arbeiten kann. Außerdem habe ich genügend Geld. Geld war in Paris nicht das Problem.«

Nach dem Fisch wurde Huhn serviert. Die Speisenfolge war umsichtig ausgewählt. Es war seit Monaten meine erste richtige Mahlzeit, und ich fühlte mich wie neugeboren. Kendals Wangen hatten ein wenig Farbe angenommen. Ich sah ihm an, daß er diesen Aufenthalt vollauf genoß.

Der Baron nahm ihn nach der Mahlzeit an die Hand, und die Princesse kam mit in mein Zimmer.

Als sich die Tür hinter uns schloß, schien Marie-Claude wie verwandelt. Sie ließ die Schloßherrinnen-Pose fallen und wurde wieder das junge Mädchen, das ich einst gekannt hatte.

»Das Leben ist doch sonderbar«, meinte sie. »Daß ich Sie nun wiedersehe! Ich habe jedesmal an Sie gedacht, wenn ich mir die Miniaturen ansah, und dann habe ich von Ihrem *Salon* in Paris gehört. Sie sind wahrhaftig sehr berühmt geworden, nicht wahr? Es scheint alles so lange her.«

»Das ist es auch.«

»Kate«, begann sie. »Ich habe Sie doch Kate genannt, nicht wahr? Ich hatte Sie gern ... von Anfang an. Sie hatten so eine selbständige Art. Ich höre Sie noch sagen: ›Wie Sie wollen. Wenn ich Ihnen nicht zusage, holen Sie sich einen anderen Künstler.‹ Sie haben ein Kind? Von Bertrand de Mortemer, nehme ich an. Und haben ihn nicht geheiratet ... obwohl ein Kind unterwegs war?«

»Nein«, sagte ich. »ich habe ihn nicht geheiratet.«

»Und Sie haben ein Kind – ohne verheiratet zu sein!«

»Ganz recht.«

»Sie sind wirklich mutig.«

»Mir blieb nichts anderes übrig.«

»Warum wollte er Sie nicht heiraten? Er schien doch in Sie vernarrt zu sein. Ach, die Männer sind Bestien.«

»Ich wollte nicht heiraten. Wir ... hm ... wir wollten uns nicht heiraten.«

»Und dann bekamen Sie das Kind. Wie sind Sie zurechtgekommen?«

»Freunde haben mir geholfen, und dann hatte ich ja den *Salon*, und bei Künstlern ging es nicht so förmlich zu wie in konventionellen Kreisen, falls Sie das verstehen.«

»O ja. Ich wollte, ich hätte zu weniger konventionellen Kreisen gehört. Ihr Junge ist sehr niedlich. Er muß jetzt gründlich durchgefüttert werden.«

»Die vier Monate der Belagerung haben ihn recht mitgenommen. Wir waren beinahe am Verhungern, als wir herauskamen.«

»Und der Baron hat Sie herausgebracht? Mein edler Gatte! Was hat er eigentlich in Paris gemacht?«

»Das müssen Sie ihn selbst fragen.«

»Er erzählt mir nie etwas.« Sie zögerte, und ich glaubte, sie wolle sich mir anvertrauen, sie schien sich jedoch zu besinnen. »Ich bringe Ihnen ein paar Kleider zum Anprobieren«, sagte sie.

»Und die Schneiderin?«

»Später. Nehmen Sie zunächst etwas von mir. Sie sind zwar größer als ich, aber so mager. Das ist vielleicht ganz gut. Das gleicht die fehlende Länge aus. Ich schicke Ihnen ein Mädchen mit ein paar Sachen.« Sie sah mich wehmütig an. »Als ich von Ihnen und diesem Pariser *Salon* hörte, habe ich Sie beneidet. Sie glauben nicht, wie ich Paris vermisse. Ich finde es hier abscheulich, in diesem düsteren alten Schloß. Manchmal komme ich mir wie eine Gefangene vor. Außerdem bin ich immer so müde und muß viel ruhen. Das ist so seit Williams Geburt.«

Sie wandte sich ab und ging zur Tür.

Ich setzte mich. Die Mahlzeit tat ihre Wirkung und machte mich schläfrig. Ich legte mich eine Weile aufs Bett, schlief aber nicht. Nachdem meine Gedanken von Ernährungssorgen befreit waren, konnte ich meine Situation klarer ins Auge fassen.

Hier konnte ich nicht bleiben. Es war nur eine vorübergehende Zuflucht. Selbst wenn ich in dem kleinen Haus wohnte, lebte ich auf Kosten des Barons, und das konnte ich nicht lange ertragen. Ich mußte nach Paris zurück. Aber wie? Es würde Monate, vielleicht ein Jahr dauern, bis ich wieder auf Arbeit hoffen konnte.

Und ständig kamen mir die Worte des Barons in den Sinn: »Sie müssen an den Knaben denken.«

Ja, ich mußte zuallererst an Kendal denken. Einerlei, welche persönliche Demütigung ich erlitt, solange es Kendal nützte, mußte ich alles andere hintanstellen. Immerhin war der Baron sein Vater, also nahm ich schließlich nichts von einem Fremden.

Das Mädchen erschien mit drei Kleidern, etlichen Unterkleidern und Unterwäsche.

»Die Princesse möchte, daß Sie die Sachen anprobieren, Madame«, sagte sie.

Ich bedankte mich und probierte die Kleider an. Sie paßten einigermaßen und würden genügen, bis ich mir etwas nähen lassen konnte.

Ich war froh, endlich aus meinen Kleidern zu kommen.

Als ich ein grünes Samtkleid anzog, dachte ich: Ich kann nichts tun als anzunehmen, was das Schicksal mir beschieden hat. Ich brauche Ruhe und Nahrung und muß mit meinen Gedanken ins Reine kommen. Man kann den Verlust einer lieben Freundin und des Vaters, dann vier Monate Hunger und ständige Todesdrohung nicht einfach übergehen. Man muß erst einmal wieder zu sich selbst finden.

Bis es soweit ist, muß ich alle anderen Probleme beiseite schieben.

Kendal und ich wohnten eine Woche im Schloß, während das kleine Haus für uns hergerichtet wurde. Der Baron hatte bestimmt, daß wir uns dort eine Weile erholen sollten.

Sein Wort war im Schloß Gesetz, und niemand wagte seinen Befehlen zu widersprechen. Daß er aus der Belagerung von Paris mit zwei Frauen und einem Kind zurückgekehrt war, wurde wie etwas ganz Natürliches hingenommen – weil er wünschte, daß man es so sah.

Als ich darüber nachdachte, fand ich, daß man dem Ganzen eine vollkommen plausible Erklärung unterlegen konnte. Der Baron hatte sich in Paris aufgehalten; er sah ein Kind, das in Gefahr war, zu Tode gequetscht zu werden; er hatte sich darüber geworfen, um den Aufprall herabstürzenden Mauerwerks abzufangen. Er entdeckte, daß das Kind der Sohn einer Künstlerin war, die einmal für ihn gearbeitet hatte, und diese nahm den Verletzten wegen des Wirrwarrs in den Straßen von Paris sowie des unzulänglichen ärztlichen Beistands in ihr Haus auf und pflegte ihn. Alles war vollkommen logisch – bis auf eins: Er konnte seine Zuneigung zu Kendal nicht verhehlen, und das war sehr merkwürdig, wenn man sah, wie er mit William umging, der als sein Sohn galt. William war klein und dunkelhäutig und hatte die aristokratische Nase seiner Mutter. Er war ein nervöses Kind, was ich der Behandlung zuschrieb, die ihm zuteil wurde. Der Mann, den er für seinen Vater hielt, beachtete ihn nicht, und auch seine Mutter schien sich nichts aus ihm zu machen. Armes Kind, das man spüren ließ, daß seine Anwesenheit auf dieser Welt eigentlich überflüssig war.

Natürlich machte man sich Gedanken über uns. Hinzu kam, daß die Princesse mich ständig mit Mademoiselle Collison anredete – so hatte man mich genannt, als ich mich vor Jahren im Schloß aufhielt –, und viele konnten sich noch an mich erinnern. Überdies wurde die Ähnlichkeit zwischen Kendal und dem Baron mit jedem Tag sichtbarer.

O ja, es war verständlich, daß Mutmaßungen angestellt wurden.

Es herrschte eine seltsame Atmosphäre. Wäre ich im Besitz meiner alten Kräfte gewesen, so wäre ich gewiß nicht im Schloß geblieben. Aber die Ereignisse in Paris hatten mich weit mehr geschwächt, als mir bewußt war. Ich litt noch immer unter Nicoles Tod. Der Schock war nur vorübergehend von neuen Geschehnissen gedämpft worden, aber da ich Paris nun hinter mir gelassen hatte, dachte ich viel an Nicole. Und auch den Tod meines Vaters hatte ich noch nicht überwunden. Ich besann mich der Tage meiner Kindheit, als mein Vater mir näher gestanden hatte als jeder andere Mensch. Jetzt wurde mir klar, daß ich ihn nie wiedersehen würde. Meine Gedanken verweilten oft bei meinem Vater und Nicole. Der Umstand, daß der Baron Nicole zu mir geschickt hatte, tat meinen Gefühlen für sie keinen Abbruch. In meinem Herzen würde sie mir stets als gute Freundin in Erinnerung bleiben. Erst jetzt wurde mir bewußt, welch große Lücke ihr und meines Vaters Tod in meinem Dasein hinterließ.

Über den Baron wollte ich eigentlich nicht nachdenken; aber das gelang mir nicht. Meine Gefühle für ihn hatten sich verändert. Ich sah ihn vor mir, wie er auf dem Bett gelegen hatte und nicht zugeben wollte, daß er Schmerzen litt; ich erinnerte mich an die Zärtlichkeit, die ich zuweilen in seinem Gesicht entdeckt hatte, an die Freude, wenn ich ins Zimmer kam; ich dachte an seine Liebe zu Kendal – denn es war Liebe, wenn auch stark von Besitzerstolz geprägt. »Das ist mein Sohn!« dachte er jedesmal, wenn er Kendal anblickte, und die Tatsache, daß er ihm so ähnlich sah, machte ihm den Knaben doppelt liebenswert.

Mir kam der Gedanke, daß er Kendal niemals fortlassen würde. Und was bedeutete das für mich?

Meine anscheinend ausweglose Situation wurde mir nun, seit ich ins Schloß gekommen war, um vieles klarer.

Er wollte seinen Sohn. Wenn er frei wäre, würde er alles daransetzen, mich zur Heirat zu überreden. Ich würde natürlich ablehnen, aber er würde alles versuchen. Er erreichte stets, was er wollte, und er wollte Kendal.

Die Ärzte kamen ins Schloß, um das Bein des Barons zu untersuchen. Er bestand darauf, daß wir alle – Kendal, Jeanne und ich – untersucht wurden, um sicherzugehen, daß die Monate des Darbens unsere Gesundheit nicht beeinträchtigt hatten. Die Ärzte versicherten, daß wir unbeschadet davongekommen seien, aber noch guter Verpflegung bedurften, um wieder zu Kräften zu kommen.

Ansonsten unternahm ich in diesen Tagen viele Spaziergänge, zunächst kleine Strecken, dann allmählich immer größere. Ich setzte mich an den Graben und erinnerte mich an den Tag, als der Baron hinter mich getreten war und mir beim Zeichnen zusah.

Am zweiten Tag nach unserer Ankunft gesellte er sich dort zu mir. Wir saßen schweigend da und blickten aufs Wasser. Schließlich meinte er: »Wir sind durchgekommen, Kate. Es gab Momente, da dachte ich, wir würden niemals aus dem Haus gelangen.«

»Und ich war der Meinung, Sie wären fest vom Gegenteil überzeugt gewesen.«

»Es war auch nur ein gelegentlicher Zweifel. Der Junge erholt sich rasch, rascher als wir.«

»Er ist jung.«

»Er ist ein Centeville.«

»Und ein Collison.«

»Eine göttliche Verbindung.«

»Wir können nicht hierbleiben«, sagte ich.

»Sie ziehen in das kleine Haus. Haben Sie es schon gesehen? Ich zeige es Ihnen.«

»Jetzt gleich?«

»Nachher. Vorerst bleiben wir hier sitzen und unterhalten uns. Kate, was sollen wir machen, Sie und ich?«

»Ich ziehe in das kleine Haus, und wenn alles wieder normal ist, kehre ich nach Paris zurück.«

Er lachte. »Was glauben Sie, wie lange es dauert, bis Paris sich erholt hat? In den Straßen ist die Hölle los. Wie ich höre, stecken sie die Häuser in Brand. Wann, glauben Sie, ist in Frankreich wieder alles normal?«

»Vielleicht sollte ich nach England zurückkehren. Ich könnte mir in London ein Atelier einrichten.«

»Ich will aber, daß Sie hierbleiben.«

»Hier! Im Schloß?«

»Nein … irgendwo, nicht zu weit entfernt. Ich werde eine Bleibe für Sie finden, denn ich möchte in Ihrer Nähe sein … die meiste Zeit.«

»Sie meinen, ich soll Ihre Mätresse werden?«

»So könnten Sie es nennen.«

»Ja, so nennt man das. Meine Antwort lautet nein.«

»Warum nicht? Ich möchte den Jungen behalten. Ich denke daran, ihn legitimieren zu lassen und zu meinem Erben einzusetzen.«

»Aber Sie haben doch einen Erben. Sie haben William.«

»Sie wissen, daß er nicht mein Sohn ist.«

»In den Augen des Gesetzes ist er es aber.«

»Diese Art Gesetz lasse ich nicht gelten.«

»Zu Ihrem Pech gilt es aber für den Rest der Welt.«

»Sie wissen, wie es um meine Ehe bestellt ist.«

»Sie sollten versuchen, die Princesse zu verstehen. Sie könnten sie liebgewinnen, wenn Sie sich nur Mühe geben würden. Für mich ist sie ein offenes Buch. Es ist erstaunlich, wie gut man die Menschen kennenlernt, wenn man ihre Portraits malt.«

»Ich weiß nur eins: Ich mag nicht mit ihr zusammensein. Sie hat mir diesen Bastard untergeschoben. Das ist das Schlimmste, was sie mir antun konnte.«

»Betrachten Sie es doch einmal von ihrer Seite aus. Sie kennen auch dieses körperliche Verlangen. Warum findet niemand etwas dabei, wenn ein Mann ihm nachgibt, und warum ist es schlimm, wenn eine Frau es tut?«

»Wegen des Resultats, wenn eine Frau dergleichen tut.«

»Das Resultat sollte auch dem Mann nicht gleichgültig sein.«

»Meins war mir nicht gleichgültig.«

»Ich weiß. Sie haben mich von Nicole beobachten lassen, und als Sie erfuhren, daß ich ein Kind erwartete, haben Sie Ihr ausgeklügeltes Unternehmen eingefädelt.«

»Da sehen Sie, wie besorgt ich war. Ich habe mich darum gekümmert, daß Sie genug Kunden hatten, und mich vergewissert, daß Sie in guten Händen waren. Ich habe getan, was ich
konnte.«

»Abgesehen davon, daß Sie das eine niemals hätten tun sollen.«

»Wollen Sie mir das ein Leben lang vorhalten?«

»Ja«, erwiderte ich.

»Nun, dann müssen Sie eben mit mir zusammensein, um mir
Ihren Unmut zu zeigen.«

»Das läßt sich wohl im Augenblick nicht ändern. Ich weiß, es
klingt undankbar. Aber im Hinblick auf alles, was geschehen
ist, müssen Sie mich verstehen. Wenn es nicht um den Jungen
ginge, wäre ich nicht hier.«

»Ich weiß. Es geht immer um den Jungen.«

»Sie würden mich doch nicht hier haben wollen, wenn Sie
mich nicht brauchten, um Kendal zu bekommen.«

»Da irren Sie sich. Ohne das Kind wäre mein Verlangen nach
Ihnen ebenso groß. Kate, bitte seien Sie vernünftig. Sie wissen, daß ich Sie will … Sie allein. Mehr noch als den Jungen
will ich Sie. Wir könnten noch mehr Knaben wie Kendal bekommen. Sie haben es mir angetan.«

»Das freut mich. Wenigstens eine kleine Vergeltung.«

»Ich fühle mich wie neu belebt, wenn ich mit Ihnen zusammen bin.«

»Ich dachte, Sie fühlten sich jederzeit prächtig … als der größte Mann, den die Welt je gekannt hat.«

»Das ist mein normaler Zustand. Er erhält aber eine besondere
Würze, wenn ich mit Ihnen zusammen bin. Ich will Sie *und*
den Jungen. Ich wünsche bei Gott, meine Frau würde eines
Nachmittags einschlafen und nie mehr aufwachen. Dann
könnten wir heiraten, Kate. Ich würde Sie umstimmen.«

»Wie können Sie es wagen, so zu sprechen!« empörte ich
mich. »Auch die anderen Menschen haben ihr Leben; das
sollte Ihnen klar sein. Wir sind nicht alle nur auf der Erde, um

Ihre Bedürfnisse zu befriedigen. Sie haben mich benutzt, um sich zu rächen ... eine hübsche Rache. Sie haben die Princesse geheiratet, weil Ihre Kinder das französische königliche Blut haben sollten, auf das Sie so großen Wert legten ... damals. Jetzt halten Sie es nicht mehr für notwendig. Frankreich ist jetzt eine Republik. *À bas la noblesse.* Laßt uns daher die Princesse beseitigen.«

»Ich sagte nicht, ich wolle sie beseitigen. Ich sagte nur, daß ich sie nicht liebe. Ich habe sie nie geliebt. Sie macht mich rasend, und ich hasse es, in ihrer Nähe zu sein. Das beste wäre, sie würde sanft entschlummern. Sie klagt ständig über ihre schlechte Gesundheit. Anscheinend hat sie nicht viel Freude am Leben, deshalb würde es ihr vielleicht nicht viel ausmachen, nicht mehr auf der Erde zu sein. Ich bin wenigstens ehrlich, und ich bezweifle, daß ich der erste Ehemann mit einer ungeliebten Frau bin, der den Wunsch verspürt – auch wenn er ihn nicht ausspricht –, daß sie sanft aus seinem Leben scheiden möge. Aber nachdem sie Katholikin und königlichen Blutes ist, müßten wir einen Dispens haben, um unsere Ehe für ungültig erklären zu lassen, und ich bin sicher, daß sie damit niemals einverstanden wäre. Es ist nur menschlich, daß ich wünsche, sie würde sanft einschlafen. Sehen Sie. Ich bin ehrlich.«

»Sie erschrecken mich, wenn Sie so reden.«

Er küßte mir die Hand.

Ich entzog sie ihm. »Sie erreichen wohl immer, was Sie wollen.«

»Ja, Kate. Und eines Tages werden Sie und der Junge mit mir leben ... und noch etliche Kinder dazu. Wir sind füreinander bestimmt. Ihr Esprit, Ihre Selbständigkeit, Ihr wunderschönes dunkelrotes Haar ... ich denke die ganze Zeit daran. Ich werde keinen Frieden finden, ehe wir nicht zusammen sind wie einst in jenen drei Nächten. Eines Tages wird es soweit sein, Kate.«

»Ich sehe, ich muß das Schloß verlassen.«

»Das kleine Haus ist ganz nahe.«

»Sie machen es mir sehr schwer. Ich weiß nicht, wohin ich mich wenden soll. Aber ich sollte fortgehen ... auf der Stelle.«

»Und den Jungen mitnehmen? Ihn einem ungewissen Schicksal überlassen? Er braucht Pflege. Er braucht eine ruhige Umgebung. So ein Leben, wie er es in Paris führen mußte, bleibt nicht ohne Wirkung auf eine Kinderseele. Ich werde nicht zulassen, daß er von hier fortgenommen wird.«

»Sie könnten es nicht verhindern, wenn ich es wollte. Sie haben keinen Anspruch auf ihn.«

»Als sein Vater ...«

»Sie hatten an seinem Werden nur geringen Anteil. Ein zufälliges Zusammentreffen. Ich habe nie begriffen, was einen Vater zu denselben Ansprüchen berechtigt wie eine Mutter. Das Kind ist in mir gewachsen. Es war mein Leben von dem Augenblick an, da ich von seiner Existenz wußte. Reden Sie mir nicht von Ansprüchen.«

»Hitzige Kate. Geliebte Kate. Mit jedem Augenblick überzeugen Sie mich mehr, daß ich ohne Sie nicht leben kann.«

»Was sagt der Doktor zu Ihrem Bein?« fragte ich, um ihn abzulenken.

»Da ist nichts zu machen. Es hätte rechtzeitig behandelt werden müssen. Ein Stück vom Knochen ist abgesplittert. Ich werde den Rest meines Lebens hinken müssen.«

»Und die Schmerzen?«

»Die spüre ich ab und zu. Aber nicht mehr so stark. Es ist jetzt nur mehr ein lästiges Ziehen. Wenn ich mich ärgere oder wenn das Wetter kalt wird, wird es schlimmer.«

»Das eine können Sie nicht ändern«, sagte ich, »wohl aber das andere. Also – ärgern Sie sich nicht.«

»Dann sorgen Sie für mich ... wie in dem Haus ... nur anders. Lassen Sie uns Liebende sein wie damals ... nur abermals anders. Lassen Sie uns zärtliche, leidenschaftliche Liebende sein. Sie wissen, daß wir es könnten.«

»Sehen wir uns das kleine Haus an«, forderte ich ihn auf.

Er erhob sich folgsam, und wir gingen um den Graben herum. Das Häuschen stand in den Schatten des Schlosses geduckt; es wuchs gleichsam aus seinen Mauern hervor.

»Es wurde hundert Jahre nach Errichtung des Schlosses angebaut«, erklärte der Baron. »Irgendwann im achtzehnten Jahrhundert, glaube ich. Einer meiner Vorfahren hat es für seine Mätresse errichten lassen. Danach wurde es eine Zeitlang von den Dienstboten benutzt. Ich glaube, seit Jahren hat niemand mehr darin gewohnt.«

Er führte mich hinein. Wir traten in einen Raum mit einem großen Kamin und gekacheltem Fußboden. Die Diele enthielt ein paar Möbelstücke – eine eichene Sitzbank, einen langen Tisch und etliche Stühle.

»Man kann es sich hier behaglich machen«, sagte der Baron. »Das Haus hat eine recht geräumige Küche und mehrere Schlafkammern. Bedenken Sie, es ist ja nur vorübergehend.«

»Sie sind sehr gut zu mir«, gab ich zu. »Ich fürchte, Sie halten mich manchmal für recht ungezogen. Ich weiß, wieviel ich Ihnen verdanke …«

»Aber das kann die alte Geschichte nicht aufwiegen, nicht wahr? In zwanzig Jahren vielleicht, wenn ich Ihnen lebenslange Ergebenheit bekundet und gezeigt habe, daß ich mit Ihnen und dem Knaben und den anderen Kindern, die wir haben werden, ein ganz anderer sein kann als der Barbar, den Sie bisher kennengelernt haben; wenn Sie in mir den einzigen Ehemann erkennen, den Sie lieben können, dann wird die Rechnung beglichen sein, glauben Sie nicht auch, Kate?«

Ich wandte mich von ihm ab, aber er wich nicht von meiner Seite. »Glauben Sie das, Kate?« beharrte er.

»Sie erwarten Unmögliches.«

»Nichts ist unmöglich«, erwiderte er.

An diese Worte sollte ich später noch denken.

Meine Spannung wuchs. Je mehr ich in einen sogenannten normalen Zustand zurückfand, um so mehr wurden mir die

Schwierigkeiten meiner Situation bewußt. Eine große Entschädigung war mir allerdings in Kendal beschieden. In weniger als einer Woche hatte er an Gewicht zugenommen und seine frühere Lebhaftigkeit zurückgewonnen. Er war wieder ein gesunder, fröhlicher Knabe, der das Schloß und sein neues Leben liebte. Seine Zuneigung zu dem Baron wurde immer größer, und ich selbst fing schon an, den Baron im stillen Rollo zu nennen. Kendal hatte nicht die geringste Scheu vor ihm. Ich glaube nicht, daß je zuvor jemand so mit Rollo umgegangen war. Er verbrachte aber auch viel Zeit mit dem Jungen.

Schon am dritten Tag nach unserer Ankunft verriet er Kendal, er wolle ihm etwas ganz Besonderes in den Stallungen zeigen. Sie gingen zusammen hinunter, und dort stand ein weißes Pony, wie er es zu Weihnachten beschrieben hatte.

Kendal kam mit geröteten Wangen und leuchtenden Augen zu mir gelaufen. »Es ist da, Maman ... Es ist wirklich da ... genau wie der Baron gesagt hat ... und es gehört mir.«

Danach mußte er reiten lernen. Rollo nahm ihn hin und wieder mit hinaus, und sie ritten über die Wiese rund um den Graben. Zuweilen nahm ihn auch einer von den Stallknechten mit.

Am nächsten Tag kam Jeanne freudig zu mir. »Schauen Sie, was der Baron mir geschenkt hat«, rief sie. »Erinnern Sie sich, wie wir über die Weihnachtsgeschenke gesprochen haben? Und hier ist nun die Brosche ... genau wie er sie beschrieben hatte. Er meinte, ich hätte so gut für Sie alle gesorgt.« Sie wandte sich ab, die Augen voller Tränen. Sie war von der Brosche entzückt. Nie hatte sie etwas ähnlich Wertvolles besessen. Als praktisch veranlagte Französin betrachtete sie das Schmuckstück als Notgroschen, aber es besaß gleichzeitig auch einen großen Gefühlswert für sie.

Als ich später zum Graben hinunterging, sah ich Kendal am Leitzügel, und Rollo war an seiner Seite. Kendal rief mir zu: »Schau, Maman, schau mir zu. Baron, bitte, laß die Zügel los.«

Er durfte allein traben.

»Er wird einmal ein guter Reiter«, erklärte Rollo.

Ich betrachtete meinen Sohn. Mit funkelnden Augen und heißen Wangen lachte er stolz und beobachtete uns, um sicher zu sein, daß wir ihn bewunderten.

Dann stieg er ab und kam zu uns.

»Jeanne hat eine Brosche«, sagte er. »Ihr Weihnachtsgeschenk ist wahr geworden.«

Plötzlich lachte er und nahm meine Hand. Er suchte den Saphirring, den Rollo beschrieben hatte. Doch enttäuscht ließ er sie wieder los.

Ich lenkte ab: »Nanu, magst du nicht mehr reiten?«

Aber Rollo wollte nicht darüber hinweggehen. »Du suchst den Ring«, sagte er.

»Maman ist die einzige, die ihr Geschenk nicht bekommen hat.«

»Das ihre ist noch nicht soweit«, sagte Rollo.

»Wann ist es soweit?« wollte Kendal wissen. »Sie *muß* den Ring doch bekommen, nicht wahr?«

»Ja«, erwiderte Rollo, »sie muß ihn bekommen.«

»Aber wann?«

Rollo blickte mich eindringlich an. »Wann?« wiederholte er.

»Nicht jeder von uns kann Geschenke bekommen«, gab ich zurück. »Du hast Glück mit deinem hübschen Pony, und Jeanne hat ebenfalls Glück gehabt.«

»*Du* sollst aber auch Glück haben, Maman.«

»Ich will dir etwas sagen«, sprach Rollo zu Kendal. »Eines Tages wird der Ring an ihrer Hand stecken.«

Er sah mich mit glühenden Blicken an, und ich spürte, wie die Erregung in mir aufstieg.

Ich begriff meine Gefühle für diesen Mann bald selbst nicht mehr.

Marie-Claude bekundete starkes Interesse an mir. Sie wunderte sich natürlich, wie es kam, daß ich mit ihrem Gatten in

Paris war, und glaubte nicht ganz an das zufällige Zusammentreffen, als er bei der Beschießung Kendal des Leben gerettet hatte.

In mancher Hinsicht war sie nicht mehr das junge Mädchen, das sich bei der *fête champêtre* mit seinem Liebhaber vergnügt und heimlich ein Verhältnis mit ihm hatte. Damals war sie unbekümmert und impulsiv gewesen. Jetzt war sie eine nervöse und ängstliche Frau.

Sie hatte nichts dagegen, daß ich ins *Château* gekommen war, und ließ mich nur ungern in das kleine Haus ziehen. Meine Gegenwart schien ihr seltsamerweise ein wenig Trost zu spenden.

Und dann war da noch William. Armer kleiner William! Mein Herz flog ihm vom ersten Augenblick an zu. Das arme Kind war schon unerwünscht gewesen, bevor es das Licht der Welt erblickt hatte. Ich fragte mich, wie Marie-Claude zumute gewesen sein mochte, als sie merkte, daß sie schwanger war und ihr klar wurde, daß sie dem furchterregenden Ehemann nicht würde verbergen können, daß das Kind nicht von ihm war.

Wahrscheinlich hatte sie sich aus Trotz gegen diese erzwungene Heirat einen Liebhaber genommen. Doch inzwischen war sie nur noch ein kümmerlicher Schatten des rebellischen Mädchens von einst. Ich erfuhr, daß sie bei Williams Geburt fast gestorben wäre.

William war ein schmächtiges und ängstliches Kind, und ich war über Rollo und Marie-Claude gleichermaßen erzürnt. Seine Enttäuschung und ihre Verachtung gaben ihnen noch lange nicht das Recht, das Kind dafür büßen zu lassen.

Von seinen Eltern derart vernachlässigt, war er ständig bestrebt, sich in Szene zu setzen. Ich allein begriff, warum er das tat, aber alle anderen schienen der Meinung, daß er einfach ein garstiger Bengel sei. Mein Sohn dagegen war von Geburt an in Liebe eingebettet gewesen. Immer hatte ich ihm das Gefühl gegeben, daß er das Allerwichtigste in meinem Leben war. Nicole hatte ihn geliebt; Jeanne war zwar streng mit ihm und versäumte es nie, seine Fehler zu verbessern, aber auch sie war ihm herzlich zugetan. Und nun schenkte ihm Rollo noch seine ganz besondere Aufmerksamkeit. Er war in Geborgenheit eingehüllt. Mit William war es das genaue Gegenteil. Seine Eltern mochten sich nicht mit ihm abgeben. Wann immer er seine Mutter sah, schien sie mit etwas anderem beschäftigt, und man sagte ihm, er dürfe nicht zu lange bei ihr bleiben, weil er ihr auf die Nerven gehe. Das erzählte er mir, als ich sein Vertrauen gewonnen hatte. Und sein Vater schien ihn überhaupt nicht wahrzunehmen.

William vertraute mir an, daß bei seiner Taufe sicher böse Feen zugegen gewesen seien, die beschlossen hätten, jedesmal einen unsichtbar machenden Umhang über ihn zu werfen, wenn sein Vater anwesend sei. Außerdem hätten sie ihn mit dem Fluch belegt, daß alles, was er tat, an den Nerven seiner Mutter zerrte. Er wußte nicht, was Nerven waren, aber er war überzeugt, daß er eine geheimnisvolle Kraft besaß, die diese Nerven zerstörten.

»Ich weiß nicht, was es ist«, klagte er. »Wenn ich es wüßte, würde ich mich ändern. Das machen alles die bösen Feen.«

Ich sprach mit Jeanne über ihn. Sie erklärte sich bereit, William zusammen mit Kendal zu unterrichten, und da man in Williams Kinderstube heilfroh war, ihn los zu sein, nahmen die beiden Knaben Unterricht bei Jeanne.

Wir entdeckten zu unserer Freude, daß William keineswegs dumm war. »Bei richtigem Unterricht«,, meinte Jeanne, »wird er sich womöglich als sehr klug erweisen. Doch zuerst müssen wir seine Hemmungen beseitigen. Er befindet sich in einer ständigen Abwehrhaltung.«

Anfangs mochte Kendal ihn nicht leiden und wollte wissen, ob das sein *mußte*, daß er mit ihm zusammen war. »Er kann nicht mal so schnell rennen wie ich«, stellte er verächtlich fest. »Das ist um so mehr ein Grund für dich, sein Freund zu sein«, erklärten wir ihm.

»Er ist ziemlich blöde.«

»Das meinst du. Vielleicht denkt er von dir dasselbe.«

Das verwunderte Kendal und machte ihn nachdenklich. Danach stellte ich fest, daß er William sehr genau beobachtete, und ich merkte, daß er sich fragte, inwiefern William ihn wohl für blöde halten könnte.

Und als dann William die Lösung einer Rechenaufgabe schneller fand als Kendal, wie Jeanne mir erzählte, begann sich eine Veränderung in ihrer Beziehung abzuzeichnen. Kendal hatte nun den Beweis, daß William ihm in manchen Dingen überlegen war. Das war ihm eine gute Lehre.

Jeanne verstand gut mit Kindern umzugehen. Sie war streng, aber gerecht und die Kinder hatten Achtung vor ihr. William fand sich immer pünktlich im Schulzimmer ein, und Jeanne und ich stellten fest, daß die zwei Knaben jetzt häufiger etwas zusammen unternahmen. Kendal war zweifellos der Anführer und bestimmte, was gespielt wurde, aber im Klassenzimmer war William oft schneller mit der Antwort bei der Hand.

»Ich lasse die beiden hin und wieder ein wenig mogeln«, gestand Jeanne. »Es ist wichtiger, daß sie Freunde sind. Deshalb übersehe ich, wenn William Kendal eine Lösung vorsagt. Ich möchte, daß Kendal erkennt, daß er nicht der Überlegene ist, weil er besser reiten und laufen kann und vielleicht zwei Zentimeter größer ist.«

Für den Fall, daß ich Lust zu malen hatte, stellte man mir das Zimmer zur Verfügung, in dem ich vor langer Zeit an der Miniatur des Barons gearbeitet hatte. Die Knaben kamen häufig herauf, und Kendal zeichnete und malte mit Begeisterung.

Ich gab William ein paar Farben und ließ es ihn auch einmal probieren. Aber es war bald klar, daß aus ihm kein Künstler werden würde.

»Versuche, ein Gesicht zu zeichnen«, sagte ich, »und dann malst du es aus. Aber zuerst mußt du es zeichnen.«

William zeichnete etwas, das ein Portrait sein sollte. Ich konnte nicht erkennen, wen es darstellte.

»Es ist mein Vater«, erklärte er. »Schauen Sie ... Er ist groß und stark. Er ist der stärkste Mann der Welt.«

»So schaut er aber nicht aus«, widersprach Kendal und fertigte eine Skizze, die mehr als nur eine entfernte Ähnlichkeit mit dem Baron aufwies.

William war von Ehrfurcht überwältigt. Er sah mich traurig an: »Ich wollte, ich könnte meinen Vater zeichnen.«

Ich legte ihm sanft den Arm um die Schulter und erwiderte: »Mach dir nichts daraus. Du hast dir Mühe gegeben. Denke stets daran, wenn du eines nicht schaffst; es gibt genug andere Dinge, die du kannst. Mademoiselle Jeanne sagt, daß du gut im Rechnen bist.«

»Rechnen mag ich gern«, bestätigte er lächelnd.

»Also dann ...« Ich beugte mich zu ihm und flüsterte: »Ich glaube, darin bist du besser als Kendal ... und dafür kann er ein bißchen besser zeichnen als du. Er ist mein Sohn, und ich bin Künstlerin. Sein Großvater war Künstler, und sein Urur... so viele Urs, wie du dir vorstellen kannst. Sie waren alle Künstler. Das liegt in der Familie.«

»Er ist wie die. Ich werde einmal wie mein Vater, wenn ich groß bin.«

Es kam immer wieder auf das eine hinaus. Er vergötterte den Vater, der ihn nicht beachtete, und ich wurde richtig wütend auf Rollo.

Allmählich war es an der Zeit, daß ich das Schloß verließ. In dem kleinen Haus würde es einfacher sein, sagte ich mir. Doch dann kam mir der Gedanke, daß es eher schlimmer werden könnte. Ich sollte nicht dort einziehen, besser wäre es, unverzüglich fortzugehen. Aber wohin? Und was würde aus Kendal? Er durfte nicht wieder abmagern und an Unterernährung leiden.

Ich machte Rollo Vorhaltungen. »Sie sind grausam zu William. Warum müssen Sie sich so benehmen, als sei der Junge Luft für Sie.«

»Es ist das einfachste Mittel, um ihn zu ertragen.«

»Sie lassen Ihre kleinliche Gehässigkeit an einem Kind aus. Das finde ich erbärmlich.«

»Liebe Kate, warum soll ich vorgeben, den Jungen gern zu haben? Jedesmal wenn ich ihn sehe, muß ich daran denken, wer er ist. L'Estranges Bastard. Sie können nicht erwarten, daß ich ihn behandele wie mein eigenes Kind.«

»Sie könnten es wenigstens vortäuschen.«

»Im Vortäuschen bin ich nicht gut.«

»Und ich dachte, Sie wären gut in allem, was Sie sich vornehmen.«

»Hierbei nicht. Ich mag den Jungen nicht sehen.«

»Und seit Kendal hier ist, ist es noch schlimmer geworden. Neulich sah ich, wie William Sie und Kendal beobachtete. William lief zu Ihnen, und Sie sprachen weiter mit Kendal, als wäre William gar nicht vorhanden. Sehen Sie denn nicht, was Sie dem Kind antun?«

»Ich sehe ihn überhaupt nicht.«

»Das ist grausam, und dabei scheint der Junge Sie aus einem unerfindlichen Grund zu vergöttern.«

»Dann ist meine Art, mit ihm umzugehen, ja offensichtlich die richtige.«

»Ein wenig Beachtung würde ihn so glücklich machen.«

»Sie sind sentimental, Kate. Wenden Sie Ihre Gefühle lieber einem würdigeren Gegenstand zu.«

»Sie fragen Sich wohl, warum ich mir nichts aus Ihnen mache. Wenn Sie sich darüber einmal gründlich Gedanken machen würden, dann wüßten Sie, warum niemand Sie leiden kann.«

»Sie sind unlogisch, Kate. Vor einer Minute haben Sie noch gesagt, daß der Junge mich vergöttert. Aber warum verschwenden wir unsere Zeit damit, über ihn zu sprechen?«

»Weil ich ihn zufällig gern habe.« Ich zuckte die Achseln und wandte mich ab.

Er wich nicht von meiner Seite. Er nahm meine Hand. »So geht es nicht weiter«, bat er. »Jede Nacht ... Sie sind im Schloß ... aber nicht bei mir.«

305

»Ich ziehe morgen in das kleine Haus.«

»Dann denke ich trotzdem genauso an Sie.«

»Ich frage mich, ob ich nicht versuchen soll, mich nach England durchzuschlagen. Man wird sich dort meinetwegen Sorgen machen. Gütiger Himmel, die denken bestimmt, ich bin noch in Paris. Sie haben natürlich gehört, was dort geschah.«

»Sicher. Die ganze Welt weiß von der Schmach von Paris.«

»Ist es möglich, einen Brief nach England zu schicken?«

»Vielleicht. Ich weiß nicht, wie es in den Häfen aussieht. Die Lage ist ziemlich verworren. Die Pariser Kommunisten bekämpfen die neue Republik. Sie wollen keine friedliche Lösung, sondern eine Revolution. Es gibt keine Ruhe und Ordnung in der Stadt. Gottlob haben wir sie rechtzeitig verlassen. Weiß der Himmel, was der rasende Pöbel sonst mit uns angestellt hätte. Sie randalieren und zerstören Häuser, anscheinend nur um der Zerstörung willen. Als ob Paris nicht schon genug gelitten hätte.«

»Es sieht so aus, als könnte ich nie zurück.«

»Das wird noch eine lange Zeit dauern.«

»Meine Stiefmutter macht sich bestimmt Sorgen. Ich habe seit dem Tod meines Vaters nichts mehr von ihr gehört. Kurz vor Beginn der Belagerung schrieb sie mir einen erschütternden Brief. Arme Clare! Sie ist eine so empfindsame Person. Ich würde sie gern wissen lassen, daß ich in Sicherheit bin.«

»Vielleicht kann ich Ihnen helfen. Schreiben Sie ihr einen Brief, und ich schicke dann einen Mann damit an die Küste. Der wird erkunden, ob die Postschiffe über den Kanal überhaupt verkehren. Es kann durchaus möglich sein. Also schreiben Sie, und der Mann bringt ihn an die Grenze. Wenn er ihn absenden kann, gut. Wenn nicht, versuchen wir es später noch einmal.«

»Danke. Das ist nett von Ihnen.«

»Ach Kate, Sie werden schon noch entdecken, wie unendlich nett ich sein kann, wenn Sie nur ...«

»Das Thema ist tabu.«

»Sagen Sie mir eins. Wenn ich frei wäre ...«

»Sie sind nicht frei; und Sie können auch nicht frei werden, punktum. Vielleicht könnte ich nach England fahren und eine Weile bei meiner Stiefmutter bleiben, bis ich mich zu etwas entschieden habe?«

»Dann sollte ich den Brief vielleicht lieber nicht befördern lassen.« Er lachte. »Nein, Kate, Sie dürfen mich nicht so ernst nehmen. Natürlich lasse ich den Brief befördern, wenn es möglich ist. Ich bin kein Mann, der sich vor einer Stiefmutter fürchtet.«

»Danke«, sagte ich.

Am nächsten Tag zogen Kendal, Jeanne und ich in das kleine Haus.

Jeanne und ich fanden das Leben in dem Häuschen sehr behaglich. Es war viel gemütlicher als das Schloß. Das Haus ließ sich gut heizen, weil es so klein war, und an das Schloß geschmiegt war es vor den kalten Winden geschützt, die das große Gebäude über uns umtosten.

Es war vereinbart worden, daß Jeanne und Kendal zu den Unterrichtsstunden ins Schloß gingen, wo William mit ihnen lernte. Jeanne und ich schmeichelten uns und machten uns gegenseitig Komplimente, weil mit William eine merkliche Veränderung vorgegangen war, seit wir gekommen waren; er war nicht mehr ganz so nervös, und seine Augenblicke des Triumphes im Schulzimmer gaben ihm Selbstvertrauen. Kendal hatte ihm gegenüber eine nahezu beschützende Haltung angenommen, nachdem Jeanne und ich ihm gesagt hatten, er dürfe nicht zu grob mit ihm umgehen, und William schien diese Haltung durchaus zu schätzen.

Ich dagegen wurde mit der Zeit recht unruhig. Es behagte mir nicht, so auf Rollos Gastfreundschaft angewiesen zu sein. Wäre ich allein gewesen, hätte ich versucht, nach England zu kommen, aber Kendals wegen wagte ich es nicht. Nachdem ich ihn einmal so bleich und unterernährt gesehen hatte, war ich um ihn ängstlich besorgt. Oft fragte ich mich, ob die schlimme Zeit ihn ein wenig geschwächt hatte, wenngleich keine Anzeichen davon zu bemerken waren. Jedenfalls war ich entschlossen, ihn nicht noch einmal dem Hunger auszusetzen, sofern es sich vermeiden ließ, und deshalb mußte ich meinen Stolz unterdrücken und mich in die Situation fügen.

Mir war vollkommen klar, daß die Lage gefährlich war. Rollo hatte den Kopf voller Pläne, und ich wußte, wieweit er gehen würde, um sie zu verwirklichen. Sein leidenschaftliches Verlangen nach mir schien stetig zu wachsen, und er wurde allmählich ungeduldig. Er verbarg seinen Stolz auf Kendal nicht, und mir war nicht wohl bei dem Gedanken, mit Rollo und seiner Gattin unter einem Dach zu leben – denn das tat ich, selbst wenn ich in dem Häuschen wohnte.

Ich mußte fort. Das sagte ich mir hundertmal am Tag. Aber wie? Das war die Frage.

Dazwischen versuchte ich zu erfahren, was im Lande vorging. Paris war in Aufruhr. Der Nationalkonvent sollte in Bordeaux tagen, hieß es. In Versailles fanden Versammlungen statt. Das Land war in sich zerrüttet, und wir hatten Glück, daß wir in unserer kleinen Oase lebten, von denen es in ganz Frankreich nur wenige in abgelegenen ländlichen Gegenden gab.

Ich mußte besonnen bleiben, durfte nichts überstürzen, sondern mußte meinen Stolz hinunterschlucken und mich mit dieser außergewöhnlichen Situation abfinden, bis sich ein Ausweg bot.

Wie ich mir selbst ehrlich eingestand, wollte ich im Grunde nicht fort. Genau wie die anderen brauchte ich eine gewisse Zeit, um mich von den Auswirkungen der Belagerung von Paris zu erholen. Es gab nur eines: Abwarten. Und insgeheim war ich froh, daß die Umstände mich zum Bleiben zwangen.

Gleich am ersten Morgen im kleinen Haus erschien Rollo. Jeanne und Kendal waren zum Unterricht ins Schloß gegangen. Ich war also allein.

Er war darüber sichtlich erfreut, und ich hatte den Verdacht, daß er sich den Zeitpunkt genau überlegt hatte.

»Nun«, begann er, »wie gefällt es Ihnen hier?«

»Gut. Es ist sehr behaglich.«

»Und wir sind nicht weit voneinander entfernt. Es ist jetzt gewissermaßen bequemer.«

»Bequemer?« fragte ich.

»Hier ist es . . . abgeschiedener.« Er blickte mich ernst an. »Was machen wir jetzt, Kate?«

»Machen? Wir? Kendal und ich werden hierbleiben müssen, bis mir eine Lösung einfällt.«

»Mir könnte eine sehr angenehme Lösung einfallen.«

»Ich muß zurück nach Paris oder nach England. Letzteres wäre vielleicht das beste, weil es, wie Sie sagen, eine Zeitlang dauern wird, bis in Paris wieder normale Zustände herrschen.«

»Was wollen Sie in England?«

»Malen.«

»Sie sind in England nicht bekannt.«

»Aber mein Vater war berühmt.«

»Sie sind nicht Ihr Vater. Ich habe Sie in Paris etabliert. Allein meine Empfehlungen haben Ihnen Ihre Aufträge verschafft.«

»Das weiß ich, aber ich muß es trotzdem versuchen. Mein Können wird sich am Ende durchsetzen.«

»Inzwischen werden Sie nach traditioneller Künstlerart in Ihrem Dachstübchen darben. Künstler können nur erfolgreich sein, wenn sie in Mode sind. Die Menschen sind wie Schafe. Sagt man ihnen vor: ›Das ist gut‹, so plappern sie nach: ›Das ist gut.‹ Wenn man ihnen nichts sagt, wissen sie auch nichts . . . und Unbekanntheit ist dann gleichbedeutend mit Unfähigkeit.«

»Ich weiß, daß das stimmt, aber ich denke, daß harte Arbeit am Ende doch gewinnt.«

»Wenn Sie tot sind vielleicht. Aber damit können Sie und der Junge sich keinen Luxus leisten . . . es reicht nicht einmal für das Lebensnotwendigste. Seien Sie vernünftig, Kate. Wir bleiben zusammen. Sie bekommen ein Atelier, und ich schwöre, daß ich Sie nie bei der Arbeit stören werde. Dann lasse ich den Jungen legitimieren.«

»Wie soll denn das vor sich gehen?«

»Es ist durchaus möglich. Es wäre nicht das erstemal, daß dergleichen geschieht. Wir werden zusammenziehen, nachdem wir uns ein Haus gesucht haben. *Sie* sollen es aussuchen. Wir gehören zusammen. Ich weiß es.«

»Sie sind ein Mann mit reicher Erfahrung«, spottete ich. »Sie machen Ihre Pläne und entscheiden nicht nur, was Sie tun, sondern auch, was alle anderen zu tun haben. Eines aber haben Sie noch nicht gelernt, nämlich daß dort, wo zwei Menschen sind, üblicherweise zwei Meinungen herrschen. Sie mögen bislang imstande gewesen sein, sich die Menschen zu Willen zu machen, aber das gelingt nicht bei jedem.«

»Ich weiß, Kate. Ich begreife es allmählich.«

»Sie werden ja richtig bescheiden ... für Ihre Verhältnisse.«

»Das ist ein Teil dessen, was Sie mir beigebracht haben. Nie hätte ich gedacht, daß ich von einer Frau so viel annehmen könnte.«

»Ob das daran liegt, daß Sie mich nicht besitzen können?«

»Nicht können ist ein Ausdruck, den ich nicht akzeptiere.«

»Wir müssen ihn alle zuweilen akzeptieren ... sogar Sie.«

Plötzlich nahm er mich in seine Arme und küßte mich leidenschaftlich. Er hatte mich einfach überrumpelt. Und ich wehrte mich nicht. Der Gedanke schoß mir durch den Kopf: Wir sind allein im Haus. Ich bin ihm ausgeliefert. Ich bemühte mich vergeblich, meine wilde Erregung zu unterdrücken.

Ich fürchtete voll Verzweiflung, er würde spüren, was ich empfand. Niemals sollte er merken, wie leicht er mich überrumpeln konnte, wie er meine Empfindungen aufrührte, so daß ich fast wünschte, er möge mir Gewalt antun. Manchmal träumte ich, ich sei wieder in jenem Schlafgemach im Turm, und dann wachte ich voller Sehnsucht auf.

310

Durch diesen Wandel meiner Gefühle fühlte ich mich doppelt zum Fortgehen verpflichtet.

Ich entzog mich ihm mit gespielter Entrüstung.

»Ich glaube«, sagte ich langsam, »ich muß fort ... und zwar unverzüglich.«

Er ergriff meine Hände und küßte sie.

»Nein«, widersprach er hitzig. »Nein, Kate. Verlassen Sie mich nicht.«

Ich versuchte, mich in Wut hineinzusteigern. »Sie wissen, in welcher Lage ich mich hier befinde. Ich muß gegen meinen Willen hierbleiben, denn ich habe ein Kind zu versorgen. Aber ich habe nicht die Absicht, mich zu Ihrer Mätresse machen zu lassen wie ... Nicole.«

Meine Stimme zitterte, und die Tränen schossen mir in die Augen.

Die Erwähnung Nicoles ernüchterte uns beide. Ihr Tod hatte ihn weit mehr berührt, als er sich anmerken ließ. Ich fragte mich, was sie mir wohl raten würde, wenn sie noch lebte.

Ich trat ans Fenster. »Ich möchte etwas verdienen, während ich hier bin«, überlegte ich laut. »Ich möchte nicht von Ihrer Wohltätigkeit abhängig sein. Ich würde gern wieder malen. Kann ich nicht eine Miniatur von William malen?«

»William! Wer will schon eine Miniatur von William?«

»Wenn er liebende Eltern hätte, wäre dies eine überflüssige Frage. Leider wird der arme Knabe jämmerlich vernachlässigt, und dagegen möchte ich etwas tun. Können Sie mich nicht bitten, eine Miniatur von William zu malen?«

»Also gut«, versetzte er. »Tun Sie es.«

»Ich werde dazu ins Schloß kommen müssen. Hier ist das Licht nicht gut genug.«

»Kate, Sie können ins Schloß kommen, wann immer Sie wollen.«

»Vielen Dank. Und ich werde William sagen, daß Sie das Portrait von ihm wünschen.«

»Ich?«

»Ja, Sie. Das wird ihn freuen. Und während es entsteht, kommen Sie vielleicht dann und wann ins Atelier und heucheln ein wenig Interesse.«

»Ich interessiere mich immer für Ihre Arbeit.«

»Bitte, zeigen Sie auch ein wenig Interesse für William.«

»Für Sie tue ich alles«, erklärte er.

William war begeistert, als ich ihm mitteilte, daß ich sein Portrait malen würde.

»Wird es ein kleines?« fragte er. »Bekommt Kendal auch eins?«

»Vielleicht. Kendal hat schon so viele. In Paris habe ich ihn oft gemalt.«

»Zeigen Sie mal.«

»Das geht nicht. Wir mußten alles in Paris zurücklassen. Nun müssen wir erst mal sehen, ob wir die nötigen Farben für dein Portrait bekommen können.«

Rollo wußte Rat. Er kannte einen Künstler, der nur wenige Meilen entfernt lebte und uns möglicherweise mit den notwendigen Farben versorgen konnte. Es war allerdings fraglich, ob er auch das Elfenbein hatte, das ich als Unterlage benötigte. Seufzend dachte ich daran, was wir alles in Paris gelassen hatten.

Rollo besuchte den Künstler und kam mit Farben und Pergament zurück, da kein Elfenbein verfügbar war.

»Pergament tut es auch«, versicherte ich. »Im sechzehnten Jahrhundert wurde es oft benutzt und diente als Untergrund für zahlreiche Meisterwerke der Miniaturkunst.«

Die Knaben gingen mit mir zu jenem Raum im Schloß, wo ich einst Rollo portraitiert hatte. Sie sahen zu, wie ich das Pergament auf steifen weißen Karton spannte, an den überstehenden Kanten festklebte und dann preßte.

William war mächtig aufgeregt. Es war eine Freude, anzusehen, wie der gehetzte abwehrende Blick allmählich aus seinen Augen schwand.

Ich wollte ein interessantes Portrait von ihm machen, das ihm und allen anderen zeigte, wie er aussehen kann, wenn er glücklich ist.

Ich fühlte mich neu belebt. Es war eine Wohltat, wieder zu arbeiten. Wie einst konnte ich alle meine Probleme ausschalten. Ich saß und plauderte mit William und machte eine Skizze von ihm, Kendal saß auch dabei. Als sich alle Aufmerksamkeit auf William konzentrierte, schien er an Größe zu gewinnen. Es war das erstemal in seinem Leben, daß er das Gefühl hatte, für jemanden wichtig zu sein.

Ich beschloß, langsam zu arbeiten. Schließlich wollte ich ja nicht nur ein Bildnis gestalten, sondern dazu beitragen, den Seelenzustand eines kleinen Knaben, der sehr ungerecht behandelt worden war, wieder ins Gleichgewicht zu bringen.

Die Jungen wurden von Stund an nachmittags unterrichtet, weil ich lieber vormittags malte, und während sie mit Jeanne zusammen waren, nahm ich die Gelegenheit wahr, spazierenzugehen oder zu reiten. Reiten war mir das liebste. Beim Spazierengehen konnte man dem Anblick des Schlosses unmöglich entkommen. Dazu mußte man schon eine sehr weite Strecke zurücklegen, denn das Schloß beherrschte die ganze Umgebung.

Es gab Pferde zur Genüge, und ich hatte unter mehreren die Wahl. Eine kleine rotbraune Stute hatte es mir besonders angetan. Sie war zwar ein wenig bockig, sprach aber auf strenge Zügel an, und ich glaube, daß sie sich gern von mir reiten ließ.

Als ich eines Nachmittags zu den Stallungen ging, traf ich dort Marie-Claude. Ein Pferd wurde gerade für sie gesattelt, eines, von dem ich wußte, daß es als ruhig und fügsam galt.

»Guten Tag«, sagte sie. »Wollen Sie ausreiten?«

Ich bejahte.

»Wollen wir nicht zusammen reiten?«

Ich war einverstanden, und plaudernd ritten wir unter dem Fallgitter hindurch und den Hügel hinab.

»Ich wußte gar nicht, daß Sie reiten können, Mademoiselle Collison«, bemerkte sie.

»Ich bin in England viel geritten.«

»In Paris hatten Sie dazu freilich keine Gelegenheit. Jetzt sind Sie gewiß froh, dem allen entronnen zu sein.«

»Es war ein Erlebnis, das man sich kein zweites Mal wünscht.«

»Gewiß empfinden eine Menge Leute in Paris ebenso. Aber ach, wie ich Paris vermisse! Das alte Paris, meine ich. Ich glaube, woanders kann ich niemals glücklich werden.«

»Sie würden es leider sehr verändert vorfinden.«

»Ich weiß. Diese dummen Menschen mit ihren Kriegen!«

Wir ritten eine Weile schweigend weiter. Sie übernahm die Führung, und ich folgte ihr.

»Ich reite nie weit«, rief sie mir über die Schulter zu. »Das ermüdet mich immer so. Meistens gehe ich an meinen Lieblingsplatz und freue mich an der Aussicht.«

»Wollen wir jetzt dorthin?«

»Ja. Ich schlage vor, wir binden die Pferde an und unterhalten uns im Sitzen. Man kann im Sattel unmöglich ein vernünftiges Gespräch führen.«

Ich pflichtete ihr bei, und wir verfielen abermals in Schweigen.

Ich blickte zurück. Das Schloß war verschwunden. Marie-Claude beobachtete mich und erriet meine Gedanken. »Das ist auch ein Grund, warum ich so gern hierherkomme. Von hier aus ist es unmöglich, die alten Gemäuer zu sehen.«

Wir ritten am Waldrand entlang. Die Landschaft wurde jetzt hügeliger. Im Tal glitzerte ein Fluß silbern im Sonnenlicht.

»Hier ist es schön.« Marie-Claude blühte richtig auf. »Ich sitze gern auf dem Hügelkamm. Einige von den Sträuchern hier oben sind hoch genug, um Schutz vor dem Wind zu geben. Dort setze ich mich hin und schaue in die Ferne. Man kann meilenweit sehen.«

Wir erreichten die Hügelkuppe.

»Hier wollen wir die Pferde anbinden. Ist es nicht merkwürdig, daß wir uns wieder begegnet sind?«

Wir stiegen ab und gingen eine kleine Strecke zu Fuß.

»Setzen Sie sich hierher«, bat Marie-Claude, und wir ließen uns im Schutz der Sträucher nieder. »Ich hätte nie gedacht, daß ich Sie einmal wiedersehen würde«, fuhr sie fort, »es sei denn auf einem Fest. Wenn Sie Bertrand de Mortemer geheiratet hätten, wären wir uns gewiß auf mancher Veranstaltung begegnet.«

»Im Leben geht es oft seltsam zu«, bemerkte ich.

»Sehr seltsam.« Sie sah mich an. »Ich gestehe, daß Sie mich neugierig machen, Kate. Ich darf doch Kate sagen? Wie einst, nicht wahr? Wollen Sie mich Marie-Claude nennen?«

»Wenn Sie wünschen.«

»Ich wünsche es«, sagte sie mit einem Anflug jener gebieterischen Art, an die ich mich von früher erinnerte.

Dann fuhr sie fort: »Ich bewundere Sie sehr. Ich wollte, ich hätte Ihre Courage. Sie haben ein Kind, aber Sie haben seinen Vater nicht geheiratet. Wie klug von Ihnen! Wieviel glücklicher wäre ich, wenn ich nicht geheiratet hätte! Aber ich vermute, für Sie war es etwas einfacher, als es für mich gewesen wäre.«

»Ja.«

»Ich habe Armand L'Estrange nicht richtig geliebt. Sonst hätte ich ihn vielleicht allen zum Trotz geheiratet, denn vor Rollo habe ich mich immer gefürchtet ... ich kann nichts anderes für ihn empfinden. Er ist ein grausamer Mensch, Kate. Nur wer in seiner Nähe gelebt hat, weiß, wie hart und grausam er sein kann.«

»Davon habe ich gehört.«

»Die Heirat war von meiner Familie arrangiert worden. Ich war wütend! Ich wollte ihn nicht heiraten! Sie waren doch damals bei uns ... vor der Heirat. Sie würden doch auch keinen heiraten wollen, vor dem Sie sich fürchten, oder?«

»Bestimmt nicht«, erwiderte ich.

315

»Und dann lernte ich Armand kennen. Er war so charmant, so anders. Er war ritterlich und gab mir das Gefühl, etwas Besonderes zu sein. Ich wollte einfach nur geliebt werden. Sie wissen, wie das damals war. Sie waren bei der *fête champêtre*, und später haben Sie die Briefe überbracht. Erinnern Sie sich noch, wie Rollo versuchte, der Briefe habhaft zu werden, die Sie für mich im Putzmacherladen abholten? Diese Sache mit der Droschke ...?«

»Daran erinnere ich mich genau.«

»Er mußte damals etwas geahnt haben. Ich hatte solche Angst. Wenn ich das vorher gewußt hätte, ich glaube, ich hätte mich niemals mit Armand eingelassen.«

Ich starrte vor mich hin und dachte an jene schreckliche Droschkenfahrt quer durch Paris.

»Sehen Sie, er hatte mich in Verdacht ... schon damals.«

Ich zögerte, aber ich konnte ihr nicht sagen, daß ich aus einem ganz anderen Grunde beinahe entführt worden war.

»Und doch«, fuhr sie fort, »tat er überrascht. Nie werde ich meinen Hochzeitstag vergessen ... es war so entsetzlich! Ich weiß nicht, wie ich den Tag überstanden habe. Rollo wußte natürlich über mein Verhältnis mit Armand Bescheid. Doch ich glaube nicht, daß ihm das viel ausgemacht hat. Erst als das Kind zu früh geboren wurde, geriet er außer sich vor Wut. Dazwischen habe ich versucht, das Kind loszuwerden, aber es ist mir nicht gelungen. Dabei sieht William gar nicht so widerstandsfähig aus. Rollo wollte dann alles genau wissen, und Sie können sich seine Wut vorstellen.«

»Allerdings«, bestätigte ich.

»Sie denken sicher, er hatte allen Grund dazu. Aber ich wollte ihn ja überhaupt nicht heiraten! Hätte ich damals von Ihrem Mut gewußt, so hätte ich mich vielleicht geweigert und wäre frei gewesen ... wie Sie. Warum haben Sie Bertrand nicht geheiratet? Sie waren doch verlobt. Sie haben sich geliebt. Und dann war ein Kind unterwegs, und dennoch sind Sie keine Ehe eingegangen. Das ist recht merkwürdig.«

»Ich tat, was ich für das Beste hielt.«

»Das war sehr mutig von Ihnen. Und nachher haben Sie das Atelier in Paris eingerichtet ... und keiner schien Anstoß daran zu nehmen.«

»Ich lebte in einer Gesellschaft von Bohemiens, und wie ich Ihnen bereits sagte, legt man dort nicht soviel Wert auf Konventionen wie in höfischen Kreisen.«

»Ach, hätte ich auch in einer solchen Gesellschaft gelebt! Bei mir ging alles verkehrt. Ich wurde mit einem Mann vermählt, vor dem ich mich fürchte ... Ich bekam ein Kind, das nicht von ihm war. Manchmal wünschte ich, ich könnte sterben und es anderen überlassen, mit alldem fertig zu werden.«

»So dürfen Sie nicht denken.«

»Tu ich aber ... hin und wieder. Sehen Sie, es hat mir körperlich geschadet, als ich versuchte, William loszuwerden. Es hat zwar sein Kommen nicht verhindert ... aber bei mir ist etwas zurückgeblieben. Ich kann keine Kinder mehr bekommen. Das ist ein weiterer Grund, weshalb Rollo mich haßt.«

»Er kann Sie doch nicht hassen!«

»Jetzt reden Sie wie alle Leute. Warum kann er mich nicht hassen, ich bitte Sie? Natürlich haßt er jeden, der seinen Wünschen im Wege steht. Am liebsten wäre er mich los und könnte eine heiraten, die ihm Kinder schenkte ... Söhne, die genau so sind wie er.«

»Wir müssen uns alle an das Leben anpassen. Auch er.«

»Manchmal scheint es nicht der Mühe wert. Stellen Sie sich doch einmal vor, wie das war. Ich erwartete das Kind, das zu früh kommen würde. Ich war krank und elend ... hatte wahnsinnige Angst vor der Geburt und noch mehr vor ihm. Ich kam oft hier herauf, um über alles nachzudenken. Und dort drüben liegt Paris ... wenn nur nicht so viel dazwischen wäre. Ich sehnte mich dorthin zurück. Wie oft dachte ich daran, noch ein wenig höher auf den Grat zu klettern. Dort ist eine Steilwand. Vor gar nicht langer Zeit ist ein Bauer, der sich im Nebel verirrt hatte und sich nicht mehr zurechtfand, dort ab-

317

gestürzt. Er schritt aus ... ins Nichts. Ich zeige es Ihnen, bevor wir gehen. Es ist gleich da oben. Eigentlich ist es ganz leicht, diesen Schritt zu tun. Damit wäre alles aus. Niemand könnte mir mehr einen Vorwurf machen. Und wie froh würde Rollo sein. Er würde mich aus seinem Leben streichen und von vorn beginnen.«

»Wie unglücklich müssen Sie gewesen sein!«

»Ich bestand nur noch aus Angst. Glauben Sie mir, eine Zeitlang dachte ich, es sei leichter, ein Ende zu machen als weiterzuleben.«

»Arme Marie-Claude, wieviel haben Sie gelitten!«

»Sogar jetzt denke ich manchmal, ob es sich lohnt, weiterzuleben?«

»Sie haben doch Ihren kleinen Knaben.«

»William! Er ist die Ursache der ganzen Misere. Wenn er nicht wäre, hätte ich mehr Kinder bekommen können. Dann wäre meine Furcht vor Rollo nicht so groß. Wer weiß, womöglich hätte ich ihm geben können, was er sich wünschte.«

Mir wurde unbehaglich zumute, denn sicher würde sie später bereuen, daß sie mir soviel erzählt hatte. Sie fuhr impulsiv fort: »Meine Geschichte ist recht jämmerlich. Reden wir nicht mehr davon. Bei Ihnen war es gewiß ganz anders. Erzählen Sie mir von sich.«

»Vieles wissen Sie ja schon. Ich bekam mein Kind, dann etablierte ich mich mit meinem *Salon* und malte. Die Kunden suchten mich auf, und alles ging sehr gut, bis der Krieg kam.«

»Der Krieg!« Sie wurde nachdenklich. »Für uns hier im *Château* schien er ziemlich weit weg. Ist es nicht eigenartig, daß es Rollo gelang, ihn von hier fernzuhalten? Es ist fast, als verfüge er über magische Kräfte. Manchmal denke ich, er ist mehr als ein Mensch ... ein Dämon vielleicht. Einer, der aus einer anderen Welt auf die Erde kam. Verstehen Sie, was ich meine?«

»Ja.«

»Das dachte ich mir. Er war immer gegen diesen Krieg und

hielt ihn für eine Torheit und den Kaiser für einen Narren. Dazu hält er sich noch nach Hunderten von Jahren für einen Normannen. Er ist mächtig; mächtiger, als es einem einzelnen Mann gestattet sein sollte: schließlich hat er große Besitztümer, nicht nur hier, sondern auch in England und Italien. Meine Familie wünschte deshalb diese Heirat, und er wollte mich wegen meiner Abstammung von den Königshäusern Frankreichs und Österreichs zur Frau. Was kann man schon Gutes erwarten von einer Ehe, die aus solchen Gründen geschlossen wurde? Sie sind wahrhaft glücklicher dran, Kate.«

»Ja, ich habe in mancher Beziehung Glück gehabt.«

»Ihr kleiner Knabe ist reizend.«

»Ihrer aber auch.«

Sie zuckte die Achseln. »Rollo hat offenbar Gefallen an Ihrem Sohn gefunden.« Sie sah mich von der Seite an, und ich spürte, wie ich vom Hals bis zur Stirn errötete.

»Er ist allgemein beliebt«, sagte ich, um einen leichten Ton bemüht.

»Er war blaß und mager, als er mit Ihnen, Rollo und Jeanne hier ankam.«

»Kein Wunder nach den Strapazen.«

»Ja. Man sah Ihnen allen an, was Sie durchgemacht hatten. Aber Sie haben sich glänzend erholt.«

»Dafür bin ich Ihnen allen dankbar.«

»Rollo hat sich vorher nie etwas aus Kindern gemacht. Es ist erstaunlich, wieviel Aufmerksamkeit er Ihrem Sohn zukommen läßt. Übrigens, ich habe nie ganz verstanden, wieso Rollo ausgerechnet in dem Moment zugegen war, als das Mauerwerk auf Ihr Kind zu stürzen drohte.«

»Um das zu verstehen, hätten Sie in Paris sein müssen.«

»Ich weiß, daß Menschen umgekommen sind. Ich meine nur, es war doch ein merkwürdiges Zusammentreffen, daß er exakt in jenem Augenblick zur Stelle war.«

Ich zuckte die Achseln. »Er hat dem Jungen das Leben gerettet, das steht fest.«

319

»Glauben Sie, daß das der Grund ist, warum er so an ihm hängt?«

»Ich könnte mir schon vorstellen, daß man an jemandem hängt, dem man das Leben gerettet hat. Doch es wird kühl«, fuhr ich fort. »Halten Sie es für richtig, daß wir hier noch länger sitzenbleiben?«

Ich half ihr auf.

»Es war nett, sich mit Ihnen zu unterhalten«, meinte sie, »daß ich gar nicht gemerkt habe, wie kalt es wurde. Ehe wir gehen, möchte ich Ihnen noch gern meinen Lieblingsplatz zeigen. Den Grat.«

»O ja. Sie sagten, es ist nicht weit von hier?«

»Gleich dort drüben. Kommen Sie.« Sie nahm meinen Arm. Wir gingen über das Gras, und dann lag es vor uns – ein herrliches Panorama mit kleinen Hügeln und Wäldchen, die sich bis weit zum Horizont hinzogen.

Marie-Claude streckte den Arm aus. »Da drüben liegt Paris ... wenn es nur nahe genug wäre, daß man es sehen könnte.«

Ich blickte auf den Fluß hinunter und sah Felsen und Steinblöcke aus dem Wasser ragen. Am Ufer wuchs gelber Huflattich.

»Haben Sie Höhenangst, Kate?« fragte Marie-Claude.

»Nein.«

»Warum bleiben Sie dann stehen?« Sie hatte meinen Arm losgelassen und trat näher an den Abgrund. »Kommen Sie«, forderte sie mich auf, und ich ging mit ihr bis zur Kante.

»Schauen Sie hinunter«, sagte Marie-Claude.

Ich gehorchte. Mein erster Gedanke war: Wenn sie sich hinabgestürzt hätte, hätte sie kaum eine Chance gehabt, zu überleben.

Sie war ganz nah bei mir ... stand jetzt hinter mir. Sie flüsterte: »Stellen Sie sich vor, Sie fallen ... fallen ... Sie würden nicht viel spüren. Ein kurzer Satz, ein wilder Schauer, und dann hinab ... hinab ... Sie wären innerhalb von Sekunden tot.«

Ich wurde von panischer Angst ergriffen. Warum hatte Marie-Claude mich hierhergebracht? Warum hatte sie so merkwürdige Sachen gesagt? Was wollte sie mir zu verstehen geben?

Weiß sie, daß Kendal Rollos Sohn ist, und glaubt, daß Rollo und ich in Paris ein Liebespaar waren und es vielleicht noch sind?

Sie haßte ihn.

Ich hatte immer gewußt, daß Princesse Marie-Claude impulsiv war und zur Hysterie neigte, und war überzeugt, daß die Qual der Vermählung mit Rollo, als sie von einem anderen Mann ein Kind erwartete, zuviel für sie war. Hatte das ihren Geist verwirrt?

Es wäre so einfach. Ein Unfall, würde es heißen. Der Boden ist abgebröckelt. Sie ist ausgerutscht. Sie ist zu nahe an den Rand gegangen.

Ich war überzeugt, daß sie mich hinabstoßen wollte ... in ewiges Vergessen.

Abrupt drehte ich mich um und trat von der Kante zurück.

Marie-Claude sah mich mit einem rätselhaften Blick an.

»Sie standen sehr nahe am Rand«, sagte sie in einem Ton, als wolle sie mit mir schelten, und lachte kurz auf. »Sie haben mir richtig Angst gemacht. Ich sah Sie schon hinabstürzen. Gehen wir zu den Pferden zurück. Mich schaudert ... vor Kälte. Dies ist nicht die rechte Jahreszeit, um plaudernd im Freien zu sitzen.«

Der Ausweg

Ich war von diesem Erlebnis zutiefst erschüttert. Vielleicht hatte ich mir nur eingebildet, daß ich mich in Gefahr befand; trotzdem versuchte ich mich in allen Einzelheiten zu erinnern, worüber wir gesprochen hatten und was tatsächlich vorgefallen war, als wir auf dem Grat standen. Marie-Claude hatte sich ausführlich nach Kendal erkundigt, aber ähnliche Fragen stellten andere Leute auch. Rollo zeigte nun einmal großes Interesse an dem Kind, wogegen er sich keine Mühe gab, seine Gleichgültigkeit gegenüber dem Knaben, der als sein Sohn galt, zu verbergen.

Ich hatte das Gefühl, auf einen kritischen Höhepunkt zuzusteuern, und während in mir der Wunsch, fortzugehen, immer größer wurde, wußte ich nicht wie und wohin.

Williams Miniatur machte Fortschritte. Rollo besuchte uns im Atelier, wie ich ihn gebeten hatte, und es war rührend, welche Freude sein Interesse an dem Portrait bei William hervorrief.

Er pflegte William genau zu betrachten und dann seine Bemerkungen zu der Miniatur zu machen. »Sie haben seinen Gesichtsausdruck genau getroffen«, meinte er, oder: »Seine Hautfarbe dürfte nicht einfach wiederzugeben sein.«

William sonnte sich in der ungewohnten Aufmerksamkeit, und ich konnte während der Arbeit meine Sorgen verdrängen. Es waren glückliche Stunden. Auch Kendal wollte unbedingt dabei sein. Er malte ebenfalls ein Portrait von William.

»Ich male ihn lieber groß«, sagte er, und trotz seiner Ungeübtheit gelang ihm ein Bild, das tatsächlich eine Ähnlichkeit mit William aufwies.

So waren wir denn zu viert beisammen, und wenn ich malte, wurde mir so leicht ums Herz, daß ich wünschte, diese zauberhaften Stunden würden nie zu Ende gehen. Sogar die Kinder spürten die Zufriedenheit im Raum. Rollo schien sein Verlangen nach mir vergessen zu haben und willens, sich dieser Atmosphäre des Friedens hinzugeben.

Doch so würde es freilich nicht bleiben, denn die Miniatur war bald fertig. Aber zumindest gaben diese Stunden William etwas, was er nie gekannt hatte: Aufmerksamkeit. Der Junge hatte sich merklich verändert. Jeanne und ich hatten ihm – mit ein wenig Hilfe von Kendal – Selbstvertrauen eingeflößt.

Die Nachrichten von draußen waren schlecht. In ganz Frankreich hatten sich Splitterparteien gebildet. Die neue Regierung war republikanisch, aber ihr gehörten auch Anhänger der Monarchie an. Die Kämpfe im von politischen Streitereien gebeutelten Paris dauerten an, und die Tumulte derer, denen mehr daran gelegen war, Unruhe zu stiften, als daran, das Land wieder aufzubauen, stürzten die Stadt vollends ins Chaos.

Was konnte ich tun? Wohin konnte ich gehen? Wieder spielte ich mit dem Gedanken, mich nach England durchzuschlagen. Ich könnte bei Clare im Hause Collison leben. Aber bisher hatte ich keine Antwort auf meinen Brief erhalten und fragte mich, ob sie ihn überhaupt bekommen hatte. Ich war sicher, daß sie mich mit Freuden aufnehmen würde.

Als ich Kendal andeutete, daß wir das Schloß vielleicht verlassen würden, war er entsetzt. Er liebte das Schloß. Er war hier glücklich.

»Laß uns nicht fortgehen, Maman«, sagte er. »Ich möchte hierbleiben. Was würde der Baron machen, wenn wir nicht mehr da sind?«

Ich antwortete ihm nicht, denn ich stellte mir die Gegenfrage: Was wird der Baron machen, wenn wir bleiben?

Williams Bildnis war fertig. Die Princesse bewunderte es. »Ihre Arbeiten sind ausgezeichnet«, lobte sie. »Ich sehe mir oft die Miniaturen an, die Sie von dem Baron und mir gemalt haben. Seine ist besonders interessant.«

»Finden Sie?« fragte ich.

»O ja. Sie haben in ihm etwas gesehen, das uns entgangen ist ... Sie haben es sichtbar gemacht.«

»Es freut mich, daß Sie das finden.«

»In seinen Augen ist ein beinahe gütiger Ausdruck.«

»Jeder Charakter hat viele Seiten«, gab ich ihr zu verstehen.

»Und nur bestimmte Menschen können sie herausholen«, ergänzte sie. »Sie haben William als ein recht reizvolles Kind gemalt.«

»Er ist ein reizvolles Kind.«

»Er hat sich gebessert, seit Sie hier sind. Manchmal glaube ich, daß wir alle unter Ihrem Einfluß stehen, Kate. Sie sind doch nicht etwa eine Hexe oder dergleichen?«

»Nein, wahrlich nicht. Nur eine Künstlerin.«

»Eine sehr gute. Das wissen Sie doch selbst, nicht wahr?«

»Wenn ich mich nicht für gut hielte, wie könnte ich dann andere davon überzeugen?«

»Sie sind eine kluge Frau, Kate. Ich bin sicher, daß Rollo das auch findet.«

Ich wandte mich ab. Mir wurde stets unbehaglich zumute, wenn die Rede auf ihn kam. Ich erinnerte mich an ihren hinterhältigen Gesichtsausdruck, als sie damals als Dienstmädchen verkleidet in mein Zimmer kam. Dieser Zug war nicht verschwunden. Wollte die Princesse mir zu verstehen geben, daß sie wußte, daß ihr Gemahl mein Liebhaber gewesen und daß dieses Kind, das ihm zu sehr glich, als daß es sich um eine zufällige Ähnlichkeit handeln konnte, von ihm war?

Es herrschte eine unbehagliche Atmosphäre.

Ich mußte fort. Ich *mußte*. Und die immer gleiche Frage: Wohin? Wie? Und Kendal durfte keiner Gefahr ausgesetzt werden.

Weil er ahnte, wie mir zumute war, fand Rollo eine Beschäftigung für mich. Er habe die Schloßbibliothek durchstöbert, erklärte er mir, und sei auf ein paar alte Manuskripte gestoßen, die der Restaurierung bedürften. Er wolle sie mir zeigen, wenn ich am folgenden Nachmittag ins Schloß kommen könnte, während die Knaben beim Unterricht seien.

Ich war neugierig, ob es tatsächlich Manuskripte zu restaurieren gab, oder ob er nur mit mir reden wollte. Ich traf ihn in der Bibliothek. Es war ein eindrucksvoller Raum: in Regalen standen Bücher über die verschiedensten Themen, und die meisten waren wunderschön gebunden.

»Das ist mein Heiligtum«, erklärte Rollo. »Gefällt es Ihnen?« Ich nickte nur.

Er nahm meine Hand und drückte sie an seine Lippen. »Es ist immer dasselbe mit uns, Kate«, begann er. »Möchten Sie das nicht ändern?«

»Doch. Ich möchte endlich fort von hier, weil ich fühle, daß es das einzig Richtige wäre.«

»Wir wollen doch das Beste aus unserer Situation machen«, sagte er.

»Haben Sie mich hierherbestellt, um mir alte Manuskripte zu zeigen oder über Unmöglichkeiten zu reden?«

»Um über Möglichkeiten zu reden und zugleich Manuskripte anzusehen. Aber zuerst wollen wir reden. Wann werden Sie endlich einsehen, daß es mit uns so nicht weitergehen kann?«

»Es muß«, widersprach ich, »bis ich von hier fortkomme. Wenn Kendal nicht wäre, hätte ich schon versucht, mich nach England durchzuschlagen. Das wäre die einzige Lösung. Ich habe mit Kendal bereits darüber gesprochen.«

»Und was sagt er dazu?«

»Er will natürlich nicht fort.«

Ein Lächeln breitete sich langsam auf seinem Gesicht aus. »Kluger Junge«, meinte er.

»Sie haben ihn mit Ihrem Charme bestochen.«

»Es ist nur natürlich, daß mein Sohn mich gern hat.«

325

»Zu dem armen kleinen William waren Sie nicht so nett.«

»Ich sprach von *meinem* Sohn. Für Bastarde habe ich nichts übrig.«

»Sie sind ein grausamer, harter Mensch.«

»Zu Ihnen nicht, Kate ... zu Ihnen niemals.«

»Einmal ...«, begann ich.

»Das war notwendig, und es war der Anfang der Liebe, nicht wahr?«

»Nein. Es war pure Rachsucht.«

»Ach das ...«

»Es ist Ihnen mißglückt.«

»Ach wo, es war ein großer Erfolg, weil ich plötzlich merkte, daß es eine Frau auf der Welt gibt, die mich befriedigen kann.«

»*Sie!* Immer geht es nur um Sie. Bitte zeigen Sie mir jetzt die Manuskripte.«

»Alles zu seiner Zeit. Zuerst reden wir. Ich habe genug von diesem ... Versteckspiel.«

»Inwiefern?«

»Wenn Sie vorgeben, daß mein Sohn nicht mein Sohn ist!«

»Was sollte ich denn anderes tun! Ich vermute, daß Ihre Gattin argwöhnisch geworden ist.«

»Was soll das heißen?«

»Sie ahnt, daß Kendal Ihr Sohn ist.«

»Damit hat sie recht.«

»Und ich sei Ihre ...«

»Mätresse? Hoffentlich hat sie bald auch damit recht.«

»Bitte sprechen Sie nicht so.«

»Aber wenn ihr erster Verdacht stimmt, dann muß ihr zweiter auch stimmen.«

»Der Meinung bin ich nicht.«

»Ach Kate, lassen Sie es uns wahr machen. Es ist eine Schande, die Menschen um ihre Verdächtigungen zu betrügen.«

»Sie haben sich wirklich nicht geändert. Ich glaube, der Princesse behagt es nicht, daß ich hier bin.«

»Mir hat sie gesagt, Ihre Anwesenheit freut sie. Sie ist von dem Bildnis ihres Sohnes sehr angetan und meint, der Knabe hat sich gebessert, seit Sie hier sind. Er spielt gern mit Kendal und verliert allmählich diese Armesündermiene. Während sein Portrait entstand, hatte ich ihn beinahe gern.«

»Selbst wenn Sie zu solchen Gefühlen imstande wären, müßte eine Frau es sich gründlich überlegen, bevor sie ihr Los mit einem Mann teilt, wie Sie einer sind«, stellte ich trocken fest.

»Seien Sie doch ehrlich, Kate. Glauben Sie, ich wüßte nicht, wie es um Ihre Gefühle für mich bestellt ist? Ihre Lippen lügen. Könnten sie nicht einmal die Wahrheit sagen, wenn es um mich geht ... ausnahmsweise?«

»Ich hoffe, ich sage immer die Wahrheit.«

»Nicht in einer ungemein wichtigen Angelegenheit, und die betreffen Ihre Gefühle für mich.«

»Über das Thema möchte ich lieber nicht sprechen. Überdies habe ich Ihnen schon oft gesagt, was ich von Ihnen halte, und das ist wahrlich nicht sehr schmeichelhaft.«

»Deswegen sage ich ja, daß Ihre Lippen lügen. Denken Sie nur an unsere gemeinsamen Erlebnisse. Sie wissen, daß Sie mich lieben. Sie können mich nicht einfach verlassen. Die Erinnerung an die Zeit im Turmzimmer lebt zu stark in Ihnen. Es ist nicht weit von hier. Es ist im Krieg unversehrt geblieben. Wir könnten hingehen und jene Nächte wieder aufleben lassen.«

Ich war wütend und dachte: Es ist Wollust! Die reine Wollust, was er für mich empfindet. Er will meinen Widerstand brechen. Seit damals hat er sich nicht verändert und wäre heute ebenso zur Vergewaltigung bereit wie einst. Selbst seine Zuneigung zu Kendal ist nichts anderes als Stolz ... Besitzerstolz.

Meine Instinkte warnten mich. Ich sollte auf der Hut sein vor ihm und besonders vor meinen Gefühlen für ihn. Mir war nicht klar, was ich für ihn empfand, aber Liebe war es bestimmt nicht.

Als er Kendal vor dem sicheren Tod bewahrte, war ich nahe

daran, ihn zu lieben. Ich hatte ihn mit Umsicht und Zärtlichkeit gepflegt, und wohl auch wegen der gemeinsam durchgestandenen schlechten Zeiten hatte sich mein Herz ihm zugewandt. Jetzt war er in seinem eigenen Reich. Er hatte die Belagerung von Paris überstanden, wenn auch nicht gänzlich unversehrt; ich wußte, daß sein Bein schmerzte und er nie wieder würde gehen können wie vorher; aber das alles hinderte ihn nicht, stets seinen Willen durchzusetzen. Hier im Bereich seines normannischen Schlosses geriet er wieder zum Barbaren, zu dem starken rücksichtslosen Mann, der keinen Widerspruch duldete.

»Bitte, ich bin gekommen, um mir die Manuskripte anzusehen. Wenn Sie sie mir nicht zeigen wollen, gehe ich wieder«, sagte ich.

»Meine liebe, hitzige Kate, selbstverständlich werde ich Ihnen die Manuskripte zeigen. Dann brauchen Sie mir meine Fragen wenigstens nicht aufrichtig zu beantworten, nicht wahr? Sie können offenbar der Wahrheit nicht ins Gesicht sehen.«

»Sie sind es doch, der die Wahrheit nicht sehen will.«

»Ach was. Sicher haben Sie in vielen Dingen recht. Aber was Sie wirklich denken, gestehen Sie sich nicht ein. Glauben Sie nur nicht, ich wüßte nicht, wenn ich Sie jetzt nähme wie in jener Nacht, daß Sie dann innerlich jauchzen würden. Aber so möchte ich es nicht. Sie sollen freiwillig zu mir kommen. Das wünsche ich mir von Herzen. Ja, ja. Ich bin sentimental geworden. Und es ist mein größter Wunsch, Sie zu heiraten.«

»Es ist leicht, einen solchen Antrag zu machen, wenn Sie wissen, daß er unmöglich zu verwirklichen ist.«

»Es wird nicht immer unmöglich sein.«

»Wieso sehen *Sie* der Wahrheit nicht ins Gesicht? Sie sind schließlich verheiratet. Ihre Frau ist eine Princesse, und Sie haben sie wegen ihres königlichen Blutes genommen, nicht wahr? Aber es kamen keine Kinder, und das blaue Blut blieb ungenutzt. Das ist kein Grund, um eine Ehe für ungültig erklären zu lassen. Außerdem würde die Princesse niemals zustimmen. Wie kann also Ihr Antrag an eine andere Frau überhaupt einen Wert haben?«

Seine Augen blickten mich kalt an. »Sie irren sich, Kate. Sie geben sich zu leicht geschlagen. Ich sage Ihnen, eines Tages ist es soweit.«

Er machte mir Angst, genau wie seine Frau, nur auf andere Weise.

»Kann ich jetzt die Manuskripte sehen«, bat ich kühl.

»Selbstverständlich«, erwiderte er.

Wir sahen sie zusammen durch. Es war faszinierend. Viele alte Folianten befanden sich seit Jahrhunderten im Schloß. Rollo glaubte, daß seine Familie sie einem Mönch verdankte, der den geistlichen Stand verließ und weltlich wurde. Er hatte im Schloß gearbeitet und während seines Aufenthaltes dort die Manuskripte verfaßt.

»Fünfzehntes Jahrhundert, würde ich sagen. Was meinen Sie?« fragte Rollo.

»Sie könnten sogar noch älter sein. Oh, es wäre eine wundervolle Beschäftigung. Mein Vater liebte diese Arbeit ...« Meine Stimme zitterte ein wenig, als ich mich erinnerte. Er hatte dieses Leben ohne sein Augenlicht so unerträglich gefunden, daß er ihm ein Ende gesetzt hatte. Dann wechselten meine Gedanken zu Marie-Claude, die einmal dasselbe erwogen hatte. Wie schwer litten manche Menschen am Dasein!

Rollo beobachtete mich. »Sie haben ein sehr ausdrucksvolles Gesicht«, stellte er fest. »So viele Gefühlsregungen zeigen sich darin. Jetzt sind Sie traurig, weil Sie an Ihren Vater denken. Meine liebe Kate, Ihre Augen verraten mir mehr als Ihr Mund. Ich weiß, unter der Fassade der Abneigung lieben Sie mich ... und zwar sehr.«

Ich besah mir die Manuskripte näher.

»Es dürfte schwierig sein, die Farben zu bekommen, die ich zur Restaurierung benötige.«

»Wir könnten es zumindest versuchen.«

»Das ist eine schwierige Sache. Die Leute haben damals ihre

329

Farben selbst gemischt, und kein Künstler benutzte die des anderen.«

»Vielleicht weiß der Künstler Rat, von dem ich Ihnen erzählt habe. Er lebt seit seiner Jugend hier in der Nähe. Er ist sehr talentiert. Ich wollte, daß er für mich arbeitete, und habe ihn hierhergeholt. Es kann sein, daß er ein paar von den benötigten Farben hat. Wenn Sie arbeiten, sind Sie zufrieden und vergessen möglicherweise die lächerliche Idee, daß Sie lieber woanders wären.«

Er zog mich an sich und küßte mich zärtlich. Ja, er hatte recht. Trotz allem was geschehen war, beherrschte er meine Gedanken. Wenn das »sich verlieben« hieß, dann war ich auf dem besten Wege dazu.

Die Wochen vergingen. Ich arbeitete an den Manuskripten und begab mich daher jeden Vormittag ins Schloß. Während ich malte, hatten Kendal und William Unterricht. Ein Tag glich dem anderen. Dann kam der Frühling. In Paris war es noch immer unruhig, und ich war meiner Rückkehr dorthin nicht näher als bei meiner Ankunft im Schloß.

Man konnte jedoch wieder im Land herumreisen, und im Mai wurde der sogenannte Frankfurter Friede unterzeichnet. Jetzt war wenigstens der Kriegszustand zu Ende. Die Franzosen murrten über die Bedingungen, die sie erfüllen mußten, denn das Elsaß und ein großes Gebiet von Lothringen wurde an die Deutschen abgetreten, außerdem mußte eine hohe Wiedergutmachungssumme gezahlt werden.

Bald, dachte ich, kann ich nach Paris zurück.

Ich war gespannt, was aus dem Haus geworden war, in dem wir so lange gelebt hatten.

Ende Mai fuhr Rollo nach Paris, um zu sehen, wie es dort stand, und ich erwartete ungeduldig seine Rückkehr.

In den vorangegangenen Wochen hatten Marie-Claude und ich oft längere Gespräche geführt. Sie schien wirklich froh zu sein, daß wir da waren und ihre Tage mit ein wenig Leben erfüllten. Doch ich spürte, wie sie mich beobachtete. Vielleicht hatte es einen gewissen Reiz für sie, Mutmaßungen über die Beziehung zwischen ihrem Mann und mir anzustellen.

Manchmal drückte ihr Gesicht auch eine gewisse Befriedigung aus, als amüsiere es sie, daß die Beziehung zwischen Rollo und mir so aussichtslos war. Sie glaubte sicher, wir seien einst ein Liebespaar gewesen, und war sich nicht im klaren, wie wir jetzt zueinander standen; jedenfalls war sie neugierig geworden.

Sie verbrachte viel Zeit mit »Ruhen«, wie sie es nannte, und ich nahm an, daß ihre Anfälligkeit ihrem Leben einen gewissen Reiz verlieh; wahrscheinlich setzte sie ihr Leiden als Mittel ein, um Rollo von sich fernzuhalten. Wie viele Menschen von ausgezeichneter körperlicher Gesundheit, hatte der Baron mit Kranken wenig Mitgefühl. Eigene körperliche Schwächen gab er nur zögernd und unwillig zu.

Seine Haltung gegenüber Marie-Claude war demnach von Verachtung bestimmt, und er gab sich keine große Mühe, das zu verbergen.

Er kehrte aus Paris mit der bedrückenden Nachricht zurück, daß die Stadt noch immer nicht zur Ruhe gekommen sei und unser Haus mitsamt allem, was darin war, zerstört worden war. Randalierer hatten es in Brand gesetzt.

»Alles wegen dieser hanebüchenen Torheit!« schimpfte er.

Ich konnte also in Paris nirgends hin. Vielleicht sollte ich nun doch für eine Weile nach England zurückkehren. Clare würde mich aufnehmen. Mein Brief hatte sie vermutlich nicht erreicht; denn ich hatte immer noch keine Antwort.

Es war am Spätnachmittag eines sonnigen Maitages. Die Knaben spielten irgendwo auf dem Gelände des Schlosses. Ich hatte den ganzen Vormittag und einen Teil des Nachmittags an den Manuskripten gearbeitet, weil das Licht so gut war, und war in bester Stimmung, angenehm müde und ungeheuer zufrieden mit meiner Leistung. Mir war an diesem Nachmittag eine neue Möglichkeit eingefallen, wie das Venezianischrot und das Kobaltblau zu mischen war, die ich benötigte. Ich freute mich auf den nächsten Tag, wenn ich meine neue Methode ausprobieren könnte.

Während ich in Gedanken vertieft im Gras beim Graben saß, hörte ich ein Hausmädchen meinen Namen rufen.

Ich sprang auf und lief ihr entgegen.

»Madame Collison, im Schloß ist eine Dame angekommen. Sie fragt nach Ihnen.«

Ich drehte mich um. Ein anderes Mädchen kam mit einer Frau auf mich zu. Ich traute meinen Augen nicht.

»Kate!«

Ich lief auf sie zu, und schon lagen wir uns in den Armen.

»Bist du's wirklich, Clare?«

Sie nickte. »Ich mußte dich einfach sehen. Es war so schwierig, etwas zu erfahren. Aber dein Brief ist schließlich doch angekommen. Er war lange unterwegs, wie ich aus dem Datum ersehen konnte. Da wußte ich endlich, wo du steckst, und statt zu schreiben, bin ich einfach hergekommen.«

Wieder umarmten wir uns, lachend und weinend zugleich.

Die beiden Mädchen beobachteten uns.

»Es ist gut«, sagte ich. »Das ist meine Stiefmutter.«

Das Mädchen, das Clare zu mir geführt hatte, setzte ihre Reisetasche ab, und dann entfernten sich beide.

»Ich bin mit einer Droschke vom Bahnhof gekommen«, berichtete Clare. »Ich hatte Schwierigkeiten, mich verständlich zu machen.«

»War es eine beschwerliche Reise?«

Wir blickten einander an und redeten von Banalitäten, weil wir zu bewegt waren, um von etwas anderem zu sprechen.

»Komm ins Haus«, forderte ich sie auf. »Hier wohnen wir … vorübergehend.«

»Meine liebe Kate! Wie ist es dir ergangen? Ich habe mir solche Sorgen gemacht. Ich sagte mir immer, wie gut, daß dein Vater nicht mehr ist. Er wäre vor Angst halb wahnsinnig geworden.«

»Es war eine sehr schwere Zeit, Clare.« Ich nahm ihre Reisetasche und öffnete die Haustür.

»Siehst du«, sagte ich, »unser Haus hier ist vom Schloß getrennt und gehört doch dazu ...«

»Wie lange seid ihr schon hier?«

»Wir sind gleich nach der Belagerung von Paris hergekommen. Wir hatten Glück, daß wir überhaupt herauskamen ...«

»Gott sei Dank seid ihr in Sicherheit.«

»O ja, wir haben Glück gehabt. Meine arme Freundin Nicole St. Giles – du hast sie ja kennengelernt – ist bei der Beschießung ums Leben gekommen.«

»Wie schrecklich! Und Kendal?«

»Kendal geht es gut. Die Belagerung war schrecklich, wie du dir denken kannst. Wir wären fast verhungert.«

»Ich mußte ständig an dich denken. Ich habe öfters versucht, Verbindung mit dir aufzunehmen, aber es gab keine Möglichkeit, eine Nachricht über den Kanal zu schicken.«

»Ich weiß. Das war zu erwarten, nachdem immer noch Krieg in Frankreich war. Aber das spielt jetzt keine Rolle mehr. Du bist hier, Clare. Ich bin so froh, dich wiederzusehen. Bist du hungrig? Soll ich dir Kaffee machen? Die Jungen spielen irgendwo.«

»Die Jungen?«

»Ja, der Sohn des Barons und der Princesse, William. Kendal und er sind gute Freunde. Sie unternehmen viel zusammen.«

»Kann ich überhaupt hierbleiben?«

»Aber natürlich. Du kannst bei uns wohnen. Wir haben Platz genug.«

»Arbeitest du hier?«

»Ja. Ich restauriere Manuskripte und habe eine Miniatur von William gemalt, dem Knaben, von dem ich dir erzählt habe.«

»Ach ja, der Sohn des Barons. Und er versteht sich gut mit Kendal?«

»O ja.«

»Seid ihr direkt von Paris hierhergekommen? Warst du nicht

333

schon einmal in dem *Château*? Damals, als du mit deinem Vater nach Frankreich kamst?«

»Ja, das stimmt. Nach der Belagerung hat uns der Baron hierhergebracht.«

»Was hat er in Paris gemacht?«

»Er hatte dort geschäftlich zu tun, und dann hat er Kendal das Leben gerettet. Du ahnst ja nicht, wie es zugegangen ist. Die Preußen hatten Paris bombardiert, und Kendal wäre unter Trümmern begraben worden, wenn der Baron nicht im rechten Moment zur Stelle gewesen wäre, um ihn vor dem herabstürzenden Mauerwerk zu schützen. Der Baron wurde dabei verletzt, und ich habe ihn gepflegt. Sobald die Belagerung vorüber war, haben wir die Stadt verlassen. Wir konnten nirgends anders hin als hierher ... es ist schwer zu erklären.«

»Und du hast ihn ganz zufällig in Paris getroffen ... just in dem Moment, als Kendal in Gefahr war? Wie wunderbar, daß er gerade zur Stelle war.«

»Das war wirklich ein Segen. Wir wären nie aus Paris herausgekommen, wenn er uns nicht geholfen und hierhergebracht hätte. Als wir fort waren, wurden die Zustände in der Stadt noch schlimmer. Es gab Straßenkämpfe und Tumulte, dabei steckten sie viele Häuser in Brand. Das Haus, in dem wir wohnten, ist auch zerstört.«

»Meine arme Kate! Ich habe so oft an dich gedacht. Ich war so einsam, so daß ich mir fest vornahm, dich zu besuchen, sobald es möglich war. Ich dachte, Schreiben hätte keinen Sinn. Dabei kann ich dir gar nicht sagen, wie ich mich über deinen Brief gefreut habe, auch wenn ich ihn erst spät bekam.«

»Laß mich jetzt erst einmal Kaffee machen«, schlug ich vor, »und dann unterhalten wir uns weiter.«

Gesagt, getan. Es war schwierig, Clare alle Geschehnisse zu erklären, und es war ihr deutlich anzumerken, daß sie es nicht für einen Zufall hielt, daß der Baron ausgerechnet dann zur Stelle war, als Kendal in Gefahr geriet. Ich ahnte, was in ihrem Kopf vorging. Mein Vater hatte bereits vermutet, daß der Ba-

334

ron Kendals Vater war, und es war gut möglich, daß er mit Clare darüber gesprochen hatte. Sie war ja schließlich seine Frau.

Sie war überzeugt davon, daß der Baron in Paris mit mir zusammengelebt hatte, doch formulierte sie ihre Fragen so, daß mir Peinlichkeiten erspart blieben.

Dann wollte ich hören, wie es ihr ergangen war.

»Bei uns war es ganz anders, Kate«, sagte sie. »Ich war sehr einsam, nachdem dein Vater ... von uns ging. Mir schien, als sei nun alles zu Ende. Wir hatten uns sehr gern, schon von Anfang an.«

»Ich weiß. Du warst wundervoll zu ihm. Er hat es mir erzählt. Ich bin so froh, daß ihr euch gefunden hattet. Du warst ihm ein echter Trost.«

»Es war nicht genug«, erwiderte sie. Ihre Lippen zuckten, und Tränen traten in ihre Augen. »Ich frage mich oft, ob ich es richtig gemacht habe. Weißt du, ich hätte dafür sorgen müssen, daß er glücklich war, selbst wenn er mit jedem Tag weniger gesehen hätte. Aber es war zu schwer für ihn, Kate. Sein Augenlicht hatte ihm mehr bedeutet als den meisten anderen Menschen. Er hat es immer geliebt, Dinge zu betrachten, und er sah sie viel deutlicher als die meisten Leute. Du weißt, was ich meine, denn du bist genauso. Er konnte sich einfach nicht mit der Zukunft abfinden, Kate.«

»Nein. Du hättest nicht mehr tun können, als du getan hast. Ich verstehe, wie ihm zumute war. Seine Arbeit war sein Leben. Nie werde ich seinen Jammer vergessen, als er mir von seiner Krankheit erzählte. Damals dachte ich, er würde wenigstens eine Zeitlang noch malen können, wenn auch nicht mehr in so kleinen Formaten.«

»Aber er hätte sein Augenlicht ganz verloren, Kate. In ein paar Monaten wäre er völlig blind gewesen. Ach, ich hoffe, ich habe alles richtig gemacht. Ich mache mir solche Vorwürfe. Vielleicht hätte ich noch mehr tun können?«

»Du darfst dich nicht quälen, Clare. Du hast alles für ihn ge-

335

tan. Du hast ihn glücklicher gemacht, als er ohne dich hätte sein können.«

»Das möchte ich so gern glauben. Manchmal wache ich nachts auf und rede es mir ein.«

»Liebe Clare, du darfst nicht mehr darüber grübeln. Denke an die glückliche Zeit, die ihr miteinander hattet. Es muß ganz plötzlich über ihn gekommen sein ... wie eine dunkle Wolke. Oh, ich kann es mir gut vorstellen. Er konnte am Ende nicht mehr schlafen, nicht wahr? Das bedeutet, er hat sich Sorgen gemacht. Und in einem Anfall von Depression hat er dann wohl die Überdosis genommen ...«

»Genauso ist es gewesen.«

»Du mußt es vergessen, Clare.«

Ihre Miene hellte sich auf. »Das versuche ich ja. Ich möchte es gern. Aber jetzt muß ich weiter erzählen. Er hat mich als Alleinerbin eingesetzt, Kate, mit Ausnahme der Miniaturen ist alles mein. Sogar das Haus hat er mir vermacht. Er sagte: ›Kate geht es gut. Sie kann für sich selbst sorgen. Sie will gewiß nicht nach England zurückkehren.‹ Aber die Miniaturen gehören dir, Kate. Ich habe sie sicherheitshalber in der Bank deponiert. Vorher habe ich sie auch schätzen lassen. Sie sind ein kleines Vermögen wert ... mehr, als dein Vater dachte. Er hat oft mit mir darüber gesprochen. Er sagte: ›Falls jemals magere Zeiten kommen, dann hat Kate wenigstens die Miniaturen. Wenn nötig, kann sie sie einzeln verkaufen und von dem Erlös einer einzigen zwei bis drei Jahre leben.‹ Er hatte in bezug auf seine Lieben sehr praktisch gedacht. Ich hoffe, es macht dir nichts aus, daß er mir das Haus hinterlassen hat.«

»Meine liebe Clare, es freut mich, daß er es dir vermacht hat.«

»Sonst war nicht viel da. Er hatte ein wenig gespart. Du weißt ja, daß er die Familie von dem ernährte, was seine Arbeit einbrachte. Er hat mir das Wenige mit dem Haus hinterlassen. Es reicht gerade für mich zum Leben.«

»Dann bist du also ausreichend versorgt?«

Sie nickte. »Ich komme zurecht. Aber was ich sagen wollte,

das Haus Collison ist immer noch dein Heim, Kate. Ich betrachte es nicht als mein Haus. Es ist seit Jahren in eurer Familie. Es gehört dir ebenso wie mir, Kate, und wenn du irgendwann dorthin ziehen möchtest ... kurz und gut, es soll immer ebenso dein Zuhause sein wie meins.«

So plauderten wir. Nach einer Weile kam Kendal herein. Neugierig beäugte er unseren Gast. Ich erklärte ihm, wer Clare war, denn als sie damals nach Paris kam, war er noch so klein, daß er sich nicht mehr an sie erinnern konnte. Ich war stolz, denn ich merkte, daß er ihr gefiel.

Dann kam Jeanne. Sie erinnerte sich noch gut an Clare und freute sich, sie wiederzusehen. Clare war glücklich, daß sie von jedermann so freundlich empfangen wurde.

Jeanne kochte uns etwas zu essen, und wir saßen alle plaudernd um den Tisch. Kendal durfte etwas länger aufbleiben, weil es eine besondere Gelegenheit war.

Es war nicht schwierig, Clare unterzubringen, denn wir hatten noch ein unbenutztes Schlafzimmer im Haus. Jeanne bereitete das Bett, und als ich Clare in ihr Zimmer brachte, küßte ich sie zärtlich und sagte ihr, wie froh ich über ihr Kommen sei.

Ich wünschte ihr eine gute Nacht und ließ sie allein. Ich lag noch lange wach. Meine Gedanken schweiften zu meinem Vater, und voll Trauer stellte ich mir seine seelische Verfassung vor, als er beschloß, sich das Leben zu nehmen.

Und plötzlich hatte ich eine Idee.

Clares Kommen hatte mir die Lösung eingegeben. Ich würde zusammen mit Clare Frankreich verlassen, ins Haus Collison zurückkehren und dort mein Leben einrichten. Sollte ich keine Auftraggeber finden, so wartete mit den Miniaturen ein kleines Vermögen auf mich. Einige aus dem sechzehnten Jahrhundert mußten, jede für sich, viel wert sein.

Angenommen, ich verkaufte eine oder auch zwei, um mir von dem Geld ein Atelier in London einzurichten? Ich wollte natürlich keine verkaufen, aber wenn es nötig war, mußte ich es tun.

Das war die Rettung.

Bisher hatte ich geglaubt, die Situation sei für mich unlösbar. Doch nun brauchte ich um Kendals willen nicht hierzubleiben.

Jetzt hatten wir ein Heim. Clare hatte mir einen Ausweg gezeigt.

Clares Ankunft verursachte einige Aufregung im Schloß.

Als ich am nächsten Morgen hinüberging, um an den Manuskripten zu arbeiten, erwartete mich eine Mitteilung der Princesse. Ich möge bitte in ihr Zimmer kommen. Sie wünsche mich zu sprechen.

Sie war keine Frühaufsteherin. Sie lag noch, auf Kissen gestützt, im Bett, neben sich eine Tasse mit heißer Schokolade.

»Ich höre, Sie haben Besuch aus England.«

»Ja, meine Stiefmutter.«

»Ich wußte gar nicht, daß Sie eine Stiefmutter haben. Das haben Sie mir nicht erzählt, als Sie mich damals malten.«

Ich war über ihr Gedächtnis überrascht. »Damals hatte ich noch keine. Sie hat meinen Vater erst später geheiratet.«

»Sie ist ... keine alte Dame?«

»Nein, sie ist ziemlich jung ... ein paar Jahre älter als ich.«

»Wie hat sie Sie hier gefunden?«

»Ich hatte ihr geschrieben, kurz nachdem ich hierherkam. Ich wußte, daß sie sich sorgte, wie es mir in Paris erginge. Mein Brief war sehr lange unterwegs, aber als sie ihn schließlich bekam, beschloß sie, gar nicht erst wieder zu schreiben, sondern mich gleich zu besuchen.«

»Das hört sich an, als sei sie ... recht abenteuerlustig.«

»Nein, das möchte ich nicht sagen. Aber sie nimmt viel auf sich für Menschen, die sie gern hat.«

»Dann hat sie Sie also gern.«

»Das nehme ich an.«

»Eigentlich ist es Tradition, daß Stiefmütter die Kinder aus erster Ehe nicht leiden können.«

338

Ich lachte. »Clare ist keine Stiefmutter im traditionellen Sinn. Sie ist eher wie eine Schwester. Sie ist meine Freundin, seit wir uns kennen.«

»Sie müssen Sie mir vorstellen.«

»Ich bringe sie zu Ihnen, wenn es recht ist.«

»Heute nachmittag. Ich bin sehr neugierig auf Ihre Stiefmutter.«

»Um welche Zeit wäre es Ihnen angenehm?«

»Vier Uhr. Nach meiner Mittagsruhe.«

»Es wird ihr gewiß ein Vergnügen sein, Sie kennenzulernen.«

»Bleibt sie lange hier?«

»Das weiß ich nicht. Sie ist erst gestern angekommen. Wir hatten uns so viel zu erzählen. Wir haben den ganzen Abend geplaudert.«

»Und Ihr Herr Vater? Ist er nicht mitgekommen?«

»Mein Vater ist tot.«

»Tot? Ach ja, ich erinnere mich, davon gehört zu haben. Er erblindete allmählich. Grausam, was den Menschen so alles zustößt ...« Sie blickte einen Moment melancholisch vor sich hin, dann erhellte sich ihre Miene. »Ja, bringen Sie sie heute nachmittag zu mir. Ich möchte sie sehr gern kennenlernen.«

Die Begegnung mit der Princesse wurde für beide Seiten ein gelungenes Ereignis. Clares leuchtende braune Augen waren voll Mitgefühl, und binnen kurzem erzählte ihr die Princesse von ihren Krankheiten – ein Thema, das ihr sehr am Herzen lag.

Sie berichtete Clare, daß sie heute keinen guten Tag hätte. Ich hatte das schon viele Male zu hören bekommen, und wenngleich ich sie auch bedauerte, konnte ich nie großes Mitleid empfinden. Für meine Begriffe würde es ihr viel besser gehen, wenn sie sich ihren Leiden nicht so hingäbe.

Clare dagegen hatte ein offenes Ohr für alle von Krankheit Geplagten, die ihr Mitleid gern in Anspruch nahmen.

So war es auch mit Clare und der Princesse, und binnen kurzer Zeit kannte Clare alle Leiden der Princesse.

339

Clare gestand, daß auch sie gelegentlich Kopfweh hatte, bis sie ein Wundermittel dagegen entdeckte. Es war ein Kräutertrank, den sie selbst zubereitete. Sie verreiste nie ohne ihn. Vielleicht möchte die Princesse eine Dosis versuchen? Die Princesse erklärte, sie sei entzückt.

»Ich könnte es morgen im Schloß abgeben«, schlug Clare vor.

»Sie müssen es mir selbst bringen«, forderte die Princesse.

»Mit dem größten Vergnügen«, erwiderte Clare.

»Ich hoffe, Sie gedenken eine Weile zu bleiben«, sagte die Princesse.

»Wie freundlich und gastlich alle sind!« rief Clare aus. »Wissen Sie, ich mußte herkommen, um zu sehen, wie es Kate erging. Ich konnte die Ungewißheit nicht mehr ertragen. Es ist so lieb von Ihnen, sie hier wohnen zu lassen. Und nun sind Sie auch so nett zu mir.«

»Mein Mann, der Baron, hat das kleine Haus herrichten lassen.« Ihre Stimme hatte einen schärferen Unterton bekommen, der Clare gewiß nicht entgangen war.

»Ja, Kate hat mir erzählt, wie es war ... wie sie Paris endlich verlassen konnten.«

»Sie waren alle in einem jämmerlichen Zustand, als sie hier ankamen.«

»Aber jetzt sind sie völlig erholt«, stellte Clare fest und lächelte mir zu.

Es war kein Wunder, daß alle Clare gern hatten. Sie besaß die Gabe, immer so zu sein, wie ihre Gesprächspartner sie haben wollten. Mit meinem Vater hatte sie sich über Kunst unterhalten und dabei noch einiges darüber gelernt; mit mir besprach sie meine mißliche Lage und den besten Ausweg, und die Princesse mußte den Eindruck gewinnen, daß Clare sich nur für Krankheiten und Heilmittel interessierte.

»Du hattest großen Erfolg bei der Dame«, bemerkte ich, als wir aus dem Schloß traten und in das kleine Haus zurückkehrten.

»Die arme Princesse«, sagte sie. »Sie ist sehr unglücklich. Deshalb nimmt sie ihre Unpäßlichkeiten auch so wichtig.«

340

»Heute nachmittag hätte man meinen können, du hättest dich dein Lebtag nur mit Krankheiten beschäftigt.«

»Nun ja, sie wollte darüber sprechen. Sie wollte ihre Beschwerden mitteilen. Aber die sind nicht das eigentliche Problem, nicht wahr? Das sitzt tiefer. Ich glaube nicht, daß sie sehr glücklich ist ... mit ihrem Baron.«

»Du bist eine gute Beobachterin, Clare.«

»Vielleicht. Ich liebe die Menschen. Ich möchte ergründen, warum sie so und nicht anders handeln, und wenn ich kann, möchte ich etwas für sie tun.«

»Heute nachmittag hast du etwas für die Princesse getan. Ich habe sie selten so angeregt gesehen. Sie hat dich wirklich in ihr Herz geschlossen.«

»Ich werde sie besuchen, wenn sie es wünscht, und wenn ich ihr mit meiner Gegenwart helfen kann, soll es mich freuen.«

Ja, dachte ich, Clare liebt die Menschen. Sie macht sich die Sorgen der anderen zu eigen. Das ist es wohl, warum alle sie so gern haben.

Ich war froh, daß sie gekommen war. Das hatte mich die Lösung finden lassen, die ich die ganze Zeit gesucht hatte. Und doch hätte ich am liebsten keinen Gebrauch davon gemacht. Plötzlich wußte ich, wie gern ich hier war, und das lag allein am Baron. Er belebte mich, regte mich an und reizte mich – oft bis zur Wut, aber es war immer aufregend. Clares Ankunft und die Möglichkeit, mit ihr nach England zurückzukehren, ihm auf immer Lebewohl zu sagen, hatten mir die Augen geöffnet: Das Leben würde trostlos sein ohne ihn.

Ein paar Tage später kam Rollo in den Raum, wo ich an den Manuskripten arbeitete.

Er schloß die Tür hinter sich, lehnte sich dagegen und lächelte mich an. Mein Herz klopfte unwillkürlich schneller, wie jedesmal, wenn er unverhofft erschien.

»Ich bin gekommen, um zu sehen, wie es mit den Manuskripten vorangeht«, sagte er.

»Ganz gut, wenn ich die richtigen Farben hätte. Dieses hier muß ich beiseite lassen. Das Rot, das man damals benutzte, bekomme ich einfach nicht zustande. Ich bräuchte es aber.«

Er kam zu mir und küßte meinen Nacken. Ich drehte mich abrupt um und stand ihm gegenüber. Er faßte mich an den Schultern und zog mich an sich.

»O Kate«, sagte er, »es ist zu lächerlich. Sie sind hier. Ich bin hier ... wir geben uns eine groteske Vorstellung.«

»Was für eine Vorstellung?«

»Daß wir nicht zusammen sein wollen ... nicht einsehen, daß wir füreinander bestimmt sind und uns niemand anders auch nur im geringsten interessiert.«

»So ein Unsinn. Ich finde andere Leute durchaus interessant.«

»Ich meine auf diese ganz besondere Weise.«

»Hören Sie, ich habe einen Entschluß gefaßt. Seit Clare hier ist, denke ich daran, fortzugehen.«

»Nein!«

»Doch, und zwar bald.«

»Das werde ich nicht zulassen.«

»Wie wollen Sie das verhindern? Wollen Sie mich in einen Turm sperren und als Gefangene festhalten?«

»Fordern Sie mich nicht heraus«, knurrte er.

»Das haben Sie schon einmal getan. Das können Sie nicht wieder tun.«

»Ich lasse Sie nicht gehen«, sagte er bestimmt.

»Seien wir vernünftig. Sie gehören hierher. Ich nicht.«

»Sie waren aber doch glücklich hier, haben sich wohl gefühlt, oder?«

»Sie und die Princesse waren gütig und sehr gastfreundlich.«

»Sie gehören hierher, Kate. Sie gehören zu mir.«

»Ich beabsichtige nicht, jemand anderem zu gehören als mir selbst.«

»Aber Sie haben sich mir doch schon längst gegeben.«

»Ich habe mich gegeben! Ha! Sie haben mich genommen ... gegen meinen Willen.«

342

»Wollen Sie mir diesen kleinen Fehler denn ewig vorhalten? Jetzt ist es doch etwas ganz anderes.«

»Sie haben mich zweifach gedemütigt. Erstens, indem Sie mir Gewalt angetan haben, und zweitens, weil nicht Verlangen nach mir Sie trieb, sondern Rachegelüste.«

»Ah, ich verstehe. Das ist es, was Sie erzürnt. Aber ich versichere Ihnen, beim nächsten Mal würde ich nur an Sie denken, an Sie ganz allein.«

»Oh, bitte hören Sie auf damit. Es wird mir immer klarer, daß ich unverzüglich fort muß, so wie ich es geplant habe.«

»So, und wie sehen Ihre Pläne aus?«

»Ich kehre nach England zurück.«

»Wovon wollen Sie leben? Und wo?«

»Darauf habe ich jetzt eine Antwort. Ich kehre mit Clare in mein Elternhaus zurück. Es gehört zwar jetzt ihr, aber sie hat gesagt, es sei auch mein Heim, solange ich will.«

»Und was für Aufträge hätten Sie dort?«

»Ich könnte Manuskripte restaurieren und Miniaturen malen. Ich bin die Tochter meines Vaters, und aus diesem Grunde werden viele Leute ein Bild von mir wollen.«

»Ist Clare reich genug, um Sie und den Jungen zu ernähren?«

»Nein.«

»Gehen Sie dann nicht ein Risiko ein?«

»Nein. Mein Vater besaß eine Miniaturensammlung. Die Bilder stellen ein kleines Vermögen dar, und sie gehören mir. Wenn ich sie verkaufe, könnte ich jahrelang davon leben.«

»Und Sie würden sich von den Familienerbstücken trennen?«

»Ja, wenn ich Geld zum Leben brauche. Ich könnte die Bilder eins nach dem anderen veräußern, bis ich genug verdiene. Wenn ich reich würde, könnte ich sie eventuell später zurückkaufen.«

Er war sichtlich betroffen. Er hatte stets betont, ich müsse hierbleiben, weil ich für Kendal sorgen müßte. Jetzt plötzlich gab es einen Ausweg, und das behagte ihm ganz und gar nicht.

343

»Sie haben mir Ihr Dorf geschildert. Was werden die Leute sagen, wenn Sie als unverheiratete Frau dort mit einem Kind erscheinen?«

»Clare hat ihnen erzählt, daß ich geheiratet habe und aus beruflichen Gründen den Namen Collison beibehielt.«

»Allmählich wünsche ich, sie wäre nie hergekommen. Kate, bitte gehen Sie nicht fort. Sie werden mich doch nicht verlassen? Das bringen Sie nicht über sich. Ich würde Ihnen nach England folgen und versichere Ihnen, daß ich nicht ruhen werde, bis wir wieder vereint sind.«

»Wieder!« rief ich aus. »Wir sind es nie gewesen.«

»Warum ziehen wir nicht zusammen fort von hier? Warum schaffen wir uns kein eigenes Heim?«

»Wie Sie und Nicole?«

»Nein, ganz anders. Nicole und ich hatten nie ein gemeinsames Hauswesen.«

»Sie haben einfach lauthals verkündet, daß sie Ihre *maîtresse en titre* war, nicht wahr?«

Er antwortete nicht. Dann sagte er beschwörend: »Ich liebe Sie, Kate. Wenn ich frei wäre ...«

»Sie sind aber nicht frei«, warf ich rasch ein. »Sie sind diese Ehe freiwillig eingegangen, nachdem Sie mir Gewalt angetan und das Kind gezeugt hatten. Denken Sie nicht, ich bedaure, daß ich den Knaben habe. Alles, was ich durchgemacht habe, war es wert um seinetwillen. Aber Ihnen war das einerlei. Jetzt sind Sie mit der Princesse verheiratet. Ich möchte, daß Kendal es einmal gut hat im Leben, und ich glaube nicht, daß es ihm förderlich wäre, der Sohn der Mätresse des Barons zu sein ... des Barons unehelicher Sohn. Ihr Platz ist bei der Princesse. Sie ist Ihre Gemahlin. Vergessen Sie nicht, daß Sie verheiratet sind. Und ich kehre nach England zurück.«

»Wenn ich Ihnen die Ehe antragen könnte«, sagte er leise, »was dann? Zusammensein ... den Knaben als meinen Sohn anerkannt haben ... o Kate, nie im Leben habe ich mir etwas sosehr gewünscht wie das.«

344

»Ich glaube, Sie haben etwas gelernt«, entgegnete ich. »Stets waren Sie der Meinung, Sie brauchten sich nur zu nehmen, was Sie wollten. Sie vergaßen, daß es auch andere Menschen auf der Welt gab ... Sie vergaßen, daß auch die anderen vielleicht Gefühle und Wünsche hatten. Doch das bedeutete Ihnen nichts. Die waren nur da, um nach Ihrem Gutdünken ausgenutzt zu werden. Jetzt wissen Sie, daß andere Menschen ihr Leben auf eigene Weise gestalten wollen und nicht auf die Weise, die Sie bestimmen. Ich möchte ein geregeltes Leben für meinen Sohn. Er ist *mein* Sohn. Sie haben jeden Anspruch auf ihn aufgegeben, als Sie die Princesse heirateten, und es war Ihnen einerlei, was aus ihm wurde.«

»Das ist nicht wahr. Ich war sehr besorgt um ihn ... und auch um Sie.«

»Sie haben Nicole geschickt, damit sie sich um uns kümmerte.«

»Geschah das etwa nicht aus Fürsorge?«

»Sie hätten selbst kommen sollen. Doch Sie haben jemand anderen beauftragt. Erst als Sie den Jungen sahen und Gefallen an ihm fanden, haben Sie sich persönlich blicken lassen. Glauben Sie, ich kenne Sie nicht? Sie sind selbstsüchtig und arrogant. Sie leiden an einer Krankheit namens Größenwahn ... und jetzt müssen sie erkennen, daß auch andere Menschen ihren eigenen Willen haben.«

»Sie zittern ja, ich glaube, Sie lieben mich wirklich«.

»Das ist ja lächerlich.«

Da nahm er mich in seine Arme und küßte mich – küßte mich ohne Unterlaß. Er hatte ja recht. Was immer es war, was ich für ihn empfand, ich wollte mich nicht wehren.

Ein paar Sekunden lang ließ ich mich von ihm halten, ließ ich seine Finger meinen Hals liebkosen.

Ich dachte: Es ist doch ganz natürlich, daß eine Frau von einem Mann erregt wird, der Macht und Überlegenheit ausstrahlt ... Das ist, glaube ich, oftmals der Gipfel körperlicher Anziehungskraft.

345

Seine Lippen wisperten an meinem rechten Ohr. »Sie werden mich nicht verlassen, Kate. Ich dulde es nicht.«

Ich entzog mich ihm und fühlte, wie ich errötete und daß meine Augen verdächtig leuchteten. Natürlich hatte er es bemerkt, und ich war wütend auf ihn, weil er um meine geheimsten Gefühle Bescheid wußte.

Mit einem sardonischen Lächeln sagte er: »Da wäre zunächst einmal der Junge.«

»Was ist mit ihm?«

»Glauben Sie, er würde freiwillig von hier fortgehen?«

»Er muß, wenn ich gehe.«

»Es würde ihm das Herz brechen.«

»Herzen brechen nicht. Das ist physisch ein Ding der Unmöglichkeit.«

»Bildlich gesprochen.«

»Kinder kommen über so etwas rasch hinweg.«

»Das glaube ich nicht. Er weiß, daß ich sein Vater bin.«

»Woher weiß er das?«

»Er hat mich gefragt.«

»Was? Wie kam er dazu?«

»Er hat gehört, was die Dienstboten reden.«

»Das glaube ich nicht.«

»Daß die Dienstboten reden? Und ob sie das tun. Die ganze Zeit. Meinen Sie etwa, die wissen nicht, wie es um uns steht? Glauben Sie, denen fällt die Ähnlichkeit zwischen Kendal und mir nicht auf?«

»Und was haben Sie ihm gesagt?«

»Ich konnte ihn doch nicht belügen, oder? Meinen eigenen Sohn.«

»Oh! Wie konnten Sie nur!«

»Glauben Sie mir, er ist selig. Er ist auf meinen Schoß geklettert und hat seine Arme um meinen Hals gelegt. Er rief fortwährend: ›Ich hab' gewußt, daß es wahr ist. Ich hab's gewußt.‹ Ich fragte ihn, ob er mit seinem Vater einverstanden sei, und er jubelte, er habe sich nie einen anderen Vater gewünscht als

346

mich. Er hatte mich von dem Augenblick erkoren, als er mich zum erstenmal sah. So! Wie finden Sie das?«

»Oh, Sie hätten es ihm nicht sagen sollen.«

»Hätte ich ihn belügen sollen? Warum soll er die Wahrheit nicht wissen? Er ist glücklich. Er sagte: ›Wenn du mein Vater bist, ist das Schloß mein Zuhause.‹ O ja, er ist einer von uns. Daran besteht kein Zweifel.«

»Einer von den glorreichen normannischen Eroberern, meinen Sie?«

»Genau. Und jetzt sehen Sie ein, Kate, daß Sie ihn unmöglich von hier fortnehmen können.«

»Das sehe ich überhaupt nicht ein. Ich finde, wenn die Dienstboten reden, muß ich erst recht fort. Ich möchte, daß Kendal in England zur Schule geht.«

»Das kann er auch so, wenn es soweit ist. Wir bringen ihn dann in seine Schule und holen ihn zu den Ferien wieder ab. Dem steht nichts im Wege.«

»Wie ich die Dinge sehe, steht sehr viel im Wege. Jetzt steht mein Entschluß endgültig fest. Ich werde Clare sagen, daß wir uns unverzüglich zur Abreise bereit machen müssen. Wir können hier nicht länger bleiben.«

»Was wird aus Ihrer Arbeit hier?«

»Die haben Sie mir doch nur gegeben, damit ich etwas zu tun hatte. Wenn ich die Manuskripte nicht fertigmache, dann tut es jemand anders. Nachdem Sie Kendal gesagt haben, daß Sie sein Vater sind, können wir unmöglich bleiben.«

Ich mußte fort, mußte nachdenken. Ich war völlig durcheinander. Jetzt würde Kendal mit allen möglichen Fragen auf mich zukommen, auf die ich Antworten parat haben mußte. Natürlich hatte er es dem Jungen absichtlich erzählt.

Ich wollte mich an ihm vorbeischieben, doch er packte mich an den Schultern. »Kate«, sagte er, »was werden Sie tun?«

»Fortgehen ... nachdenken ... Pläne machen.«

»Warten Sie eine Weile. Geben Sie mir Zeit.«

»Zeit ... wozu?«

»Ich lasse mir etwas einfallen. Es wird etwas geschehen ... das verspreche ich Ihnen. Überstürzen Sie nichts. Geben Sie mir etwas Zeit.«

Dann hielt er mich wieder in seinen Armen. Er drückte mich an sich – und ich fühlte mich geborgen. Der Gedanke an eine Trennung war unerträglich.

Als wir so eng umschlungen standen, vernahm ich ein Geräusch. Die Tür ging auf.

Wir fuhren schuldbewußt auseinander, als Clare eintrat.

»Oh!« rief sie. Ich bemerkte den verlegenen Ausdruck in ihren großen braunen Augen. »Ich dachte, du bist allein hier, Kate ...«

Der Baron machte eine Verbeugung.

Clare erwiderte seinen Gruß und fuhr fort: »Ich wollte nur sagen, ob es dir etwas ausmacht, wenn wir heute ein bißchen früher essen, weil die Jungen in den Wald wollen. Ich glaube, sie haben ein neues Spiel. Einer geht voraus und legt eine Spur ...«

Wir achteten kaum auf das, was sie sagte. Auch sie wirkte irgendwie verstört. Sie mußte unsere Umarmung gesehen haben. Ich wußte, sie haßte jede Art von Konflikten und wäre zutiefst beunruhigt von dem Gedanken an eine Liebesaffäre zwischen dem Baron und mir, während seine Gemahlin in einem anderen Teil des Schlosses auf ihrem Krankenlager ruhte.

Clare erwähnte mit keinem Wort, ob sie etwas gesehen hatte, und ich behielt meinen Entschluß, mit ihr zurückzukehren, für mich. Sie ging täglich ins Schloß, und ihre Freundschaft mit der Princesse machte rasche Fortschritte. Wenn sie nicht ins Schloß kam, traf im kleinen Haus eine Botschaft für sie ein. Ob sie sich nicht wohl fühle? Wenn doch, möge sie sogleich kommen.

Ich kannte Clares besondere Art von Mitgefühl. Die Princesse, die sich in Selbstmitleid erging, fand in ihr die ideale

Zuhörerin. So war es immer gewesen. Ich erinnerte mich, wie sehr die arme Faith Camborne an Clare gehangen hatte, und es überraschte mich nicht, daß jetzt die Princesse die ideale Gefährtin in ihr fand. Clare konnte auf bewundernswerte Weise zuhören. Sie sprach kaum jemals von sich und machte sich die Schwierigkeiten anderer zu eigen.

Ich erinnerte mich, wie mein Vater in seinen Briefen schilderte, was sie alles für ihn getan hatte. Clare war wahrlich ein Mensch, wie man ihn selten antrifft.

Es war an einem Nachmittag, drei oder vier Tage, nachdem sie Rollo und mich überrascht hatte. Ich wollte noch nicht mit ihr über meine Pläne sprechen. Zugegeben, ich erfand immer wieder Ausflüchte, weshalb ich sie nicht unverzüglich in die Tat umsetzen konnte. Ich wolle alles gründlichst ausarbeiten, redete ich mir ein. Ich malte mir meine Rückkehr ins Haus Collison aus und versuchte mir mein Leben dort auf dem Lande vorzustellen, wo die Nachbarn beinahe über alles im Bilde waren, was einer tat. Dies schien allerdings auch hier der Fall zu sein, aber das war etwas anderes. Hier konnte der Baron mich beschützen. Immerhin, das Geld reichte aus, um nach England zu reisen und davon etwa ein Jahr meinen Unterhalt zu bestreiten. Außerdem bot mir die Miniaturensammlung noch einige Sicherheit.

Jeanne war mit dem kleinen zweirädrigen Einspänner ins nahegelegene Dorf zum Einkaufen gefahren.

Und nachdem auch die Jungen außer Haus waren, hatte ich Gelegenheit, mit Clare zu sprechen. Offenbar hatte sie mir auch etwas zu sagen und wußte nicht, wie sie es anfangen sollte.

»Gehst du heute nachmittag die Princesse besuchen?« fragte ich sie.

»Ja. Sie erwartet mich.«

»Ihr seid innerhalb kurzer Zeit gute Freundinnen geworden.«

»Sie tut mir so leid. Sie ist wirklich eine sehr unglückliche Frau.«

349

»Ach Clare, ich weiß, du hast es dir zur Lebensaufgabe gemacht, dich um andere Menschen zu kümmern; aber ich glaube, wenn sie sich nur ein bißchen aufraffen würde ...«

»Ja, aber ihre Unfähigkeit dazu ist ein Teil ihrer Krankheit. Sie
kann sich nicht aufraffen. Wenn sie es könnte ...«

»Sie könnte es, wenn sie es versuchte. Sie reitet ab und zu aus.
Ich selbst bin schon mit ihr geritten.«

»Ja«, erwiderte Clare. »Sie hat mich auch zu ihrem Lieblingsplatz mitgenommen. Sie ergeht sich da in morbiden Schwär-
mereien und hat mir erzählt, daß sie einmal daran dachte, sich
von der Kuppe hinabzustürzen.«

»Ich weiß. Das hat sie mir auch erzählt. Was hat sie dir noch
alles anvertraut, Clare?«

»Sie redet meist von der Vergangenheit. Von ihrer herrlichen
Zeit in Paris, wo sie einen Liebhaber hatte, und daß der kleine
William nicht das Kind des Barons ist.«

»Es scheint, sie hat dir ihre ganze Lebensgeschichte erzählt.«

»Ich habe Mitleid mit ihr und versuche, ihr zu helfen. Aber
außer zuhören und Mitgefühl zeigen gibt es da nichts.«

»Kannst du sie nicht für irgend etwas interessieren?«

»Sie interessiert sich nur für sich selbst. Ach Kate, ich mache
mir große Sorgen. Hauptsächlich deinetwegen, nachdem du
in all das auch verwickelt bist.«

Ich schwieg, und sie fuhr fort: »Wir müssen offen miteinander reden. Es hat keinen Sinn, etwas zu verheimlichen. Kendal
ist der Sohn des Barons, nicht wahr?«

Ich nickte.

»Er muß ungefähr um dieselbe Zeit geboren worden sein wie
William.«

»Der Altersunterschied ist minimal.«

»Und obwohl der Baron vor seiner Vermählung stand, hast
du ... mit ihm ...«

Ich konnte den Vorwurf in ihren Augen lesen.

»Natürlich«, fuhr sie fort, »wirkt er auf manche Menschen gewiß sehr anziehend. Diese Macht ... diese Männlichkeit ...«

350

Ich unterbrach sie. »Clare, es war nicht so, wie du denkst. Ich wollte einen entfernten Cousin von ihm heiraten, und der Baron hatte eine Mätresse. Er mochte sie gern und wollte, daß sie gut versorgt wäre. Deshalb sollte sie mein Verlobter heiraten; der aber wollte die Mätresse des Barons nicht ehelichen. Deshalb hat der Baron ... oh, ich weiß, es klingt verrückt für dich, wo doch zu Hause alles so ganz anders ist. Aber so etwas kommt eben vor, und es ist nun mal geschehen. Der Baron hat mich entführt, mich gefangengehalten und mich vergewaltigt.«

Clare stieß einen Entsetzensschrei aus. »O nein!«

»O ja. Kendal war das Ergebnis.«

»Ach, Kate. Und so einen Mann konntest du lieben?«

»Lieben?« sagte ich. »Von Liebe ist nicht die Rede.«

»Aber du liebst ihn doch – jetzt – oder nicht?«

Ich schwieg.

»Du liebe Güte«, seufzte sie. »Es tut mir so leid. Ich hatte ja keine Ahnung.«

Ich erzählte ihr, wie er Nicole beauftragt hatte, sich um mich zu kümmern, wie er Kendal das Leben gerettet und uns aus Paris herausgeschleust hatte.

Sie meinte: »Er ist ein starker Mann«, und zog die Schultern hoch. »Allmählich fange ich an zu begreifen. Aber er ist mit der Princesse verheiratet. Sie haßt ihn, Kate, und jetzt will er dich heiraten, nicht?«

Ich schwieg beharrlich.

Clare fuhr fort: »Aber das geht nicht, wegen der Princesse. Kate, du darfst nicht seine Mätresse werden. Das wäre falsch ... ganz falsch.«

»Ich gedenke nach Hause zu fahren«, entgegnete ich. »Ich wollte schon lange mit dir darüber sprechen.«

»Die Princesse hat mir erzählt, daß er die Scheidung von ihr verlangt hat.«

»Wann?«

»Vor ein paar Tagen. Das will sie aber nicht, Kate. Da ist sie unnachgiebig. Ich hatte sie bis dahin nie so empört gesehen. Endlich hat sie eine Chance, sich zu rächen ... und sie wird sie nutzen. Sie weiß, daß ihr ein Liebespaar wart und daß Kendal sein Sohn ist. Das zeigt er deutlich genug. Er hängt an dem Jungen. Und dann ... wie er den armen William vernachlässigt ... das ist alles so augenfällig ... und sehr traurig. Er ist in mancher Hinsicht ein grausamer Mensch.«

»Siehst du, ich muß schnellstens mit dir nach England zurückkehren.«

»Wir können jederzeit abreisen, wann es dir paßt.«

»Es wird seltsam sein, wieder im Hause Collison zu leben.«

»Es war lange Zeit dein Heim.«

»Kendal sperrt sich dagegen. Er liebt das Schloß und liebt den Baron.«

»Es ist das beste, Kate, das einzig Mögliche.«

»Du bist so verständnisvoll, Clare.«

»Ja, mein Leben war immer sehr ruhig. Ich habe für meine Mutter gesorgt, bis sie starb, und dann kam ich zu euch. Ich hatte nicht viel erlebt, bis ich deinen Vater heiratete. Wer hätte gedacht, daß ich jemals heiraten würde! Ich war sehr glücklich mit ihm. Es war furchtbar, was dann geschah.«

»Du hast alles für ihn getan. Du hast ihn glücklich gemacht.«

»Ja. Mir scheint, ich habe schon immer für andere gelebt. Ich habe für ihn gesorgt. Sein Leben war mein Leben. Und nun bist du da, Kate. Du bist seine Tochter, und er hätte gewünscht, daß ich mich um dich kümmere. Ich möchte dir helfen, denn die Lage wird immer schlimmer. Ich habe Angst um dich.«

»Ach Clare, ich bin so froh, daß du gekommen bist. Endlich sehe ich einen Ausweg.«

»Aber du willst ihn nicht nutzen, Kate.«

»Ich muß. Ich weiß genau wie du, daß es das einzig Mögliche ist.«

Wir blieben noch eine Weile schweigend sitzen. Dann ging sie, um der Princesse den versprochenen Besuch abzustatten.

Sterben um der Liebe willen

Ich konnte keinen klaren Gedanken mehr fassen. Ich mußte fort. Nach meinem Gespräch mit Clare war mir das endgültig klar geworden.

Abwesend hörte ich Kendal zu, der mir die neue Verfolgungsjagd schilderte, die er mit William im Wald spielte. Es war im Augenblick ihr liebster Zeitvertreib, und der Wald und die Umgebung waren das ideale Gelände dafür.

»Weißt du, da ist ein Mann«, erklärte Kendal, »und der war in den Verliesen gefangen. Bei den Verliesen geht es los. Der Baron hat gesagt, wir dürfen. Wir ziehen Lose, wer Gefangener ist und wer Jäger. Wenn ich der Gefangene bin, gehe ich zu den Verliesen. Ich breche aus und muß mich verstecken. Wenn ich der Jäger bin, geht William zu den Verliesen. Wir müssen Spuren hinterlassen, und dann geht's los.«

»Das hört sich sehr aufregend an«, sagte ich. »Kendal ... du weißt, wir können nicht hierbleiben.«

Er war mit seinen Gedanken weit fort im Wald und bei den Spuren, die William finden sollte, damit er ihn verfolgen konnte. Er schien zunächst nicht zu begreifen, wovon ich gesprochen hatte, und dann erfaßte er es plötzlich.

»Wieso nicht?« fragte er scharf. »Hier ist unser Zuhause.«

»Nein, das ist es nicht.«

»Aber jetzt ...«

»Möchtest du nicht in das Haus, wo ich geboren bin?«

»Wo ist das?«

»In England. Es heißt Haus Collison, nach unserer Familie.«

»Vielleicht . . . eines Tages.«

»Ich meine bald.«

»Mir gefällt es hier. Hier ist es so schön. Das Schloß ist so groß, und es gibt so viel zu tun.«

Ich sagte: »Wir müssen nach Hause zurück.«

»O nein, das müssen wir nicht. Hier ist unser Zuhause. Der Baron will bestimmt nicht, daß wir fortgehen, und es ist sein Schloß.«

Es war schwierig. Feige ließ ich das Thema fallen. Ich würde später darauf zurückkommen, denn ich wollte ihm das nachmittägliche Spiel im Wald nicht verderben.

Er rannte zu den Verliesen, während ich mich zu den Stallungen begab.

Meine Stute war nicht da. Ein Stallknecht kam zu mir. »Die Stute, die Sie immer reiten, ist beim Hufschmied«, erklärte er. »Aber wenn Sie ein Pferd wünschen, können Sie den alten Fidele nehmen.«

»Ist das nicht das Reitpferd der Princesse?«

»Ja, Madame, aber sie hat ihn schon seit ein paar Tagen nicht mehr geritten. Er braucht ein wenig Bewegung. Er ist ein braver alter Bursche, sehr zuverlässig. Vielleicht ein bißchen träge, Sie verstehen?«

»Ist gut«, sagte ich. »Ich nehme Fidele.«

»Ich mache ihn fertig. Schauen Sie ihn nur an. Er ist ganz aufgeregt. Er weiß, daß es hinausgeht. Das freut ihn, nicht wahr, alter Knabe?«

Ich ritt also auf Fidele hinaus und merkte zu meinem Erstaunen, daß er die Richtung bestimmte. Er wollte mich wohl zu der Stelle tragen, wohin er die Princesse gewiß schon viele Male gebracht hatte.

Ja, es stimmte. Der Ritt endete auf dem Hügel. Das Wetter war mild, und man hatte einen herrlichen Rundblick hier oben. Bald würde der Sommer kommen. Es wunderte mich nicht, daß Marie-Claude häufig hier heraufkam. Der Platz war so friedlich. Man fühlte sich weit fort von allem.

Ich beschloß, zu der Stelle zu gehen, wo wir einmal zusammen gesessen hatten.

Ich band Fidele dort an, wo wir damals unsere Pferde zurückließen, und fand den Platz, wo wir im Schutz der Sträucher gesessen hatten. Ich setzte mich neben einen Strauch. Meine Gedanken kehrten zu Kendal zurück, und ich fragte mich, warum ich nicht energischer mit ihm gewesen war.

Er wollte nicht fort. Schließlich war er kein kleiner Junge mehr, der sich widerspruchslos nehmen und irgendwohin bringen ließ. Er liebte das Schloß und den Baron leidenschaftlich, das war mir durchaus bewußt. Kendal stand auf der Schwelle vom Kind zum Jünglingsalter, und er sah sich bereits als Mann. Seit ich hier war, hatten sich bei ihm immer mehr Ähnlichkeiten mit seinem Vater herausgebildet, und ich dachte, Rollo müsse Kendal sehr ähnlich gewesen sein, als er in seinem Alter war.

Plötzlich vernahm ich Pferdehufe in der Ferne. An einer Stelle wie dieser konnte man Geräusche vermutlich von sehr weit hören. Nein. Sie kamen näher. Dann verstummten sie.

Meine Gedanken kehrten wieder zu Kendal zurück, und ich überlegte, wie ich ihn trösten könnte. Vielleicht könnte mir das auch helfen. Es war töricht von mir, nicht zuzugeben, daß das Verlassen des Schlosses für mich ein ebenso großes Unglück bedeutete wie für meinen Sohn – und ich würde vielleicht länger brauchen, um es zu verwinden.

Schritte kamen langsam den Abhang hinauf. Die Sträucher boten nicht nur Schutz, sondern sie verdeckten mich auch. Es war gewiß der Reiter, den ich gehört hatte.

Ich saß ganz still und wartete, und plötzlich hatte ich Angst. Mir wurde klar, wie einsam es hier oben war. Ich erinnerte mich, wie ich mit Marie-Claude am Rande der Schlucht stand und hinunterblickte, und ein seltsames, unheimliches Gefühl kroch in mir hoch.

Wer immer es war, er war jetzt ganz nahe. Ich hörte das Farnkraut knacken ... dann Schritte, langsam, bedächtig.

Ich stand abrupt auf. Ich zitterte ... und Rollo kam auf mich zu.

»Kate!« rief er erstaunt.

Ich stammelte: »Oh ... Sie sind es.«

»Ich hatte nicht erwartet, *Sie* hier anzutreffen. Warum reiten Sie das Pferd?«

»Oh ... natürlich ... ich bin mit Fidele hier.«

»Ich kam an ihm vorbei, und ich dachte ...«

»Sie dachten, die Princesse sei hier.«

»Üblicherweise reitet sie dieses Pferd.«

»Meine Stute ist beim Hufschmied, man gab mir deshalb Fidele.«

Er lachte jetzt, nachdem er sich von seiner Überraschung erholt hatte. »Welch ein Glück, Sie hier zu finden!«

»Ich war ehrlich erschrocken, als ich Sie heimlich heranschleichen hörte.«

»Dachten Sie etwa, ich sei ein Räuber?«

Ich blickte mich um. »Es ist sehr einsam hier oben.«

»Mir gefällt es.« Er sah mich eindringlich an. »Haben Sie hier gesessen?«

»Ja, ich saß hier, um nachzudenken.«

»Über etwas Trauriges?«

Ich zögerte. »Ich dachte ans Fortgehen«, erklärte ich. »Ich bin jetzt fest entschlossen.«

»Bitte noch nicht, Kate. Sie haben es versprochen ... noch nicht.«

»Bald. Es muß sehr bald sein.«

»Warum? Sie sind doch glücklich hier. Es gibt Arbeit für Sie. Ich kann noch mehr Manuskripte aufstöbern.«

»Wir werden nächste Woche aufbrechen. Ich habe mit Clare gesprochen.«

»Ich wollte, diese Frau wäre nie hierhergekommen.«

»Sagen Sie das nicht. Sie ist ein wunderbarer Mensch. Die Princesse ist ihr sehr zugetan.« Langsam fuhr ich fort: »Sie haben mit ihr gesprochen ... mit der Princesse ... nicht wahr?«

356

»Ich habe versucht, sie zu überreden; ich habe gefordert, ich habe gedroht. Aber sie will ihre Rache; trotzdem werde ich einen Weg finden. Keine Sorge. Ich werde Sie heiraten, Kate. Ich lasse den Jungen legitimieren, und wir werden glücklich leben bis ans Ende unserer Tage. Was würden Sie sagen, wenn ich das wahrmachen könnte?«

Ich antwortete nicht. Er nahm mich in seine Arme und hielt mich fest.

Bald wird es damit vorbei sein, und ich werde ihn nie wiedersehen. Dieser Gedanke war mir unerträglich.

»Sie lieben mich, Kate. Sagen Sie es.«

»Ich weiß es nicht.«

»Im Grunde Ihres Herzens wollen Sie nicht fortgehen ... fort aus meinem Leben. Antworten Sie ehrlich.«

»Ja«, gestand ich.

»Das ist die Antwort auf die erste Frage. Wir sind stark, wir zwei, Kate. Wir lassen nicht zu, daß sich uns etwas in den Weg stellt, nicht wahr?«

»Manche Dinge sind eben unvermeidlich.«

»Aber Sie lieben mich, und ich liebe Sie. Es ist keine gewöhnliche Liebe, nicht wahr? Dazu ist sie zu stark. Ich wollte Sie vom ersten Augenblick an. Alles an Ihnen gefiel mir, Kate ... wie Sie aussahen, wie Sie arbeiteten ... wie Sie mich über die Blindheit Ihres Vaters zu täuschen versuchten. Schon damals hatte ich großes Verlangen nach Ihnen und war entschlossen, Sie zu bekommen. Die Sache mit Mortemer war nur ein Vorwand.«

»Sie hätten mir die Ehe antragen können, als Sie noch frei waren.«

»Hätten Sie mich denn genommen?«

»Damals nicht.«

»Aber jetzt würden Sie schon wollen. O ja, jetzt würden Sie mich nehmen. Sehen Sie, wir mußten erst bereit sein, mußten uns näher kennenlernen, gemeinsam schwierige Zeiten durchstehen, um zu erfahren, daß unsere Gefühle füreinander nicht vergänglich sind ... nicht kurzlebig wie so manch andere Liebe. Unsere hält ein Leben lang ... und sie ist alles wert, was wir besitzen.«

»Mein Gott, sind Sie hitzig!«

»Das habe ich auch von Ihnen gesagt. Das ist es, was uns aneinander gefällt. Ich weiß, was ich will und wie ich es bekomme.«

»Nicht immer.«

»Doch«, sagte er bestimmt, »immer. Kate, Sie dürfen noch nicht fortgehen. Wenn Sie es tun, komme ich Ihnen nach.«

Ich sagte nichts. Wir saßen Seite an Seite. Ich lehnte mich an ihn, und er hielt mich ganz fest.

Durch seine Gegenwart fühlte ich mich irgendwie getröstet. Zum erstenmal sah ich der Wahrheit ins Gesicht. Ja, ich liebte ihn. Vorher hatte Haß dieses Gefühl unterdrückt. Doch jetzt war meine Liebe so stark und heftig wie mein ehemaliger Haß.

Trotzdem würde ich nach England gehen. Ich mußte einfach. Clare hatte es mir klargemacht.

Ich erhob mich. »Ich muß zurück. Wenn Clare vom Schloß kommt, wird sie sich fragen, wo ich bin.«

»Versprechen Sie mir eins.«

»Was?«

»Daß Sie uns nicht verlassen, ohne es mir vorher zu sagen.«

»Das verspreche ich.«

Wir blieben eine Weile so beisammen stehen, und er küßte mich, anders als zuvor – liebevoller, zärtlicher.

Ich war so bewegt, daß ich nicht sprechen konnte.

Dann half er mir beim Aufsteigen, und wir ritten zum Schloß zurück.

»Kendal«, verkündete ich, »wir gehen nach England.«

Er starrte mich an, sein Mund straffte sich, und in diesem Moment sah er seinem Vater auffallend ähnlich.

»Ich weiß, du magst das Schloß nicht verlassen, aber wir müs-

358

sen. Siehst du, hier ist ganz einfach nicht unser Zuhause«, fuhr ich fort.

»Doch, es *ist* unser Zuhause«, erwiderte er zornig.

»Nein ... nein ... Wir sind hier, weil wir nirgendwoanders hin konnten, als wir Paris verlassen haben. Aber man kann nicht ewig im Haus anderer Leute leben.«

»Es ist das Haus meines Vaters, und er will, daß wir hierbleiben.«

»Kendal« begann ich von neuem, »du bist noch nicht erwachsen. Du mußt mir gehorchen. Es ist das beste ... für dich und für uns alle.«

»Nein, es ist nicht das beste.«

Er starrte mich an wie nie zuvor in seinem ganzen Leben. Bisher hatte uns stets eine starke Zuneigung verbunden, und ich konnte diesen finsteren Ausdruck in seinen Augen kaum ertragen.

Konnte Rollo ihm so viel bedeuten? Kendal liebte das Schloß wirklich, das wußte ich. Sicher, es war eine Fundgrube voller Wunderdinge für ein phantasiebegabtes Kind; aber es war mehr als das. Er hatte sich in den Kopf gesetzt, daß er hierhergehörte, und Rollo hatte alles getan, um ihn darin zu bestärken.

Erst hat er mich meiner Unschuld beraubt, wütete ich innerlich. Dann hat er mein Leben vollkommen durcheinandergebracht, und nun will er mir noch mein Kind wegnehmen.

Rasender Zorn stieg in mir hoch. »Ich sehe, es ist sinnlos, mit dir zu sprechen.«

»Jawohl«, schrie Kendal. »Ich will nicht mit nach England. Ich will zu Hause bleiben.« Wieder hatte er diesen eigensinnigen Ausdruck im Gesicht, und ich dachte: Er wird genau wie Rollo, wenn er erwachsen ist, und in meine Sorge um ihn mischte sich Stolz.

»Wir reden später darüber«, seufzte ich.

Ich brachte es nicht über mich, noch mehr zu sagen.

Es war spät am gleichen Nachmittag. Jeanne kochte, was sie ausgesprochen gern tat, und Clare war soeben vom Schloß zurückgekommen.

»Madame la Baronne ist heute in trotziger Stimmung«, berichtete sie. »Es gefällt mir nicht, wie sich die Dinge dort entwickeln.« Sie sah mich sorgenvoll an.

»Nächste Woche um diese Zeit sind wir unterwegs nach Hause«, brachte ich ihr in Erinnerung.

»Das ist das beste«, meinte sie mitfühlend. Ich fand es wunderbar, daß sie mich verstand. »Wo ist Kendal?« erkundigte sie sich.

»Ich glaube, er spielt mit William diese Verfolgungsjagd. Ich sah sie zusammen fortgehen. Er trug etwas bei sich. Es sah aus wie ein Sack.«

»Um seine Spuren zu legen, nehme ich an. Du glaubst gar nicht, wie froh ich bin, daß Kendal und William Freunde geworden sind. Das tut dem armen kleinen Jungen so gut. Ich fürchte, er hat vorher nicht viel vom Leben gehabt.«

»Nein. Ich möchte wissen, was er anfangen wird, wenn wir weg sind.«

Clare zog die Brauen zusammen. »Der arme Kleine. Er wird sich wieder zurückentwickeln.«

»Er hat sich sehr verändert, seit wir hier sind.«

»Ich mag gar nicht daran denken. Hat Kendal ihm gesagt, daß wir fortgehen?«

»Nein. Kendal will es nicht wahrhaben. Er ist richtig wütend geworden, als ich davon sprach. Das paßt gar nicht zu ihm.«

»Er wird sich schon beruhigen. Kinder gewöhnen sich schnell um.«

»Er scheint wie besessen von diesem Ort ... und von dem Baron.«

»Ein Jammer. Aber am Ende wird schon alles gut werden.«

»Du glaubst immer an ein glückliches Ende, Clare.«

»Ich glaube, daß wir eine Menge dazu beitragen können«, erklärte sie ruhig. »Das war immer meine Meinung.«

»Du bist ein großer Trost.«

»Manchmal denke ich, ich hätte nicht herkommen sollen.«

»Wie kommst du denn auf solche Gedanken?«

»Als ich kam, habe ich dir einen Ausweg gewiesen. Manchmal denke ich, das war eigentlich das Letzte, was du wolltest.« Ich schwieg und dachte: Sie bemerkt einfach alles.

»Ich *brauchte* einen Ausweg, Clare«, sagte ich. »Du hast mir die einzige Möglichkeit gezeigt. Also sag bitte nicht, es wäre besser gewesen, wenn du nicht gekommen wärst.«

Wir schwiegen beide eine Weile. Ich dachte über Clare nach und versuchte mir vorzustellen, wie sie gelebt haben mochte, als sie sich um ihre Mutter gekümmert hatte, bis diese starb. Danach hatte sie für meinen Vater gesorgt, und nun bin ich dran. Sie war wahrlich ein Mensch, der sein eigenes Leben in der Sorge um andere Menschen in den Hintergrund stellte.

Es dürfte ungefähr eine halbe Stunde später gewesen sein, als sie mich darauf aufmerksam machte, daß Kendal noch nicht nach Hause gekommen war.

»Er ist spät dran«, pflichtete ich ihr bei.

Dann kam Jeanne herein und fragte nach Kendal.

Wir stellten fest, daß er spät dran sei; aber wirklich besorgt waren wir erst, als er eine Stunde später immer noch nicht zu Hause war.

»Wo kann er nur hingegangen sein?« fragte Jeanne. »Er sollte längst zurück sein.«

»Er hat vielleicht über dem Spiel die Zeit vergessen.«

»Ob er vielleicht im Schloß ist?« meinte Jeanne.

Clare sagte, sie wolle nachsehen, zog ihren Mantel an und ging hinaus.

Mir wurde allmählich ängstlich zumute.

Clare kam bald zurück. Sie wirkte sehr verstört. Kendal war nicht im Schloß. Und William auch nicht.

»Sie spielen wohl immer noch«, sagte Jeanne.

Aber als sie zwei Stunden später immer noch nicht da waren, begann ich mich ernstlich aufzuregen. Ich ging zum Schloß und wurde von einem Hausmädchen eingelassen, das mich mit diesem skeptischen Blick betrachtete, an den ich mich schon gewöhnt hatte.

Ich rief: »Ist William schon nach Hause gekommen?«

»Ich weiß es nicht, Madame. Ich gehe mich erkundigen.«

Es stellte sich schnell heraus, daß William nicht zu Hause war. Jetzt wußte ich, daß etwas nicht stimmte.

Rollo kam in die Halle.

»Kate!« rief er. Seine Stimme verriet deutlich seine Freude über meinen Anblick.

Ich rief: »Kendal ist irgendwo da draußen. Wir hatten ihn schon vor Stunden zurückerwartet. William ist bei ihm. Sie sind heute nachmittag zum Spielen in den Wald gegangen.«

»Und noch nicht zurück? Es wird bald dunkel.«

»Wir müssen die beiden finden«, sagte ich.

»Ich stelle Suchtrupps zusammen. Sie reiten mit mir, Kate. Ich hole eine Laterne aus dem Schloß und sage den anderen Bescheid. Es scheint kein Mond heute nacht.«

Binnen kurzem hatte er einige Leute zusammengerufen und in verschiedene Richtungen ausgeschickt. Er und ich ritten gemeinsam.

»Zum Wald«, sagte er. »Ich mache mir Gedanken wegen des Abgrunds bei der Hügelkuppe. Wenn sie zu nahe an den Rand gekommen sind ...«

Wir ritten schweigend. Es war dunkel im Wald, und alle möglichen Schreckensbilder schwirrten mir durch den Kopf. Was mochte den Jungen zugestoßen sein? Ein Unfall? Räuber? Was hatten sie schon Wertvolles bei sich, das ihnen gestohlen werden könnte? Zigeuner! Ich hatte gehört, daß sie Kinder mitnähmen.

Mir war übel vor Angst, doch ich fühlte mich durch Rollos Gegenwart getröstet.

Wir kamen zu der Stelle, die Marie-Claude mir einst gezeigt und wo ich später Rollo getroffen hatte. Ich spähte in die unheimliche Finsternis. Wir ritten zu der Anhöhe hinauf. Rollo stieg ab und gab mir sein Pferd zu halten, dann trat er an den Rand der Schlucht und blickte hinunter.

»Da unten ist nichts. Der Boden ist unberührt. Ich glaube nicht, daß sie hier waren.«

»Aber ich habe das Gefühl, daß sie im Wald sind«, entgegnete ich. »Dort wollten sie hin. Im offenen Gelände hätten sie ihr Spiel nicht spielen können.«

Rollo rief: »Kendal, wo bist du?«

Nur das Echo seiner Stimme kam zurück.

Dann stieß er einen schrillen, ohrenbetäubenden Pfiff aus.

»Das habe ich ihm beigebracht«, sagte er. »Wir haben es zusammen geübt. – Kendal, Kendal!« rief er. »Wo bist du?« Dann pfiff er noch einmal.

Keine Antwort.

Wir ritten weiter und kamen zu einem stillgelegten Steinbruch.

»Wir reiten hier entlang«, befahl Rollo, »und dann rufe ich noch einmal. Das Echo ist hier erstaunlich. Als Junge habe ich es mit meinen Spielkameraden hier ausprobiert. Der Widerhall ist enorm. Auch das habe ich Kendall gezeigt.«

Ich fragte mich flüchtig, wie oft sie wohl zusammen waren. Wenn Kendal in den Wald ging, war der Baron dann auch dabei? Hatte er sich an dem Räuber- und Gendarmspiel beteiligt?

Wir ritten an die höchste Stelle des Steinbruchs und riefen wieder.

Ein paar Sekunden blieb es still, und dann ... unverkennbar ... ein Pfiff.

»Horch«, sagte Rollo.

Er stieß einen Pfiff aus, und es pfiff zurück.

»Gott sei Dank«, sagte er. »Wir haben sie gefunden.«

»Wo?«

»Das werden wir gleich sehen.« Er pfiff abermals, und wieder wurde es erwidert.

»Hier entlang«, sagte er.

Ich folgte ihm. Wir bahnten uns einen Weg zwischen den Bäumen hindurch.

Das Pfeifen war jetzt sehr nahe.

»Kendal«, rief Rollo.

»Baron!« kam es zur Antwort, und ich glaube, ich war in meinem Leben nie glücklicher als in diesem Augenblick.

Wir fanden sie in einer Höhle, William bleich und ängstlich, Kendal trotzig. Sie hatten es geschafft, so etwas wie ein Zelt zu bauen. Über den Farn hatten sie ein Laken gebreitet.

»Was soll das!« rief Rollo aus. »Ihr habt uns ja einen schönen Streich gespielt.«

»Wir kampieren«, erklärte Kendal.

»Ihr hättet wenigstens ein Wort sagen können. Deine Mutter hat sich furchtbare Sorgen gemacht. Sie dachte, du hast dich verirrt.«

»Ich verirre mich nie«, widersprach Kendal, ohne mich anzusehen.

Rollo war abgestiegen und zog das Laken zurück.

»Was ist denn das? Ein Festmahl oder was?«

»Wir haben es aus der Küche im Schloß mitgenommen. Da war so viel zu essen.«

»Aha«, murmelte Rollo, um dann lauter fortzufahren, »Und jetzt aber fix nach Hause. Eine Menge Leute suchen die Gegend nach euch ab.«

»Bist du böse?« fragte Kendal.

»Sehr«, sagte der Baron. Er hob Kendal auf und setzte ihn auf sein Pferd.

»Reite ich mit dir zurück?« fragte Kendal.

»Verdient hast du es nicht. Eigentlich müßtest du zu Fuß gehen.«

»Ich gehe nicht weg vom Schloß«, verkündete Kendal.

»Was?«

»Ich bleibe bei dir. Hier ist mein Zuhause, und du bist mein Vater. Du hast es gesagt.«

Rollo drehte sich triumphierend zu mir um. Der Knabe gehör-

364

te zu ihm. Ich wußte, daß er in diesem Augenblick sehr glücklich war.

William sah erwartungsvoll zu ihm hinauf. Rollo hob ihn hoch und setzte ihn zu mir aufs Pferd.

»Jetzt bringen wir die Racker nach Hause.«

Als wir uns dem Schloß näherten, sahen uns etliche Dienstboten, und ein Freudenschrei ertönte, weil die Jungen in Sicherheit waren.

Ich stieg ab und half William hinunter.

»Es war nicht Williams Schuld«, bekannte Kendal mürrisch, als der Baron ihn abgesetzt hatte. »Ich wollte, daß er mitkommt.«

»Das dachte ich mir«, sagte Rollo nicht ohne Stolz.

Jeanne und Clare kamen herbeigelaufen.

»Oh – Sie haben sie gefunden!« keuchte Jeanne.

»Gott sei Dank!« rief Clare. »Sind sie heil und gesund?«

»Ihnen ist nichts passiert«, erwiderte ich.

»Haben Sie etwas Warmes zu essen für sie?« fragte Rollo. »Obwohl sie es eigentlich nicht verdient haben.«

»Ich habe Hunger«, verkündete Kendal.

»Ich auch«, ergänzte William.

»Kommt ins Haus«, sagte Jeanne. »Ihr bekommt im Handumdrehen etwas zu essen. Warum habt ihr das nur getan?«

Kendal blickte Rollo fest an. »Wir wollten im Wald kampieren, bis meine Mutter abgereist war«, sagte er. »Du willst doch nicht, daß sie mich fortbringt, oder?«

Kurze Zeit war es ganz still, dann lief Kendal zu Rollo und umklammerte seine Beine.

»Ich gehöre hierher!« rief er.

Rollo hob ihn auf. »Ich lasse dich nicht fort.«

»Dann ist ja alles gut«, seufzte Kendal erleichtert.

Er zappelte, weil er hinunter wollte, und Rollo setzte ihn ab, wobei er mich triumphierend ansah.

Beide Kinder bekamen eine Schüssel Suppe, und als sie gegessen hatten, ging Rollo mit William zum Schloß.

Rollo tadelte William nicht. Seine Vorwürfe, die eigentlich keine richtigen waren, hatten sich gegen Kendal gerichtet. Kendal hatte alles sehr deutlich erklärt. Er war ausgerissen und hatte William zum Mitkommen bewogen. Er wollte uns zeigen, daß er das Schloß nicht freiwillig verlassen würde.

Einen flüchtigen Augenblick lang fragte ich mich, ob Rollo das Ganze angezettelt hatte. Kendal hatte das Pfeifen so prompt erwidert. Vielleicht hatten sie es miteinander ausgemacht.

Aber nein, gewiß nicht. Kendal war für solche Intrigen zu jung. Aber bei Rollo konnte man nie wissen, wie weit er gehen würde.

Als Kendal vollständig erschöpft ins Bett gesunken war, unterhielt ich mich mit Clare.

»Was ist er doch für ein eigensinniges Kind!« meinte sie. »Einfach auszureißen, um dir zu zeigen, daß er nicht fort will. Was hat er sich nur dabei gedacht?«

»Er wollte im Wald kampieren, bis wir fort waren, und dann ins Schloß zurückkehren.«

»Du lieber Himmel! Was für eine Idee!«

»Er ist halt noch sehr jung.«

»Dieser Mann hat ihn in seinen Bann gezogen«, bemerkte Clare leise.

»Ja, weil er ihm eröffnet hat, daß er sein Vater ist, und Kendal hat sich immer einen Vater gewünscht.«

»Das ist bei Kindern nun einmal so«, sagte Clare. Dann verfiel sie in Schweigen.

Der folgende Tag hat sich meinem Gedächtnis auf ewig eingeprägt.

Er fing ganz gewöhnlich an. Ich ging zum Schloß, um an den Manuskripten zu arbeiten. Kendal war mit Jeanne beim Unterricht, und am Nachmittag packte ich, meine bevorstehende Abreise im Sinn, ein paar Sachen zusammen.

Ich dachte an Kendal. Er sprach nicht mehr von unserem Fortgehen, aber aus seiner Mimik und aus seinem Benehmen mir gegenüber ersah ich, daß noch mehr Ärger bevorstand.

Vielleicht, dachte ich, sollten wir hierbleiben. Für Clare würde mir schon eine Ausrede einfallen: Zum Beispiel könnte ich sagen, daß ich erst die Manuskripte fertigmachen wollte und wir später nachkommen würden. Doch mir war klar, wenn ich das tat, hieße das die Waffen strecken, denn ich konnte mich nicht mehr lange gegen Rollo behaupten.

Ich erinnerte mich an seinen Blick, als er zu Kendal gesagt hatte: »Keine Bange. Ich lasse dich nicht fort.«

Er hatte es ernst gemeint. Er mußte irgend etwas im Sinn haben. Insgeheim wünschte ich, daß diese Pläne wahr würden und er sagen würde: »Du bleibst für immer bei mir.«

Und doch fuhr ich wie in Trance mit den Vorbereitungen für die Abreise fort.

Der Nachmittag zog sich hin. Jeanne war in der Küche mit Kochen beschäftigt. Kendal war bei ihr. Clare war in ihrem Zimmer. Vermutlich ruhte sie sich aus, denn sie war den ganzen Nachmittag fort gewesen.

Wir setzten uns zur gewohnten Zeit zu Tisch. Während wir aßen, kam die Hausverwalterin vom Schloß zu uns.

Ihr Gesicht zeigte eine Mischung aus Besorgnis und Aufregung.

»Oh, Madame«, rief sie. »Hat Madame Collison Madame la Baronne gesehen?« Während sie sprach, blickte sie Clare an.

»Sie gesehen?« fragte ich verblüfft.

»Sie ist nicht im Schloß. Gewöhnlich bleibt sie nicht aus, ohne Bescheid zu sagen. Ich dachte, ob sie vielleicht hier wäre ... oder ob Sie eine Ahnung haben, wo sie hingegangen ist und wann sie zurückkommt.«

»Nein«, sagte Clare. »Ich habe sie gestern besucht. Sie hat mir nicht erzählt, daß sie heute etwas Besonderes vorhat.«

»Nun, vielleicht ist sie inzwischen zurück. Verzeihen Sie die Störung. Es kommt bloß so selten vor ... und ich dachte, daß Sie, Madame ... oder Madame Collison etwas wüßten.«

»Vielleicht ist sie ausgeritten«, sagte ich.

»Ja, Madame, aber sie ist schon so lange fort.«

»Vermutlich ist sie inzwischen schon zurück.«

»Ja, Madame. Es tut mir leid, daß ich Sie gestört habe. Aber...«

»Es ist lieb von Ihnen, daß Sie so besorgt sind.«

Betroffen blieben wir zurück. Clare sah mich ein wenig ängstlich an, aber keine von uns sagte etwas, weil Kendal zugegen war. Als wir die Mahlzeit beendet hatten, ging ich mit Clare in ihr Zimmer hinauf.

»Machst du dir Sorgen um die Princesse?« fragte ich.

Sie setzte sich nachdenklich auf einen Stuhl. »Ich weiß nicht ... Sie war in letzter Zeit etwas sonderbar, seit der Baron sie um die Scheidung ersucht hat.«

»Sonderbar? Inwiefern?«

»Ich weiß nicht. Trotzig ... vielleicht. Ich bildete mir ein, daß sie etwas verbarg. Sie konnte nicht gut etwas für sich behalten. Vielleicht war sie außer sich, weil er ein solches Ansinnen an sie gestellt hatte. Das verstößt gegen ihre Prinzipien. Er muß doch gewußt haben, daß sie niemals in eine Scheidung einwilligen würde. Es wäre ein Dispens vonnöten, und in Anbetracht dessen, was alles ...«

»Hoffentlich fehlt ihr nichts.« Mir war unbehaglich zumute.

»Das hoffe ich auch. Wie gut, daß wir abreisen. Du mußt unbedingt fort von hier. Du wirst es gut haben in England, Kate. Wir werden zusammensein. Ich will alles tun, um dir zu helfen.«

»Und was ist mit Kendal?«

»Er wird sich schon eingewöhnen. Die Zeit hier wird nicht ohne Wirkung für ihn geblieben sein, aber er wird sich umstellen. Heute in einem Jahr haben wir alles hinter uns. Dann ist das hier nur noch wie ein vergessener Traum ... Ich habe deinem Vater versprochen, mich um dich zu kümmern.«

»Liebe Clare, ich bin dir so dankbar.« Ich trat ans Fenster. »Ich wollte, Marie-Claude wäre heil zurück. Vielleicht ist sie verunglückt. Sie ist keine sonderlich gute Reiterin.«

»Ach, mit dem alten Fidele kann ihr nichts zustoßen. Der stellt nichts Wildes an.«

Während ich noch zum Fenster hinausblickte, vernahm ich Geräusche. Stimmen ... Rufe ... und geschäftiges Treiben.

»Im Schloß tut sich was.« Ich wirbelte herum. »Ich gehe nachsehen.«

»Ich komme mit«, sagte Clare.

Im Schloß herrschte helle Aufregung. Der Baron rief Befehle. Ich erfuhr, daß die Princesse vermißt wurde und Fidele allein in den Stall zurückgekehrt war. Man hatte ihn geduldig wartend dort gefunden, und niemand wußte, wie lange er schon da war.

Ein Stallknecht berichtete, er habe am Nachmittag das Pferd für die Princesse gesattelt, und dann sei sie fortgeritten.

Das war etliche Stunden her.

Der Baron glaubte an einen Unfall, und wie kürzlich, als Kendal vermißt wurde, stellte er Suchtrupps zusammen, die in verschiedene Richtungen ausgeschickt wurden.

Er war vollkommen Herr der Lage, genau wie wenige Abende zuvor.

Ich stürzte zu ihm und fragte: »Kann ich irgendwie helfen?« Er erwiderte meinen Blick, und ich vermochte den Ausdruck in seinen Augen nicht zu deuten. »Sie gehen ins Haus zurück. Wenn ich etwas erfahre, werde ich es Sie unverzüglich wissen lassen.«

Dann sah er Clare. »Bringen Sie sie zurück«, befahl er und fügte hinzu: »Und bleiben Sie bei ihr.«

Clare nickte und schob ihren Arm durch den meinen. Wir gingen ins Haus zurück.

Die Zeit wollte einfach nicht vergehen. Eine entsetzliche Furcht war über mich gekommen, und ich erinnerte mich seiner Worte: Etwas würde geschehen. Er wollte uns nicht verlieren, mich und Kendal.

Und Marie-Claude stand ihm im Weg.

Ich bilde mir Unmögliches ein, schalt ich mich. Aber er behauptet immer, nichts sei unmöglich. Er ist skrupellos ... entschlossen, seinen Willen durchzusetzen. Ich sah ihn immer vor mir, wie er in dem Turmzimmer gewesen war. Unerbittlich. Herrschsüchtig. Was geschah mit denen, die ihn hinderten? Er räumte sie beiseite.

O Marie-Claude, dachte ich. Wo bist du? Du mußt lebendig und wohlauf sein. Du *mußt*. Und ich muß diesen Ort verlassen, muß meine Träume vergessen, muß fort und ein anderes Leben beginnen. Ich muß endlich einmal die Vergangenheit vergessen, die Erregung, die Liebe, die ich jüngst erahnte. Ich muß mich mit einem eintönigen Leben abfinden ... eintönig, aber in Frieden. Werde ich jemals wieder Frieden finden?

Kendal ging zu Bett. Ich war froh, daß er nicht gemerkt hatte, daß etwas nicht stimmte. Er war so mit seinem eigenen Problem beschäftigt, daß er nichts anderes wahrnahm.

Jeanne setzte sich zu uns. Wir sprachen flüsternd und warteten ... und warteten.

Es war fast Mitternacht, als es an die Tür klopfte. Es war die Hausverwalterin vom Schloß.

»Man hat sie gefunden«, stammelte sie und blickte uns mit entsetzt geweiteten Augen an.

»Wo?« flüsterte Clare.

Die Hausverwalterin biß sich auf die Lippen. Sie vermied es, mich anzusehen. »Sie haben den Wald durchsucht, weil sie dachten, das Pferd hätte sie abgeworfen. Sie kamen auch zur Schlucht und sind da hinuntergestiegen. Und dort hat man sie gefunden. Sie war seit mehreren Stunden tot.«

Mir wurde schwindelig. Clare legte ihren Arm um mich.

»Die arme Seele«, murmelte sie. »Die arme, arme Frau.«

»Man hat mich geschickt, es Ihnen zu sagen«, erklärte die Hausverwalterin.

»Danke«, erwiderte Clare.

Als die Hausverwalterin fort war, blickte Jeanne von mir zu Clare. »Wie furchtbar ...«, begann sie.

Clare nickte. »Es ist ein schwerer Schock. Sie hat es bestimmt
... absichtlich getan. Sie hat immerzu davon gesprochen ...
und nun hat sie es getan.«

Jeanne blickte in ihren Schoß. Ich ahnte, was für Gedanken sie
in ihrem Kopf bewegte.

Dann erklärte Clare brüsk: »Wir können nichts tun. Wir sollten uns lieber zur Ruhe begeben. Vorher mache ich uns einen
kleinen Trunk. Den können wir gut gebrauchen. Geht in eure
Zimmer. Ich bringe ihn euch.«

Ich glaube, wir waren alle froh, jede für sich zu sein. Ich mußte nachdenken, wie so etwas geschehen konnte. Es ging mir
nicht aus dem Sinn, wie Marie-Claude an jener Stelle an dem
steilen Abhang gestanden hatte. Und in Gedanken sah ich jemanden neben ihr stehen.

Und da fiel mir ein, wie ich bei meinem Ausritt mit Fidele dort
Rollo traf, der überrascht war, mich an diesem Ort zu finden.
Er hatte erwartet, *sie* anzutreffen.

»Nein, nein«, flüsterte ich. »Nur das nicht. Das könnte ich
nicht ertragen. Nein, nicht Mord.«

Ich wußte, daß er zu rigorosen Taten fähig war und manchmal
tollkühn handelte. Aber nicht Mord. Das würde als größeres
Hindernis zwischen uns stehen als Marie-Claude.

Der Vater meines Sohnes ... ein Mörder!

Ich wollte nichts davon wissen, nicht auf meine inneren Stimmen hören ... die Stimmen der Vernunft und der Logik. Wenn
ich ihnen glaubte, war alles vorbei ... vorbei für immer.

Clare kam herein. Sie rührte irgend etwas in einem Glas. »Das
wird dir Schlaf bringen«, sagte sie.

Sie setzte sich an mein Bett und sah mich an.

»Jetzt hat sich alles geändert«, meinte sie.

»Ich weiß nicht. Es kam so plötzlich. Ich kann noch gar nicht
klar denken.«

»Du bist zu aufgewühlt.«

»Clare, glaubst du, daß er ...?«

»Nein«, erwiderte sie nachdrücklich. »Wie kannst du nur so

etwas denken. Sie hat sich selbst umgebracht ... oder es war ein Unfall. Sie war eine Hypochonderin. Dauernd sprach sie davon, sich umzubringen. Je mehr man darüber nachdenkt, um so einfacher scheint die Antwort.«   .

»Ich wollte, ich hätte Gewißheit.«

»Denkst du wirklich, *er* hat seine Frau ermordet?«

Ich schwieg.

»Meine liebe, liebe Kate, das hätte er nie getan. Ich weiß es. Zum eigenen Vorteil morden ... das tut nur ein Feigling, einer, der nicht mit anderen Mitteln um das kämpfen kann, was er haben möchte ... und für den eine andere Persönlichkeit zu stark ist. Nein, so einer ist der Baron nicht. Aber wir sollten jetzt trotzdem fortgehen ... für eine Weile. Bis über dies alles Gras gewachsen ist. Wir können im Hause Collison leben, und in ein paar Monaten, oder wenn eine angemessene Zeit verstrichen ist ... kann er hinüberkommen, und ihr könnt heiraten.«

»O Clare, was du schon wieder für Pläne hast!«

»Ich bin eben praktisch veranlagt. Die arme Princesse ist tot. Die Ärmste. Sie hat mir so leid getan. Eigentlich hatte sie nicht viel vom Leben, nicht war? Doch ich denke, es ist so das beste. Vielleicht hat sie selbst erkannt, daß es so für alle die einfachste Lösung ist? Was glaubst du, wie dem kleinen William zumute gewesen wäre, wenn du und Kendal fortgegangen wärt? Ihr habt Wunder an ihm vollbracht, du, Jeanne und Kendal. Er würde wieder zu einem einsamen kleinen Jungen werden. Vielleicht hat sie das gewußt und das alles bedacht.«

»Ich glaube nicht, daß die Princesse so dachte.«

»Meine liebe Kate, woher kannst du wissen, was in anderer Leute Köpfe vorgeht? Versuche jetzt zu schlafen. Wenn du ausgeruht bist, wirst du klarer sehen. Dann reden wir weiter.«

»Wenn ich es nur glauben könnte ...«

»Du kannst es glauben. Ich weiß es. Ich kannte sie besser als sonst jemand hier. Zu mir war sie offen. Sie hat sich mir anvertraut, und ich wußte, was in ihr vorging. Sie hat sich das

Leben genommen, weil sie dachte, das sei das beste, für sie und alle anderen.«

»Ich wollte, ich könnte es auch so sehen.«

»Das wirst du bald ... und wenn über alles Gras gewachsen ist, dann wirst du glücklich werden. Ich verspreche es dir.«

»Du bist wunderbar, Clare. Du tröstest mich, wie du meinen Vater getröstet hast.«

Ich nahm einen großen Schluck aus dem Glas, was mir ein paar Stunden Schlaf verschaffte. Am nächsten Morgen wachte ich früh auf und zitterte bei dem Gedanken, was der Tag ans Licht bringen würde.

Den ganzen Vormittag herrschte im Schloß ein emsiges Kommen und Gehen. Ich blieb zu Hause, während Jeanne Kendal mit auf einen Waldspaziergang nahm.

Rollo erschien im Laufe des Vormittags. Er machte ein ernstes und verschlossenes Gesicht, so daß ich nicht ahnen konnte, was er dachte.

Clare, die sich in ihrem Zimmer aufgehalten hatte, kam zum Ausgehen angekleidet herunter.

Sie ließ uns allein.

Ich weinte: »Rollo, es ist furchtbar. Wie konnte das bloß geschehen?«

»Sie hat sich umgebracht. Sie ist einfach hinuntergesprungen. Sie wissen doch, wie labil sie war. Warum sehen Sie mich so an?«

Er kam auf mich zu, aber ich schreckte zurück.

»Sie denken ...«, begann er.

Ich sagte nichts.

Langsam fuhr er fort: »Ich weiß schon. Das werden einige andere Leute auch denken. Aber es ist nicht wahr, Kate. Ich habe sie gestern den ganzen Tag nicht gesehen. Sie ist allein fortgegangen, während ich den ganzen Tag hier gewesen bin«.

»Sie ... Sie wollten sie aus dem Weg haben«, hörte ich mich sagen.

»Natürlich wollte ich sie aus dem Weg haben. Sie war ein Hindernis für uns ... Ich wußte, daß Sie niemals zu mir kommen würden, solange sie lebte. Und nun ... ist sie tot.« Er hielt ein paar Sekunden inne, dann fuhr er fort:.»Sie hat sich umgebracht. Es war Selbstmord.«

»Aber warum ... wieso ...?«

»Warum? Sie hat sich immer selbst bemitleidet. Sie hat oft davon gesprochen, daß sie es tun würde ... und nun ist es geschehen.«

»Ich wollte ...«

»Was? Wollen Sie mir etwa sagen, daß Sie mir nicht glauben? Sprechen Sie es aus, Kate. Sagen Sie, daß Sie denken, ich hätte es getan. Sie nehmen an, daß ich ihr zu jener Stelle gefolgt sei.«

»Haben ... Sie es neulich getan ... und mich angetroffen?« fragte ich.

»Ja«, gab er zu. »Ich wollte außerhalb des Schlosses einmal ruhig mir ihr reden. Man wird ja sonst von allen Seiten belauscht. Deshalb wollte ich sie dort treffen ... allein ... um ein vernünftiges Wort mit ihr zu wechseln ...«

»Und gestern?«

»Ich habe Ihnen doch gesagt, daß ich sie gestern nicht gesehen habe! Warum schauen Sie mich so an?«

Er hatte mich an den Schultern gepackt. »Sagen Sie mir, was in Ihrem Kopf vorgeht«, verlangte er.

»Ich ... Ich denke, es wäre das beste ... für uns alle ... wenn ich fortginge.«

»Fortgehen ... jetzt, wo wir frei sind!« Er hatte einen Gesichtsausdruck, der mich erschreckte. Er hat sie doch getötet, fuhr mir durch den Sinn. Er muß immer seinen Willen haben.

»Es wird schwierig sein«, hörte ich mich stammeln. »Es wird Fragen geben ... Ermittlungen ... Man weiß so viel über uns. Flüstern ... Skandale ... Ich hätte mit Kendal nie hierher ziehen dürfen. Was immer auch geschieht, die Leute werden reden. Ich muß fort.«

374

»Nein, Sie werden nicht gehen. Jetzt schon gar nicht.«

»Sie haben sich immer genommen, was Sie wollten«, hielt ich ihm vor. »Aber dann kommt ein Punkt, an dem Sie nicht weiterkönnen. Man kann die Menschen nicht einfach beiseite fegen, bloß weil sie zu einem Hindernis geworden sind.«

»Verurteilen Sie mich als Mörder, Kate?«

Ich wandte mich ab. Ich konnte es nicht ertragen, ihn anzusehen. Er war jetzt richtig wütend. Er packte mich wieder bei den Schultern und schüttelte mich.

»Was denken Sie eigentlich von mir?«

»Ich weiß, daß Sie grausam sein können.«

»Ich liebe Sie und den Jungen, und ich möchte, daß Sie bis an mein Lebensende bei mir bleiben.«

»Und dabei war sie im Weg.«

»Ja.«

»Sie wird immer zwischen uns stehen. Sehen Sie das denn nicht? Ich werde nie vergessen können, wie sie in dieser Schlucht liegt ... in den Tod geschickt.«

»Geschickt! Es war ihr eigener Wunsch.«

Ich schüttelte betrübt den Kopf. »Man wird Anklage erheben.«

»Die Menschen sind immer bereit, jemanden anzuklagen ... sogar Sie, Kate.«

»Bitte schwören Sie mir, daß Sie sie nicht getötet haben.«

»Ich schwöre es.«

Einen Moment lang gab ich mich seiner Umarmung hin, und ich fühlte seine Küsse auf meinen Lippen.

Aber ich glaubte ihm nicht. Ich wußte, er wollte mich und Kendal, und sie hatte im Weg gestanden. Und deshalb mußte sie sterben.

Ich sagte: »Es könnte zu einer Gerichtsverhandlung kommen.«

»Eine Verhandlung? Gegen wen? Gegen mich? Meine liebste Kate, es handelt sich hier um Selbstmord. Niemand würde es wagen, mich öffentlich des Mordes anzuklagen. Und ausgerechnet hier ... in meinem Reich ... und das Land in Aufruhr, noch immer keine ordentliche Regierung! Dergleichen ist nicht zu befürchten.«

»Was befürchten Sie dann?«

»Nur das eine, daß Sie mich verlassen. Sonst habe ich nichts zu befürchten. Glauben Sie mir doch! Sie wollte nicht mehr weiterleben, und deshalb hat sie sich umgebracht ... und mir damit die Freiheit geschenkt. Im übrigen halte ich es für besser, wenn Sie vorläufig nicht ins Schloß kommen. Ein Mädchen kann William zum Unterricht hierherbringen. Sie werden sehen, diese unangenehme Geschichte wird bald vergessen sein. Ich komme Sie besuchen, Kate. Sagen Sie mir, daß Sie mich lieben.«

»Ja«, flüsterte ich, »ich fürchte, es ist wahr.«

»Fürchten? Wovor fürchten Sie sich?«

»Vor so vielem.«

»Mit der Zeit werden wir uns etwas Gemeinsames schaffen. Ich werde haben, was ich mir immer gewünscht habe ... eine Frau, die ich wahrhaft und von ganzem Herzen lieben kann ... und die Kinder, die wir haben werden.«

»Ich wünsche, es könnte wahr werden.«

»Es wird wahr. Ich verspreche es Ihnen.«

Ich wollte ihm so gern glauben. Doch die entsetzlichen Zweifel verließen mich nicht, und ich wußte, daß sie auf immer zwischen uns stehen würde, die schemenhafte Dritte, deren Tod uns die Erfüllung unserer Wünsche brachte.

Clare kam am Abend zu mir und setzte sich an mein Bett, um mich zu trösten. »Ich hörte, daß du nicht schlafen kannst, und habe dir noch einen kleinen Schlaftrunk gemacht. Allerdings darfst du dich nicht daran gewöhnen.«

»Danke, Clare.«

»Was hat er heute gesagt?«

»Daß er es nicht getan hat.«

»Natürlich hat er es nicht getan. Sie hat es selbst getan.«

376

»Das hat er auch gesagt. Aber selbst wenn es wahr wäre, er hat sie dazu getrieben ... er und ich miteinander.«

»Nein. Sie hat sich selbst dazu getrieben. Ich habe dir doch gesagt, wie sehr sie mir vertraute. Sie sah ein, daß es das beste war. Sie wäre niemals glücklich geworden. Sie hatte es längst aufgegeben, es auch nur zu versuchen. Ihre Krankheit war ihr Leben, so daß sie sogar ihr Kind vernachlässigte. So manche Frau hätte darin ihr Glück gefunden, aber nicht sie. Ich denke, daß sie am Ende alles ganz klar erkannte. Ihr Leben schien ihr nicht mehr lebenswert.«

»Ich habe sie auch gekannt, Clare, und ich glaube nicht, daß es so war. Denn warum hätte sie sonst Rollo die Scheidung verweigert? Nein, ich glaube, sie sann eher auf Rache. Warum hätte sie sich das Leben nehmen sollen, um es ihm leichter zu machen? Die Scheidung hätte doch genügt, um ihm seine Freiheit zu schenken.«

»Nun, in gewissen Kreisen wird eine Scheidung nicht als echte Auflösung der Ehe betrachtet. Dar Baron wollte unbedingt vermeiden, daß seine Söhne nicht als ehelich anerkannt würden ... von jedermann.«

»Aber sein Sohn *ist* unehelich.«

»Wenn ihr verheiratet seid, wird er ihn legitimieren lassen. Das ist durchaus möglich.«

»William ist als sein Sohn anerkannt.«

»Und dabei ist er gar nicht sein Sohn.«

»Oh, es ist alles so kompliziert ... nie wieder werde ich richtig glücklich sein, denn im Grunde meines Herzens hätte ich immer den Verdacht, daß ich mein Glück einem Mord verdankte.«

»Ich glaube, du bist fest überzeugt, daß er sie umgebracht hat.«

»Nicht überzeugt ... aber – und das sage ich niemandem außer dir – ich würde immer an ihm zweifeln. Unser Leben würde davon ewig überschattet werden. Ich muß fort, und Kendal muß mit.«

·377

»Er wird woanders niemals glücklich sein.«

»Er wird sich mit der Zeit umgewöhnen. Anfangs werde ich ihn allerdings täuschen müssen. Ich werde ihm sagen, wir fahren nur nach England, um Ferien zu machen ... er soll annehmen, daß wir hierher zurückkommen.«

»Und ihr werdet nicht zurückkommen?«

»Nein. Ich muß einfach neu anfangen. Irgendwo in London. Rollo darf nie erfahren, wo. Darum kann ich auch nicht mit dir ins Haus Collison zurückkehren. Ich muß irgendwohin, wo Rollo mich nicht finden kann.«

»Wenn er dich fände, würde er dich überzeugen, daß es falsch ist, was du tust.«

»Hältst du es für falsch, Clare?«

»Ja. Du hast ein Recht auf Glück. Ich weiß, was er dir angetan hat. Ich weiß, was für ein Mensch er ist ... aber er ist der Mann, den du liebst. Kendal hängt an ihm, und er ist sein Vater. Kendal wird todunglücklich sein. Er ist alt genug, um nichts zu vergessen.«

»Er wird ihn vergessen ... mit der Zeit.«

»Ich sage dir, er wird seinen Vater nie vergessen.«

»Er hat lange Zeit nicht einmal gewußt, daß er einen Vater hat.«

»Was du vorhast, ist ganz falsch. Du solltest nehmen, was das Glück dir bietet. Dir stehen vielleicht schwere Zeiten bevor, aber das geht vorbei, und dann wirst du endlich bekommen, was du verdienst. Ich sehne mich danach, dich als Madame la Baronne zu sehen ... und Kendal glücklich ... Und der kleine William wird vor Seligkeit aus dem Häuschen sein. Schließlich habe ich deinem Vater versprochen, alles zu tun, was in meiner Macht steht, damit du glücklich wirst.«

»Das hast du wirklich getan, Clare.«

»Ja. Und nun redest du davon, diese Chance über Bord zu werfen.«

»Liebe Clare, du bist so gut. Du kümmerst dich sosehr um andere ... und machst ihre Probleme zu deinen eigenen. Aber ich weiß es, und ich glaube, niemand kann das besser wissen als ich, daß ich mit diesem Schatten zwischen uns niemals glücklich sein werde.«

»Ja, glaubst du denn wirklich, daß er sie getötet hat?«

»Ich kann nichts dafür. Der Zweifel wird immer bestehen bleiben, und ich kann so nicht leben. Mein Entschluß steht fest. Ich fange von vorn an.«

»Das wird er niemals zulassen.«

»Er wird es nicht verhindern können. Ich möchte, daß du mir hilfst. Ich werde mich still und heimlich davonstehlen. Und dann werde ich in England untertauchen, irgendwo, wo er mich nicht finden kann.«

»Wirst du mich wissen lassen, wo du bist?«

»Wenn ich eine Bleibe gefunden habe, schreibe ich dir nach Haus Collison, aber du mußt mir versprechen, es für dich zu behalten. Versprichst du mir das?«

»Ich werde alles für dich tun, das weißt du doch.«

»Dann wirst du mir auch jetzt helfen.«

»Von ganzem Herzen«, schwor sie feierlich.

Als ich am Morgen aufwachte, war ich sicher, daß ich die richtige Entscheidung getroffen hatte, obgleich ich in meinem ganzen Leben nie so unglücklich gewesen war. Erst jetzt wurde ich mir meiner Gefühle für diesen Mann richtig bewußt. Es würde niemals einen anderen in meinem Leben geben. Ich wollte es meinem Kind an nichts fehlen lassen, doch ich wußte, daß Kendal den Vater, den er liebte und bewunderte wie keinen anderen auf der Welt, nie vergessen und mir vielleicht ewig Vorwürfe machen würde, daß ich ihn ihm genommen hatte.

Ich sah die faden, freudlosen Jahre vor mir. Ich mußte ein neues Leben beginnen. Der Plan nahm nun klare Formen an. Erst mußte ich in London eine Bleibe finden und ein Atelier, wo ich arbeiten konnte. Alles, was ich zu meiner Empfehlung vorbringen konnte, war der Name meines Vaters. Aber das war nicht wenig. Aber ob man von meinem Erfolg in Paris gehört hatte?

Das würde sich zeigen. Dann wollte ich mich heimlich von hier fortstehlen. Ich fragte mich nur, wie ich Kendal dazu bewegen konnte, mitzukommen. Er war kein kleines Kind mehr – er war sogar recht reif für sein Alter, doch ich mußte einen Weg finden, damit er willig mit mir ging. Clare würde mir helfen.

Eines war sicher. Rollo durfte nichts davon wissen, denn sonst würde er alles tun, um mich zurückzuhalten.

Ich ging um den Graben herum und betrachtete das Schloß. Ich würde mich in den vor mir liegenden Jahren immer daran erinnern und einen ständigen Schmerz in meinem Herzen spüren, eine Sehnsucht nach etwas, das niemals wahr werden konnte.

Marie-Claude hatte mit ihrem Tod eine größere Kluft zwischen uns geschaffen als zu ihren Lebzeiten.

Als ich mit schwerem Herzen ins Haus zurückkehrte, war es still und verlassen. Kendal und Jeanne waren nicht da, und Clare anscheinend auch nicht.

Ich ging hinauf in mein Zimmer, um meinen Mantel auszuziehen. Auf meinem Bett lag ein an mich adressierter Brief. Er war in Clares Handschrift geschrieben.

Verwirrt nahm ich ihn. Er enthielt mehrere Bogen Papier.

Erst las ich die einleitenden Worte, doch dann tanzten die Buchstaben mir vor den Augen. Es war nicht zu fassen! Es war ein Alptraum!

»Meine liebste Kate«, hatte sie geschrieben, »ich war die ganze Nacht auf und habe überlegt, wie ich vorgehen sollte, um das zu tun, was ich tun mußte. Als wir gestern abend miteinander sprachen, erkannte ich, was ich zu tun hatte. Es schien mir die einzige Möglichkeit.

Marie-Claude hat nicht Selbstmord begangen. Sie wurde ermordet, und ich weiß von wem.

Ich will es Dir erklären. Ich war stets ein Mensch, der kaum ein Eigenleben hatte. Ich habe anscheinend immer nur vom Rande aus zugeschaut. Ich liebte es, vom Leben anderer Menschen zu hören, es mit ihnen zu teilen. Ich war dankbar, daß sie mich aufnahmen. Ich habe sie so liebgewonnen. Ich habe viele Menschen liebgehabt ... wenn auch keinen so wie Dich und Deinen Vater, weil Ihr mich direkt in Eure Familie aufgenommen und zu einer der Euren gemacht habt ... Ihr habt mir mehr Eigenleben geschenkt, als ich je besessen hatte.

Ich möchte, daß Du mich verstehst. Ich weiß, Du glaubst mich zu verstehen, aber mein eigentliches Wesen kennst Du nicht. Das mußt Du aber, um zu begreifen, wie alles gekommen ist. Wir haben alle unsere inneren Verstecke. Das ist bei mir nicht anders.

In meiner Jugend hatte ich kein eigenes Leben, nur das Leben meiner Mutter. Ich war immer bei ihr. Ich las ihr vor, sprach mit ihr, und als es zu Ende ging, tat ich alles für sie. Sie war sehr krank und litt viele Schmerzen. Ich habe sie innig geliebt. Es tat weh, sie zu beobachten. Sie wollte sterben und konnte es nicht. Sie konnte nur liegen und leiden ... und auf das Ende warten. Es ist unerträglich, jemanden leiden zu sehen, den man liebt, Kate. Ich dachte ständig daran, wie ich ihre Schmerzen lindern könnte. Eines Abends ... gab ich ihr eine besonders starke Dosis des schmerzstillenden Mittels, das der Arzt ihr verordnet hatte. Sie starb darauf friedlich. Ich habe es nicht bereut. Ich wußte, daß ich das Richtige getan hatte. Ich war glücklich, daß ich ihr die schrecklichen, schmerzerfüllten Nächte erspart hatte.

Dann kam ich zu Euch. Ihr wart alle so lieb, und ich durfte Evies Stelle einnehmen, und Ihr hattet mich gern. Ich liebte das Leben. Es war so anders als früher. Ich verstand mich mit allen Leuten im Dorf. Es waren so nette, gütige Menschen ... vor allem die Zwillinge. Ich fühlte mich zu ihnen hingezogen, besonders zu Faith. Die arme Faith, sie war nicht glücklich, nicht wahr? Sie war stets ängstlich. Wir alle haben wohl eine gewisse Furcht in uns, aber Faith besaß eine doppelte Portion, weil sie die von ihrer Schwester auch in sich trug. Ich weiß, daß sie sehr unglücklich war und es zu verbergen suchte, weil sie ihrer Schwester nicht alles verderben wollte. Weißt Du, daß Hope sich beinahe entschlossen hätte, nicht zu heiraten, weil sie wußte, daß es die enge Bindung zwischen sich und ihrer Zwillingsschwester zerstören würde? Sie war schrecklich besorgt, wie Faith ohne sie zurechtkommen würde. Sie waren wie eine einzige Person. Nun, Faith war nicht glücklich, Hope war nicht glücklich ... aber wenn Faith nicht wäre, könnte Hope glücklich sein. Sie haben mir vertraut, alle zwei ... so sah ich das Bild von beiden Seiten.

Du erinnerst dich an jene Stelle. Ähnlich wie die hiesige. Dieser gefährliche Abhang. Wie hieß er doch gleich? Brackenschlucht? Ich unterhielt mich mit Faith. Wir gingen zusammen spazieren und redeten und redeten ... und dann blickten wir hinab. Ich hatte es nicht geplant. Es kam mir einfach in den Sinn, daß es das Richtige sei. Und das war es ja auch. Hope ist jetzt sehr glücklich. Sie hat bezaubernde Kinder. Sie besuchen ihre Großeltern, und die ganze Tragödie ist vergessen ... weil Freude aus ihr kam. Faith ist vergessen ... so wie Du die Baronin vergessen würdest.

Und dann Dein Vater. Er gab vor, sich mit seiner Blindheit abzufinden, aber das ist ihm nicht gelungen. Ich kannte ihn so gut und wußte, wie traurig er war. Einmal ist er zusammengebrochen, und da erzählte er mir, was der Verlust seines Augenlichts für ihn bedeutete. ›Ich bin ein Künstler‹, sagte er, ›und ich gehe in eine dunkle, dunkle Welt. Ich werde nichts mehr sehen ... den Himmel, die Bäume, die Blumen, und dich, und Kate und den Jungen ...‹ Ich wußte, daß es ihm das Herz brach. Einem Künstler seine Augen zu nehmen, das war das Grausamste, was das Leben tun konnte. Eines Tages sagte er zu mir: ›Clare, es wäre besser, wenn ich tot wäre.‹ Da wußte ich, was ich zu tun hatte. Ich erinnerte mich, wie einfach es bei meiner Mutter war.

Und damit komme ich zu der Baronin. Sie war nicht glücklich und wäre es nie geworden. Sie blickte immer nur nach innen. Sie sah niemanden außer sich selbst. Der arme kleine William, er war so vernachlässigt und so unglücklich, bis Du mit Jeanne und Kendal kamst. Wie wäre er aufgewachsen? Aber mit Euch hat er eine neue Chance. Und Kendal – er wäre fern von seinem Vater nicht glücklich geworden. Er ist ein starker, eigenwilliger Junge. Er brauchte einen Vater. Und der Baron – er braucht Dich, Kate. Er braucht Dich, um dem Knaben zu zeigen, wie man lebt. Er hat es nicht gewußt, bis er Dir begegnete. Wenn Du ihn verläßt, wird er wieder, was er vorher war ... wirbelt durchs Leben ... verschwendet es. Nein, er braucht Dich mehr als sonst jemanden. Und dann, meine liebe Kate, bist Du selbst noch da. Ich betrachte Dich als meine Tochter. Ich weiß, ich bin kaum älter als Du. Aber ich habe Deinen Vater geheiratet. Ich habe in eine Familie eingeheiratet und betrachte sie nun als meine. Ich habe Dich sehr lieb, Kate. Mehr als alles andere wünsche ich, daß Du mit Deiner Familie glücklich bist ... und mit Deiner Arbeit. Oh, das Leben kann so schön für Dich sein.

Ihr gehört zusammen – Du und der Baron. Ihr müßt zusammenbleiben, sonst war alles vergebens. Das ist mein Wunsch. Das ist der Grund, warum ich tat, was ich getan habe.

Ich ging dorthin, um sie zu treffen. Wir unterhielten uns. Wir betrachteten die Aussicht. Es war einfach. Ich brauchte sie nur anzurühren, und schon war sie unten.

Und nun komme ich zu meinem letzten Mord. Wenn Du dies liest, ist er vollbracht.

Vielleicht hätte ich mich nicht einmischen sollen. Es steht uns nicht an, Leben auszulöschen, nicht wahr? Aber was ich auch tat, ich habe es aus Liebe getan. Ich tat es, um den Menschen das Leben zu verschönern. Das ist gewiß ein recht ungewöhnlicher Beweggrund: So innig und aufrichtig zu lieben, daß es zum Mord führt.

Werde glücklich mit Deinem Baron. Lehre ihn zu leben. Kendal wird zu einem prächtigen, starken Knaben heranwachsen. Und Du wirst alles tun, um dem kleinen William ein glückliches Leben zu schaffen.

Denke daran, Kate, alles, was ich tat, geschah aus Liebe.«

Ich ließ den Brief sinken und starrte ins Leere.

Clare hatte es getan! Ich konnte es nicht glauben ... und doch fügte sich im Rückblick alles zusammen.

Meine arme Clare, die doch stets so gesund schien, war krank. Ihr Geist war verwirrt. Sonst hätte sie sich nicht das Recht angemaßt, Leben auszulöschen. Sie hatte an ihre Mission geglaubt. »Es war zu ihrem Besten und zum Besten anderer«, würde sie sagen. Ich begriff, wie sie zu dieser Überzeugung gelangt war. Ja, sie war stets sehr um andere besorgt gewesen, und sie hatte diejenigen getötet, die sie liebte. Welch eine Tragik! Sie, Clare, hatte sich göttliche Macht angemaßt – und selbst wenn sie es für eine mildtätige Macht hielt, war sie dennoch eine Mörderin. Ich wünschte, sie hätte mit mir gesprochen. Vielleicht hätte ich ihr helfen und ihr begreiflich machen können, daß man unter keinen Umständen einen Mord begehen durfte. Aber jetzt war es zu spät.

... Ich lief zum Schloß.

Rollo war da, und ich warf mich in seine Arme und schluchzte. »Ich weiß jetzt alles. Hier steht es. Ich weiß genau, was geschehen ist. Ich möchte, daß du das liest ... damit du mir sagen kannst, daß ich nicht träume.«

Er nahm den Brief. Staunen breitete sich in seinem Gesicht aus, während er las.

Dann sah er mich an, lange und fest, und ich fragte mich, wie ich jemals daran hatte denken können, ihn zu verlassen.

Wir ritten zusammen zur Schlucht. Dort lag Clare. Ein engelhaftes Lächeln verklärte ihr Gesicht.